横光利一と敗戦後文学

Jun NONAKA
Riichi YOKOMITSU and Literature after Defeated War

野中潤

笠間書院

横光利一と敗戦後文学——目次

第一部　横光利一「機械」論

第二部　横光利一文学の世界

第三部　敗戦後文学論

第四部　文学の研究／文学の教育

横光利一と敗戦後文学──序にかえて

1　わだつみの記憶

ぼやけた一葉の写真がある。一九三〇年（昭和5）夏、山形県豊浦村（現・鶴岡市）の由良海岸で「機械」を執筆していた頃の横光利一が、妻子といっしょに写されているスナップである。このとき横光利一は、痔疾のために手術をして一ヶ月ほど入院した後、保養をかねて由良に滞在していた。白っぽい和服の着流しに麦藁帽子をかぶった横光利一と、同じく白い夏物の洋服を着た妻千代は、白山島《おしま》へと向かう長い橋を渡り始めたところと見える。カメラに背中を向けた二人に対し、間にはさまり手をひかれた愛息象三だけが、眉をひそめて身体をこちらに向けている。幼い象三は、橋を渡ることに不安を感じ、手をひく両親に抗っているようにも見える。一方横光利一は、海を吹き抜ける風を受けて躰の線を浮き上がらせ、心持ち首を傾けて視線を象三に送り、橋を渡るように促しているように見える。海岸で麦藁帽子をかぶった横光利一の背中は、象三の生まれた年でもある一九二七年（昭和2）の夏に自殺した芥川龍之介のイメージと、写真を見るわたしの中で微妙に交錯する。そうして、ピントのぼやけ具合と幽鬼のような横光夫妻の「白装束」が、何か不吉なものを喚起する。

もちろん、横光利一が没するのは、十七年後の一九四七年（昭和22）十二月三十日のことであるから、

「何か不吉なもの」というのは、わたしの勝手な思いなしである。しかし、そのようなわたしの感覚は、満二十五歳になって記された、横光象三による次のような回想記のことばにも由来していて、やすやすと否定されることを拒絶する。

何を考えていたのか、父はまんじりともせず立ちはだかり、その上布の蚊飛白《かがすり》の裾や袂を海風にはためかせながら水平線の彼方を見詰めていた。時折、ごぼごぼと烈しく音立てるのは、十米とない私たちの足下が丁度小さな入江風になっている為、波濤の押し寄せる度にぐうっと海面が盛り上がって来る音だ。そして、それが退くときと云ったら、まるで私たちも一緒に曳き込まれて行く様であった。――海水が濁っているならまだしも、蛍光のような色合いを帯びて澄んだ水中には、断えず身を捩らせ合う海草の繁みや磯魚の往来が手に取る様に伺い知れるだけに、私の錯覚の度を昂めたのであろう。……暫くそうして眺めていた私は、本能的な美の享受と同時にそれに劣らぬ恐怖に駆られ、更に私の存在を忘れたように父が立っていると云う事に私は一層頼りなさを覚え、我識らず父の袖を二、三度引っ張って云った。

「怖いねえ。なんだか死んじゃうみたいだ。パパ、帰ろうよ」

目交《まなかい》の海面を指示し乍《なが》らの私は、そのとき父がどんな表情をとっていたか知る由もない。返事がないので振り返えってみたとき、父は私の指す海面をじっと見詰めていた。……私たちの背後で一際音高く波濤が砕け散った。その水煙が未だ消えやらぬ内だった。

「どうだ、象べえ（父は私をこう呼んでいた）……パパとあの中へ見物に行くか……」

波音に消されまいとする為だったのであろう、だが私にとってその唐突な父の大きな声は理由もなく恐怖の頂点へ押し上げた。……砂遊びのバケツが岩角に弾ねながら転げ落ちて行った。反射的に父の体にしがみついた私は自分の声で総てを払い落すかの如く、現実の安定感を呼び戻すかの如く、無我夢中で泣き喚いていた。……

一九三〇年（昭和5）当時、戸籍によると一九二七年（昭和2）十一月三日生まれの象三は、数え年で四歳とは言え、このときは満三歳にもならない幼児である。果たして父とのやりとりを、こんなにはっきりと記憶できるものだろうか。もしかすると、断崖の父の記憶は、後年の体験の断片をモンタージュすることによって生成された幻影に過ぎないのではないだろうか。

しかし横光象三の証言によれば、このときの記憶は、父横光利一によって追認されているらしいのだ。

勿論、記憶に鮮やかに刻まれたあの岬の突端での父の言葉は、何の意味もなく口にされたものであろう。否、そうに違いない。第一、あの齢にある私がどうして察知し得たろうか、様々な不吉な予感などを……。他でもない。ただ後年、何かの折にその頃の話が食卓の話題に上った時、私は次のような事を父が言ったのを想い起して勝手に想像し、関連づけて見るだけなのである。即ち父は言った。《全く、あのときほど神の啓示を感じさせられた事はなかった。》……なぜか私は今日も尚、ふと街中などで呉服屋の店先にある上布の蚊飛白を見掛ける度に、砕け散る波濤の響きを耳にするような錯覚に襲われる。（横光象三「回想の中の父」、一九五六年一月『横光利一全集12』月報・河出書房）

山形県由良海岸の白山島《おしま》は、おそらく周囲一キロにも満たない小島である。緩やかな入江の中央から島へ向かって、幅二メートルほど、長さ百メートル強の橋がのびていて、その景観から「東北の江ノ島」とも呼ばれている。浜辺から見ると西側に位置する白山島の夕景は、まさに絶景と言うほかなく、日本列島で水平線に没する夕陽を見ることのできる場所の中でも、屈指の美しさであると言ってもいいだろう。島の周囲は岩場で、砂浜は殆どなく、磯釣りの名所であるとともに、水難事故の起きやすい場所でもある。小さな島ではあるが、高さは約七〇メートルもあり、頂上にある白山神社までまっすぐ伸びた石段はきわめて急峻だ。またこうした場所のならいとして、自殺する者もいるらしい。白山神社の古い石段を上って、猫の額ほどの境内に立つと、塔のてっぺんに立ったような感覚に襲われ、はるか眼下に横たわる周囲の海は、まさに〈死〉の表徴である。幼い象三にとって、十メートルほどの足下に波が打ち寄せる「小さな入江風」の岩場も、おそらく同じような恐怖を感じさせる場所であったに違いない。

ただし、「象べえ」が砂遊びのバケツを落とした場所は、実は由良海岸ではないのかもしれない。象三はこの場所を「S海岸」と記していて、これがイニシャルだとすれば、由良から直線距離で三キロほどのところにある三瀬海岸であると考えられるのだ。三瀬海岸には、由良の浜をそのまま小さくしたような美しい入り江があり、海に向かって左手に大きな岩がそそり立っている。断崖の足下にはたしかに波濤が押し寄せていて、象三の記憶の中の風景と同じである。由良海岸のぼやけた写真と象三の記憶をそのまま結びつけることはどうやらできないらしい。ただ、ぼやけた写真と象三の記憶が、きわめて近接した二つの時空に位置していることだけは間違いない。だから、写真から「何か不吉なもの」を受け取るわたしの感覚の妥当性は、象三の証言にも裏付けられていることになる。写真の横光利一も、橋を渡った後、白山島の断崖に立って幼い「象べえ」に死の恐怖を感じさせたのではないだろうか。少なくとも、同じように水平線の彼方を見つめていたに違いない、とわたしは感じる。

いったい横光利一は、「水平線の彼方」に何を見ていたのだろうか。

2　『夜の靴』とわだつみへの眼差し

〈敗戦〉という出来事を横光利一は次のように描写している。

八月――日

駈けて来る足駄の音が庭石に躓いて一度よろけた。すると、柿の木の下へ顕れた義弟が真つ赤な顔で、「休戦休戦」といふ。借り物らしい足駄でまたそこで躓いた。躓きながら、「ポツダム宣言全部承認。」といふ。

「ほんとかな。」

「ほんと。今ラヂオがさう云つた。」

私はどうと倒れたやうに片手を畳につき、庭の斜面を見てゐた。なだれ下つた夏菊の懸崖が焔の色で燃えてゐる。その背後の山が無言のどよめきを上げ、今にも崩れかかつて来さうな西日の底で、幾つもの火の丸が狂めき返つてゐる。

「とにかく、こんなときは山へでも行きませうよ。」

「いや、今日はもう……」

義弟の足駄の音が去っていつてから、私は柱に背を凭せ膝を組んで庭を見つづけた。敗けた。——いや、見なければ分からない。しかし、何処を見るのだ。この村はむかしの古戦場のあとでそれだけだ。野山に汎濫した西日の総勢が、右往左往によぢれあひ流れの末を知らぬやうだ。

一九四五年（昭和20）八月十五日の「終戦」から「大東亜戦争」勃発の日である十二月八日まで、夏から冬に至る四ヶ月足らずの疎開生活を記録した『夜の靴』（一九四六年十一月・鎌倉文庫）の冒頭である。これまでいくたびも引用された箇所だが、確かに見事な文章だ。真率平易であるとともに、きわめて技巧的な文章でもある。

たとえば、「駈けて来る足駄の音が庭石に躓いて一度よろけた」という義弟の心理を描写する冒頭の一文や、「庭の斜面」の背後にある山が「無言のどよめき」をあげるというくだりの擬人法の使い方などは、いかにも横光利一らしい表現である。また、「ラヂオ」「菊」「火の丸」というような、昭和天皇をめぐる換喩的な表現と、二度にわたって使われている「西日」ということばが、「大日本帝国」の敗戦を見事に表象していく。さらに、これらの技巧的な表現に加えて、「ほんとかな。」という呟きや、「敗けた。――いや、見なければ分からない。しかし、何処を見るのだ。」という真率な内面の声が表出されることで、一連の印象鮮やかな叙述が構成されている。

横光利一が疎開したのは、山形県西田川郡上郷村（現・鶴岡市）大字西目の山口地区である。『夜の靴』に登場するほとんどの人物には実名ではなく仮名が使われているのだが、書き手の「私」は「横光利一」として登場していて、実際の体験や見聞に基づいた記述が多いと思われる。したがって、引用の中に「背後の山」とあるのは、横光利一が滞在した山口地区の西方にある標高三〇七メートルの荒倉山のことだと考えてよい。そこには、かつて東羽黒の月山神社と一対をなした荒倉神社が鎮座している。また引用の結び近くに「古戦場」とあるのは、一五八九年（天正17）、この一帯の人々が太閤検地に抵抗する一揆を起こしたため、土地の豪族であった安部一族が討伐されて一山ことごとく焼き払われたという故事を踏まえている。したがって、「その背後の山が無言のどよめきを上げ、今にも崩れかかつて来さうな西日の底で、幾つもの火の丸が狂めき返つてゐる」という描写は、この土地に刻まれた遠い敗戦の記憶を、現在進行形の〈敗戦〉と重ねたものであることになる。『夜の靴』は、この故事について次のように記している。

> この村は平野をへだてた東羽黒と対立し、伽藍堂塔三十五堂立ち竝んだ西羽黒のむかしの跡だが、当時の殷賑をうかべた地表のさまは、背後の山の姿や、山裾の流れの落ち消えた田の中に、点点と鳥のように泛《う》き残つてゐる丘陵の高まりで窺はれる。浮雲のだたよふ下、崩れた土から喰み出てゐる石

塊のおもむき蒼樸たる古情、小川の縁の石垣ふかく、光陰のしめり刻んだなめらかさ、今も掘り出される矢の根石など、東羽黒に追ひ詰められて滅亡した僧兵らの辷り下り、走り上つた山路も、峠一つ登れば下は海だ。朴の葉や、柏の葉、杉、栗、楢、の雑木林にとり包まれた、下へ下へと平野の中へ低まつていく山懐の村である。義経が京の白河から平泉へ落ちて行く途中も、多分ここを通つて、一夜をここの山堂の中で眠つたことだらう。峠の中に今も弁慶の泉といふのもある。

横光利一が、源義経や弁慶まで呼び出して語ろうとしていることが何であるのかは明瞭だろう。「横光利一にとって、〈八・一五〉は〈解放〉ではなく、文字どおりの〈敗戦〉だったのだ」（大久保典夫「横光利一の戦中・戦後」、一九八三年十月『解釈と鑑賞』）。

『夜の靴』の舞台となった上郷村大字西目の山口地区は、東側に庄内平野の水田地帯を望み、西側に荒倉山を中心とする小さな山地を抱えた小さな集落である。荒倉山の向こう側へと峠を越えると、すぐに日本海に出る。つまり、庄内平野の西端に位置する集落である。山裾のゆるやかな傾斜地に三十軒ほどの農家が点在していて、横光利一が疎開した佐藤松右衛門（作中「参右衛門」）宅は集落のほぼ中央にある。当時の松右衛門邸は建てかえられて残っていないが、間取りはわかっている。村上文昭の『横光利一「夜の靴」の世界』（二〇〇四年九月・東北出版企画）によると、横光利一が敗戦の日に「柱に背を凭せ膝を組んで」見続けた庭は、視界が開けた庄内平野の方角ではなく、荒倉山の方角、すなわち西にあったらしい。だから、『夜の靴』が事実に忠実に書かれていると仮定すれば、横光利一は、夕刻に敗戦を知り、落日を眺めながら感慨にふけったことになる。また敗戦後の日々の中で何度も庭を眺めた横光利一は、過去の敗残者たちの記憶を喚起する西方に眼差しを向けるのを日課としていたことになるのだ。「敗けた。――いや、見なければ分からない。しかし、何処を見るのだ。」という問いに真摯に向き合おうとするなら、鶴岡市街へと続く庄内平野が眼前に開け、東京へと続く鉄路の中に羽前水沢駅がある東方を見るべきなのだろうが、『夜の靴』の「私」は、〈現実〉に背を向けるかのように荒倉山のある西方に眼差しを注ぎ続ける。

ただし、玉音放送があったのが一九四五年（昭和20）八月十五日の正午だったことを考えると、こうした眼差しのありよう自体、敗戦の心象風景を表現するための虚構であると見なした方がよいのかも知れない。「今ラヂオがさう云つた」という義弟のことばが正午からの玉音放送を指すものだとすれば、直後に「今にも崩れかかつて来さうな西日」についての描写があるのは不自然だからだ。八月十五日は、正午の玉音放送に先だって、朝から繰り返し「重大放送」が予告されていた。また、昭和天皇の声が放送された後には、放送員が「終戦の詔勅」を代読した上でこれまでの経緯を説明している。「今ラヂオがさう云つた」という伝聞によって、夏の太陽が没する時刻にようやく敗戦に気づくという状況はちょっと想像しにくい。だからこの場面には、日の没する西方への眼差しの中に〈敗戦〉という現実を描き出そうとする横光利一の作為を読み取ることができるのだ。

言うまでもなく、西方とはこの場合、死者たちのいる〈彼岸〉のメタファーである。そして西方への眼差しの先にいるのは、おそらく太閤検地の時代の死者たちだけではない。「追ひ詰められて滅亡した僧兵らの辷り下り、走り上つた山路も、峠一つ登れば下は海だ」とある通り、庭の斜面から背後の山を見つめる『夜の靴』の眼差しは、終わったばかりの戦争の死者たちが眠るわだつみにまで届いている。

たとえば、追いつめられた僧兵たちと源義経に言及した引用箇所の直前に、「古戦場の残す匂ひのやうな、稀に見る美しい老婆」である利枝についての記述がある。七十歳の老婆である利枝の美しさの源は、「微笑」だという。「私」は、笑うときに口元から洩れる利枝の歯に、「ある感動を吸ひよせ視線をそらすことが出来ない」というのだ。そして利枝の微笑について、次のように書いている。

私はこの老婆の微笑を見ると、ふッと吹かれて飛ぶ塵あとの、あの一点の清潔な明るさを感じる。沖縄戦で末子が潜水艦に乗りくみ戦死したばかりである。もし婦人といふものに老醜なく、すべてがこのやうになるものなら、人生はしばらく狂言を変へることだらうと思ふ。そのやうな顔だ。

利枝の美しい微笑は、老婆の純粋さや質朴さを表出したというだけの単純なものではない。戦争で息子を亡くした悲しみに裏打ちされた、運命を粛々と受けいれる無垢な魂の発露として感受されているのだ。そして、「十七歳のときここの家から峠を越して海浜の村へ嫁入した老婆」である利枝自体が、「海」を表象する換喩的存在である。「漁村」や「魚」ということばをともなって何度も言及される利枝は、「由良の老婆の利枝」と称されている。由良を知る者にとって、利枝の微笑の美しさは、水平線に沈む美しい夕陽のイメージと、隠喩的関係におかれていると言ってもよい。したがって、参右衛門の家の西側にある庭の斜面へと向けられた『夜の靴』の眼差しは、沖縄戦で没した利枝の末子をはじめとする戦争の死者たちが眠る、わだつみへの眼差しを伏在させているとも言える。「二十八戸の村から十七人出征してゐる。そのうち二人だけが帰つて来た」とか、「長女が樺太に嫁いでゐる折、引き上げ家族を乗せた船を、国籍不明の潜水艦が撃沈したといふ噂」とか、「長男で電信員として台湾へ出征中、死亡の疑ひ濃くなつて来てゐる」とか、「ここでも床の間に戦死した長男の写真が大きな額に懸けてある」といった形で、戦争の死者たちが点描されていることも考えに入れれば、わだつみへの眼差しの持つ意味が決して軽いものではないことがわかるだろう。沖縄で死んだ利枝の末子と結婚するはずだった久左衛門の末娘「せつ」のところに、新しい縁談が持ち込まれていることを記した十月最後の日誌が、「山頂近くに一本高く見える楢の木に、日ごとに多く日本海の方から鶸《ひわ》の群が渡つて来て止る」という情景描写から書き出されているのも、こうした読み筋の妥当性の傍証である。もちろん「鶸《ひわ》」とは渡り鳥であり、次のような『夜の靴』の一節とも照応する。

日本の全部をあげて汗水たらして働いているのも、いつの日か、誰か一人の詩人に、ほんの一行の生きたしるしを書かしめるためかもしれない、と思うことは誤りだろうか。

淡海のみゆふなみちどりながなけば心もしぬにいにしへ思ほゆ（人麿）

何と美しい一行の詩だろう。これを越した詩はかつて一行でもあっただろうか。たとえこのまま国が滅ぼうとも、これで生きた証拠になったと思われるものは、この他に何があるだろう。これに並ぶものに、

荒海や佐渡によこたふ天の川（芭蕉）

今やこの詩は実にさみしく美しい。去年まではこれ程も美しく違うものかと私は思う。

柿本人麻呂の歌を意味がはっきりするように表記すれば、「淡海の海夕波千鳥汝が鳴けば心もしのに古思ほゆ」となる。「淡海」は琵琶湖を指していて日本海ではないが、千鳥も鶸《ひわ》と同じ渡り鳥であることを考えると、水を隔てて「彼岸」と対峙するというイメージが喚起される。琵琶湖が、幼時の横光利一が過ごした大津の記憶と結びつくことも無視できないし、同時に古の人々にとって「淡海」が大陸へといたる旅路の始発点であったことも見逃せない。

柿本人麻呂の引用の直前には、「独立問題の喧しくなつて来てゐた折」に、「朝鮮のある作家」に「マラルメの詩論の感想」を洩らしたという話も挿入されている。マラルメが「たとえ全人類が滅んでもこの詩ただ一行残れば、人類は生きた甲斐がある」と思っていたという話で、人麻呂や芭蕉の詩句を紹介する契機として語られているのである。また、マラルメについての「私」の発言のあとに、「朝鮮の作家は眼を耀かせて黙つてゐた。しかし、この作家はもう朝鮮へ去つてゐる」と書かれている。『夜の靴』の庭で、西方へと注がれる横光利一の眼差しは、荒倉山を越え、わだつみの向こうに横たわる朝鮮半島にも及んでいると言えないだろうか。なにも柿本人麻呂が渡来人ではないかという説を持ち出そうというのではない。ただ、故郷喪失者の横光利一にとって、朝鮮半島は、一九二二年（大正11）八月二十九日、父梅次郎が脳溢血のために五十五歳で客死した特別な場所であり、西に広がる海の彼方への眼差しの由来を解く鍵の一つであることを指摘しておきたいだけである。『夜の靴』の中には、「八月――」と記された九つの節があるのだが、最後の三節のいずれかが父梅次郎の命日である可能性がある。
こうして見ると、『夜の靴』の横光利一が、荒倉山への道を十分ほど登ったところにある「鞍乗り」という場所に強い愛着を持つのも、西方に横たわるわだつみへの眼差しに由来するものであると見なして差し支えないだろう。

この村には眺望絶佳の場所が一つある。そこが眼から放れない。その一点、不思議な光を放つてゐる一点の場所が、前から私を牽きつけてゐる。
それは私の部屋から背後の山へ登ること十分、鞍乗りと呼ぶ場所だ。そこは丁度馬の背に跨《また》がつた感じの眺望で、右手に平野を越して出羽三山、羽黒、湯殿、月山が笠形に連なり、前方に鳥海山が聳えてゐる。そして左手の真下にある海が、ふかく喰ひ入つた峡谷に見える三角形の楔姿で、両翼に張つた草原から成る断崖の間から覗いてゐる。この海のこちらを覗いた表情が特に私の心を牽くのだが、――千二百年ほどの前、大きな仏像の首がただ一つ、うきうきと漂ひ流れ、この覗いた海岸へ着いた。それに高さ一丈ほどの釈迦仏として体をつけたのが始まりとなり、以来この西目の村の釈迦堂に納つたのみならず、汽車で遠近から参拝の絶えぬ仏となつた。

『夜の靴』の「鞍乗り」に相当する場所は、実際には「鞍越峠」と呼ばれている。「十分」と書いてあるが、つづら折りの山道を登ってみると意外に遠い。車が通れるようにいちおう整備されているが、舗装されているわけではなく、通行する人もめったにいない。ただ、確かに「眺望絶景」である。しかも傾斜がなだらかになった峠の道のうち、本当に限られた一地点からしか海は見えない。その限られた場所にさしかかった時だけ、鞍越峠から見て西の方角にある細いV字型の峡谷の中にわずかに水平線が見える。水平線を見る人の背後には、国家鎮護、祖霊安鎮の霊山として知られる出羽三山が横たわることになる。

引用部分の最後にある「釈迦堂」の和尚は「菅井胡堂」と言って、『夜の靴』の中で「横光利一」「東条英機」「小林秀雄」などとともに実名が使われている数少ない人物の一人である。長男は台湾へ出征する途中、輸送船が爆撃を受け、生存が絶望視されている。また、釈迦堂に納められた仏像は、「どこかビルマ系の風貌」であると記されている。西に広がる海の彼方に菅井和尚の長男が眠っていて、さらに遠く離れたビルマのどこからか、海流にのって仏像が漂い流れてきたということになる。『夜の靴』の「私」が和尚と語らった釈迦堂は、こういう形でわだつみの死者へとつながっている。「鞍乗り」から西方に望む海原は、父梅次郎が没した朝鮮だけではなく、アジア各地の戦場へとつながっているのだ。

一九四五年（昭和20）の山形県西田川郡上郷村大字西目という時空に定位する横光利一の眼差しは、このように、死者たちをめぐるさまざまな想念を孕んで、敗戦後文学としての『夜の靴』の叙述を吊り支えているのである。

3　敗戦後文学のなかの横光利一

疎開先の西目を後にして敗戦後の東京へ戻った横光利一を待ち受けていたのは、おそらくはルサンチマンをも孕んだ、ジャーナリスティックで苛烈な批判の嵐だった。文壇の新しい秩序が再構築されようという状況下、熾烈な権力闘争が展開される中で、文学の神様がうってつけの敵役になったのである。典型的な例として、杉浦明平の「横光利一論――『旅愁』をめぐって」（一九四七年十一月『文学』）の中にちりばめられた悪罵のいくつかを引いておこう。

ドン・キホーテは巨大な風車と戦うが、矢代や東野は竹槍をふるって手製の藁人形を突いているにすぎないから、喜劇としても余りに寒ざむとしていすぎるような気がする。

これは正に痴呆の書というべきだ。彼の心酔するドストイエフスキーに次いで、かつ「ゴミのような作家」坂口安吾に先だって「白痴」とでも題すれば、最もふさわしかった本である。

しかるにこういう狂人が瘋癲院に押込められず白昼の街路を横行するに委せたということは決して意味のないことではなく、何か誰かの役に立ったからだと推察しても誤りではない。誰に何の役に立ったか？

なぜわざわざここまで口をきわめて罵らなければならないのか。横光利一についてほとんど何も知らず、何の先入観も持たないままに『旅愁』を読み、杉浦明平の文章を読んだ時のわたしには、全くわからなかった。これだけ手厳しく批判を加えながら、杉浦明平がかなり丹念に横光利一の文章を読んでいることも不思議だった（もちろん、熱烈な信者と苛烈な批判者は、表裏一体ではあるのだけれど…）。批判の内容そのものよりも、こうして悪罵を投げつける杉浦明平という人物のありようにむしろ興味を覚えた。

その後、文学史的な知識を得ることで、横光利一を取り上げる場合、何らかのエクスキューズが必要であるという感覚がわたしの中に生まれた。一九四六年（昭和21）三月の新日本文学会創立大会で、横光利一と同様に「文学の世界からの公職罷免該当者」として名指しされた菊池寛や小林秀雄や武者小路実篤たちを論じようとするときとは、何か違う。もちろん、中野重治、平野謙、野間宏などについて考えようとするときとも、ちょっと異なる感覚である。こうしたわたしの感覚は、一九六〇年代から七〇年代にかけて、母語としての日本語によって、〈敗戦後〉という時空の中で精神形成を果たしてきたことに由来するのだろう。そしてこれは、限られた個人的な問題ではない。

たとえば、『横光利一事典』（二〇〇二年十月・おうふう）の「まえがき」に、編者である井上謙・神谷忠孝・羽鳥徹哉の連名で、次のようなことばが記されている。

　これまで横光が不当に貶められていた理由のひとつは、戦争中の戦争協力的な姿勢にあった。大正末期、あたかも表現の革命児のような姿で華々しい文学的出発を遂げた横光は、思想的には意外に深い虚無を潜めていた。その虚無との戦いの中で、横光は次第にその虚無と無手勝流に対峙し、利害を超えて立つ人物像や思想を、自らのうちに育てていった。やがてその思想は、昔ながらの義理人情、祖先崇拝、祖先崇拝の日本的な結集である天皇崇拝、古神道へと結びついていった。横光の考える天皇は、人を抑圧し、他国を侵略する権力としての天皇ではなく、すべて権力的なものを受け止めて溶解し、真の平和を実現する純粋な精神の働きの象徴だった。それは、戦中の日本の現実とは相当にかけ離れ、夢想に近いものを持っていた。

巻頭に、こういう形でエクスキューズを用意しなければならないというところに、横光利一と敗戦後文学とわたしたちをめぐるきわめて根深い問題が横たわっているのではないだろうか。

第一部　横光利一「機械」論

1930年（昭５）夏、由良海岸の横光一家
横光佑典氏蔵

Ⅰ　「機械」論序説

1　小説「機械」のあらまし

「機械」は、一九三〇年（昭和5）九月に雑誌『改造』に発表された短編小説である。横光利一の小説の中では、「ナポレオンと田虫」（一九二六年一月『文芸時代』）や「春は馬車に乗つて」（一九二六年八月『女性』）などの新感覚派時代とは異なる、新心理主義的な作風への転回を示したものと見なされている。東京のネームプレート製造所で働く「私」と「主人」、およびそこに勤める二人の人物との心理劇を描いた小説で、他者との相対的な関係によって転移していく内面の動きを、息の長いセンテンスを多用した、改行のきわめて少ない文体によって精密に描写し、当時の文壇に衝撃を与えた。

書き出しは、「初めの間は私は私の家の主人が狂人ではないのかとときどき思つた」となっていて、「私」が働いている東京のネームプレート製造所の「主人」について語ることから始められている。「主人」が「狂人」じみた言動をしているのは、工場で使用している「金属を腐蝕させる塩化鉄」の作用で「頭脳の組織が変化」したためではないかと「私」は示唆するのだが、「私」自身も「主人」がしていたのと同じ作業に従事しているという。「主人」や「細君」や自分がネームプレート製造所の人間力学においてどのような役回りを果たしているかについて考察を加えた「私」は、さらに工場で働くようになった経緯について語る。そして「屋敷」という従業員が謎の死を遂げるまでの出来事を、先輩従業員の「軽部」との確執や主人の奇行などをまじえ、順を追って回想していくのである。

物語内容の構成から考えると、「私」の語りのモチーフは、ネームプレート製造所での出来事を言語的に再構成することで「屋敷」の死の真相を明らかにすることにあると言ってよい。しかし「私」は語りを終えるにあたって、「いや、もう私の頭もいつの間にか主人の頭のやうに早や塩化鉄に侵されて了つてゐるのではなからうか。」という不安を口にして、真相の追究が不可能であることを宣言する。結局「屋敷」の死の真相を明らかにすることはできなかったのだ。そして「私」は、「誰かもう私に代わつて私を審いてくれ。私が何をして来たかそんなことを私に聞いたつて私の知つていよう筈がないのだから。」という叫びで語りを終えている。

2　古典的な「機械」理解のかたち

横光利一の「機械」についての最も典型的な理解のかたちを提供してくれる論考は、おそらく伊藤整の「解説」だろう。この文章は、筑摩書房刊『現代日本文学全集36・横光利一集』（一九五四年三月）のために書かれたものだが、平野謙によって賞揚されて以来、ほぼ定説と見なされてきた感がある。伊藤整は「機械」の核心に「人格を中心とする永続的実在の否定」を読みとり、その描写法を「弁証法的な書き方」と呼んでいる。そして、「機械」に展開された世界観を、以下のように解説している。

「機械」に定着された人間社会観は、人間の実在は、他の人間との出逢ひによつて、その価値や力が絶えず変るものであり、またある事件が甲なる存在に与へる影響と乙なる存在に与へる影響とが違つたものとなる可能性があること、また努力がかえつて人間を駄目にすることがあり、失敗がかえつて実益を多くもたらすこともあるといふ考へ方である。人と人、人と仕事、人と人との組み合はせの動きによつて、善意や努力と関係なく、人間は浮び上り、また破滅する。さういう人間の組み合はせと社会条件の組み合はせの中に、現代人の生きることの実体がある、といふ考へ方である。

さらに伊藤整はこの説明を「生命はそれの外にある條件の必然の動きによつて意志や努力と関係なく栄え、かつほろびるといふ考」（傍点・野中）と要約し、横光利一の世界観の根底に「人間存在の不安感の意識」があるという指摘もしている。これらの「解説」は、「機械」の発表直後に小林秀雄や井上良雄が直感的に述べていた[*1]事柄を、初めてわかりやすく、きめ細かく言い尽くした点で意味深いものだったと言える。しかし、伊藤整の言うような「人間社会観」を、横光利一がなぜ「私」語りによって定着しなければならなかったのかという事が明らかでないし、俗耳に入りやすいその理解のしかたも、いかにも図式的に過ぎるという印象をまぬがれない。「機械」を人間関係（あるいは社会関係）のメカニズムにのみ還元してしまった場合、次のような一節はいったいどう理解すればいいのだろうか。

それからの私は化合物と元素の有機関係を験《しら》べることにますます興味を向けていつたのだが、これは興味を持てば持つほど今迄知らなかつた無機物内の微妙な有機的運動の急所を読みとることが出来て来て、いかなる小さなことにも機械のやうな法則が係数となつて実体を計つてゐることに気附き出した私の唯心的な眼醒めの第一歩となつて来た。（傍点・野中）

ここで「機械」の「私」が「いかなる小さなことにも」と言っているのを、「人と人との組み合はせ」という水準に置き換えて理解してはならない。この記述は掛け値なしに読まれなくてはならないだろう。つまり「機械」とは、人間関係という水準にのみ与えられたメタファーではないのである。この記述は、「無礼な街」（一九二四年九月『新潮』）の「私」が自分の部屋に迷い込んできた見知らぬ女に顕微鏡を眺めさせる場面と共通の地平で理解されるべきなのだ。赤血球や白血球の浮かぶ血液を見せながら、「無礼な街」の「私」は、女にこう言っていた。


「女の血を見ると、あの白い物の形が違ふんだよ。幾人の男と面白いことをしたかつて云ふことだつて、あの形でちやんと分かるんだよ。どの男とさう云ふ事をしたつてことも勿論《もちろん》分るし、面白いかね？」

「恐いわね。」

　女は顔を上げて私の顔を眺めてゐた。そのなげやりな表情には別に恐さうな所もなかつた。

「私」は冗談や脅しでこんなことを言っているのではない。「なげやりな表情」の女を前に、いたって真剣である。その証拠に「私」は「その女の血球を鏡盤に乗せてみたい興味」を感じているし、以前にも、今は逃げられてしまった妻の血球を験べてみようとしたことがあった。このような意識の働かせ方は、横光利一の文学を考えるにあたって重要な意味を持つだろう。なぜなら、女の「恐いわね」ということばがおそらく横光利一の「おそれ」を代弁したものであり、人間存在の根拠に対する不安感から発生しているものに他ならないと考えられるからだ。そして重要なことは、「顕微鏡」というテクノロジーによって開かれたパースペクティブが、存在不安の原因になっていることである。たとえば夏目漱石の『明暗』（一九一七年一月・岩波書店）の冒頭近くで「津田」が感じる不安も、「無礼な街」のそれと同質のものだ。

彼の傍には南側の窓下に据ゑられた洋卓《テーブル》の上に一台の顕微鏡が載つてゐた。医者と懇意な彼は先刻《さつき》診療所へ這入《はい》つた時、物珍しさに、それを覗かせて貰つたのである。其時《そのとき》八百五十倍の鏡の底に映つたものは、丸で図に撮影《と》つたやうに鮮やかに見える着色の葡萄状の細菌であつた。
津田は袴を穿《は》いて仕舞《しま》つて、其洋卓《テーブル》の上に置いた皮の紙入を取り上げた時、不図此《ふとこの》細菌の事を思ひ出した。すると連想が急に彼の胸を不安にした。

よく知られた小説なのでくどくど説明することは避けるが、この場面で顕微鏡の細菌のことを思い出した津田は、自分の痔疾が結核性のものではないかという疑念を抱き、医師に訊ねる。医師は言下に否定するが、津田の不安は払拭されない。帰途についた彼は、自分の肉体が不可知の因果律によって左右されていることを意識し、「不思議というよりも寧ろ恐ろし」い気がしてくる。そして「精神界」も全く同じことだという考えに行き着くのである。

平野謙は『芸術と実生活』（一九五八年一月・講談社）に収められた「夏目漱石」の中で、「人間と人間のさまざまな組み合わせ、その組み合わせによる力関係の変化」が「明暗」の主題であるという考えを提示し、その延長線上に横光利一の「機械」や伊藤整の「氾濫」（一九五六年十一月から『新潮』に連載中だった）があるという仮説を立てている。この系譜づけはいろいろな意味で興味深いが、大きな欠陥は「明暗」冒頭の顕微鏡の挿話を過小評価、ないしは黙殺していることだ。すでに明らかだと思うが、平野謙の仮説は、伊藤整の「解説」をふまえて提出されたものである。だから平野謙は、「いかなる小さなことにも」という「機械」の一節を人間関係のメカニズムに還元してしまった伊藤整の読みをそのまま踏襲し、顕微鏡の挿話を積極的に論旨に組み込もうとはしない。確かに未完の「明暗」は、顕微鏡の挿話のあと、数多くの作中人物たちの心理の絡み合いを緊密な筆致で描く方向に展開し、肉体のうちに進行する不可知の変化というプロットは生かされないまま中絶している。しかし、少なくとも「明暗」と「機械」とを結び付けて考えるためには、「人と人との組み合はせ」といったものとは異なる水準のメカニズムも考察の対象にするべきだろう。たとえば、温泉場で清子に再会したあとの津田の身体に、「修善寺の大患」[*2]のような何らかの身体的な異変が生じるのではないかという読み方などは、冒頭の挿話をプロットとして生かそうとする試みに他ならない。もちろん未完であるのだから、そんなプロットなどありはしないという議論も成り立つわけで、「明暗」に関するこうした読みの可能性の是非に関しては留保を加えざるを得ない。ただ、「機械」が「明暗」から何を受け取ったかという命題を考えるとすれば、顕微鏡の挿話は看過し得ないはずだということだけは言っておかなくてはならないだろう。

3 「私」の世界認識

伊藤整のような「機械」の解釈が成立する根拠は、わたしにも十分に理解できる。何しろ語り手「私」の他者認識のパターンは、まさに〈機械論的《メカニカル》〉というしかないものだからである。冒頭近く、「私の家の主人が狂人ではないのかとときどき思った」理由を説明したあと、「私」はこんな風に語っている。

此《こ》の主人はそんなに子供のことばかりにかけてさうかと云ふとさうではなく、凡《およ》そ何事にでもそれほどな無邪気さを持つてゐるので自然に細君が此の家の中心になつて来てゐるのだ。家の中の運転が細君を中心にして来ると細君系の人人がそれだけのびのびとなつて来るのももつともなことなのだ。従つてどちらかと云ふと主人の方に関係のある私は此の家の仕事のうちで一番人のいやがることばかりを引き受けねばならぬ結果になつていく。いやな仕事、それは全くいやな仕事で然もそのいやな部分を誰か一人がいつもしてゐなければ家全体の生活が廻らぬと云ふ中心的な部分に私がゐるので実は家の中心が細君にはなく私にあるのだがそんなことを云つたつていやな仕事をする奴は使ひ道のない奴だからこそだとばかり思つてゐる人間の集りだから黙つてゐるより仕方がないと思つてゐた。

（傍点・野中）

ここに既に語り手「私」の認識法の特徴が顕著に現れている。ネームプレート製造所は、語り手「私」にとって「人間の集り」として一つの加算的「全体」であり、逆に言うと、所属するメンバーはおのおの「部分」として個別の役割を果たしている。また所属メンバーは、家の中の力関係の下で「細君系」と「主人の方に関係のある」ものに分割される。そして複数のメンバーによって構成された「家全体」の生活は、「運転」というメカニカルな比喩で捉えられているのである。「私」がネームプレート製造所の人々を固有の人間性を捨象した〈もの〉的な存在として眺めようとしていることは明らかだろう。

一人の従業員に過ぎない「私」がネームプレート製造所を「私の家」と呼んでいる意識の働かせ方も注目に値するが、もっと興味深いのは、他者を眺めていた機械論的な認識パターンをそのまま自己認識にずらし込んでいることである。引用の前半で「細君が家の中心」と語りながら、後半では「実は家の中心が細君にはなく私にある」と言いかえている。これは、細君と「私」が交換可能だという語り手の人間観の反映であり、「語る」ということによって他の人物から超越しているはずの語り手自身も、他の人物と同じ「家の運転」のメカニズムに組み込まれているのだという自己認識を示すものだと言える。自分自身を相対化していると言えば聞こえはいいが、要するに語り手の「私」と認識の対象である〈他者〉との非対称性を隠蔽することで、機械論的な世界をでっち上げているのだ。

たとえば、ミハイル＝バフチンは、「人間のイデーの構築過程」を、「私のカテゴリー」に基づく場合と

「他者カテゴリー」に基づく場合の二つに分けている。[*3] 前者は「人間、それは私自らが自分を体験するとおりの私であり、他者もこの私と同じである」と表現され、後者は「人間、それは私が体験するとおりの、私を取り巻く他者であり、私もこの他者と同じである」と説明される。この分類にしたがえば、引用の箇所は「他者のカテゴリー」に基づく「人間のイデーの構築過程」を示していると言えそうだが、問題はその先にある。「私」は「他者のカテゴリー」を自己に適用するだけではなく、常に逆の操作も怠らない。語り手の認識活動を支えているのは「私」と「他者」との互換性の意識であり、この場合、「構築過程」の方向は二次的な問題である。つまり「機械」の場合、認識の対象である「軽部」というあの「他者」と認識の主体であるこの「私」との非対称性を閑却し、二つの「構築過程」を巧みに交錯させながらネームプレート製造所の権力関係を可視的なものとして再構成しているのだ。

　ネームプレート製造所の職人「軽部」は、「私」が産業スパイなのではないかと疑っていて、常に「私」の行動に目を光らせている。身に覚えのない「私」は「全く馬鹿馬鹿しい事だ」と思って相手にもしなかったのだが、「軽部」の敵意は次第に激しくなってくる。「私」は「油断をしていると生命まで狙われているのではないか」とまで考え始める。しかし「私」には、それほど激しい「軽部」の敵意の由来が全く理解できない。そこで「さう手容《たやす》く殺されるものなら殺されてもみよう」と覚悟を決めて、軽部のことなど全く眼中におかなくなっていく。そんな折、「私」はネームプレート製造所の主人の底抜けの「善良さ」に打たれ出して、「どうかして主人のためになるやうにとそればかりが」関心事になってくる。そして、そうなって初めて「私」は軽部の敵意の由来を了解することになる。

それから間もなく反対に軽部の眼がまた激しく私の動作に敏感になつて来て仕事場にゐるときは殆ど私から眼を放さなくなつたのを感じ出した。思ふに軽部は主人の仕事の最近の経過や赤色プレートの特許権に関する話を主婦から聞かされたにちがひないのだが、主婦まで軽部に私を監視せよと云ひつけたのかどうかは私には分らなかつた。しかし、私までが主婦や軽部がいまにもしかするとこつそり主人の仕事の秘密を盗み出して売るのではないかと思はれて幾分の監視さへする気持ちになつたところから見てさへも、主婦や軽部が私を同様に疑ふ気持ちはそんなに誤魔化してゐられるものではない。（傍点・野中）

ここには、語り手「私」の他者理解の基本的なありかたが端的に示されている。「屋敷」という新しい人物が登場してくるこの後の部分にも、自己と他者を交換可能なものと見なして工場内の関係を可視的に再構成しようとする語り手の志向は、かなり明瞭に読み取れる。引用のすぐ前の部分に「家にゐても家の中の動きや物品が尽く私の整理を待たねばならぬかのやうに映り出して来て軽部までがまるで私の家来のやうに見えて来た」とあるのも、語り手がネームプレート製造所内の〈もの〉を、言わば「私の家」として構成しようとしていることと対応している。要するに語り手「私」は、ネームプレート製造所内の人物を（自分も含めて）、製造所に所属している限り、交換可能な単位として扱おうとしているのだ。そしてそうした態度を支えているのは、「私」のネームプレート製造所という空間に対するある種の〈思いこみ〉

である。

この〈思いこみ〉がどのようなものであるのかを考えるためには、語り手がネームプレート製造所を「私の家」と呼んでいることや、主人の「底抜けな馬鹿さ」が果たす役割などを考察の対象にする必要がある。言いかえれば、語るという行為によって実質的に語られている世界を吊り支えている「私」と、語られた世界の関係性の中心に位置する主人とを、複眼で捉えていかなくてはならないのである。たとえば、穴ほぎ用のペルスを探して軽部のポケットにそれを見つけ、黙って取り出そうとしたとき、「他人のポケツトに無断で手を入れる奴があるか」と言われたのに対して、「私」はこう答えていた。すなわち、「他人のポケツトはポケツトでも此の作業所にゐる間は誰のポケツトだつて同じことだ」と。この答えは一見「屁理屈」として口にされたもののように見えるが、じつは「私」のネームプレート製造所に対する〈思いこみ〉の特質を典型的な形で表している。そして「私」が語る動機も、それを放棄せざるを得なくなる理由も、この〈思いこみ〉に関わっている。

「私」が語ることによって再構成しようとする世界の範囲は、おおよそネームプレート製造所内に限定されている。語っている「私」にとって、製造所の外の出来事は興味の対象にされていない。というより、語る必要がないものと見なされている。そのかわり、語りの及ぶ範囲を画定することによって、ネームプレート製造所という空間は、認識の対象として均質化されている。本来さまざまな水準の関係が入り組んでいる世界を生きているはずの作中人物たちは、「善良な主人」を中心とした製造所内の一義的な体系に抽象化されているのである。「作業場にゐる間は誰のポケツトだつて同じことだ」ということばの持つ意味は、そういうことだ。「私」から見た軽部や「屋敷」は、製造所にいる限り、その構成員として、交換可能で均質な存在に見えている。ちょうど、息子にとっては、芸能人でも政治家でも家庭内にいる限りはたんなる父親に過ぎないように、語っている「私」は「軽部」や「屋敷」に「善良な主人」を中心とした製造所の一員としての属性しか見ていないのである。そういう意味で、作中人物はある種の抽象化によって語られる世界に組み入れられているし、認識の対象として語られる世界に位置づけられようとする限りにおいて、語っている「私」自身も、同じような抽象化はまぬがれない。「私」が語る動機は、ネームプレート製造所内の出来事を機制《メカニズム》として再構成することで、「屋敷」の死の真相を言い当てようとすることにあったはずだが、抽象化によって捏造された機械論的決定論は破綻せざるを得ないのである。ネームプレート製造所の外の世界に言及する「屋敷」に対して感じる底知れない「無気味さ」とは、「私」の持つこのような限界を暗示しているはずである。

「屋敷」は、五万枚のネームプレートの仕事を仕上げるために主人が同業の友人から借りてきた職人だが、彼は製造所の外の社会的な問題に関心を持っている。もっぱら製造所内の出来事を語りの対象にしている「私」とは異なる水準の関係性に関心を向けている。そのために「私」から見た「屋敷」の言動には、理解しかねるような不可解なところがある。「屋敷」の考えをよくつかみかねている「私」は、心理的な駆け引きで「実は弟子にでもして貰ふつもり」だと告げるのだが、「屋敷」はそれに対して「俄に真面目になると一度私に、周囲が一町四方全く草木の枯れてゐる塩化鉄の工場へ行つて見て来るやう万事がそれからだ」と答える。「私」は「何がそれからなのか」さっぱりわからないが、「屋敷」が自分を馬鹿にしていた原因が「ちらりとそこから見えた」ように思う。しかし結局は、「いつたい此の男はどこまで私を馬鹿にしてゐたのか底が見えなくなつて来てだんだん彼が無気味に」感じられてきてしまう。

ここで「私」が「屋敷」に「無気味さ」を感じた理由は明瞭である。「私」の認識は、製造所内での整合性を得るために、主人を中心とした「私の家」の内部に限定されていた。出来事を因果関係として機械論的に再構成するためには、どこかに境界を設けておく必要があるからだ。そうでなければ、問いが問いを呼んで決定不能に陥ってしまい、理由の理由を求めて、語りは無限に遡行しなければならなくなる。だからこそ「私」がネームプレート製造所で働くことになった事情も、出来事の連鎖の最初に、ひとつの偶然的な事件として位置づけられざるを得ないのである。もちろん通常の場合、ひとは必ず限定された認識の範囲内で因果関係を言い当てている。日常生活においてはそれで十分だし、そもそも因果関係を厳密化すること自体、不必要なことなのだ。「機械」の語り手「私」の場合も、均質化された要素間の機《メカニズム》制として人間関係を捉える機械論的な認識法が、ネームプレート製造所内の出来事を語る上で一定の有効性と整合性をたもっていた。「屋敷」の死という事件が起きるまでの間、製造所内での人間関係をそのつど把握しながら自分をそこに適応させて生をつむいでいた、語られている世界の中の「私」にとっても同じことである。周囲の人物が基本的には「私」の言い当てうる機《メカニズム》制に基づいて行動しているように見えたからこそ、語られている「私」は、「軽部」からの敵意や、自分自身の「屋敷」に対する疑惑をコントロールしつつ立ち回れたのである。したがって「屋敷」がネームプレート製造所を超えた社会的な因果関係の中に自分たちを位置づける観点を示したとき、「私」は自分の世界認識のほころびを「無気味」ということばで弥縫するしかなかったと言える。主人を中心にネームプレート製造所内の人物を構成単位とする関係性の変化を問題化する「私」と、ネームプレート製造所そのものを構成単位とするような社会関係を問題化する「屋敷」の世界認識は、水準が異なっているのである。もちろんこれは、どちらかが高くてどちらかが低いというような意味での水準ではない。素朴に言えば「もののみかた」が違うということに過ぎない。「万事がそれからだ」という忠告をされる前の「私」は、「屋敷」に多くの共通点を見出し、親しみさえ感じていた。そのとき、唯一の相違として意識されていた点について、「私」が次のように語るところがある。

ただ私と彼との相違してゐる所は他人の発明を盗み込まうとする不道徳な行為に関しての見解だけだ。だが、それとて彼には彼の解釈の仕方があつて発明方法を盗むと云ふことは文化の進歩にとつては別に不道徳なことではないと思つてゐるにちがひない。実際、方法を盗むと云ふことは盗まぬ者より良い行為をしてゐるのかもしれぬのだ。現に主人の発明方法を暗室の中で隠さうと努力してゐる私と盗まうと努力してゐる屋敷とを比較してみると屋敷の行為の方がそれだけ社会にとつては役立つことをしてゐる結果になつていく。それを思ふとさうしてそんな風に私に思はしめて来た屋敷を思ふと、なほますます私には屋敷が親しく見え出すのだが、さうかと云つて私は主人の創始した無定形セレニウムに関する染色方法だけは知らしたくはないのである。

「私」は、「屋敷」や「軽部」と自分との交換可能性を軸に世界を認識していた。「作業場にゐる間は誰のポケツトだつて同じこと」というわけである。それに対して「屋敷」は、自分の今いるこの工場とあの工場との交換可能性に基づいて世界を認識しているとみることができる。社会の役に立つ限り、どの工場で作られようが同じことなのだ。そしてこの二つの「もののみかた」は、それぞれ水準が異なるにせよ、交換可能性という観点から見れば、いずれも機械論的と言うことができる。またそれぞれの「もののみかた」が、別の水準の因果関係を閑却しなければ成り立たないという点においても、機械論的なのである。「私」と屋敷の世界認識の水準は、互いに互いを閑却しあい、抽象化された交換可能な要素を限定された範囲内で因果関係として析出することで成立している。言いかえれば、「私」の世界はネームプレート製造所の構成員の加算的集合としてあり、「屋敷」の世界はさまざまな「工場」を要素として構成された社会体として存在しているということである。語っている「私」が世界をこのように認識しており、したがって「屋敷」の死の真相もこのような機《メカニズム》制の中で言い当てられるしかない以上、語りの対象がネームプレート製造所に限定されるのは当然の帰結だろう。伊藤整のような理解が説得性をもつのも、「私」の認識パターンにこれまで見てきたような特質があるためなのだ。しかし「屋敷」の「無気味さ」に言及する部分で「私」の世界認識は綻びを見せており、語りを放棄する最後の部分にいたっては、その限界がはっきりと露呈してしまっている。そして、語りを放棄し、世界認識の限界を露呈することによって、語っている「私」は、機械論的ではない別の世界認識のヴィジョンを示唆しているとも言えるのである。

4　身体内部の不可視のメカニズム

空間限定の意味はすでに見てきた通りだが、それが他ならぬネームプレート製造所であることには、いったいどういう意味があるのだろうか。
「私」がネームプレート製造所で働くようになったのは、九州から上京する汽車の中で、偶然知り合った年配の婦人の紹介によるものだった。初めは楽に見えた仕事だったが、やがて「私」は「薬品が労働力を根底から奪っていく」ことに気づく。「私」の持ち場は、製造所内でもいちばん人に嫌がられるような部分だった。「私」が「穴」と呼んでいるその持ち場は、小説の冒頭近くで次のように説明されている。

此のネームプレート製造所でもいろいろな薬品を使用せねばならぬ仕事の中で私の仕事だけは特に劇薬ばかりで満ちてゐて、わざわざ使ひ道のない人間を落し込む穴のやうに出来上つてゐるのである。此の穴へ落ち込むと金属を腐蝕させる塩化鉄で衣類や皮膚がだんだん役に立たなくなり、臭素の刺戟で咽喉を破壊し夜の睡眠がとれなくなるばかりではなく頭脳の組織が変化して来て視力さへも薄れて来る。こんな危険な穴の中へは有用な人間が落ち込む筈がないのであるが、此の家の主人も若いときに人の出来ないこの仕事を覚え込んだのも恐らく私のやうに使ひ道のない人間だつたからにちがいないのだ。

出来事を再構成している語り手「私」の現在は、必ずしも明確にされていない。しかしおそらく薬品の作用を受けながら、あるいはその後遺症の中で語っているに違いない。「私」が最後に語りを放棄するにあたって、「もう私の頭もいつの間にか主人の頭のやうに早や塩化鉄に侵されて了つてゐるのではなからうか。」という不安を表明していることからも、そのことは推測できる。つまり「機械」は、「私」に対する「塩化鉄」の作用に言及することで首尾照応しているのである。とすれば、ネームプレート製造所という空間の意味は、当然「塩化鉄」の作用という状況設定のうちにも読み取られなければならないはずだ。岩上順一のように、「機械」すなわち「塩化鉄」と言い切ってしまうのはあまりに短絡的だが、決して無視することのできない問題であることも確かだろう。[*4]ここには、語っている「私」が認識の対象としているネームプレート製造所の構成員同士の人間関係とは、まったく異なる水準の因果系列がある。

ある日、主人に暗室へ呼び入れられた「私」は、プレートの色の変化について説明され、バーニング試験の手ほどきを受ける。この体験は、対人関係というレベルでの機械論的な認識にのみ関心を寄せていた「私」にとって、まったく別の水準の因果系列に目をひらく第一歩だった。その記述をもう一度引用しておこう。

　それからの私は化合物と元素の有機関係を験《しら》べることにますます興味を向けていつたのだが、これは興味を持てば持つほど今迄知らなかつた無機物内の微妙な有機的運動の急所を読みとることが出来て来て、いかなる小さなことにも機械のやうな法則が係数となつて実体を計つてゐることに気附き出した私の唯心的な眼醒めの第一歩となつて来た。

微視的なレベルにおける機械論的な関係を、「私」は「今迄知らなかった」と言っている。前述した通り、すでに「私」は製造所内の人間関係に「機械のような法則」を見出している。つまり「私」の関心はもっぱらネームプレート製造所内の人間関係に差し向けられ、世界はその水準の中で言い当てうるものと見なされていた。だからこそ「私の家」がそっくりそのまま水準の異なる未知の因果系列の中に組み込まれていることを示唆した「屋敷」のことばは「無気味」だったのだ。同様に、「無機物内の微妙な有機的運動」も水準の異なる因果系列である。しかしこの微視的な因果系列は、まだ「私」を脅かすには至っていない。なぜなら、分子レベルの因果系列は、「私」が所属する人間関係レベルの因果系列とは、相対的に独立した別個の系列と見なされているからである。だから「屋敷」の示唆した因果系列に対して行ったような抑圧をする必要はない。「無機物内の微妙な有機的運動」に「無気味さ」や脅威を感じないで、かえって興味をおぼえることができたのはそのためだろう。また「法則」という点での、「私」の基本的認識パターンとの一致も、興味をおぼえていった一つの要因と言えよう。「私」は、社会的な事象についても、それが「私」に直接コミットしない、別個の因果系列にあるものと見なせるなら、十分な余裕をもって語ることが出来る。

私は屋敷と新聞を分け合つて読んでゐても共通の話題になると意見がいつも一致して進んでいく。化学の話になつても理解の速度や遅度が拮抗しながら滑めらかに辷つていく。政治に関する見識でも社会に対する希望でも同じである。

これは、「万事がそれからだ」云々という部分に先立つところである。「同じである」と語っている「私」の「屋敷」理解が、自己と他者を均質化して交換可能なものと見なそうとする意識に裏打ちされていることはもはや明らかだろう。ここで取りあげなくてはならないのは、「私」の関心が「化学」や「政治」や「社会」にも向けられていることだ。「私」は、ネームプレート製造所内の人間関係のことしか知り得ないというわけでは決してない。ネームプレート製造所の外部の出来事についても語り得るのである。ただし、この三つの領域は、「私」の周囲を取り巻いている諸関係とは相対的に独立した、別個のものとして理解されているのだろう。したがって語っている「私」は、「化学」や「政治」や「社会」のこと自体を、出来事を再構成するための認識の対象として顕在化させていない。つまり「屋敷」との間にかわされた会話の具体的な内容は、一切問題にされないし、語られることもないのだ。「屋敷」の死の真相を言い当てようとする語り手「私」のモチーフにとって、「化学」や「政治」や「社会」の領域のことは、語る必要のないこととされているのである。しかし、「化学」や「政治」や「社会」のことなどを閑却して世界認識を厳密化しようとしたことは、最後に「私」が語りを放棄しなければならなくなる要因のひとつになっている。もちろんこれは、「化学」や「政治」や「社会」の問題さえ組み込めば、語ることを放棄しないで世界認識を成立させることが出来たはずだということを意味するわけではない。ただ、ここではさしあたり、機械論的決定論の原理的不可能性という観点から、若干の見通しを立てておこう。

語っている「私」は、世界を再構成するために、ネームプレート製造所内の人物を一個の歯車として扱いうるような地平で思考をすすめていった。それはまさに、伊藤整の言った「人と人との組み合はせの動き」の中に「現代人の生きることとの実体がある」という世界観と同じものである。しかしこのような機械論的決定論は、前述の空間の限定ということとは別の意味で、原理的に不可能であり、不徹底である。なぜならそれは、一個の歯車としての人間そのものへの問いかけを禁じた上でないと成立しないものだからだ。そして「機械」は、そのような不徹底が「私」の世界認識を破綻させていく道行きを描いている小説である。「私」は「屋敷」の死の真相を追究しようとして語りを推し進めていくうちに、一個の歯車として相対化していた自己の身体が、実は世界を機制《メカニズム》として再構成している根拠であることに気づかざるを得ない。そして自己の身体が、わかりやすく言えば自己の脳髄が、「塩化鉄」のような物質によって生理的な作用を受けつつ存在しているという事実に直面せざるを得なくなっていくのである。概括的に言えば、心理的な人間関係の水準に、分子レベルの生理的な因果系列が、自己の身体を媒介としてコミットしていたことに気づいてしまったのだ。そのことの自覚が、「私」に語りを放棄させた大きな要因ではなかったか。したがって、「機械」という小説の世界を、「人と人との組み合はせ」という次元のみに還元してはならない。のみならず、屋敷の「無気味さ」が示唆しているような社会的な関係性をつけ加えただけでも不十分である。おそらく「機械」は、全体を部分の総和と考える機械論的（＝唯物論的）な世界認識に、根底的な態度変更を迫っている小説である。したがって、「いかなる小さなことにも機械のような法則が係数となつて実体を計つてゐる」ということばの意味は、次のような叙述と同様のものとして理解されなければならないのではないか。

だから、生物の有機的な体は、どれもいわば神の機械か、ある種の自然の自動体なのであって、人工のどんな自動体よりも無限にすぐれている。なぜかというと、人間の手になった機械は、その部分の一つ一つまでは機械ではない。たとえば、真鍮でつくった歯車の歯は、部分とかかけらとかになれば、もうわれわれの目には人工のものとはいえないし、歯車本来の用途から見ても、もはや機械らしきところはすこしもない。ところが自然の機械、つまり生物の体は、それを無限に分けていってどんなに小さな部分になっても、やはり機械なのである。[*5]

このあまりにも有名なライプニッツの「モナドロジー」の一節が示しているヴィジョンこそ、「機械」という小説を読み解く上で重要なものである。「唯心的な眼醒めの第一歩」ということばの意味も、そのような文脈の中で理解できる。「モナドロジー」で展開されたライプニッツのヴィジョンは、「全体のミニチュアが各部分に内蔵されていてそれがどこまでも続いていく」という風に要約され、「全体を部分の加算的集合」と考えるニュートンのヴィジョンとは対照的なものとして定式化できるという。[*6] そしてライプニッツのヴィジョンは「有機体論」或いは「生気論」と言え、ニュートンのヴィジョンは「機械論」と呼べる。「機械」の「私」はおそらく、機械論的な認識パターンを有機体論的なものに深める兆しをつかんだのであって、それを「唯心的な眼醒めの第一歩」と呼んだのだろう。

見てきたように、横光利一が〈機械〉というメタファーで描こうとしたのは、人間が組織や関係性の中で「歯車」として存在せざるを得ないというような話では決してない。それはまず、社会や心理や生理などのあらゆる領域に適用可能な説明概念としてあり、同時にそれらの領域を横断する錯綜した因果系列全体を示唆するメタファーとして提示されている。別の言い方をすれば、機械論的決定論の不可能性を露呈させる〈世界〉のメタファーとして用いられている。そして、〈機械〉というメタファーを、そのようなラジカルな意味合いのものとして捉え直しておくことが、わたしの「機械」論の出発点である。

［注］

1　小林秀雄「横光利一」（一九三〇年十一月『文芸春秋』）や井上良雄「横光利一の転向」（一九三一年二月『詩と散文』）を指す。

2　一九一〇年（明治43）八月、持病の胃潰瘍の療養のために伊豆修善寺温泉に逗留していた夏目漱石は、大量吐血して人事不省の危篤状態に陥った。

3　ミハイル・バフチン著作集2『作者と主人公』（斎藤俊雄・佐々木寛訳／一九八四年十二月・新時代社）「第二章　主人公の空間形式」による。

4　岩上順一『横光利一』（一九五六年十月・東京ライフ社）。

5　『世界の名著30スピノザ／ライプニッツ』（清水富雄・竹田篤司訳／一九八〇年九月・中央公論社）「モナドロジー」第六十四節による。

6　浅田彰「変貌する科学」、山口昌哉「数学と科学」（『科学的方法とは何か』所収、一九八六年九月・中公新書）。

Ⅱ　横光利一文学の世界と「機械」

1　生理的身体への眼差し

〈機械〉というメタファーを、ライプニッツの「モナドロジー」と結びつけるというアイデアは、いかにも思いつきめいていて粗雑な態度に見えるかもしれないが、従来の「機械」論が看過してきた問題を掘り起こすための一つの有効な観点であることも確かである。語っている「私」の「頭脳」が「塩化鉄」に侵されつつネームプレート製造所での出来事を再構成していることを指摘する論者はいても、それを身体内部の微視的なメカニズムの発見という方向に敷衍しようとした論考は皆無だったからである。

たとえば栗坪良樹は、〈機械〉というメタファーについて「構造的なメカニズムそのものを意味しているとは理解できない」と述べた上で、「それは、確実に侵蝕しそれと知れずに破壊してゆく何物かのイメージ表現として提出されている」と指摘している。[*1] この指摘が、〈機械〉というメタファーを「人間の組み合はせと社会条件の組み合はせ」（伊藤整[*2]）という〈関係〉の問題に単純に還元することを周到に避けていることは注目に値する。しかし同時に、「刻々と人間を窮地に追い込んでゆく何物かのイメージ」といった曖昧な物言いに終始していることも確かである。おそらくその原因は、「いかなる小さなことにも機械のような法則が係数となつて実体を計つてゐる」という「私」のミクロコスモスへの関心を、単なる「比喩」としてしか受け取らなかったところにある。比喩は本来、たんなる代理表現ではない。だから、比喩するものと比喩されるものとは常に重層化されている。「薔薇のように美しい」という表現が女性の美しさに薔薇のイメージを重ねるものでないのなら、誰が「薔薇のように」という直喩をわざわざ使うだろうか。「機械」という小説を読む場合も、比喩のもたらすこのような重層性に注目しなければ、ひどく平板な解釈にならざるを得ないことは明らかである。栗坪良樹の曖昧な物言いは、そうした重層性を切り捨てないぎりぎりの表現であったのかもしれないが、「機械」の世界を明らかにするためにはその重層性を解きほぐす作業が不可欠であることも忘れてはならない。

「確実に侵蝕しそれと知れずに破壊してゆく何物かのイメージ」とは、「私」を超えて働く社会的な因果系列と、「私」にとって可視的な工場内の人間関係を含意しつつも、身体内部に進行する不可視のメカニズムをも包括するものであると言わなければならない。そして注意すべきことは、そのような〈機械〉のイメージを構成しているのが、他でもない、「塩化鉄」の作用を受けつつ存在する語り手「私」の「脳髄」だということだ。だからこそ〈機械〉というメタファーを、「人間の組み合はせと社会条件の組み合はせ」といった単純なメカニズムの問題に還元すべきではないのである。〈世界〉をメカニズムとして認識する「私」の意識自体が、身体というメカニズムによって拘束されているというウロボロス的な構造に目を向けない限り、結末の語りの放棄の意味は明らかにならないだろう。

さしあたり確認しておきたいことは、「機械」の世界が「私」の語りによって成り立っている以上、〈語り手の身体〉という観点を導入しておく必要があるということである。その上で、身体やミクロコスモスへの関心が、初期横光利一文学の世界にどのように位置づけられるかということを明らかにしてみよう。

横光利一の初期の小説群を読むと、性欲を中心とした、人間の生理的身体への関心の強さを示すものが目につく。最も早い時期の習作「神馬」（一九一七年七月『文章世界』）に始まって、実質的な処女作「蠅」（一九二三年五月『文芸春秋』）や「日輪」、生前未発表原稿の「悲しみの代価」（一九五五年五月『文芸』臨時増刊『横光利一読本』）など、横光利一の性的な潔癖感を逆照射するかのように、具体例は枚挙にいとまがない。たとえば、小森陽一は「『蠅』の映画性」の中で、「神馬」に用いられていた「食欲・性欲といった身体的欲望の充足が、自律的な意識を鈍磨させ、やがて睡眠へ移行するといったモチーフ」が「蠅」にも用いられていることを指摘している。そして「眼の大きな蠅」の位相が実は、「見る自分」（意識）と「見られる自分」（身体）という自己認識を内在化させていると論じている。*3

「かの眼の大きな蠅」が見てしまったのは、このように拘束されてあるモノとしての馭者の「一層猫背を張らせて居眠り出した」身体であった。この拘束された馭者の身体は、そのまま、馬車の車輪が路から外れてしまうことに気づくことができない、「眼匿し」された馬と重なるのである。

このような表現が生まれてきたのは、あらかじめ「解体してしまった〈私〉の意識」に「対象は自然であれ人間であれすべて交換可能な相対性にすぎないという認識が存在して」（吉本隆明『言語にとって美とは何か』第一巻、勁草書房、昭40・5）いたからではない。それ以前に、人間を意識と身体に分離した存在として捉え、その意識にとっては違和としてしか存在しないような外側の身体にやどる欲望にこだわらざるをえず、むしろあるときは意識をも拘束する外側としての身体こそ自己の実体ではないか、といった認識の転倒があったことを看過してはならない。このような意識（内側）、身体（外側）という分離した自己認識（それを「解体した〈私〉」と呼ぶならそれでもいい）を媒介にしてはじめて、見る自分と見られる自分という分節化が可能になるのである。（傍点は原文）

小森陽一が指摘するような「馭者の身体」の問題は、片岡良一が横光利一自身のことばとして紹介して以来、多くの論者たちによって言及されてきた。片岡良一によると、「蠅」の主題について横光利一は「人間より大きな蠅のあることを書きたかったんじゃ」と語り、「御者が出来たてのまんじゅうを欲しがるのは彼の性欲なのであり、それがすべての禍根なのだ」と述べたという[*4]。馬車が谷底に転落した原因は、直接的には、饅頭で満腹になった馭者の居眠りにあるわけだが、その背後には「誰も手をつけない蒸し立ての饅頭に初手をつける」ことが「その日その日の、最高の慰め」であるという独り者の、屈折した性衝動がうごめいているというわけである。そう言われてみれば、冒頭に描かれた起死回生のドラマに、別の隠喩的な意味がこめられているようにも思えてくる。

この小説は、「薄暗い厩の隅の蜘蛛の巣」にひっかかった蠅が「後肢で網を跳ねつ、暫くぶら〳〵と揺れ」た後、「豆のやうにぼたりと落ち」て危うく難を逃れるところから始まっていた。従来、結末の「馬車の落下と蠅の飛翔」という〈生〉と〈死〉の構図と対応させて読まれてきた場面である。しかし、「蜘蛛」ということばの喚起力に注目すれば、性的な桎梏からの脱却を象徴していると読めないこともない。また、心理学的な分析をほどこせば、冒頭部分は性的な表徴に満ちているとも言える。つまり、「馬」や「斜めに突き立つてゐる藁」を「男根」に結びつけることだって出来ない相談ではないのだ。さらに、「豆のやうに」という直喩に女性の性器とのイメージ連関を指摘することさえ不可能ではない。岩波書店の『広辞苑』第五版の「豆」の項には、「③女陰。特に陰核の俗称」という語釈が掲載されている。もちろんあまりにも節操のない解釈であることは確かだ。しかし同じ横光利一の「神馬」に描かれている「豆」の場合は、そういう解釈をほどこす余地が十分にあると言わざるを得ない。

『文章世界』に「佳作」として発表された習作「神馬」は、日露戦争に従軍して「国のため君のために尽くして来た」ことから、「神馬」として神社に繋がれ、人々に拝まれながら生きている一匹の馬が主人公である。小説は、擬人化された馬の視点から描かれ、「彼」の内的意識と人々の観念のずれがこの作品の眼目と言える。「彼」には自分が神聖なものであるという意識は全くなく、近づいてくる人間が「豆」をくれるかくれないかだけが関心事である。そして、ひとたび「豆」が与えられると、何もかも忘れて一心不乱に喰う。喰うと、「肋骨の下の皮が張つて」きて、「知らず〳〵に居眠」ってしまう。「神馬」という意味付けとは裏腹に、「彼」の〈生〉の内実は、徹頭徹尾「動物的」である。

一方で「彼」は、食餌と排泄と睡眠の単調な反復にすぎない拘束された〈生〉からの脱却を望んでもいる。眼前に広がる「淡紅の蓮華畑や、黄色な菜畑や、緑色の麦畑」、あるいはその向こうに「際涯しなく広がる「濃い藍色の海」を見るにつけ、「彼」は「豆台を飛び越えて走りた」いという〈欲望〉を覚えるのである。しかしこの欲望も、「食欲」という〈欲求〉を超えるまでに高まることはない。「走りたい」という〈欲望〉を感じる「彼」も、鼻先に「豆がパラ〳〵と撒かれると何もかも忘れて」しまうのである。結局「彼」は、動物的欲求の呪縛から逃れることのできない卑小な存在でしかない。このことは、結末近くで、牝馬の断声を聞いた「彼」が興奮のあまり暴れだす場面にも見て取ることができる。

（牝馬だ。牝馬だ）迅速な勢でギユーと何かしら背骨を伝つて下へ走つた。彼は前足を豆台の上へ乗つかけて飛び出ようとした。両側の縄がピンと張つて口をウンと云ふ程引いた。で彼は直ぐ足を落ろした。頭の中がガーンと鳴つてゐた。狂ひ出しさうになつた。で後足に力を込めて、無茶苦茶に床板を蹶《け》つた。社務所から男が来て彼を鎮めた。それでも未だ馬舎の中で立ち上つたりした。頭がはつきりした時には、牝馬の断声が聞えなかつた。彼はその方にじつと向いてゐた。

縄に繋がれて人々の視線に曝され、食欲や性欲の衝動から自由でいられない「神馬」の〈生〉は、身体的に二重の意味で拘束されていると言えるだろう。すなわち、一つは縄に繋がれているという文字どおりの身体的拘束であり、もうひとつは〈意識〉が生理的身体から自由ではいられないという意味での「拘束」である。そして、「神馬」の〈生〉に横光利一の人間観を読み取るとすれば、後者がより重要であることは明らかだろう。生理的身体に拘束され、「豆」を一心不乱にむさぼり食う「神馬」の〈生〉に、横光利一の矮小化された自画像があると言ってもよい。

一般的に、人間は第二次性徴の時期に心理的ショックを受け、人格形成の上で大きな影響をこうむることが知られている。身体の質的変化が、それまでほぼ安定していた自己像をおおきく揺るがすためである。そして、性的成熟が起こり生殖が可能になったにもかかわらず、強い性衝動を単純に満足させることが出来ないことは、生理的身体を〈私〉の意志の及ばないものとして対象化させる。小森陽一が指摘した「意識（内側）、身体（外側）という分離した自己意識」とは、青少年の間に性的なタブーが存在するような社会においては、通常このような形で生起すると考えられる。この点では、二十世紀の日本で思春期を迎えた横光利一の場合も、例外ではなかったと言ってよいだろう。

たとえば、「悲しみの代価」に次のような描写がある。

　彼はその日早く湯へ行つた。湯には誰も来てゐなかつた。彼は一度湯から上ると湯槽の縁へ腰を下ろし何の考へもなく身体の冷めるのを待つてゐた。するとふと自分の子供を産む器管《ママ》が眼についた。「まだ俺についてゐた。」そんな感じがすると彼にはそれが不似合なをかしいことでもあり、侮辱をされてゐるやうにも思はれた。

　彼はそれを斬りとる方法を考へてみたが、とにかく、何かよく切れる刃物で少し力を用ひれば済みさうに思はれ、たださうすることだけで、自分が人間とは一段上の全く別な生物になれるやうな気持ちがした。

「悲しみの代価」は、一種の姦通小説である。物語の中心は、視点人物の「彼」とその妻「辰子」、友人の「三島」の三角関係にあり、「彼」の心理的葛藤が執拗に追いかけられている。姦通までの小説の概略は、次のようなものだ。

妻の「辰子」はコケティシュな性格で小心な「彼」は自宅にやってくる友人たちにいつも強い嫉妬を感じていた。それを悟った友人たちは次第に「彼」を疎んじるようになり、今では誰も寄り付かなくなってしまったが、唯一の例外が「三島」である。「三島」は病気で二年ほど郷里に帰っていたため「彼」の嫉妬の対象とはならなかったのである。その「三島」が二年ぶりで上京してきて下宿を探しているという。「彼」は、友人たちの間でも飛びぬけた「三島」の容姿と「辰子」の性格を考えると「臆病な警戒心」を覚えずにはいられなかったが、「一人一人自分の友人に猜疑心を向けてかかる自分」にはもう愛想が尽きていた。「彼」は自分を滅ぼしてしまいたいという衝動を覚え、小心な自分に対する「反逆」として、「三島」に自宅の二階を提供することを申し出てしまう。そして案の定、過剰な嫉妬心に苦しめられ、ついに自分の郷里に逃げ出すことになる。その間に「彼」の妄想に過ぎなかった「辰子」と「三島」の姦通は現実のものとなってしまうのである。

このように、もとはと言えば、自分の過剰な嫉妬心がすべての禍根なのであるが、「彼」は心理的な原因の奥底に人間の生物的な条件を見出している。つまりこの小説は、あくまでも三角関係というかたちでの「人と人との組み合はせ」を描いたものであるが、その裏に、自然主義文学にも通じるような生理的身体への関心がすけて見えるのである。そのことを示す描写のうちの一つが引用の箇所なのである。

以上のような生理的身体への関心が、「機械」にいたって、「いかなる小さなことにも」という微視的な分子メカニズムのイメージに結びつくことになるのだが、実はその間の人間観・世界観の変容には所謂「新感覚派」的な横光利一の表現方法を支えた〈近代的〉な想像力が関与していたのではないかと思われる。次にそのことについて考えてみよう。

2　新感覚派的な世界認識と「機械」

横光利一の文体を考える場合、「カメラ・アイ」[*5]（由良君美）と呼ばれる特異な視点の変換にひとつの大きな特徴があることは、ほぼ定説となっている。確かに「蠅」に見られるようなロング・ショットとクローズ・アップの目まぐるしい転換は、人間の肉体の能力を超えている。まさに、映画のカメラ・ワークそのものと言ってよいだろう。しかしそれが場合によって同時代のカメラの能力をさえ超えてしまっていることは、これまであまり強調されてこなかった。

横光利一の新感覚派時代の代表作のひとつに「ナポレオンと田虫」（一九二六年一月『文芸時代』）がある。ナポレオンのヨーロッパ大陸の侵略と彼の腹部の田虫の進行の隠喩的関係を軸にした短篇だが、その結末近くに次のような描写がある。

ナポレオンの腹の上では、今や田虫の版図は径六寸を越して拡つてゐた。その圭角をなくした円やかな地図の輪廓は、長閑な雲のやうに微妙な線を張つて歪んでゐた。侵略された内部の皮膚は乾燥した白い細粉を全面に漲らせ、荒された茫茫たる砂漠のやうな色の中で、僅かに貧しい細毛が所どころ昔の激烈な争ひを物語りながら枯れかかつて生えてゐた。だが、その版図の前線一円に渡つては数千万の田虫の列が紫色の塹壕を築いてゐた。塹壕の中には膿を浮べた分泌物が溜つてゐた。そこで田虫の群団は、鞭毛を振りながら、雑然と縦横に重なり合ひ、各々横に分裂しつつ二倍の群団となつて、脂の漲つた細毛の森林の中を食ひ破つていつた。

この部分を引用した上で、関谷一郎は次のように指摘する。*6

田虫の群団とナポレオンの群兵を対照しながら破局へと続いていく箇所であるが、その筆の鮮やかさに幻惑されて、本来不可視の世界を眺めさせられていることに気づかぬままで終えてしまいそうである。ここにはもはやただのカメラ・アイではなく、顕微鏡の倍率を持ったレンズで拡大された世界が提示されているわけである。作者の意識はカメラ・ワークの方法を超えてしまい、豊かな想像力の才によって腹と平原、田虫と群兵の対照された構図を定着しているのである。ここまでくると横光の方法をカメラ・アイだけで理解しようとすることには、限界があることが判る。

もちろん由良君美が「カメラ・アイ」と言ったのは比喩的表現であるだろうから、同時代のカメラによって撮影可能かどうかはさしあたり問題ではない。しかし「新感覚派」的と言われる表現において、「駆使されているのはレンズではなく、想像力であり言葉である」ことは確かである。またそれが「顕微鏡」に象徴される「科学的認識」によって獲得されたものであることには留意が必要だろう。そして小説の中にこのような形で微視的な世界が持ち込まれていることは、表現史の上では、おそらく画期的なことだったのではないだろうか。さらにもうひとつ見逃せないことは、「蠅」などの初期の小説とは違い、この小説の言説全体が隠喩的構造を持っているという事である。

「比喩表現を駆使し、比喩を戦略としておのれの文学を構築しようとした作家の双璧は横光利一と三島由紀夫である」と主張した利沢行夫は、「ナポレオンと田虫」を論じた文章のなかで次のように述べている。[*7]

『日輪』と「ナポレオンと田虫」とはともに隠喩を巧みに利用した作品だとしても、両者のなかで用いられている隠喩は、その性質を異にしている。『日輪』では名詞的隠喩が主軸であるが、この隠喩の特徴は、文のなかに比較体にもとづく観念体系が構成されないということであった。

それに対して「ナポレオンと田虫」のほうは、述語的隠喩が主である。これは、比較体をもとにした観念体系が文のなかに築かれるのを特徴とする。

「比較体」とは、比喩するもののことであり、「日輪」を「卑弥呼」の比喩として使用した場合の「日輪」ということばがそれにあたる。また「観念体系」とは、ある一つのことばから一般の人たちが連想する「さまざまな考えの集積」であるという。言語学でいうところの「連合関係」に近いものと考えていいだろう。つまり利沢行夫がここで述べているのは、「日輪」の隠喩があくまで物語の枠組みに従属しているのに対し、「ナポレオンと田虫」の隠喩が物語の枠組みそのものになっているということである。言いかえれば、「田虫」の勢力拡大が、ナポレオンのヨーロッパ侵略に対する「比較体」（比喩するもの）としての従属的立場を脱して、確固とした実質をそなえているということだ。ナポレオンの軍隊も田虫の群団も小説世界に「実在」させられている点においては等価なのである。このような形で、ヨーロッパ侵略という社会的な事件と腹部の田虫の拡大を隠喩的に配置する発想から、人間の意識を拘束する不可視のメカニズムという「機械」の世界認識に転換するまで、それほど大きな径庭はないだろう。十八歳の皇后マリア・ルイザの若く高貴な肉体を前にして、腹部に田虫を抱えた卑しい平民である自らの出自に対するコンプレックスが、ナポレオンをしてヨーロッパの侵略を強いているかのように書かれていることにも注目しておきたい。微視的な生物が国や歴史を動かしているという「ナポレオンと田虫」の構図は、身体内部の不可視のメカニズムが精神を脅かし、人間を死に至らしめるかもしれないという「機械」の構図とよく似ている。

人間の感情が「外側」として対象化されるような身体的条件と無関係でないことは、デカルトの『情念論』（一六四九年）をあげるまでもなく、しごく平凡な認識である。「身の毛がよだつ」とか「手に汗を握る」といった慣用句の存在は、そのような知見がいかに平凡なものであるかを示していると言えるだろう。ただ、そうした知見が、意識が身体によって実は条件付けられ、ある場合にはその自由さえ奪われかねないという認識にまで達するには、生理学の進歩という条件が不可欠だ。デカルトが「松果腺」や「動物精気」という仮説的メカニズムで説明したことが、ナノグラム（十億分の一グラム）という微量の脳内物質の分析というところまで精密化されるまでには三百年以上の歳月が必要だった。[*8]もちろん横光利一の時代には、ホルモンという内分泌物質の存在はすでに知られていた。心的な現象のすべてを分子的なメカニズムに還元してしまうことの是非は別に論じられなければならないが、「意識をも拘束する外側としての身体こそ自己の実体ではないか」（小森陽一）という「認識の転倒」の背景には人間の意識を「物質」に還元する神経生理学的な人間観がおおきな役割を果たしていることは強調しておいてよい。かりに、意識と身体の二元論の立場を崩さず、意識は身体的条件から自由であると考えたとしても、身体内部に不可視の物質的メカニズムがあるという認識が自我を脅かすことはあり得るのだ。そういう不安感が、「ナポレオンと田虫」が生まれた時代の想像力と結びついたとき、「機械」という小説は生まれたのではないだろうか。

3 「鳥」と「機械」

しばしば「機械」とあわせ論じられる小説に「鳥」（一九三〇年二月『改造』）がある。「機械」と同様、一人称の「私」を用い、改行のきわめて少ない特異な文体で描かれた短篇である。

リカ子はとき〳〵私の顔を盗見するやうに艶のある眼を上げた。私は彼女が何ぜそんな顔を今日に限つてするのか初めの間は見当がつかなかつたのだが、それが分つた頃にはもう私は彼女が私を愛してゐることを感じてゐた。便利なことには私はリカ子を彼女の良人から奪はうと云ふ気もなければ彼女を奪ふ必要もないことだ。何ぜなら私はリカ子を彼女の良人に奪はれたのだからである。此の不幸なことが幸ひにも今頃幸福な結果になつて来たと云ふことは、私にとつては依然として不幸なことになるのであらうかどうか、それは私には分らない。私はリカ子をQから奪られたのはそれは事実だ。しかし、それは私が彼にリカ子を与えたのだと云へば云へる。それほども私とリカ子とQとの間には単純な迷ひを起こさせる条がある。それは世間にありふれたことだと思はれるとほりの平凡な行状だが、こゝに私にとつては平凡だと思へない一点がひそんでゐるのだ。人は二人をればまア無事だが三人をれば無事ではなくなる心理の流れがそれが無事にいつてゐると云ふのは、どこか三人の中で一人が素晴らしく賢ひか誰かゞ馬鹿かのどちらかであらうやうに、三人の中で此の場合私が一番図抜けて馬鹿なことは確かなことだ。

冒頭はこのように書き出されており、一見して「機械」との類似は明らかだろう。「此の不幸なことが幸ひにも今頃幸福な結果になつて来たと云ふことは、私にとつては依然として不幸なことになるのであらうかどうか、それは私には分らない。」というような屈折した論理の流れや、「人は二人をればまア無事だが三人をれば無事ではなくなる心理の流れ」といった認識にそれは端的にあらわれている。そして、従来指摘されてきた通り、「鳥」という小説の中心が、「私─リカ子─Q」やその投影図としての「Q─リカ子─A」という幾何学的な人間関係にあることは確かだろう。これは、「機械」においては「軽部─主人─私」、さらに「私─主人─屋敷」という形で反復されている。そういう意味で、「鳥」と「機械」における「私」の関係意識のありようを考察することは重要なことと言える。「鳥」と「機械」との関連性の中心は、あくまで「人と人との組み合はせ」（伊藤整）という次元にあるのだ。しかし、ここで触れておきたいのは、「鳥」という小説にとってはディテールに過ぎないように見える「デアテルミイの振動」についてである。

「リカ子」の家にQと共に下宿している「私」が、最初に「リカ子」と「結婚する破目」になったのは、「家中に誰も人がゐなかつた」ある日の「過失」が原因だった。「噴火口から拾つて来た粗面岩の吹管分析」をしていた「私」の部屋に、突然「リカ子」が入ってきて、「デアテルミイが壊れたやうだから見て貰ひたい」という。「私」は「他人の勉強をしてゐるとき教養ある女性ともあらうものが何ぜ邪魔をするのだ」と腹を立てながらも「リカ子」の部屋に入っていく。そこで二人はちょっとした言い合いをするのだが、「リカ子」は「急に黙つて」しまうと、「私の膝へ頭をつけたま、動かな」くなってしまう。「私」は「直ぐ何か云ひ訳をしようと思ひ、周章て、彼女を起さうとする」のだが、「リカ子」は「ます〳〵身体をぴつたりひつ、けて来て放れない」のである。ついに、「私の頭は一層混乱を始めるばかりで何が何んだか分らなくなり、時間も場所も私達二人からだん〴〵と退いて」しまうことになる。

問題は、この事件の原因について、語り手の「私」が次のように考えていることである。

此の過失をこれだけだとすると別にこの場の二人の行為は過失ではないのだが、此の事件の最も最初に、二人の意志とは全く関係のないデアテルミイの振動がリカ子の身体を振動させてゐたと云ふことが、二人の運命をひき裂く原因となつて黙々と横たはつてゐたのである。後で気づいたのだが此のラヂオレーヤーと同様な機械は私がリカ子の部屋へいく前から、リカ子は最早いくらかの腹痛を自分で癒すためにかけてゐたのだ。だから彼女がその途中で機械の狂ひを直さうとして私を呼びに来た時には、もう彼女の身体は十分刺戟を受けて既に過失に侵されてゐたのである。しかし、私は彼女のその時の興奮がたゞ私の為ばかりだと長い間思つてゐて、彼女がその時そのやうにも私を愛した態度の中には、機械が恐らくその大半をこつそり占めてゐるようなどとは思つていなかつた。

この「デアテルミイ」の挿話は、従来の論考でほとんど取り上げてこられなかったが、横光利一の生理的身体への関心を考える上で看過できないことは明瞭だろう。常識的に考えれば、あまりに滑稽な妄想であるが、身体内部の不可視のメカニズムに言及した部分と考えれば、「機械」における「塩化鉄の作用」の問題にそのままつながる。

念のために解説しておくと、「デアテルミイ」とは、「透熱療法」あるいは「短波療法」を行なう装置のことで、生体に電極を介して電流を誘導することで関節・筋・結合組織などの慢性疾患を治療するものであるという。作用の中心は温熱作用であると考えられるが、当初はその生体に対する治療効果がどのようなメカニズムによるものなのか、よく理解されないまま用いられていたようである。この療法は、のちにより均質な加熱を行なう超短波療法が出現してから、ほとんど用いられなくなった。*9

岩上順一は、この「デアテルミイ」の挿話について、次のように述べている。

デアテルミイという機械そのものが多分にインチキなものなのだが、その機械が出す高周波電流か電磁波かが、人間の愛情を変化させるなどとは正気の沙汰ではない。

もっとも、これを善意で読めば、人間の心理は無電のような外界の刺激で微妙に変化する、ということを作家はいわば象徴的にのべているともうけとれる。その外界の刺激はデアテルミイのような機械からくることもあれば「私」という人間の放つ電磁波によることもあり、またQという秀才の身体からながれでる電波によることもある—とでも理解すればできないこともない。そこで、人間の心理がこのような「機械」の刺激のもとでどのように変化するか——これが次作の「機械」のテーマであったといってもそれほどまちがってはいないであろう。[*10]

岩上順一の目的が横光利一の断罪にあるため、文章全体の印象は悪意に満ちたものだが、この部分は「デアテルミイ」に言及した貴重な記述である。「デアテルミイという機械そのものが多分にインチキなもの」という証言は、この療法のメカニズムが科学的に明らかになっていたわけではないことを示しているし、「人間の心理がこのような『機械』の刺激のもとでどのように変化するか」というところに「鳥」と「機械」の共通項を見出そうとしていることは注目に値する。しかし依然として「機械」という隠喩が、なにか別のものの代理として、一義的にしか考えられていない憾みがある。確かに岩上順一のいう通り、「高周波か電磁波かが、人間の愛情を変化させるなどとは正気の沙汰ではない」かもしれないが、その可能性を想起することが人間の意識にとってどういう意味を持つことなのかということは、慎重に考察を加えるべき重要な問題であるはずだ。

わたしの考えでは、この「デアテルミイ」の挿話は、「神馬」的な身体に対する素朴な観念を、「機械」に描かれたようなミクロコスモスとしての身体のイメージに接続させる上で見過ごすことの出来ないものであると思われる。「鳥」の「私」が岩石の吹管分析を用いて地質学を研究しており、「機械」の「私」が化学方程式を使いながらネームプレートの着色の研究をしているという人物設定の類似の意味もおそらくこの辺りにあるのではないだろうか。

［注］

1　栗坪良樹「横光利一『機械』再読」（一九八一年六月『評言と構想』）。
2　前出、伊藤整「解説」（一九五四年三月『現代日本文学全集36・横光利一集』所収、筑摩書房）。
3　小森陽一「『蠅』の映画性」（一九八八年四月『構造としての語り』新曜社）による。初出は一九八三年九月『国語通信』。
4　片岡良一「『日輪』について」（一九七八年七月『叢書現代作家の世界1・横光利一』所収、文泉堂）による。初出は岩波文庫版『日輪』（一九五六年一月）の解説。
5　由良君美「『蠅』のカメラ・アイ」（一九七七年十二月『横光利一の文学と生涯』所収、桜楓社）による。
6　関谷一郎「初期横光利一小考」（一九八九年五月『国語と国文学』）
7　利沢行夫『戦略としての隠喩』（一九八五年十一月・中教出版）第四章「比喩理論による作品の解読」による。
8　大木幸介『心の分子メカニズム』（一九八二年四月・紀伊国屋書店）等による。
9　『医学大事典』第十六版（一九七八年二月・南山堂）「ジアテルミー療法」の項による。
10　岩上順一『横光利一』（一九五六年十月・東京ライフ社）による。

Ⅲ　探偵小説としての「機械」

1　「文芸推理小説」としての「機械」

一九五〇年代、『オール讀物』（文芸春秋）、『小説現代』（講談社）、『小説新潮』（新潮社）などの雑誌を舞台に、中間小説が制度的に成立するなかで、探偵小説も主として雑誌『新青年』を舞台として展開した一九二〇年代から三〇年代にかけてのブームを超えるような活況を呈していた。一九四六年（昭和21）の当用漢字表の選定によって「偵」の字の使用が制限されたこともあって、「推理小説」と名称を変えていくことになる探偵小説は、内容的にも変質をとげながら戦後復興の歩みとともにサラリーマン層を中心とする大衆の支持を得ていったのである。その先鞭をつけたのは、一九五三年（昭和28）のハヤカワ・ポケット・ミステリの刊行開始だ。また一九五四年（昭和29）に還暦を迎えた江戸川乱歩は、春陽堂から全十六巻の個人全集を出し、翌五五年（昭和30）には江戸川乱歩賞が創設されている。ちなみに第一回の受賞者は、探偵小説研究家の中島河太郎だった。さらに五六年（昭和31）には、早川書房から『ミステリマガジン』が創刊されるという具合だ。そして一九五八年（昭和33）に光文社から刊行された松本清張の『点と線』を、当時の「推理小説」ブームを代表する名作として賞揚することは、文学史的な常套句になりつつある。こうした時代の趨勢に敏感に反応し、各出版社は、一九五五年（昭和30）前後から探偵小説関連の企画を意欲的に世に送り出している。たとえば『日本探偵小説全集』全十六巻（一九五三〜五四年・春陽堂）、『世界推理小説全集』全七十八巻（一九五六〜五九年・東京創元社）、『探偵小説名作全集』全十一巻（一九五六〜五七年・河出書房）、『日本推理小説大系』全十六巻（一九六〇〜六一年・東都書房）などである。そして、探偵小説ブームの中で出版されたその手のシリーズの中に、文芸評論社から一九五七年に刊行された『文芸推理小説選集』全五巻がある。

『文芸推理小説選集』は、各巻とも複数の作家の組み合わせで編集されているのだが、その顔ぶれがなかなか面白い。第一巻は『森鷗外　松本清張集』である。以下、第二巻『梅崎春生　椎名麟三　武田泰淳集』、第三巻『佐藤春夫　井上靖集』、第四巻『横光利一　大岡昇平集』、第五巻『夏目漱石　木々高太郎集』という具合だ。並んだ名前を見る限り、ブームに便乗したちょっと怪しい企画という印象がなきにしもあらずだが、いちおう「文芸推理小説」という看板に偽りがないよう、最大限の努力が払われている。たとえば、森鷗外編に収録されているのは「かのように」「佐橋甚五郎」「魚玄機」「魔睡」の四編で、いずれも確かに一種のサスペンスである。広い意味で「推理小説」と言えなくもない。また「女人焚死」「女賊扇奇譚」「陳述」の三編が収録されている佐藤春夫の場合、大正期にポーやドイルの影響下に「怪奇探偵趣味」の小説を書いた探偵小説家としての顔を持っていることは比較的よく知られている。この選集には収録されなかった谷崎潤一郎や芥川龍之介とともに、日本探偵小説史の叙述には欠かせない存在である。たとえば伊藤秀雄の『大正の探偵小説』（一九九一年四月・三一書房）には、「谷崎潤一郎の探偵小説」

「芥川龍之介の怪奇趣味」「佐藤春夫の業績」という三つの章があり、三人で合計三十ページ余りの紙幅が費やされている。『日本推理小説大系』第一巻「明治大正集」（一九六〇年十二月・東都書房）にも、谷崎潤一郎の「途上」や芥川龍之介の「藪の中」などと共に、佐藤春夫の「女人焚死」や「女賊扇奇譚」が収められているくらいで、第一巻や第三巻に関してはさほど不自然な企画ではないと言える。

他方、探偵嫌いで有名な夏目漱石の場合、『文芸推理小説選集』収録作家としてはちょっと違和感を覚えるのが普通だろう。ところがこれがなかなかさまになっているのである。夏目漱石編には「倫敦塔」と「雨の降る日」の二編が収録されている。「雨の降る日」というテクストは、夏目漱石の『彼岸過迄』（一九一二年九月・春陽堂）の中から「停留所」と「報告」と「雨の降る日」を取り出して順に並べたもので、抄録に他ならないのだが、通読してみるとなるほど見事な「探偵小説」になっている。この卓抜なアイデアは、木々高太郎によるもので、収録理由について述べた巻末の解説「夏目漱石と僕」の中で、編者として次のような自負のことばを残している。

読者は、この一篇として読むうるものを探偵小説として読んでごらん下さい。それは併載の、倫敦塔と共に、実によい探偵小説であって、今、探偵小説の作者ですなどと名のっている人の「名作品」と比較しても、よい探偵小説であることを知るに違いない。理論的に言えば、この一篇、謎と、推理と、解決と三つの必須条件が完全にあり、その叙述も、スリルを帯びて一気に読ませる。解決の意外性なども実にほほえましい。

『文芸推理小説選集』は、第五巻の『夏目漱石　木々高太郎』の他に、第一巻『森鷗外　松本清張集』、第四巻『横光利一　大岡昇平集』の巻末にも「解説」が付されている。木々高太郎以外の執筆者は松本清張と大岡昇平で、いずれも森鷗外や横光利一の小説を「文芸推理小説」として収録していることについて、なにやら言い訳めいたことを述べていて面白い。木々高太郎のように胸を張って「どうだ」というわけにはなかなかいかなかったようだ。松本清張は「鷗外の暗示」と題した解説の文章を次のように書き出している。

鷗外の小説を推理小説として見做すのには奇異に思う人が多かろう。しかし小説は読む側にとって、どのようにでも受け取れるものである。小説とは、どのように書いてもよいものであり、小むつかしい方法論などは後廻しである。と同時に、読む方にも、どのような読み方をしてもよい自由がある。かりにジャンルという便宜上の枠を作っているが、これとても極めて観念的なもので、もとより絶対的なものではない。

松本清張には、一九五二年（昭和27）に木々高太郎に勧められて書いた「或る『小倉日記』伝」が芥川賞を受賞したという森鷗外との因縁がある。第一巻で松本清張が森鷗外とともに一冊の本に収められ、「解説」を書くことになったことにはそういう事情が働いているのだろう。とは言え、谷崎潤一郎の「途上」と「友田と松永の話」や、佐藤春夫の「美しき町」「女人焚死」、さらに芥川龍之介の「開化の良人」「開化の殺人」などの名をあげ、「探偵小説乃至推理小説」の文学性について論じる「解説」は、渡世の義理で書いたにしては結構熱が入っている。行きがかり上やむを得ず書いたという感じはしない。ことに、森鷗外の収録作を「これからの推理小説の行く道の一つの方向」を示す「暗示的作品」として、「心理スリラー」という観点から擁護する論の立て方などは堂々たるものである。こういう松本清張の解説ぶりに比べると、大岡昇平の「解説」の歯切れの悪さは際立っている。収録されているのは、横光利一の「機械」と「時間」の二編に加え、大岡昇平の「お艶殺し」「春の夜の出来事」「秘密」「シェイクスピア・ミステリ」「沼津」など十二編である。大岡昇平の短編小説十二編は、「沼津」を除き、『オール読物』『小説新潮』などに掲載された純然たる「推理小説」だ。のちに大岡昇平が「事件」で推理小説協会賞を受け、日本の裁判小説の歴史に大きな足跡を残すことになることを考えても、看板に偽りなしと認めてよいだろう。しかし、一九四八年（昭和23）に大岡昇平が「俘虜記」で横光利一賞を受けているという関係で併録されることになったと思われる「機械」や「時間」の方はどうだろうか。小説には「どのような読み方をしてもよい自由がある」という松本清張のことばを持ってきたとしても、通常の文学史的常識から考えて、かなり強引な編集であると言わざるを得ないのではないだろうか。大岡昇平も、木々高太郎や松本清張の「解説」に比べて紙幅の点で明らかに見劣りする「あとがき」をこんな風に書き出している。

横光さんの二つの作品が、所謂推理小説の分類に入るかどうか疑問ですが、推理が作品を進める主な動力になっているという意味で、選ばれたのだと思います。

「機械」と「時間」についての発言はこれだけで、残りの十行あまりは自作の簡単な「解説」で原稿用紙を埋め、「あとがき」全体はちょうど一ページで終わっている。こういう文章を書かされた大岡昇平がいかにも気の毒な感じがしてくるが、実はブームに便乗した強引な企画によって示された〈「機械」＝推理小説〉という図式[*1]が意外と興味深い問題を提起してくれるのだ。

2　「探偵物」の時代

「機械」が発表された一九三〇年（昭和5）にはまだ「探偵小説」と呼ばれていた文学ジャンルが、横光利一とどのような接点を持つのか。手始めに「機械」の一節を引いてみよう。

ところが私と一緒に働いてゐるここの職人の軽部は私が此の家の仕事の秘密を盗みに這入つて来たどこかの間者だと思ひ込んだのだ。彼は主人の細君の実家の隣家から来てゐる男なので何事にでも自由がきくだけにそれだけ主家が第一で、よくある忠実な下僕になりすましてみることが道楽なのだ。彼は私が棚の毒薬を手に取つて眺めてゐるともう眼を光らせて私を見詰めてゐる。私が暗室の前をうろついてゐるともうかたかたと音を立てて自分がここから見てゐるぞと知らせてくれる。全く私にとつては馬鹿馬鹿しい事だが、それでも軽部にしては真剣なんだから無気味である。彼にとつては活動写真が人生最高の教科書で従つて探偵劇が彼には現実とどこも変らぬものに見えてゐるので、此のふらりと這入つて来た私がさう云ふ彼にはまた好箇の探偵物の材料になつて迫つてゐるのも事実なのだ。

この時代の「活動写真」の中で、「探偵劇」と呼べるものがいったいどのぐらいあって内容的にどういうものであったのか、十分に調査することはきわめて困難である。当時のフィルムがすべて残っているわけではないし、残っていたとしても簡単に見ることができないからだ。当時の映画について書かれた資料から、ぼんやりとその姿が見えてくるに過ぎない。もちろん、一九一一年（明治44）十一月に浅草金龍館で輸入公開されて大ヒットし、主人公の神出鬼没の怪盗ぶりをまねる遊びが子どもたちの間で大流行するという社会現象にまで発展したヴィクトラン・ジャッセ監督の「ジゴマ」のような有名な映画もある。また、一九二三年（大正12）五月にキネマ倶楽部で公開され、この時代の文化を語る多くの論者によって言及されているドイツ表現派映画の傑作「カリガリ博士」のように、ビデオ化されていて比較的容易にその内容を分析検討できるものもある。しかし、当時上映された探偵活劇の全貌を探るのは容易なことではない。たとえば、吉沢商店制作の「日本ジゴマ」のような和製ジゴマを含むすべてのジゴマ物が、映画を模倣した犯罪の増加によって一九一二年（大正元）十月にすべて上映禁止になっていることはわかる。だが、たくさん制作されたというジゴマ物の大半は現存していないようで、当然その内容もよくわからない。また、当時の「探偵物」の中には、謎解きを主眼とした本格的な探偵物だけではなく、「探偵趣味」の怪奇映画という色彩の濃いものが多いことには注意が必要である。こういう状況の中で一九三〇年（昭和5）

に書かれた「機械」の作中人物である「軽部」が見たかもしれない「探偵物」の「活動写真」として具体的に指摘し得るものを、外国映画の中から探してみよう。ただし日本でいつ封切られたのかについては不明であるし、現物は未見であるため内容も未詳なので、タイトルや資料を手がかりに制作年の順にあげてみる。[*2]

「ジゴマ」と同じヴィクトラン・ジャッセ監督の「ニック・カーター」（一九〇八・仏）と「名探偵ポーリンの殉職とニック・カーターの復讐」（一九一二・仏）、ルイ・フイヤード監督の「ファントマ」シリーズ（一九一三〜一四・仏）、ヴィクター・マップレグ監督「有罪無罪（無罪主張又はリガード判事の奇行）」（一九一五・米）、エイル・ノーウッド監督「シャーロック・ホームズ（全十五編）」（一九二一・英）、フリッツ・ラング監督の大作「ドクトル・マブゼ」（一九二二・独）、アルバート・パーカー監督「シャーロック・ホームズ」（一九二四・米）、エドガー・アラン・ポーの原作でジャン・エプスタン監督「アッシャー家の末裔」（一九二八・仏）、ヴァン・ダインの傑作を映画化したマルコーム・セントクレア監督「カナリア殺人事件」（一九二九・米）など。これ以外にもあるだろうし、あまり資料が残されていない日本映画を加えれば、かなりの数になる。日本での封切りの時期に関しても、一九二八年（昭和3）制作の「アッシャー家の末裔」が武蔵野館で公開されたのは一九二九年（昭和4）七月のことだから、「機械」が発表されたころの洋画はそれほどほぼ大きなタイムラグもなく輸入されていたようだ。「軽部」はこうした時代の中で「探偵物」の「活動写真」を「人生最高の教科書」にしていたわけだ。

谷崎潤一郎の「途上」（一九二〇年一月『改造』）の次の一節も、そういう当時の状況を伝えていると考えてよいだろう。

湯河は其処に立つて、改めて紳士の様子をじろ〳〵眺めた。「私立探偵」——日本には珍しい此の職業が、東京にも五六軒出来たことは知つて居たけれど、実際に会ふのは今日が始めてゞある。それにしても日本の私立探偵は西洋のよりも風采が立派なやうだ、と、彼は思つた。湯河は活動写真が好きだつたので、西洋のそれにはたび〳〵フイルムでお目に懸つて居たから。

「途上」は、江戸川乱歩の「D坂の殺人事件」（一九二五年一月『新青年』）で、「私」と「明智小五郎」による犯罪・探偵談義に登場することでもよく知られている、谷崎潤一郎の探偵小説の代表作である。帰宅途中の会社員「湯河」が私立探偵によって「偶然」性を利用した犯罪を暴かれるという筋立てで、『乱歩おじさん』（一九九二年九月・晶文社）の松村喜雄によれば、江戸川乱歩の「二廃人」（一九二四年六月『新青年』）の種本になったという。引用の叙述からも、「機械」が発表される十年以上前から、「私立探偵」の登場する西洋映画がたくさん上映されていたらしいことがうかがえる。「軽部」も「湯河」が「お目に懸かつて居た」ものと同じような西洋の「活動写真」を見たのだろうか。

しかしここで注目したいのは、探偵小説に見られる、「探偵物」の活動写真や先行テクストの模倣や引用、自己言及性の問題である。つまり探偵小説の作中人物の多くは、活動写真や探偵小説に興味や関心を寄せる「探偵小説」的な感性をそなえた人物で、小説自体も先行する他の「探偵小説」を模倣することで成立している場合が多いのである。たとえば「D坂の殺人事件」には「途上」に関する叙述があり、「途上」には「探偵物」の活動写真に関する叙述がある。

松村喜雄によれば、江戸川乱歩はデビュー作「二銭銅貨」（一九二三年四月『新青年』）を発表した段階で、トリックの独創性ということに関してすでに「絶望」していたという。「トリックの基本的なパターンはすでにポーによって創造されつくしている」というのだ。確かに、日本の本格的な探偵小説の幕開けを告げると言われる「二銭銅貨」にさえ、エドガー・アラン・ポーの「黄金虫」から借用した暗号解読のトリックが用いられているわけで、「探偵小説」というジャンルを狭義に考えた場合、大筋では追認せざるを得ないだろう。外国小説の翻案によって成立した黒岩涙香らによる草創期の探偵小説や、コナン・ドイルのシャーロック・ホームズ物の影響下に書かれた岡本綺堂の「半七捕物帖」シリーズなどを見ても、探偵小説というジャンルが、模倣と反復によって成立してきたことは明らかだ。「探偵小説」がジャンルである以上、先行テクストの引用は不可避なのである。たとえば、ジャンルとしての探偵小説からの逸脱に歯止めをかけるために、ヴァン・ダインが「探偵小説作法の二十則」を唱え、ロナルド・ノックスが「探偵小説十戒」を発表したのは一九二八年のことである。つまりこの頃には、探偵小説の偉大な先達たちの慣習に基づいて、探偵小説の遵守則が成立するほどに、またそういう遵守則が求められるほどに、探偵小説というジャンルが成熟し、飽和状態にあったということなのだろう。

ジャンルの自己言及性とでも呼びたくなるような特質も、既にこの時期の探偵小説に散見できる。たとえば伊藤秀雄によって谷崎潤一郎の最も早い時期の探偵小説と見なされている「秘密」（一九一一年十一月

『中央公論』）の「私」は、コナン・ドイルや黒岩涙香の小説の世界を想像しながら寺の庫裏に隠棲している人物である。また、同じく谷崎潤一郎の怪奇趣味あふれる佳品「白昼鬼語」（一九一八年五～七月『大阪毎日新聞』『東京日日新聞』）の「私」は、ポーの「黄金虫」の暗号解読の手法を利用した友人「園村」にだまされることになる。「園村」は、「常に廃頽した生活」を送り、「此頃普通の道楽にも飽きてしまつて、活動写真と探偵小説とを溺愛し、日がな一日、不思議な空想にばかり耽つて」いるという人物である。このようなメンタリティーを持った人物は、江戸川乱歩の初期の探偵小説にも登場する。また「友田と松永の話」（一九二六年一～五月『主婦之友』）には、「アモンティラドオという酒は、『アモンティラドオの樽』と云ふポオの物語を読んだ人なら、名前だけは覚えてゐるだらうが…」という一節が挿入されている。そして失踪した謎の人物「松永」の話を聞いた「友田」（実は「松永」と同一人物）は、「そりや面白い！　そりやあ探偵小説になるぜ！」と叫ぶのだ。

こうして見てくると、「機械」の中に「探偵物」の活動写真に関する叙述があり、現実を「探偵劇」のように解釈しようとする「軽部」なる人物が登場すること自体は、きわめて探偵小説的な設定であると言えるだろう。谷崎潤一郎や江戸川乱歩の探偵小説の作中人物たちは、「機械」の「軽部」の先達なのである。これは単なるディテールの問題ではなく、ジャンル論に関わる重要なポイントだ。そして「探偵物」によって肥大化された想像力によって現実を解釈しようとする人物が登場すること以外にも、「機械」という小説には探偵小説的な表徴が見出せる。「屋敷」の謎の死こそがその最大の表徴と言えるが、他にもたとえば作中人物の狂気という問題が指摘できるだろう。

3　狂気と薬物

江戸川乱歩が華々しく登場した大正時代は、広津和郎の「神経病時代」（一九一七年十月『中央公論』）に象徴される〈精神の病い〉の時代でもあった。そういう問題に関する同時代的な関心が、探偵小説に登場する犯罪者たちの心理描写にも少なからず影を落としている。たとえば「白昼鬼語」は、「初めの間は私は私の家の主人が狂人ではないのかとときどき思つた」という書き出しで始まる「機械」と同様に、次のような狂気についての叙述から始まっている。

精神病の遺伝があると自ら称して居る園村が、いかに気紛れな、いかに常軌を逸した、さうしていかに我が儘な人間であるかと云ふ事は、私も前から知り抜いて居るし、十分に覚悟して附き合つているのであつた。けれどもあの朝、あの電話が園村から懸つて来た時は、私は全く驚かずには居られなかつた。てつきり園村は発狂したに相違ない。一年中で、精神病の患者が最も多く発生すると云ふ今の季節――此の鬱陶しい、六月の青葉の蒸し蒸しした陽気が、きつと彼の脳髄に異状を起させたのに相違ない。

結局、「園村」は「発狂」したわけではなく、偽りの殺人事件を目撃させるために「私」をまんまと欺いていたに過ぎないことがわかる。しかし興味深いのは、友人の「園村」が精神に異常を来したのではないかと感じた「私」が、その原因を、探偵小説による空想が「だん〳〵募つて来た結果、遂に発狂したのであらう」と推測していることである。

「柳湯の事件」(一九一八年十月『中外』)は、「法律学は勿論文学や心理学や精神病学の造詣の深い」弁護士「S博士」の事務所に、一人の青年が飛び込んでくる場面から始まっている。幻覚に悩まされているという青年は、「S博士」に対してこんな風に訴える。

「僕は今夜、事に依ると、人殺しの大罪を犯して居るかも知れません。かも知れませんと云ふのは、自分でも果して人を殺したかどうか、ハッキリとした判断が附かないのです。僕は今しがた、多勢の人々が、僕を指して口々に『人殺し〳〵』と叫んで居る声を聞きました。僕はその声を聞き捨てゝ、急いで此処まで逃げて来たのですが、或はかうして居るうちにも、後から追つ手が追ひかけて来るかも知れません。しかし又考へ直して見ると、それ等は全部跡形もない夢であつて、僕の幻覚に過ぎないのかとも思はれます。……人殺しのあつたのはほんたうで、下手人は僕でないのかもしれません。……それとも或は初めから、人殺しなんぞ全然なかつたのかも知れません。……僕は先生の前で、今夜の事件を何も彼も白状して、私が果して忌まはしい罪人であるかどうかを判断して戴きたいと思ふのです。」

ネームプレート製造所の「主人」の狂気に言及するところから語り始め、同僚「屋敷」の死の真相を推理した挙げ句、「いや、全く私とて彼を殺さなかつたとどうして断言することが出来るであらう」と考え、

「誰かもう私に代つて私を審いてくれ」と叫んで語りを放棄する「機械」の「私」が、「柳湯の事件」の「青年」との類縁性を持っていることは明らかだろう。「機械」の「私」が救いを求めた「誰か」とは、「柳湯の事件」の「青年」にとっての「S博士」に他ならないのである。ただし「柳湯の事件」では、事件の真相が小説の結末で読者に明示されている点が「機械」とは異なる。結局この青年は、「柳湯」という銭湯の湯船の中で情婦の「瑠璃子」を殺す幻覚を見て、その実「一人の男の急所を摑んで死に到らしめた」ことが判明するのだ。小説は、「青年は間もなく、監獄へ入れられる代りに瘋癲病院へ収容された」という一文で結ばれている。

もちろん、谷崎潤一郎の小説以外にも、犯罪心理という形での「狂気」や、ある種の精神の病いを、物語の重要な構成要素としている探偵小説はいくつも指摘できる。江戸川乱歩の初期の短編からだけでも、レンズや鏡への異常な嗜好をつのらせた挙げ句、凹面鏡の球体を作ってその中へ入りこみ、ついに発狂してしまう人物を描いた「鏡地獄」（一九二六年十月『大衆文芸』）や、狂人の妄想を描いた「白昼夢」（一九二五年七月『新青年』）、「夢遊病」によるトリックが使われている「二廃人」など、ただちに幾つかの小説をあげることができる。そう言えば、「屋根裏の散歩者」（一九二五年八月『新青年』）も、「多分それは一種の精神病ででもあったのでしょう」という一文で始まっていた。こうした系譜の一つの頂点に、夢野久作の『ドグラ・マグラ』（一九三五年一月・松柏館書店）を想定することも許されるはずだ。

「柳湯の事件」の「青年」は結局「瘋癲病院」に収容されることになったわけだが、「いや、もう私の頭もいつの間にか主人の頭のやうに早や塩化鉄に侵されて了つてゐるのではなからうか」と叫ぶ「機械」の

「私」も、もしかすると狂人なのかも知れない。だから「機械」を映画化するとすれば、こんな趣向も考えられる。つまり、映画の結末で主人公の「アラン」が物語の語り手だったことを明らかにした上で、カメラを引いて精神病院の一患者であることを示し、脚本を書いたヤノウィッツ、マイヤーの意図を転倒させてしまった「カリガリ博士」（一九一九）のプロデューサー、ポマーにならい、救いを求める「機械」の「私」のクローズアップから次第にカメラを引き、精神病院の鉄格子を写すことでラストシーンを構成するのである。ちょうど、川端康成が脚本を書き、横光利一も企画の段階から深く関わった衣笠貞之助監督の映画「狂った一頁」（一九二六）の一場面のように。「機械」における狂気の問題を、同時代の探偵小説との関わりの中で考えたとき、このようなラストシーンを想起するのは決して見当はずれではあるまい。[*3]

探偵小説と「機械」の接点として、「狂気」の問題の次に考えられるのは、化学物質が重要な小道具として使われている点である。江戸川乱歩の時代に登場してきた探偵小説家たちの中には、興味深いことに科学者や医者など、理科系の専門知識を持っている人物が多い。九州帝国大学を卒業し、農商務省窒素研究所に勤めた大下宇陀児。東京帝国大学工学部を卒業し、由良染料株式会社技師となり、ついで大下宇陀児と同じ窒素研究所の助手となった甲賀三郎。東京帝国大学医学部で生理学・血清学を専攻した小酒井不木。『新青年』の編集長としても知られる横溝正史も、大阪薬学専門学校を卒業し、薬種商を営んだ経験を持っている。当然、彼らの書く探偵小説には、こうした経歴を生かした専門的な科学知識が導入されている。たとえば甲賀三郎の場合、「砂糖と塩酸加里を混合し、硫酸を滴加」することで発火するというトリックを使った「琥珀のパイプ」（一九二四年六月『新青年』）や「ニッケルの文鎮」（一九二六年一月『新青年』）

など、化学トリックを使った本格もので注目を集めた。甲賀三郎ほど徹底的ではなくとも、薬物による毒殺など、化学物質を使った探偵小説はかなり多い。「塩化鉄」や「重クロム酸アンモニア」、「蒼鉛と珪酸ジルコニウムの化合物」などが登場する「機械」にも、この手の探偵小説との類縁性が指摘できる。横光利一の小説で言えば、「機械」と同じ一九三〇年（昭和5）九月に『中央公論』に発表された「鞭」に、ウイスキーに混入した「砒素」で自殺する人物が登場する。また、過失か故意かという謎が読者を牽引する要因となっていて、探偵小説的趣向を内包する連載小説『寝園』（一九三〇年十一月から連載開始）でも、妻の「奈奈江」が撃った弾丸が腹部に命中し病院に担ぎ込まれた「仁羽」の治療の様子が、次のように描かれていた。

暫くすると修善寺からまた一人外科の医者が来た。彼は仁羽を見ると、よく今まで死なずに保つたものだと云つて、いよいよ弾丸を抜くためパントポンの全身麻酔をしようとした。すると湯ヶ島の内科医は、注射をするなら局部麻酔にして、塩化アドレナリンを取つてしまつてノボカインだけにしないと衰弱が激しくつて死ぬといふ。いやアドレナリンを取つては却つて活力が衰へて、死を早めるかもしれないといふやうなことで、しばらくは外科と内科の二人の主張が食ひ違つてごたごたした。

探偵小説が人々の心を魅了し始めていたこの時代、進歩した科学がもたらした新しい知見が次第に人々の間に広がり、世界観や人間観にも微妙な影響を与え始めていた。一九一七年（大正6）には北里研究所の宮島博士によって顕微鏡映画が制作され、一九一九年（大正8）には天活東京が岡部繁三の撮影によって「飛行機上より見たる東京市」を公開している。探偵小説も、新聞記事や雑誌の科学関係のコラムなど、他のメディアとともに当時の日本人の意識の変容に一役買ったに違いない。もちろん迷信と区別がつかないような怪しげな「科学コラム」や、断片的な科学知識をトリックとして恣意的に用いる似非科学的な探偵小説もあったのだろう。しかしいずれにせよこの時代の探偵小説が、同時代の科学的な知見を貪欲に取り込み、ジャンルとしての可能性を広げていたことは確かだろう。ネームプレート製造所を舞台として展開する「機械」も、まさしくこうした表現上の新しい地平の上に登場してきた小説ではなかっただろうか。

ネームプレート製造所の「主人」が財布を持てば必ず中身のお金だけを落としてしまうという謎めいた話や、密室ならぬ「暗室」をめぐる不可思議な出来事など、「機械」には他にも探偵小説的なディテールをいくつか指摘できる。悪のりすれば「屋敷」（＝邸宅）と「軽部」（＝警部）も探偵小説的な道具立ての一つである、などと言えなくもない。語っている「私」が「九州の造船所」から流れてきた都市遊民的人物だということも、『乱歩と東京』（一九八四年十二月・ＰＡＲＣＯ出版）の松山巖に言わせれば、探偵小説的な設定であるということになるのかも知れない。そう言えば、江戸川乱歩も大学卒業後に三重県の「鳥羽造船所」に勤めた後、職業を転々としながら上京してきた都市遊民だった。

4　探偵小説というジャンルのなかの「機械」

このように探偵小説という枠組みの中で眺めてみると、従来とは異なる「機械」という小説の相貌が見えてくる。しかしその一方で、探偵小説というジャンルから逸脱した部分があることも否めない。そもそも「機械」を探偵小説と見なすような眼差しは、一九五七年（昭和32）に『文芸推理小説選集』が出るまで三十年近く、まったく存在しなかったのだから。そこで今度は、「機械」が探偵小説というジャンルから逸脱していると思える点について考えてみることにする。

まず「機械」が探偵小説として読まれなかった最大の理由は、結末にいたってもなお「屋敷」の死の真相が解明されないことだろう。また、犯人の可能性を持っている人物が一人称で語っているという言説構造の問題もある。もちろん一人称という形式の問題に限って言えば、江戸川乱歩の小説をはじめ、探偵小説の作法としてさほど珍しいものではない。ただし一人称によって語る「私」が最後まで「真相」に触れ得ないという点には、他の一人称形式の探偵小説とは異なる「機械」の言説構造の特質があると言えよう。吉本隆明は「推理論」の中で、「既知としての作者に、未知の象徴としての語り手が出会う」というところに推理小説の本質を見ているが、*4「機械」の「私」は結局最後まで「既知としての作者」に出会うことがないのだ。

江戸川乱歩は『鬼の言葉』（一九三六年五月・春秋社）の中で探偵小説を定義し、「難解な秘密が多かれ少なかれ論理的に徐々に解かれて行く経路の面白さを主眼とする文学である」と述べている。後年の『幻影城』（一九五一年五月・岩谷書店）では「難解な秘密」ということばの前に「主として犯罪に関する」という留保が加えられるが、基本的な考え方は同じである。そして探偵小説の面白さの条件として「出発点における不可思議性」「中道のサスペンス」「結末の意外性」の三つを挙げている。これらの条件に照らしてみると、「機械」を探偵小説であると見なすことは難しいように思える。しかしこれは、本格的な探偵小説を念頭においた定義であるし、よく知られているように江戸川乱歩自身は謎解きを主眼とする本格ものを志向しながらも、実際は怪奇趣味に傾斜していったところがある。初期の短編を見ても、本格的な探偵小説と呼び得るのは、「一枚の切符」（一九二三年七月『新青年』）、「D坂の殺人事件」（一九二五年一月『新青年』）など、意外と少ない。謎解きがないということだけで、探偵小説ではないと決めつけることはできないだろう。横光利一の「機械」の場合も、「難解な秘密」を推理する「経路の面白さを主眼とする文学である」とは言えそうである。また、「赤色プレート製法の秘密」をめぐる暗闘や「暗室」での謎の出来事など、「中道のサスペンス」を見出せないこともない。さらに強引に結び付ければ、推理を放棄してしまうという「私」の振る舞いに、「結末の意外性」ということばを当てはめることも出来るかも知れないではないか。推理を展開して探偵的な役割を果たしてきた「私」が、真相の解明を放棄して読者に肩すかしをくわせるというトリックは、ちょっと詐欺まがいだが、「難解な秘密」を解明することだけが「結末」ではない。

たとえば芥川龍之介の「藪の中」（一九二二年一月『新潮』）なども、「難解な秘密」を推理する「経路の面白さ」を持っていて、しかも真相の解明を放棄した「意外な結末」の小説だと言える。現に「藪の中」は、江戸川乱歩が解説を書いている『日本推理小説大系』第一巻（一九六〇年十二月・東都書房）に収録されている。また、「探偵小説瞥見」（一九三四年十二月『新青年』）の海野十三のように、謎解きを主眼とする本格探偵小説ではなく、「探偵趣味の入っている」「変格もの」に「探偵小説の将来を認め」る者もいる。

海野十三は、探偵小説を本格ものだけに限るのは適当ではなく、「もっと勇敢に、新しい型を求め、此処ぞと思う方向にドンドン拡大していくのがよい」とまで言っている。こういう考え方からすれば、謎解きを放棄した「機械」を、「反・探偵小説」あるいは「メタ探偵小説」として評価[*5]するという道筋もあり得ることになる。

谷崎潤一郎の短編「私」（一九二一年三月『改造』）などは、友人たちから寄宿舎で頻発する盗難事件の嫌疑をかけられている語り手の「私」が、最後に真犯人として捕まってしまうというきわめて先駆的なアイデアの探偵小説である。「先駆的」というのは、谷崎潤一郎が「私」を書いた二年後に、アガサ・クリスティーが同様の趣向で「アクロイド殺し」を書き、語っている「私」が実は犯人だったというトリックが、フェアかアンフェアかで大論争を巻き起こしたからである。この大論争によってクリスティーの探偵小説家としての地位は一段と高まり、「アクロイド殺し」は探偵小説史にその名を刻むことになる。してみると、語っている「私」が犯人であるかも知れない「機械」も、「アクロイド殺し」の系譜に連なり、しかも謎解きを宙吊りにしてしまうという趣向を加えて「新しい型」を創出した「探偵小説」であるという見方もあり得るということになる。言いかえれば、「探偵物」ということばを言説の中に忍び込ませた横光利一が、探偵小説というジャンルを十分に意識しつつ、探偵小説そのものを転倒させるような趣向をこらしたのだという読み方が可能なのである。

もう少し横光利一に寄り添って想像力を働かせれば、同じ早稲田の出身で四歳年長の江戸川乱歩の存在を意識していたという見方さえあり得る。何しろ「二銭銅貨」（一九二三年四月『新青年』）の江戸川乱歩と、

「日輪」（一九二三年五月『新小説』）、「蠅」（同年同月『文芸春秋』）の横光利一は、デビューがほぼ同時なのだから。しかも、三重県伊賀上野で少年期を過ごした横光利一と、名張市で生まれた江戸川乱歩は、同郷人とも言えるのだから。

こうして見てくると、「機械」を探偵小説として読むことの可能性が少しずつ広がってくるような気がする。そして、「成る程この作品の手法は新しい。併しそれは全々《ママ》新しいのだ。類例などは日本にも外国にもありはしない」（「横光利一」、一九三〇年十一月『文芸春秋』）という小林秀雄の「機械」評が、どうにも力みすぎに思えてくる。プロレタリア文学と新感覚派と既成リアリズムによって構成される純文学的な枠組みの中に「機械」を押し込めたからこそ、それは「全々新しい」ように思えたに過ぎない。当時の文学の中にあって、もう一つの軸を形成する大衆文学の重要な一画を担う探偵小説という枠組みで「機械」を眺めてみると、「類例などは日本にも外国にもありはしない」とまでは言えないからだ。ならば「機械」には独創性はなく、探偵小説の傍流に位置する凡作なのだろうかと言うと、もちろんそうではない。先に見たように、探偵小説という枠組みの中に置いてみてもなお、「機械」は「新しい」と言える。一九二〇年代から三〇年代にかけての、ジャンルが生成し混淆する「ジャンル・ミックス」の時代にあって、純文学という枠組みを逸脱しながら、既成のジャンルに対して批評的な立場に位置するような新たな小説世界を構築していると見なすべきなのだ。小林秀雄は、「世人の語彙にはない言葉で書かれた倫理書」とか「無垢の光」「誠実の歌」といった純文学的な物語の中で横光利一の「深い愁い顔」を浮かび上がらせようとしたわけだが、「探偵小説」という枠組みの中で眺めてみると、「機械」という小説の、これまでとは異なる新たな相貌に光を当てることができるのである。

［注］

1　「機械」を探偵小説として捉えた論文として、沖野厚太郎「メタ小説・反探偵小説・『機械』」（一九八九年九月『文芸と批評』）をあげることができるが、発想においては大岡昇平がその先達と言える。

2　岩崎昶ほか編『映画百科事典』（一九三一年六月・白揚社）、猪俣勝人著『世界映画名作全史戦前編』（一九七四年十一月・社会思想社）、谷川義雄編『年表映画一〇〇年史』（一九九三年五月・風濤社）などを参照した。邦画についてはフィルム自体が失われていて、「探偵映画」と呼びうるものがどれぐらい上映されていたのか、今のところ十分な調査ができていない。

3　井上謙『評伝横光利一』（一九七五年十月・桜楓社）に、早大時代の横光利一の友人、富ノ沢麟太郎が「カリガリ博士」の影響を強く受けていたことについての言及がある。また、富ノ沢経由で横光利一がポーの影響を受けていたことにも触れている。

4　吉本隆明『マス・イメージ論』（一九八四年七月・福武書店）による。

5　注1、沖野論文。

Ⅳ　プロレタリア文学としての「機械」

1　「砂糖より甘い煙草」と「機械」

これまでの文学史的な位置づけにおいて横光利一は、川端康成らと雑誌『文芸時代』を創刊した新感覚派の驍将として、雑誌『文芸戦線』などを舞台に活躍したプロレタリア文学陣営の作家たちに対抗する形で文学活動を展開した作家と見なされてきた。そのために「機械」は、過酷な労働条件の中で働く労働者の死というきわめてプロレタリア文学的な物語内容を持っているにもかかわらず、人と人との関係を描いた「新心理主義」の小説として論じられてきた。「労働者文学」としての側面に焦点をあてて検討されることはほとんどなかったと言ってよいだろう。しかし先鋭に対立していたからこそ、プロレタリア文学を強く意識せざるを得なかったことも確かなはずだ。そこで、「機械」という小説をプロレタリア文学の世界と比較してみた場合、そこにどのような偏差が見てとれるのか、その特質を明らかにしてみることにする。

まずは、「砂糖より甘い煙草」（一九二〇年十月『サンエス』）という小説を取り上げてみよう。鈴木貞美編『モダン都市文学Ⅷ　プロレタリア群像』（一九九〇年十一月・平凡社）にも収録されている小川未明の小説である。小川未明は、『赤い蝋燭と人魚』（一九二一年五月・天佑社）などで知られる童話作家であるとともに、一九一九年（大正8）に労働文学雑誌『黒煙』を刊行し、一九二〇年（大正9）に日本社会主義者同盟の発起人に加わったプロレタリア文学作家でもある。翌年の一九二一年（大正10）には、プロレタリア文学の歴史を語る上で欠かすことのできない雑誌『種蒔く人』の創刊にも参加している。そして「砂糖より甘い煙草」は、小川未明が書いたプロレタリア文学である。しかも「砂糖より甘い煙草」には、横光利一の「機械」との類似点がいくつか指摘できる。たとえば『モダン都市文学Ⅷ　プロレタリア群像』の編者として「解題」を書いた鈴木貞美は、「砂糖より甘い煙草」について「危険な薬品製造に携わった青年が階級矛盾に気づいてゆく話。よく似た労働災害を扱いつつ、人間関係のもつれを書く横光利一の『機械』なども想い浮かぶ」[*1]と述べている。

小説は、「ある会の席上で、煙草の話が出た時のことである」と書き出され、過去を回想する「知らない青年」の話を再現する形で物語が展開する。まずは、冒頭近くの一節を引用してみよう。

> 不景気の時分でありましたために、私は、毎日処々を歩き廻つて、働き口を探しましたが思はしい処が見付かりませんでした。生活は益々逼迫して来るので、最後に、何処でもい丶という気が起つて、其の終りの日に探し当た《ママ》工場につとめることにしました。
> 場末の低地に建つてゐる小さな化学工業薬品製造場であつたのです。亜砒酸カルシユム《ママ》や、硫酸カルシユムや、硫酸銅などを製造いたしました。入つてから、知つたことですがか丶る小規模な製造場

にか丶はらず、半期毎に三割、四割の配当を株主等に渡してゐるのは、是等の薬品の他にも、まだ危険な毒薬を製造してゐたからでありました。

私は、どんな仕事でもするからといふ条件で入つたのです。行つた其の日に、直に、亜砒酸銅の製造小舎に入ることを命ぜられました。この薬品は其等の中でも、最も利益の上る薬品であつて、亜砒酸カルシユムと硫酸銅との化合から成る一種の毒薬でありまず。この会社では、殆んど廃物利用のためにした、か丶る仕事が莫大な利益になつたのです。

まず、「不景気」という状況下で職を探している人物が、「何処でもい丶」という思いの中で、たまたま「其の終りの日」に見つけた工場で働くことになるという行き当たりばったりの偶然性が、「機械」の「私」とよく似ていることに注目したい。勤めた先が、タービンや歯車などが主役の機械工学的な世界ではなく、「化学工業薬品製造場」という応用化学的な世界であるというところも共通点だ。しかも横光利一の「機械」が「塩化鉄」の作用で精神に異常をきたしてしまったことが疑われる「主人」について語ることから始まっていたのと同様に、「砂糖より甘い煙草」でも「亜砒酸銅」による中毒の問題から語りが始められている。認識作用の破綻を恐れる「機械」の「私」に対して、「砂糖より甘い煙草」の青年が恐れるのは、煙草の味が変わってしまったという知覚作用の異常である点は異なるが、どちらも生化学的な要因による主体の変容という点では共通する。化学物質による労働災害を描いているという点でも同じである。さらに、有害な物質を使用して自らが働く作業場を、「穴」と称している点までそっくりである。そして注目すべきことは、一九二〇年代から一九三〇年代にかけての「労働者文学」の中で、二つの小説が比較的珍しいタイプの労働災害を描いていることである。

「第十次労働災害防止計画」（二〇〇三年三月・厚生労働省）などを見ると、労働災害の種類別で見た場合、死亡災害としての発生件数が多いのは「機械設備による挟まれ・巻き込まれ等の災害」であるという。一九二〇年代においても状況は同じようなものだったらしい。当時のプロレタリア文学には、過酷な労働条件の下に発生する「挟まれ・巻き込まれ等の災害」を描くことで、資本主義の矛盾を告発するものが非常に多い。葉山嘉樹の「セメント樽の中の手紙」（一九二六年一月『文芸戦線』）などはその代表である。「破砕器《クラッシャー》」の中に大きな石と一緒にはまりこんで「赤い細い石」となり、ベルトコンベアーで運ばれて粉砕筒で砕かれ焼かれてセメントになってしまう労働者の悲劇が、巻き込まれ事故が起きても機械がそのまま作動し続けるというすさまじい状況とともに、被害者の恋人の手紙を通して語られている。人間の肉体が機械に粉砕されてセメントという商品として流通するという趣向の中に、資本主義社会を生きる労働者の悲劇がグロテスクな形で象徴されていると言ってもよいだろう。

——私はNセメント会社の、セメン袋を縫ふ女工です。私の恋人は破砕器へ石を入れることを仕事にしてゐました。そして十月の七日の朝、大きな石を入れる時に、その石と一緒に、クラッシャーの中へ嵌りました。

仲間の人たちは、助け出さうとしましたけれど、水の中へ溺れるやうに、石の下へ私の恋人は沈んで行きました。そして、石と恋人の体とは砕け合つて、赤い細い石になつて、ベルトの上へ落ちました。ベルトは粉砕筒へ入つて行きました。そこで銅鉄*2の弾丸と一緒になつて、細く細く、はげしい音に呪の声を叫びながら、砕かれました。さうして焼かれて、立派にセメントになりました。

骨も、肉も、魂も、粉々になりました。私の恋人の一切はセメントになつてしまひました。


機械によって人間の肉体が破壊されるという即物的でグロテスクな描写は、この時期のプロレタリア文学においては決して珍しいものではない。「セメント樽の中の手紙」と同じ月の『文芸戦線』に掲載されている今埜大力の「トンカトントン　カツタカツタ」などもその一例だ。「セメント樽の中の手紙」を含む「創作五篇」とは別に組まれた、特集「農村の悲劇・工場の惨苦」の中の小品である。その一節を引いてみよう。


ロール式藁打機は彼女の亭主が発明したのだと、お弁ちやらの縄屋の内儀はお客を連れて工場へ来て効能を述べてゐた。そして一寸職工が手隙を見せると彼女は自ら藁束を取つて入口へ挿入した。そして痛ましく恐ろしい悲鳴が上げられた。

職工は愕いてスイツチを切断した。そして手早くブリを逆転させた。

藁の挿入口からは肉と骨と血にまみれ、砕けて滅茶苦茶になつたでぶの彼女の片手が引張り出された。白い割烹服が真赤に染み、丸髷が崩壊した格好は如何な大尽にも見れない見世物だつた。自分は嘗て見た彼女が亭主に見せてゐた媚態を思い出すと可哀そうでもある。
でぶは入院して手術を受け手首から切断された。主婦として大切な彼女の右手は何時迄も失はれてしまつた。

災害に遭遇するのは、「縄屋の内儀」と呼ばれている小資本家の妻なのであるが、この小品の中では、臨月だったり見習いだったり年老いていたりする製縄工場の女工たちと並置されることで、「工場の惨苦」を表象する役割を担わされている。

プロレタリア文学派の雑誌『文芸戦線』から、もう一つ例をあげてみよう。一九二六年（大正15）七月号に掲載された、「機械・人間・絶叫」という仁木二郎の詩である。

ガリ、ガリ、ガリ
　機械文明の真赤な花が
　満開だ。満開だ。
緑葉は、重みを増した。
人間の白い肉を欲しがつて

此の歯車は舌なめずつている。
噛み切れ。噛み切れ。
…………黒い鉄鎖の連続だ。
人間が、機械の上に股がつて
何を怒鳴つて居るんだ。
何を…………
叫喚だ。血球の撒乱だ追求だ。
機械の重圧で、土地がめり込むだ
子供が、高々と巻き上げられた。
瞬間だ。黒い悲叫だ。—
アツ！ 血だ。肉だ。骨だ。
骨粉だ。

資本主義社会と機械文明の矛盾を、機械によって物理的に破壊される肉体のイメージによって表象しようとしていることは明瞭だろう。

そして注意しておきたいのは、「エロ・グロ・ナンセンス」の流行ということを考えればわかるように、物理的に破壊される肉体のグロテスクなイメージが描かれているのは、プロレタリア文学というジャンルに限った話ではないということだ。

たとえば、加藤武雄、平林初之輔、和田伝らが参加した農民文芸会で活躍した佐佐木俊郎の『黒い地帯』（一九三〇年四月・新潮社）という小説集がある。「機械」が発表される五ヶ月前に、横光利一の小説集『高架線』と同時に、「新興芸術派叢書」の一冊として刊行されたものだ。この『黒い地帯』に収められている小説には、鉄道が敷設され工場が進出することで大きく変容しつつあった農村地帯を舞台としたものが多い。煉瓦工場の進出によって最良質の田圃が買収され、煙突からまき散らされる煤煙の量に比例するように崩壊していく村落共同体を描いた「黒い地帯」や、鉄道の敷設によって資本主義のシステムに組み込まれ、商売に狂奔したあげく破滅していく東京近郊の農民たちを描いた「都会の触手」などはその典型である。一方、工場労働者の家族や土木工事に従事する工夫の悲劇も描かれていて、弱者の側に寄り添って現実社会を批判するという意味では、プロレタリア文学的な特徴を持っているとも言える。現に佐佐木俊郎は、一九二八年（昭和3）三月の日本左翼文芸家総連合設立総会に農民文芸会を代表して参加していて、左傾の時代に一線を画しつつも、プロレタリア文学に近い場所で仕事をしていた。しかしその一方で、一九二九年（昭和4）十二月に反マルクス主義芸術を標榜して結成された十三人倶楽部や、翌三〇年（昭和5）四月に結成された新興芸術倶楽部にも参加している。しかも、その後、江戸川乱歩や夢野久作らとともにリレー方式の合作探偵小説「殺人迷路」（一九三二年四月〜三三年四月『探偵クラブ』）を書いたりもしていて、多くのジャンルが生成し混淆した一九二〇年代から一九三〇年代という時代を、誠実に体現した作家であるという見方もできるだろう。

そういう佐佐木俊郎の小説集『黒い地帯』にも、「セメント樽の中の手紙」や「機械・人間・絶叫」などに通じるグロテスクな描写が散見できる。たとえば、「猟奇の街」という小説がある。社長の手下である「黒い服の下男」と「白い服の女中」に連行されて監禁されたと思われた労働者の妻が、実は発狂して精神病院に入院させられていたという、探偵小説的な趣向を持った小説である。労働者の妻が発狂してしまうそもそもの原因は、夫を労働災害で亡くしたことであることになっている。夫は、「機械に喰われてさ、胴がまるで、味噌のようになっ」て死んだのだという。ただし、あまりに惨たらしく肉親には到底遺体を見せられないと判断されたために、夫の死は伝聞情報としてしか妻に伝えられない。そのために妻はいつまでも死別という現実を受け入れられず、ついには夫の幻覚を見るようになって発狂するのだ。夫の死が信じられないでいる妻の問いかけに対して、工場からの使いとしてやってきた雑役夫はこう答えている。

「だがよ。人の話だども、嘘ぢやねえやうだな。なんでも、胴が味噌のやうになつても、病院へ持つて行くまではひくらひくらと動いてゐて、熊か何かのやうに唸つてゐたさうだで。そして、医者が腹から着物を剥がすべと思つたらよ。一唸り、うむつと唸つて、それつきりだつたと云ふ話なんだがな。」

恐怖映画のような場面が、作中人物の語りを通じて読者に提示されている。雑役夫の話を映像化したとすれば、腕が切り落とされたり内臓がえぐり出されたりして血がたくさん飛び散るような残酷描写の多いホラー映画さながらのシークエンスが展開されることになる。『プロレタリア文学はものすごい』（二〇〇〇年十月・平凡社新書）の荒俣宏[*3]にならって言えば、「猟奇の街」はまぎれもなく「スプラッターホラー小説」なのである。

「都会の触手」という小説でも、農村地帯に新しく敷設された鉄路の上に、幼い子どもが無惨な屍をさらすことになる。線路に下る傾斜を「汽車ぽっぽ」と叫びながら「父親の大きな下駄」を突っかけて走っていった「修」という幼児が、枕木の端につまずいて軌条の上に倒れてしまい、偶然通りかかった工事列車に轢かれてしまうのだ。

> 汽車は踏切から二三十間先まで走つて行つて、ヒステリックに汽笛を掻き鳴らしながら停止した。その異常な汽笛の音で、修の母親は、修の名を呼びながら、前掛で濡手を拭き拭き駈けて来た。
> 「をばさん！　修さんが！　修さんが！」
> 一人の子供が、小高いところから、叫びながら軌条の上を指した。
> 彼女は無我夢中で其処へ駈けて行つた。然し其処には、見覚えのある夫の下駄と、水色の半ズボンを穿いた二本の小さな脚とが落ちてゐるだけだつた。真青な首のついている水兵服の胴体は、其処か

ら五六間先の、線路の間に転がつてゐた。

こちらは作中人物の語りではなく、直接話法を使った臨場感のある描写の中に、まっぷたつになった幼児の肉体が形象化されている。これはもはや「労働災害」という範疇には含まれないが、鉄道という「都会の触手」が農村地帯を侵蝕し、都市化の象徴たる「工事列車」という機械が人間の肉体を蹂躙するという構図は、プロレタリア文学の世界に隣接している。他にも、「或る浮浪者」という小説では、浄水場の工事で「溺れ堰」の仕事をしていたとき、七十貫の化粧石が落ちてきて右腕を「びしょり」と潰された石工の話が出てくる。いずれも広い意味では「セメント樽の中の手紙」と同じ系列にある小説と言える。

以上のように、物理的な要因によって肉体が破壊されるというグロテスクな描写は、一九二〇年代から三〇年代にかけてのプロレタリア文学を中心とした小説群の一つの特徴である。その一方、「砂糖より甘い煙草」のような生化学的な要因による悲劇を描いた小説はあまり多くない。生化学的な要因による悲劇は、知識が不足していれば問題化しにくいし、視覚的なインパクトに欠けるということがあるのかも知れない。そもそも科学的に解明されていないメカニズムが働いている場合が多いので、労働者の自覚症状との因果関係を立証できず、社会問題化されるに至らないということなのかも知れない。すでに足尾鉱毒事件のような出来事が広く知られていたとは言え、一九二〇年代から三〇年代にかけてのプロレタリア文学において描かれるのは、物理的な要因による悲劇が中心だったのだ。

したがって、「亜砒酸銅」による労働災害を描いた「砂糖より甘い煙草」は、当時としては異色の労働文学なのである。しかも、内分泌を攪乱させる作用を持つ化学物質が人や野生生物へ影響を与える可能性があるという「環境ホルモン問題」や、壁紙に使われている接着剤や合板などの建材に含まれる化学物質が引き起こす「シックハウス症候群」などと同様の、不可視の物質による人間の不安感を描いていると考えると、先駆的な意義があると評価することすらできるかもしれない。

ちなみに、一九二〇年（大正9）十月に「砂糖より甘い煙草」が発表された『サンエス』という雑誌は、スワンと並んで日本の万年筆メーカーの草分け的存在であるサンエスが出版していたものである。十年後に「機械」を書くことになる横光利一も、小説「宝」（一九二一年一月）と「印象」（一九二一年三月）と題された文芸時評を『サンエス』誌上に発表している。直接的な影響関係を立証できるかどうかは別として、初出時に読んでいた可能性があることだけは指摘できるだろう。[*4]

「機械」を発表する前の一九三〇年（昭和5）三月に『読売新聞』に三回に分けて連載された「芸術派の真理主義について」というエッセイも、「砂糖より甘い煙草」と「機械」を結び付ける遠い傍証と言えるかもしれない。横光利一は次のように書き出している。

> 私は此の一ヶ月間煙草を吸はない。今迄一日にチエリーを五箱のんでゐたのに、ぱつたり煙草を吸はなくなつてから頭の廻転も変化して来た。人と言葉を交へるのがいやになり、思はぬときに思ひがけない表情が顔の上で拡がつてゐたり、注意力が対象を忘れて霧散したり、夜が来ると睡気に抵抗するのが第一の務めとなつたり、とに角勝手がひどくいつもと変つて来た。ペンを持つても一字を書く

のにまごまごした骨折を感じる。意識と意識との継目から身体を支配しさうな無意識の運動が間断なく行はれてゐるのを感じるやうになつた。煙草を吸ふ肉体と、煙草を吸わない肉体との感覚の落差の中で、私はそのどちらが実体を計算する上に於てより正しい肉体であるのかを考へる。

2 岩藤雪夫「殺人!」と「機械」

岩藤雪夫という作家がいる。一九二七年（昭和2）八月に「売られた彼等」を『文芸戦線』に発表して以来、『賃金奴隷宣言』（一九二九年十二月・南蛮書房）、『屍の海』（一九三〇年七月・改造社）などを刊行したプロレタリア文学作家である。代表作の一つである中編小説の「鉄」（一九二九年三月『文芸戦線』）は、『プロレタリア文学はものすごい』の荒俣宏によると、小林多喜二の『蟹工船』（一九二九年五、六月『戦旗』）と並ぶ「社会的スプラッター・ホラー」だという。描かれているのは、ボイラーの爆発事故で千二百度の蒸気を浴びて死ぬ労働者の悲劇であり、「セメント樽の中の手紙」の系譜に連なる物理的要因による労働災害小説とも言える。「砂糖より甘い煙草」や「機械」に描かれている生化学的な要因を基盤とした悲劇とは異質である。

「鉄」を書いたほぼ一年後に岩藤雪夫が発表したのが、「殺人!」という連作掌編小説である。横光利一の「機械」が執筆される直前にあたる一九三〇年（昭和5）四月から五月にかけて、『文芸戦線』に発表されたものだ。四月の『文芸戦線』に収録されているのは、「1スチイムハンマア」、「2カンカン虫」、「3生きた鬘」、「4白ッ子」、「5黒い空気」の五編である。次いで五月には、「つけ火!（殺人!続―）」という総題で、「6進水式」、「7電気工夫」、「8ベルト」、「9おはぐろ」、「10哀号!」の五編が発表されている。発表誌が『文芸戦線』であることや、「殺人!」という総題と各編の題名から推測できるように、資本主義の矛盾が庶民を圧殺しているという現実を告発するためのプロレタリア文学である。

たとえば連作の最初に置かれている「1スチイムハンマア」は、鉄道省の鍛冶屋職人が仕事中に床の油で足を滑らせ、「五十馬力のスチイムハンマア」で頭をぺしゃんこにされてしまうというグロテスクな話である。「機械」は生化学的な要因によって脳髄が破壊される話だが、こちらは物理的に、文字通り脳髄が破壊されるわけだ。「スチイムハンマア」も、「セメント樽の中の手紙」や「鉄」と同じように、物理的な要因による労働災害を描いたプロレタリア文学の系譜に含まれると言ってよいだろう。最後は、次のように結ばれている。

　こんな事は彼が夫婦喧嘩をしたのが原因だらうか、或は工場の採光設備が悪い為だらうか、但しは八時間労働、八時間休養、八時間勉学、の二十四時間制を我々が持たないからだらうか?
　足許に流れた油は勿論土台に隙が入つてゐたからだ!

結びの一文で、土台の隙間に油が染みこんでいたことが強調されているが、労働者の死の原因が並記され、いくつかの要因が重なって起きた悲劇であることが示唆されている。原因を特定しきれないうちに推理を終わらせているという点では、「機械」の結びと似ていると言えるだろう。ただし、資本主義の矛盾が悲劇を起こしているという連作としての枠組みが明確で、メッセージ性が強く感じられるところは「機械」とだいぶ違うと言える。いろいろな要因が考えられるにせよ、『文芸戦線』という雑誌の中で、しかも連作掌編小説の枠組みの中で読むかぎり、最終的には「資本主義の矛盾」が原因として浮かび上がるようにできているのである。

「スチイムハンマア」に続く他の掌編も、物語内容を短く要約し、簡単に紹介しておこう。

製材工場のボイラー内で倒れた掃除夫が釜ゆでになってしまう話（「2カンカン虫」）。紡績工場の女工がベルトに髪を巻き込まれて頭皮を丸ごとはぎとられてしまう話（「3生きた鬘」）。白粉工場の女工が鉛毒のために身体中が白と茶色の斑になった子供を産む話（「4白ッ子」）。印刷工がインクに含まれる物質によって身体を冒されていく話（「5黒い空気」）。造船所の職工が突貫工事を余儀なくされたために次々と転落死する話（「6進水式」）。過酷な労働で心身の健康をそこなった職工が1分間に600回転するハズミ車に魅了されてその中へ飛び込む話（「8ベルト」）。電球製作所の職工たちが硝子玉を吹き続けて肺病になり妻や子を通じて子孫にも遺伝していくという話（「9おはぐろ」）。干ばつ続きで食糧不足になった朝鮮の農民たちが保安林に入りこんだために山火事で焼き殺される話（「10哀号！」）。

労働者の身体とひきかえに資本家が富を手に入れているという社会の矛盾をわかりやすく告発するために、「釜ゆで」「頭皮はぎとり」などのグロテスクな死が並べられている。一見して、「スチイムハンマア」同様に、物理的な要因による労働災害が多く取り上げられていることがわかる。また、さまざまな業種を描き分けることで、弱者が圧迫され続けている日本社会を俯瞰し、資本主義の矛盾を総体として告発するような物語になっている。『文芸戦線』という雑誌に発表された小説にふさわしく、プロレタリア文学としての政治的な要素を色濃く持った連作掌編小説であることは明らかだろう。

しかし「機械」との関連性を探る上で注目すべきなのは、「4白ッ子」の鉛毒や「5黒い空気」の印刷インクのような、生化学的な要因による労働災害が描かれていることである。たとえば、「5黒い空気」には次のような一節がある。

一年、二年、三年、と勤めてゐる中に印刷インキは身体中にめぐつてしまう。休みの日に家で着る晒の襦袢まで黒くなる。毛穴だけなら未だいい、終ひには鉄道火夫の胃や腸や脳みそが煤煙で真黒になるやうに彼等印刷工の同じ部分が冒されて来る。

煤煙は人間の身体にさ程害にはならないらしい、だが印刷インクは硫酸に似た性質を帯びてゐて、脳に入ると蓄膿をひき起し、呼吸器に入ると肺尖を冒かす。

機械設備による挟まれ・巻き込まれ等の物理的な要因による労働災害ではなく、「砂糖より甘い煙草」の系譜に連なる、生化学的な要因による労働災害に焦点が当てられている。ただし、あくまで身体的な症状に焦点があてられている点で、「機械」とは異なっている。たとえば「脳みそ」が冒されるという記述などは注目されるが、あくまでも焦点は身体的な健康がそこなわれることにある。化学物質が人間の精神を失調させるという問題が前景化されることはない。また「鉛毒」や「印刷インキ」は、「起重機」や

「粉砕器」と同じように、労働者の肉体を資本家の富に結び付けるための媒体に過ぎない。言いかえれば、資本家＝悪、労働者＝善という図式の中で、資本主義の矛盾を告発する政治的なメッセージを具象化するための小道具に過ぎないのである。

一方「機械」の場合は、「塩化鉄」の作用が労働者の死の一因になる可能性が示唆されてはいるが、焦点はむしろ出来事を語る「私」の存在不安にある。生化学的な要因によって意識の一貫性・持続性が揺るがされることにより、「私」という存在そのものの根拠の危うさが浮き彫りになっている。言わば、脳髄を根拠に発生しているはずの「私」の精神が、脳髄の中で「塩化鉄」が直接的に精神を脅かしているかもしれないという状況にさらされながら、そういう状況そのものを語っているのだ。別な言い方をすれば、語られている言説そのものの根拠のあやふやさを、言説化している小説なのである。

また、「赤色プレート製法の秘密」という知的財産を持つ資本家としての「主人」すら、「塩化鉄」の作用を受けていて、そういう「主人」の「狂気」がネームプレート工場の権力関係に影響を及ぼしているというウロボロス的な構造に「機械」の特質があるという点も重要である。「機械」において、「資本家／労働者」という図式は相対化されているのだ。大ざっぱに図式化すれば、「大企業（＝悪）」が自然を破壊することで「市民（＝善）」の生命や財産を脅されるという「公害」問題的な構図がプロレタリア文学の世界に相当し、「大企業」だけではなく「市民」の消費生活そのものが自然の生態系を破壊しているかもしれないという「環境」問題的な構図が「機械」の世界に相当する。

自らが創刊した『文芸時代』と並んで時代をリードしていた『文芸戦線』という雑誌の存在を強く意識

せざるを得なかった横光利一が、「機械」の執筆に先だって岩藤雪夫の「殺人！」を読んでいた蓋然性は高い。もちろん、「殺人！」のような小説を単純に模倣しているわけではなく、批評的な足場を確保しつつ、プロレタリア文学の政治主義を相対化し、解体して新たな地平を開いていると考えるべきだろう。横光利一の「機械」が、プロレタリア文学的な物語内容を持っていながら、たんなる政治的メッセージに収斂できる小説ではないことは明らかだからだ。「機械」は、プロレタリア文学的な世界を模倣しながらそこから逸脱し、プロレタリア文学自体を相対化するような、言わば「メタ・プロレタリア小説」にもなっているのである。

[注]

1　「解題」という制約からか、「砂糖より甘い煙草」についての記述はこれだけだが、本稿執筆に当たって重要な示唆を得た一節である。

2　誤植として「鋼鉄」に改めるべきだろうが、クラッシャーの粉砕媒体として銅球が使われる場合もあるようなので、初出のまま「銅鉄」としておく。

3　この本で荒俣宏は、プロレタリア文学の中に展開されている「エロ・グロ・ナンセンス」な側面を浮き彫りにし、たとえば小林多喜二の「蟹工船」（一九二九年五、六月『戦旗』）を「スプラッターホラー小説」と呼んでいる。

4　井上謙は、『評伝横光利一』の中で、雑誌『サンエス』について、次のように言及している。

「『サンエス』は大正八年十月に創刊された文芸雑誌で、終刊は未詳。編集発行人は細沼浅四郎（編集には、ほかに井家忠男、藤森淳三がいる）、発行所はサンエス本舗である。この雑誌は中央美術社の田口掬汀《きくてい》（本名、鏡次郎）が顧問をしていた「サンエス万年筆」（細沼株式会社）の宣伝を兼ねたものだが、田口は自らも小説や脚本を書く才人だったので、平凡な広告誌を嫌い、雑誌の大部分を小説、評論、詩などで埋め、また懸賞文芸欄も設けた。執筆者には小川未明、徳田秋声、岩野泡鳴、久米正雄、芥川龍之介、菊池寛、宮地嘉六、吉田絃二郎、若山牧水、生田春月、室生犀星、岡田三郎、佐々木茂索、宇野浩二、佐藤春夫、横光利一、佐藤一英、小島徳弥、片岡良一らがいる。」

一九二〇年一月号の「編輯後記」に、「『宝』の作者横光利一は私の友人だ。未だ彼は発表こそ一度もしたことはないが、彼も亦確かに一家を成してゐると思ふ」という藤森淳三のことばが記されている。

V　〈機械〉というメタファーの由来

1　近代文学のなかの「機械」

横光利一の「機械」に先行する近代文学の中で、「機械」ないしは「器械」ということばがどのように使われてきたのかを検証してみよう。特にメタファーとしての用例がどれくらいあるのかという点に注目したい。先行するすべての用例を検討することはできないので、可能な範囲で何人かの作家を選び出し、大まかな傾向を調べてみることにする。*1

たとえば横光利一の「機械」との類縁性が指摘される「歯車」（一九二七年十月『文芸春秋』）を書いた芥川龍之介の場合、「機械」にしても「器械」にしても、比喩としての使用例はほとんど見あたらない。「歯車」には一箇所だけ直喩が使われているが、「僕は機械的にしやべつてゐるうちにだんだん病的な破壊慾を感じ…」という凡庸なものに過ぎない。ちょっと変わったものとしては、「MENSURA ZOILI」（一九一七年一月『新思潮』）という小説に、文学や美術の「価値を測定する器械」というのが出てくる。しかしこれは、計量器のような形態をした文字通りの「器械」であって、比喩表現ではない。他の作家のテクストを見ても、比喩としての使用例は意外と少ない。鋼鉄で作られた巨大な工作機械や、歯車やボルトで構成される精密機械、モーターやエンジンで稼働する自動機械などのイメージが日本で一般化するのは、少なくとも近代文学という制度が確立する十九世紀後半以降だろうから、〈機械〉ということばを小説を描く上での重要なメタファーとして使う横光利一の「機械」の方法は、かなり斬新なものだったと言えそうだ。

限られた調査の中で、比較的多くの使用例が見出せるのは、森鷗外（一八六二年生まれ）と夏目漱石（一八六七年生まれ）である。いずれも「器械」という表記ではあるが、比喩表現としての使用頻度が高い。もちろんまったく用例が見つからない小説も少なくないが、横光利一（一八九八年生まれ）に比較的近い世代の芥川龍之介（一八九二年生まれ）や梶井基次郎（一九〇一年生まれ）などに比べ、かなりの頻度で使われている。しかも特異な使われ方をしているものも見出せる。

たとえば、森鷗外の「ヰタ・セクスアリス」（一九〇九年七月『スバル』）の場合、次のような用例がある。

日が暮れて、まだ下女がランプを点けて来てくれない。僕はふいと立つて台所に出た。そこでは書生と下女とが話をしてゐた。書生はかういふことを下女に説明してゐる。女の器械は何時でも用に立つ。心持に関係せずに用に立つ。男の器械は用立つ時と用立たない時とある。好だと思へば跳躍する。嫌だと思へば萎靡して振はないといふのである。下女は耳を真赤にして聴いてゐた。僕は不愉快を感じて、自分の部屋に帰つた。

これ以外の例では、鰐口という登場人物にとっての女性が「只性欲に満足を与へる器械に過ぎない」と述べたものもあるが、生理的な身体を「器械」と見なしている引用部分がとりわけ注目に値する。横光利一の「悲しみの代価」に出てくる、「自分の子供を産む器管《ママ》」を「何かよく切れる刃物」で切り取ることを想像する銭湯の場面も連想される。意識によって制御し得ない生理的な身体に対する眼差しが、〈機械〉というメタファーを呼び込んでいる点が、横光利一文学の世界との類似点として指摘できるだろう。
また全編を通じて十三カ所に「器械」ということばが使われている夏目漱石の「坑夫」（一九〇八年一月～四月『朝日新聞』）の場合は、次のような用例が注目される。

「家なんかないんです。坑夫になれなければ乞食でもするより仕方がないです」
こんな押問答を二三度重ねてゐる中に、口を利くのが大変楽になつて来た。これは思ひ切つて、無理な言葉を、出悪いと知りながら、我慢して使つた結果、おのずと拍子に乗つて来た勢に違ないんだから、まあ器械的の変化と見做しても差支なからうが、妙なもので、其器械的の変化が、逆戻りに自分の精神に影響を及ぼして来た。自分の言ひたい事が何の苦もなく口を出るに連れて——ある人はある場合に、自分の言ひ度ない事までも調子づいてべら〳〵饒舌る。舌はかほどに器械的なものである。——この器械が使用の結果加速度の効力を得るに連れて、自分はだんだん大胆になつて来た。

こちらも、「自分の精神」に制御されているはずの「舌」が、「しゃべる」という行為を通じて「逆戻り」に自分の精神に影響を与えている。意識によって制御し得ない生理的な身体を、「器械」という比喩を用いて表現している用例であるという点では、「ヰタ・セクスアリス」の場合と同じである。「坑夫」の場合は、〈意識の流れ〉的な語り口や、「坑＝穴」に入りこむ労働者の物語であること、銅山を舞台としている点で「鉱毒」問題との接点を持っていることなど、横光利一の「機械」と比較する上で、いくつもの重要な類縁性が指摘できる。

夏目漱石の小説の中で、使用回数は少ないものの注目に値するのは、「こころ」（一九一四年四月〜八月『朝日新聞』）の場合だろう。

私はKの動かない様子を見て、それにさま〴〵の意味を付け加へました。奥さんと御嬢さんの言語動作を観察して、二人の心が果して其所に現はれてゐる通りなのだらうかと疑つてもみました。さうして人間の胸の中に装置された複雑な器械が、時計の針のやうに、明瞭に偽りなく、盤上の数字を指し得るものだらうかと考へました。

「人間の胸の中に装置された複雑な器械」という言葉は、人間の精神なり心理なりの働きを比喩的に表したものだろうが、文字通り受け止めれば、読者の脳裡に人造人間のイメージを喚起する。また「時計の針のやうに、明瞭に偽りなく、盤上の数字を指し得るものだらうか」というフレーズは、横光利一の「機械」の次の部分とよく似ている。

しかし事実がそんなに不明瞭な中で屋敷も軽部も二人ながらそれぞれ私を疑つてゐると云ふことだけは明瞭なのだ。だが此の私ひとりにとつて明瞭なこともどこまでが現実として明瞭なことなのかどこでどうして計ることが出来るのであらう。それにも拘らず私たちの間には一切が明瞭に分つてゐるかのごとき見えざる機械が絶えず私たちを計つてゐてその計つたままにまた私たちを押し進めてくれてゐるのである。

夏目漱石の「行人」（一九一二年十二月〜一九一三年十月『朝日新聞』）にも、「明瞭」と「器械」を並置した次のような描写がある。

彼女の腹の中も日常彼女の繰り返しつゝ慣れ抜いた仕事のごとく明瞭でかつ器械的なものであつたらしい。一家団欒の時季とも見るべき例の晩餐の食卓が、一時重苦しい灰色の空気で鎖された折でさへ、お貞さん丈は其中に坐つて、平生と何の変りもなく、給仕の盆を膝の上に載せたま、平気で控へてゐた。

「彼女の腹の中」というのは、「こころ」の場合の「胸の中」と同じで、人間の精神なり心理なりのありかを指している。また、「器械的」であることが「明瞭」であることと等価であり得るという発想が、これらの描写には共通している。

ほとんど改行がない息の長い文章をはじめ、表現上の新しさがしばしば賞揚される横光利一の「機械」だが、〈機械〉という比喩の使われ方に関しては、すぐれた先達の小説の引用によって成り立っている面があることも確かなようだ。もちろんこのことをもって、「機械」という小説そのものの斬新さが損なわれるわけではない。小説の新しさは、「明瞭」や「器械」などの片言隻句によって生成されるわけではなく、先行するさまざまな言説の模倣が、いかに一つの小説に収斂されているかによって実現されるものだからである。探偵小説やプロレタリア文学というジャンルの言説を模倣しつつも、そこから巧みに逸脱して先行する他の文学に対する批評的な位置を確保している小説「機械」は、ここでも森鷗外や夏目漱石が使ったメタファーを引用しつつそこから巧みに身をずらして新しい表現世界を切り開いている。横光利一が用いた〈機械〉というメタファーは、たんに生理的な身体のみを表しているわけではない。人間の精神の働きのみを表しているわけでもない。人と人との関わりや社会の構造のみを表しているわけでもない。〈機械〉というメタファーの新しさは、それらのうちの何か一つのものだけを表すメタファーではないというところにある。

2　板垣鷹穂編『機械芸術論』をめぐって

一九二九年（昭和4）から三〇年（昭和5）にかけて、「機械」ブームとでも呼ぶべき現象が起こっていたことが、横光利一の「機械」を論じる上で近年注目されるようになってきている。その端緒となったのは「機械主義」の影響を指摘した神谷忠孝の注釈[*2]であるが、「機械」というタイトルの由来として「機械芸術」としての映画が意識されていたと指摘した十重田裕一の論考あたりから本格的に検討されるようになってきた。近年のものでは、日比嘉孝の論考がある。[*4] また、横光利一の「機械」との関係に直接的に言及しているものではないが、一九二〇年代のロボットブームに多角的にアプローチした『妊娠するロボット』（二〇〇二年十二月・春風社）のような注目すべき共同研究も出現している。[*5] これらの論考を踏まえ、ブームのさなかの一九三〇年（昭和5）五月に、新芸術論システムの一冊として天人社から刊行された『機械芸術論』[*6]を参照しながら、横光利一が用いた「機械」というメタファーの由来を、同時代的な文脈の中で考えてみたい。

『機械芸術論』という書物には、舞台や映写機や印刷機などを〈表現の手段〉としての「機械」と見なす論考、機関車や発動機の「機械」を〈表現の対象〉と見なす論考、実用的な構造物としての起重機や橋などの「機械」そのものに美を見出す論考など、さまざまな観点で論じられた文章が並べられている。「機械」ということばの振幅はかなり広いと考えて良いのだが、巻頭に収められた「機械美の誕生」で板垣鷹穂は、「欧州大戦後の時代から『機械』に対する世人の態度が全く変ってきた」と指摘しつつ、その淵源を次のように整理している。

一八世紀の後半期以来、紡績機械の発明に覚醒した機械工業は、十九世紀の後半期に、勧業博覧会の流行を誘致した。一八五〇年のロンドンに開催された万国工業博覧会に、その最初の発現を認めることが出来る。そして恐らく、一八八九年のパリに、その最後の盛大さを窺ふことが出来るであらう、水晶宮とエフエル塔とが、その追憶の記念であることは云ふまでもない。

これ等の博覧会は——当時の古風な版画に窺はれるやうに——「機械」に対する一般社会人の興味を喚起させるために極めて、好都合な機会であつた。勿論、十九世紀を通じて一般社会人の美意識の中には、「機械美」に対する感受性を認めることが出来ない。然し少くとも、この博覧会を機会として、機械に対する常識が増大し、その形態と機能とが、可視的世界の領域内に摂取されはじめたことは事実である。

このように指摘した上で板垣鷹穂は、「機械美」を「意識的に強調した最初の発現」（傍点原文のまま）として、一九〇九年の「未来派宣言」の重要性を強調する。そして、「ロマンティシズムの形式」において表れた未来派の「機械美」が、「革命直後のロシアに生れた構成派」に受けつがれ、「現在では既にリアリズムへの道程にある」のだと指摘している。板垣鷹穂がここで言う「リアリズム」とは、ル・コルビジェの建築論に見られるような「純粋な芸術思想としての合理主義」のことを指しているようだ。つまり、芸術のありようを変容させているのは、現実離れした「機械のロマンティシズム」ではなく、機能的に純化された合理的な形態を持つ「機械」の美なのであり、そういう「機械美」が人間の美意識を刷新しつつあるというのだ。

機械的環境は、社会人の感覚を新たにし、新しい形態美の存在を教へる。そして同時に、機械は自己の形態を純化しながら、新鮮な糧を芸術に供給する。「機械と芸術との交流」がかくてはじまる。機械技師と芸術家との限界が消失する。

工場は寺院に代り、住宅のエレヴェションは汽船のブリッジを模倣し、自動車は工芸美術に変り、起重機に記念性が認められて来た。そして、歯車形の室内装飾が流行し、高速度輪転機の諧調が陶酔を誘った。

「汽笛のシンフォニー」についての言及もあり、「機械的環境」の聴覚面についての考察が含まれてはいるが、「機械美の誕生」全体を通して前景化されるのは、軍艦や起重機、鉄橋や内燃機関などに見られるモニュメントとしての機械美、オブジェとしての機械美である。

板垣鷹穂は、機械の機能の中に「視覚的現象」として「所有」される美しさとして、「偉力」「速度」「秩序」の三つの要素を挙げているが、例示しているのは「軍艦や起重機の示す記念性」「高速度を有する交通機関の示す軽快さ」「輪転印刷機の秩序だった機能」である。また「一種の美的鑑賞」を可能にする機械の「視覚的形態」として、「構成的なるもの」「明快なるもの」「微妙に複雑なるもの」の三つの要素を指摘している。この三つの要素に対応するのは、「鉄橋、ラディオ柱、戦艦のブリッジ等」「自動車の車体や電灯のスイッチ」「小型な内燃機―例えば航空機の機関」である。運動性や構造への関心が含まれているとは言え、基本的にはボルトや歯車やシャフトによって構成されるような機械工学的なフォルムに「機械美」を見出していると言ってよいだろう。

しかし、「機械」というメタファーをボルトや歯車などの表象と結びつけ、機械工学的にのみ考えるのは、この時代の言説のありように照らして適切ではない。たとえば『妊娠するロボット』巻頭の表題論文で吉田司雄が指摘するように、ロボットの生みの親であるチェコスロバキアの作家カレル・チャペックの戯曲「R.U.R—ロッスムのユニバーサル・ロボット」に登場するのは、「金属製のボディと機械仕掛けの内部を抱えもつ存在ではなく、外見上は人間にそっくりの、むしろアンドロイドと呼ぶほうがふさわしいもの」である。また同じく『妊娠するロボット』に収められた奥山文幸の「アンドロイドは銀河鉄道の夢を見る」によれば、一九二〇年代のロボットは、螺旋や歯車によって構成される機械工学的な存在というよりも、人工肉や人工皮膚などの有機物によって合成される応用化学的な存在としての「アンドロイド」のイメージに近かったという。「ロボットないし人造人間のイメージ史」に、エピクロスやデカルト、ラ・メトリーなどの「人間機械論」が潜在的に交差すると指摘した上で、奥山文幸は次のように述べている。

一九二〇年代における科学と幻想の諸関係を考察する場合に重要な点は、有機的合成人間としてのアンドロイドに、科学の産物たる無機的合成物（金属類を中心とする）がモザイク状に付加されていくということだろう。その一つの結晶としてロボットが誕生し、流行するようになるのである。

ロボットのイメージの中に化学的なものや有機的なものが含まれていたのなら、「機械」というメタファーにも同様の要素が含意されているのではないだろうか。少なくとも、ボルトや歯車やシャフトなどで組み立てられた機械工学的な構造体としての「機械」のイメージだけでは、一九二九年（昭和4）から三〇年（昭和5）にかけての機械主義ブームの中で、何が問題にされていたのかを理解することはできない。もう一度『機械芸術論』に戻って検証してみよう。収録されている論文の一つに、堀野正雄の「機械と写真」がある。「新興芸術は今日に於ては機械性の認識に依つて始めて可能であり、合目的性が必然的に齎す芸術は、手工業的に終始しないであらう」と書き出し、正確に物を見るためのテクノロジーとしての写真と写真印刷術に言及し、カメラのレンズを人間の眼に結びつけつつ論じた上で、堀野は次のように述べている。

　我々が写真術の歴史を回顧する時、写真感光板の発達の導程《ママ》は、最初湿板法が発明されたのに発端してゐる。湿板法とはハロゲン化物を抱含《ママ》した単コロヂオンを硝子板上に薄く塗布し、夫を硝酸銀の溶液内に漬浸することに依つて感光性を有するハロゲン化銀をコロヂオン膜の内に化成せしめ、感光膜が湿潤状態を保持してゐる内に、カメラを装填して露光を施すと云ふ方法である。

大がかりな道具を必要とし、露光した感光板を直ちに現像処理しなければならなかったこの「湿板法」に対し、「写真術に於ける乾板の発見は一大センセーションを社会生活に齎らした」と指摘し、堀野正雄はさらに次のように書きつけている。

合成化学の研究は漸次新しい色素の発見を将来《ママ》した。写真乾板を或る種の色素を以て染色する時、その乾板は色彩に対して親和力を持つことが出来る。一八七三年に独乙のフオーゲル氏が完成した此の処理法は、写真術の機能を拡大することに成功した。元来写真乾板は赤色に対して何等の作用もしない。此の事は写真の暗室光として赤色光が利用さる、所以であるが、更にスペクトラムの内で人間の視覚に対して最大の明るさを有する黄色光は、写真乾板には感光しない。写真は黄色を黒く再現する。

合成化学の研究によって新しい色素が発見され、写真術の可能性を広げた写真乾板の感光メカニズムについての記述がこのあともさらに続く。「カメラ・オブスキュラ（暗い箱）」にレンズや絞りが取り付けられた機械としての写真機についての記述は皆無である。「機械と写真」という課題に対するまとまった答えが見出し得なかったための苦肉の策という側面はあるにせよ、「黄色乃至緑色の増感法」を施した「整色乾板」とか、「赤色其他総ての色彩」に対して感光する「汎色乾板」の化学的反応についての記述が、「機械芸術」という文脈の中に持ち出されているのである。

一九二〇年代の人造人間のイメージの中に、機械工学的な構造体としての無機的合成物と、アンドロイド的な有機的合成物のイメージが共存していたように、一九二九年（昭和4）から三〇年（昭和5）にかけての機械芸術ブームにおける〈機械〉というメタファーの意味合いは多義的である。流行語だけに恣意的に使われているということなのかもしれないが、横光利一の「機械」における次のような記述も、このような同時代の言説との関係の中で解読されるべきだろう。

或る日主人が私を暗室へ呼び込んだので這入つていくと、アニリンをかけた真鍮の地金をアルコールランプの上で熱しながらいきなり説明して云ふには、プレートの色を変化させるには何んでも熱するときの変化に一番注意しなければならない、いまは此の地金は紫色をしてゐるがこれが黒褐色となりやがて黒色となるともうすでに此の地金が次の試練の場合に塩化鉄に敗けて役に立たなくなる約束をしてゐるのだから、着色の工夫は総て色の変化の中段においてなさるべきだと教へておいて、私にその場でバーニングの試験を出来る限り多くの薬品を使用してやつてみよと云ふ。それからの私は化合物と元素の有機関係を験べることにますます興味を向けていつたのだが、これは興味を持てば持つほど今迄知らなかつた無機物内の微妙な有機的運動の急所を読みとることが出来て来て、いかなる小さなことにも機械のやうな法則が係数となつて実体を計つていることに気附き出した私の唯心的な眼醒めの第一歩となつて来た。

［注］

1　調査にあたっては、著作権の切れたものを中心に近代文学関係のテクストがデータベース化されているインターネット図書館「青空文庫」（http://www.aozora.gr.jp/）を適宜参照した。

2　『日本近代文学大系　第42巻　川端康成　横光利一集』（一九七二年七月・角川書店）の「頭注一」で神谷忠孝は、「昭和初期モダニズム運動の中で提唱された『機械主義』の影響も考えられる。堀辰雄の『機械』（『辻馬車』昭和

2・6）という断片はジャン・コクトーの意見を紹介したものであり、中河与一の『形式主義芸術論』（新潮社、昭5・1）にも『機械主義という科学上のテクニック』という章がある」と指摘している。

3　十重田裕一「『機械』の映画性」（一九九三年五月『日本近代文学』第48集）。

4　日比嘉孝「機械主義と横光利一『機械』」（一九九七年三月『日本語と日本文学』第24号）。

5　『妊娠するロボット—一九二〇年代の科学と幻想』（二〇〇二年十二月・春風社）に参加しているのは、吉田司雄、奥山文幸、中沢弥、松中正子、會津信吾、一柳廣孝、安田孝の七名。

6　『機械芸術論』（一九三〇年五月・天人社）。表紙に「『新興芸術』編輯」と記されているが、奥付の著作者は「『新興芸術』代表者　板垣鷹穂」となっている。収録されている論文は、「機械美の誕生」（板垣鷹穂）、「機械と文学」（新居格）、「機械と演劇」（村山知義）、「映画と機械」（清水光）、「機械と絵画（第二自然と保存絵画論）」（中原実）、「機械と音楽」（鈴木賢之進）、「機械と舞踏」（光吉夏彌）、「機械と写真」（堀野正雄）、「機械と建築」（香野雄吉）、「機械美の構造」（中井正一）の十編である。おそらくは板垣鷹穂が書いたと思われる「『機械芸術論』の編輯に就いて」という序文によると、「都新聞の飛田角一郎氏が、同紙の一九三〇年一月五日から連載した新しい試みに基づくもの」である。

Ⅵ　「私」の来歴

1　「九州の造船所」の謎

一九七四年（昭和49）に「月山」で第七十回芥川賞を受けた森敦が、そのちょうど四十年前の一九三四年（昭和9）に横光利一の推輓により『東京日日新聞』と『大阪毎日新聞』に「酩酊船」を連載していて、既に作家としてデビューしていたことはよく知られている。森敦が横光利一と面識を得たのは、「機械」脱稿直後の一九三〇年（昭和5）九月に行われた朝鮮の京城日報社主催の文芸講演会でのことだったらしい。*1講師は菊池寛、佐佐木茂索、直木三十五、池谷信三郎、横光利一の五名。当時京城中学校を卒業したばかりの森敦少年は、菊池寛の講演が終わるや否やすっくと立ち上がり「菊池さん、あなたのスピーチはまるでなっちゃおらん……」と切り出して演説をぶち、大いに物議をかもしたという。その後、第一高等学校に入学した森敦は、一年で依頼退学。横光利一に師事した。

横光利一の弟子の森敦が、一九八八年（昭和63）、テレビのＣＭ出演がきっかけで師弟関係を結んだのが電通出身の小説家新井満である。新井満は、横光利一から見ると孫弟子にあたるわけだ。その新井満が芥川賞を受けた時の師弟対談が、『森敦―月に還った人』（一九九二年六月・文芸春秋）に収められている。「無限後退の文学」(一九八八年九月『文学界』)と名づけられたこの対談の中で、新井満の芥川賞受賞作「尋ね人の時間」に触れた森敦は、作中人物「月子」の誕生譚の中に、自分の小説「月山」と「われ逝くもののごとく」が隠されていると指摘している。そして「小説に隠されたクイズ」という興味深い文学観を披露している。そのときの二人のやりとりは、以下のようなものだ。

新井　驚きますね、そういうふうに言われると。
森　驚くって、きみ、驚くのはぼくのほうだよ。
新井　いやあ、それを聞いてぼくはもっと驚きます。もう仰天してしまいますよ。(笑)
森　しかし、ぼくの論理は正しいでしょう。あなたは「どうじゃ、これを読み解けるやつがいるか。いないだろう」と思って書いた。ことに、森なんかが案外読み解けないだろうと。大作家というものは、必ず自分の完璧な作品の中にクイズを入れる。完璧になると、クイズには誰も気付かないんですけど。この作品の批評でも、そういうクイズに言及するものはないでしょう。これは、仮に新井さんが意図していなくても、結果としてそういう焙り出し絵ができていたとしたら、これはどうしようもないでしょう。むしろ、なおいいですよ。「やるねえ」と思ってね。ああいうことができる人は必ず大作家になっていけるんです。もやはぼくの及ぶどころじゃありませんよ。

森敦の言によると、バルザックとかドストエフスキーのような文豪は「何か書いて火の上で焙ると現れてくる」ような「いたずら」をよくやると言う。

読者は誰も気づかず、作者さえも意図していないかも知れないような「隠されたクイズ」。そういうものがもしあるとすれば、それは「作品」の外部なのか内部なのか。また、小説の中にそういう類のクイズを見出し、それを読み解くことは、小説の読解と言えるのかどうか。研究主体としての読者がテクストから「クイズ」の答えを導出することは、いったいどのような意味を持つことなのか。横光利一の「機械」に書き込まれている「クイズ」として、語り手「私」の来歴がどのようなものであるのかという問題を仮構し、わたしなりに検討を加えてみよう。

横光利一の「機械」は、すぐれて抽象的な言語空間によって成立した実験小説である。ネームプレート製造所という限定された空間を主な舞台として、限られた作中人物が織りなす心理的な対立や葛藤が、あたかも試験管の中の化学変化を記述するように綿密に描かれている。その一方で、「軽部」や「屋敷」や「私」などの作中人物の来歴に関する記述はほとんど皆無に近い。現実の人間に付随する家族関係や男女関係といった複雑な関係性は、ほとんど捨象されている。もちろん多少の例外はあるにしても、小説全体を通して、彼らは言わば「屋敷」の死に関与する〈工場内存在〉としてのみ語られているのだ。しかもネームプレート製造所自体の具体的な描写は、きわめて限られたものでしかない。発表直後の「文芸時評」（一九三〇年十月『改造』）で既に大森義太郎が指摘しているように、「人間心理の、特に他人に対する動きが、細部にいたるまで執拗に追求されてゐる」ことと「製作所の描写といふやうなものは極めて僅かしかない」こととのアンバランスが、「機械」の語りの大きな特徴だ。「機械」を実験小説と呼びうる理由の一つは、人物の心理以外の要素を捨象した、このような叙述内容の抽象性にあると考えてよい。しかし、この抽象的な小説世界の中に、具体性の上で突出した例外的なことばが置かれている。

此の穴へ落ち込むと金属を腐蝕させる塩化鉄で衣類や皮膚がだんだん役に立たなくなり、臭素の刺戟で咽喉を破壊し夜の睡眠がとれなくなるばかりではなく頭脳の組織が変化して来て視力さへも薄れて来る。こんな危険な穴の中へは有用な人間が落ち込む筈がないのであるが、此の家の主人も若いときに人の出来ないこの仕事を覚え込んだのも恐らく私のやうに使ひ道のない人間だつたからにちがひないのだ。しかし、私とてもいつまでもここで片輪になるために愚図ついてゐたのでは勿論ない。実は私は九州の造船所から出て来たのだがふと途中の汽車の中で一人の婦人に逢つたのがこの生活の初めなのだ。（傍点・野中）

語り手の「私」が自らの来歴に言及する「実は私は九州の造船所から出て来たのだが」ということばの具体性は、「機械」という小説の言語空間の中でひときわ異彩を放ち、読み手のわたしをつまずかせる。「実は」という本旨を導くことばによって明かされるのは、語り手の「私」がネームプレート製造所で働くことになった経緯なのだが、なぜそこに「九州」や「造船所」といったことばを置く必要があったのだろうか。「九州の造船所」から東京のネームプレート製造所へという「私」の移動の意味は、いったいどこにあるのだろうか。

おそらく「機械」という小説を時代を隔てた現代の読者が虚心に読む限り、そこにこれらのことばをプロットとして生かすような要素を見出すことは難しいはずだ。言いかえればそれは、「私」が「九州の造船所」から来たという事実を、読者が小説を読み進める過程でうっかり忘れてしまってもほとんど支障がないということである。あるいは「九州の造船所から出て来た」という来歴に言及しながら、読者にそのことをうっかり忘れさせてしまうように作為されていると言ってもよい。

だとすれば、ここには何か「完璧」で「誰も気付かない」ような「クイズ」が隠されていると考えることはできないだろうか。

「九州の造船所から出て来た」ということばから同時代の読者が想起したのはおそらく「三菱長崎造船所」であるはずだが、明治以来の日本の近代化をリードした重工業の聖地とも言える長崎から、どうやら何のあてもなく職を探しに上京したらしい「私」の背後に、どのような物語を読み取ることができるのだろうか。たとえば田口律男は、「〈私〉が〈九州の造船所〉をやめた理由については、作品になんの情報も与えられていないが、当時の経済状況や失業率の高さを考えると、一方的に解雇された可能性も出て来る」と述べている。*2 さしあたり「当時の経済状況や失業率の高さ」という問題を指摘している田口律男のことばを手がかりに、一九三〇年当時の読者にとって、「九州の造船所」ということばがどのような連想作用をもったことばであったのか、同時代の言説を参照しながらその一端を明らかにしてみよう。

「機械」は一九三〇年（昭和5）九月に総合雑誌『改造』誌上に発表されたのだが、近代史をひもとけばすぐにわかるように、当時の日本は不況のまっただなかにあった。当時の代表的な総合雑誌の一つである

『中央公論』などを見ても、「失業日本」というような小特集が組まれたり（一九三〇年五月号）、読者から募集した「失業体験記」が掲載されたり（同年八月号）、毎月必ず何らかの形で不況問題が取りあげられている。もちろん、「機械」が発表された総合雑誌『改造』誌上でも、編集上もっとも目立つのは、経済不安や失業問題に関する企画である。たとえば、「機械」が執筆される一九三〇年（昭和5）八月以前の『改造』誌上にどのような記事が掲載されていたかというと、だいたい以下の通りである。

・5月号―特集「刻下の緊急問題」／「世界的不況時代」（阿部賢一）、「労働の受難期」（山川均）、「政府の軍縮政策是乎非乎」（安富正造）、「世界の金塊争奪戦」（前田繁一）、「軍縮会議と米国の東洋経略」（福永恭助）ほか。

・6月号―特集「十大新聞経済部長の見たる　濱口内閣と経済不安・失業の深刻化」／「不誠実極まる現内閣の社会政策」（東京日日　杉山幹）、「不景気の本質と其動向」（読売　山崎靖純）、「深刻化せる財界難の真因と其打開策」（東洋経済　石橋湛山）ほか。

・7月号―「失業問題討論会」（安達謙蔵、井上準之助、安部磯雄、高橋誠一郎、阿部賢一、那須皓、末弘厳太郎、山本実彦）、特集「欧米各国の失業対策」／「無産政党中間合同とその展望」（森戸辰男）、「没落への転向期に立つ日本資本主義」（猪俣津南雄）、「兵力量決定に於ける政府及び軍部の関係」（佐々木惣一）ほか。

一九三〇年（昭和５）に至るまでの経済状況をざっと押さえておくと、まず一九二七年（昭和２）三月に起きた金融恐慌によって全国で多くの中小金融機関が破綻し、第一次世界大戦で急成長をとげた鈴木商店を代表とする企業も倒産に追い込まれた。一九二九年（昭和４）には、財政破綻の危機に瀕したため、政府は緊縮財政を打ち出し、金解禁政策に踏み切ることになる。折しも十月二十九日のニューヨーク株式市場の株価暴落をきっかけに世界大恐慌が起こり、金解禁政策をとっていた日本はその影響をまともに受けて昭和恐慌に陥った。翌一九三〇年（昭和５）一月にはロンドン軍縮会議が開かれ、政府は海軍軍縮条約に調印する。当時の基幹産業とも言える造船業はますます苦境に追い込まれることになった。政府は深刻な不況を乗り切るために、「産業合理化」を掲げ、一九三〇年（昭和５）六月に「臨時産業合理局」を発足させる。そして「産業合理化」の名の下に労働者の解雇と賃金削減が断行され、労働条件は悪化の一途をたどった。同時に、金融恐慌の頃から激しくなりはじめた労働争議の増加傾向に拍車が一層がかかっていく。

一九三〇年（昭和５）当時の『改造』誌上の目次には、こうした時代の雰囲気が如実に感じ取れる。そもそも『改造』は、その雑誌名からもうかがえる通り、一九二〇年代から三〇年代にかけてのデモクラシー思想や社会主義運動の高揚に大きな役割を果たした総合雑誌である。職を求めて「九州の造船所」から上京する青年が過酷な労働条件の中で悲劇に出会うという小説は、掲載雑誌にふさわしい時局的な物語内容を持っていたのだと言える。『改造』の読者がこうした流れの中で九月号の「機械」を読んでいたということは、なぜ「私」の来歴が「九州の造船所」ということばで説明されなければならなかったのかということを考える上で見落とすべきではない事実である。

造船業界に焦点を絞って当時の状況を見てみると、「機械」執筆期にあたる一九三〇年（昭和5）七月十八日には、臨時産業審議会の特別委員会が「船舶工業の合理化に関する答申案」を発表していて、いよいよ造船業界に対する合理化が本格化するであろうことが予想できる段階に達していた。三菱長崎造船所のような巨大な造船所は、巨大であるが故に造船不況の影響を大きく受けるであろうことは見やすい道理である。『創業百年の長崎造船所』（一九五七年十月・三菱造船株式会社）によると、当時の造船所には新規の注文が入らないばかりでなく、契約解消という事態まで起きていたという。

たとえば、一九三〇年（昭和5）八月八日の『長崎新聞』には、「社員の淘汰など単なる風説だろう／自然淘汰に任しているのだ」という「所長と記者の一問一答」という次のような記事が掲載されている。


海運界未曾有の不景気に依つて甚大なる打撃を受けた我造船業者は皆一様に四苦八苦のあがきを呈してゐるが三菱長崎造船所でも同様深刻なこの不況切り抜け策に腐心し、先づ臨時職工の大整理に手を初め数ヶ月前から二、三百名宛の整理を続け残余僅に四、五百名を数えてゐる。（中略）更に職工の整理は臨時職工のみに止まらず、常傭職工並に社員の大淘汰を断行する意向である。その時期については不明であるが本年末迄に社員八百名中約二百名、常傭職工八千名中二千名乃至三千名の大整理を行ふ模様に伝へられ、既に老朽者の整理に着手してゐるものの様である。この計画は早くも職工間に洩れ全工場に不安の色がみなぎつてゐる。

つまり「風説」というのは、臨時職工の大量解雇だけでは不十分なので、年末までに常勤職工と社員の「大淘汰」が行われるのではないかというものだ。記事中で所長は「風説」のもみ消しに躍起だが、現実には一九三〇年（昭和5）十一月に工員一九一六名、翌三一年（昭和6）一月に職員二一七名の大整理が断行されている。もちろん、報道の前提になっている三菱長崎造船所の「風説」を、「機械」執筆当時の横光利一が耳にしていた可能性は低い。また、実際に三菱長崎造船所に勤務していた人々の手記をまとめた『回想の百年』（一九七四年十二月・三菱重工業株式会社長崎造船所）によれば、造船不況というと、一九二一年（大正10）から翌年にかけて行われたワシントン軍縮会議などの影響で、輪番休業や昇給停止などが繰り返された頃の印象が強いようだ。[*3] 竣工した船舶の総トン数を見ても、一九二一年（大正10）から一九二六年（大正15）にかけて三万トン程度から一万トンを切る水準まで減少するのに対し、一九二九年（昭和5）には八万トン程度にまで回復している。これは、一九二七年（昭和2）に起工した豪華客船浅間丸・龍田丸や、海軍の補助艦船、貨物船などの建造によって、軍縮による需要の減少を補って余りある活況を呈していたためである。[*4] ただし、定年までつとめた社員の回想や統計的なデータとは別に、雑誌『改造』をはじめとする当時のメディアの中で、造船所と不況のイメージが分かちがたく結びついて表象されていたという事実は大事である。たとえば一九三〇年（昭和5）七月六日の『東京朝日新聞』に、「技師四名及び準員（社員に準ずるもの）二十六名雇員十数名に対し解雇の旨を申し渡した」という記事が「川崎造船所整理」という見出しで掲載されている。そして「造船所では職工の解雇は行わぬといつてゐるが職工側は動揺の兆しあり…」などとも報じられ、当時の雰囲気が伝わって来る。三菱長崎造船所においても、一九三〇年（昭和5）の段階でいったんは回復したかに見られた船舶の建造量は、翌三一年（昭和6）には三分の一近くに激減している。すでに発注されている大きな仕事で辛うじて食いつないでいるというのが一九三〇年の三菱長崎造船所であり、その大きさ故に不況の影響をすぐには受けないにしろ、先の見通しはきわめて不透明というのが当時の状況だったのだろう。雑誌『改造』をはじめとするメディアが伝える造船業のイメージは、「産業合理化」によって「九州の造船所」からやってきた「私」という人物の来歴を、「機械」の読者が解読するための参照枠として有効に機能していたと考えられる。

ついでに言及しておけば、造船業界と関係の深い海運業界も、不況による空前の運賃安に見舞われ、惨憺たる状態にあった。たとえば八千トン級の船の場合、トン当たりのランニングコスト一円二十銭に対して、一日のチャーター料はトン当たり約六十銭だったという。運航すればトン当たり一日六十銭の赤字になるため、因島、長崎、神戸などのドックでは繋船続出だったらしい。「機械」執筆に先立つ一九三〇年（昭和5）の六月から七月にかけての東京の新聞紙上には、連日のように繋船問題が報じられている。「機械」が脱稿される直前の七月二十八日付の『東京朝日新聞』朝刊によれば、諸外国の船の出入りがあるため「みつともない」し、料金も高いので「絶対に避けてゐた」横浜港への繋船がついに不可避のものになったという。見出しには、「横浜港にもけい船続出して／見得張り切れぬ海運大不況」「どのドックも／満員すし詰」という活字がおどっている。

という具合に見てくると、確かに田口律男の指摘するように、「当時の経済状況」によって「九州の造船所」から「解雇」されたという「機械」の「私」の人物像が浮かんでくる。しかし不況で解雇されるのがなぜ「九州」の「造船所」でなければいけないのかという謎は依然として残るのである。

「九州の造船所」とは、三菱長崎造船所である可能性が大きい。「佐世保海軍工廠」だという説もあるが、[*5]「海軍工廠」という言い方をしていない以上、「造船所」ということばから「海軍」の軍事施設を想起するのは不自然である。「九州の造船所」が三菱長崎造船所だとした場合、「機械」を書いた横光利一との接点はあるのだろうか。

2　「九州の造船所」と横光利一の接点

造船業界の合理化案が発表され、繋船問題が連日報じられていた頃、横光利一は『改造』九月号の締切を前に、「機械」の執筆がはかどらず難渋していた。一九三〇年（昭和5）夏、妻の郷里の山形に帰省する直前、ちょうど横浜港繋船問題が報じられた七月二十八日消印の藤沢桓夫書簡に次のような記述がある。

……一ヶ月ばかり痔で入院して、それから一ヶ月ばかり衰弱して何も出来ず、九月号のがつまつて来て弱つてゐる所です。昨日あたりから山形県の由良と言ふ海岸へ行く。家内と子供は昨夜立つたので、僕は「改造」のを仕上げてと思ひ鉢巻きをしてゐるのだが、少しも進まず、向ふへいつてからまだ「中央公論」と「日日」の小説、と言ふ具合。だいたい衰弱のテイ度が僕の小説と同じ。（中略）今日これから東北の方へ行く。「改造」のをだいたい書いたのだがどうもノドがまた痛くなつた。君も身体大切にせられたし。僕はかなり疲れた。

先に、身体内部の不可視のメカニズムについて、夏目漱石を引き合いに出して考察したが、この頃の横光利一が「明暗」の津田と同様に痔を患っていたというのは興味深い。津田のように顕微鏡を覗き、身体内部の不可視のメカニズムに思いを馳せることがあったかどうかはわからないが、一ヶ月の入院の間に麻酔をして手術をしたとすれば、少なくとも身体と薬物の関係に何らかの関心を持たざるを得なかった時期であると思われるからだ。また書簡の中に、ノドの痛みや疲れなどの生理的な条件に関する記述があることにも注意を払っていいかもしれない。

しかしここで注目したいのは痔のことではない。

この書簡の中で「九月号の」と呼ばれているのは、『改造』に発表されることになる「機械」と、『中央公論』に発表されることになる「鞭」である。そして「『日日』の小説」と呼ばれているのは、一九三〇年（昭和5）の十一月八日から連載が始まる「寝園」のことだと考えられる。身体的な不調のせいもあってか、「機械」の執筆はかなり難航していた。『横光利一とやまがた』（一九七八年七月・東北出版企画）の工藤恆治によれば、東京で「だいたい書いた」という「機械」が完成したのは、山形県の由良海岸でのことらしい。また「鞭」を脱稿したのも、同じ由良でのことだったという。

そしてこの「鞭」が、どういうめぐり合わせか、横光利一と長崎との数少ない接点の一つになっているのである。

船が長崎を出てからの最初の夜になつて私が夕食をとらうとしてゐると、急に無線電信がかかつて来て一等船客の乙竹順吉と云ふ青年に自殺の虞れがあるから監視を頼むと云つて来た。私が事務長になつてから三年になるがこんな電信を受け取つたのは初めてなので暫くは思案にあまつたが自殺をしようと云ふ男を監視してゐるのは監視の仕甲斐があつて面白い。いつたい死ぬ男と云ふものは死ぬ前にどんなことをするものなのか船の中で自殺をするからはいづれ投身するにちがひないとしても、死なうとするものを死なさないやうに邪魔をするのも惨酷だしこれはどうしたものかと私もだんだん真面目になつて来て、出来るなら何とかうまく自由に死なせてやりたいものだとも思ひ出したが、しかし電信がかかつて来てゐる以上私の監視区域で死なれては職責上都合が悪いのでさう自由に楽楽と海中へ飛び込ませてもおけないのだ。

屈折した長いセンテンスを多用した改行の少ない文章で、なるほど「機械」と同じ時期に書かれた小説であることがよくわかる。また、酒に酔って重クロム酸アンモニアで死ぬ「機械」の「屋敷」と同様に、「鞭」の「乙竹順吉」はウイスキーに混入した砒素で自殺を遂げる。人間の生命に終止符を打つものが薬物であるというディテールの点でも共通点を持っている。さらに、監視下にある主人がどういうわけか大量の現金を落として紛失してしまう「機械」と同様に、「鞭」では「私」が懸命に監視したにもかかわらず「乙竹順吉」は自殺を遂げてしまう。〈監視―監視の失敗〉というプロットの点でも、「鞭」と「機械」

は共通点を持っている。ついでに言っておけば、投身自殺を防ごうと監視を続ける「私」を尻目に、悠々とウイスキーを飲み、自分の死を予告するような会話を交わしつつ見事に死んでいく「乙竹」の描かれ方に、探偵小説との類縁性を指摘することも可能だろう。

そして長崎である。「乙竹順吉」の乗る船は長崎から上海に向かっているが、横光利一も一九二八年（昭和3）四月に上海に渡航している。そしてこのとき横光利一は、「乙竹順吉」と同様に長崎から上海へ向かう船を利用している。「鞭」にはこのときの体験が生かされているのだろう。

上海航路は明治以来、中国大陸との重要な交通手段として整備されてきたが、横光利一が往路で利用したのは、一九二三年（大正12）二月十一日に就航した日華連絡船の長崎丸であることがわかっている。

長崎へ今着く所。
お前さんも今頃は鶴岡へ着いた所かと思はれ候。
朝の八時過ぎにて候。汽車の中では林房雄と偶然一緒になり、神戸を出航するときはテープを持つてくれ候。
もう直ぐ長崎へ降りて、二三時間街を見て来る所にて候……
（昭和三年四月九日消印　長崎丸船上より山形県鶴岡市鳥居町日向豊作方　横光千代子宛）

このとき同じ船室にいた「支那人」の「四十位の商人」と意気投合した横光利一は、寄港した長崎を一緒に散策している。「九州の造船所」が三菱長崎造船所を指しているとすれば、横光利一との直接的な接点はこのとき以外に今のところ考えられない。「一三時間街を見て来る所」と書いた横光利一は、いったい長崎の何を見たのだろうか。「一三時間」もいったい何をしていたのだろうか。たとえば、三菱長崎造船所を訪れるというようなことは可能なのだろうか。

横光利一が長崎に立ち寄った一九二八年（昭和3）四月九日の『長崎新聞』に掲載された「日本郵船会社長崎支店」の広告によると、「上海行日支連絡船長崎丸」は四月九日の午後一時に上海に向けて出港し、翌日の午後三時に上海に到着することになっている。これだけでは「一三時間」の散歩が可能かどうかはわからないので、当時の連絡船の時刻表を調べてみたところ、[*6]神戸を四月八日午前十一時に出港した長崎丸は、翌九日の午前九時には長崎に着いているはずだということがわかった。出港まではおよそ四時間もあることになり、「一三時間」の散歩は確かに十分に可能なのである。しかし加藤卜堂編『日華大観』（一九二三年四月・東洋之魁報社）などによると、日華連絡船が係留されていたのは出島岸壁であり、造船所の労働者たちが通勤のために利用していた小型船を使わない限り、対岸にある飽ノ浦の三菱長崎造船所を訪れることは難しい。「支那人」の商人と一緒だから新地の中華街あたりへ行ったのだろうかとも思うが、いずれにしても今のところ推測の域をでない。

英国のP&O汽船会社（Peninsula & Oriental Steam Navigation）によって早くも一八五九年（安政6）に開設された長崎上海の定期航路は、日本郵船による快速船の長崎丸・上海丸の就航で最も華やかな時代を迎える。横光利一が鉄道で神戸まで行き、そこから長崎丸で上海を目指した一九二八年（昭和3）はまさに日華連絡船の全盛期とも言ってよい時代のさなかだった。そのとき、寄港した長崎の街を散策した横光利一がいったい何を見たのかは明らかにできない。しかし、長さ二三〇メートル余り、内側の幅およそ三五メートル、高さ五〇メートル近くにもなる三菱長崎造船所の巨大なガントリークレーン[*7]の威容を、船上から間近に望んだことはまず間違いない。しかもそのとき、豪華客船として名高い「浅間丸」（一九二七年九月起工、一九二九年九月完成）が造船所の第一船台でまさに建造中だった[*8]。また第二船台では、姉妹船の「龍田丸」（一九二七年十二月起工、一九三〇年三月完成）も建造中だったことがわかっている。いずれも排水量一万六千トンを超える大型客船である。英国製の最新鋭の大型豪華客船であるとは言え、横光利一の乗船していた長崎丸は五千トン程度であるから、浅間丸はずいぶん大きく感じられたに違いない。したがって、「九州の造船所」ということばを「機械」の原稿に書き付けたとき、横光利一の脳裏に壮大な造船所のパノラマが浮かんだという想像をすることは、作家の固有名とともに小説を味わおうとする読者に許された自由として認められてもよいだろう。中国大陸や欧米への玄関口であり、最先端の重工業技術の粋を集めた造船所が、まばゆいばかりに屹立していた国際都市長崎。そこで働いていた労働者が、職を求めて上京し、化学という新しいテクノロジーで開発競争を繰り広げているネームプレート工場へやって来るという物語に、いったい何が秘められているのだろうか。あるいは、読者であるわたしが、そこから何を生成できるのだろうか。

3　大正から昭和にかけての長崎

長崎という街のイメージとして一般に広く流布しているのは、キリシタン迫害の歴史を含む異国情緒と、原爆の惨禍を体験した平和都市としてのそれである。大浦天主堂やグラバー邸や原爆資料館などが観光スポットになっているのも、そうしたイメージの再生産に寄与している。しかし一九二〇年代から一九三〇年代にかけて、別の言い方をすれば大正から昭和にかけて、大陸進出を含む日本近代化の一翼を担った長崎のイメージは、これまであまり前景化されて来なかった。たとえば、長崎県立長崎図書館に造船所の研究を中心とした膨大な「楠本ファイル」[*9]を寄贈した地元研究者の楠本寿一氏の代表作『長崎製鉄所―日本近代工業の創始』（一九九二年五月・中公新書）が明らかにしているのも、幕末から明治中頃までの長崎製鉄所の歩みである。富国強兵・殖産興業というかけ声の中で発展した長崎製鉄所が、やがて三菱長崎造船所に変貌し、大正から昭和にかけての日本近代化の中でどのような役割を果たしたのかについて、本格的な研究はまだまだ不十分である。そもそも『創業百年の長崎造船所』（一九五七年十月・三菱造船株式会社）のような社史の類を除くと、大正から昭和にかけての近代長崎の史料は乏しい。爆心地から見て山陰にある場所に立地していたために原爆投下による焼失をまぬがれた長崎県立長崎図書館に収蔵されているのも、その大半は幕末から明治期にかけてのものであり、たとえば県庁や市役所にあった大正から昭和にかけての公的な文書は原爆によってすべて灰燼に帰してしまったのだ。大正から昭和にかけての近代長崎の歴史や文化のありようを明らかにする作業は、一部の研究者の限定的な取り組み[*10]を除いて、これまでほとんど行われて来なかったと言ってよいだろう。

一九三〇年（昭和5）に発表された横光利一の「機械」に出てくる「九州の造船所」ということばが、同時代の読者にどのようなイメージを喚起したのかについて考えるために、大正から昭和にかけての長崎を瞥見してみよう。

社史の類に比べ、ときに否定的な要素も散見でき、造船所の歴史を相対化する材料を提供してくれる資料として『回想の百年―長船の思い出を綴る（上・中・下）』（一九七四年十二月・三菱重工業株式会社長崎造船所）がある。退職者の団体である菱友会の会員が「百有余年にわたる長崎造船所の歴史を思い起こす」（編集後記）という趣旨で発行したものなので、基本的には造船所で働いていた人々の自己肯定に資する叙述内容になっている。しかし「回想」というスタイルを取っているために、ときに筆者の意図を超え、造船所の歩みを正負合わせて如実に伝えてくれる。いくつかの回想記を取り上げ、大正から昭和にかけての造船所のありようを探ってみたい。

まず、勤めていた人の造船所に対する意識をうかがわせる、次のような記述がある。*11

私は、昭和三年東大卒業と同時に海軍に入ったが、クラスから唯一人、八坂猛君が三菱造船に入社してクラスの羨望を集めた。世界に冠絶した日本魚雷の発達に、多大な貢献をした三菱兵器製作所にも度々行って、特に同郷の先輩、福田由郎氏には大変世話になった。

筆者の今里和夫は、佐世保工廠の技師として度々造船所を訪れていたが、敗戦後の一九五五年（昭和30）

に「非常勤乍ら初めて正式な所員」として勤務することになり、五年間在職したという人物である。「東大卒業」や「海軍」ということばに筆者なりの自負が感じられるが、注目したいのは三菱造船に入った同級生に対する「クラスの羨望」を記している点だ。生え抜きの社員だったわけではないので、創業百年を記念する回想記の出版に際して社交辞令的に書いている側面があるのかもしれない。また、一九二八年（昭和3）と言えば、金融恐慌の翌年、小津安二郎の映画「大学は出たけれど」が公開される前年にあたる。同級生の「羨望」の中には、そういう要素が含まれるかもしれない。しかしそれらのことを割り引いても、三菱造船所に勤務するということが、帝大生にとって非常に名誉なことであったことがうかがえる。と同時に、海軍の技術者との相互交流のありようがうかがえ、一八八七年（明治20）に払い下げを受けて民営化するまでは官営工場として発展してきた長崎造船所の、海軍との深い結びつきを改めて感じさせる文章でもある。

また、船型試験場に勤務していたという白井秀雄の回想を読むと、「伴流係数」「推進器効率」「ＥＨＰ曲線」「ハイドロスタチック・カーブの近似計算法」などと言った専門用語や数式が頻出し、「機械」の「私」に「化学方程式を細く書いたノート」を見せられた「軽部」が呆然とせざるを得なかった気持ちがよくわかる。「赤色プレート製造法」を考案した「ネームプレート工場」の「主人」に見込まれて暗室での実験に従事する「九州の造船所」から来た「機械」の「私」が、白井秀雄と同じように、最先端のテクノロジーに知悉したかなりのエリートであったことは確かである。

もちろん、東京帝国大学や東京高等工業学校（現・東京工業大学）などを卒業した高学歴の人材が集まる

「職員」だけが従業員ではない。三菱長崎造船所の従業員の大半は、ブルーカラーに相当する「工員」である。日清戦争・日露戦争・第一次世界大戦を経て、一九二一年（大正10）頃には二万人に迫る勢いだった造船所の従業員のうち、職員の数は一割に満たない。たとえば十二歳で徒弟見習工として入社した松岡国一という人は、タービン工場詰所の「ボーイ」として六ヶ月間使い走りをすることからキャリアをスタートさせたという。[*12] タービン工場詰所には、係長技師の下に、技師二名、工師二名、事務一名、ボーイ三名がいて、松岡少年は「ボーイ！」と呼びつけられては、パンを買いに行かされたりヤスリを取りに行かされたりしていたらしい。高等教育を受けて幹部候補生として入社する帝大卒の職員とは、ずいぶん待遇が違うと言える。

しかし注目すべきは、教育もなく年端もいかないボーイ達に英語を勉強させるために、係長技師がアルファベットのABCをタイプで打って渡してくれたという証言である。必要な工具などをもらいに行くときに、事務が不在であればボーイが正規の用紙に英語で必要事項を記入しなくてはならないということもあったためらしい。それにしても三菱造船所内の企業内教育は、今日から見てもかなり進んでいるところがあり、飽ノ浦工場の一角に設置されていた三菱工業予備校などでは、一九〇四年（明治37）から一九二五年（大正14）までの間に一五〇〇名余りの卒業生を送り出している。しかも、小学校を出たばかりでABCも知らない新入生に、英国の工業学校のテキストを使って授業をしたという。かなり乱暴であるとも言えるが、造船所の仕事に直結する実践的なカリキュラムが組まれていたため、教育的には十分な成果をあげていたようだ。[*13] 幕末から欧米の技術者を招いて最先端の技術を移入し、発展を続けていた三菱長崎造船所ならではの話である。「職員」専用のクラブが市内各所に散在していたのに対して「工員」用のクラブがないなど、労務上、福利厚生上のさまざまな差別があったにもかかわらず、回想記を見る限り「工員」として勤務した人たちも一様に従業員としての誇りを持っていることがわかる。二十一世紀の今日においては重厚長大産業は時代遅れのイメージが強いが、二十世紀前半の日本における三菱長崎造船所は、すべての面で時代の最先端であったと言ってよいのだろう。

東京の「ネームプレート工場」にやって来て、化学物質の化合に関する専門的な内容をすぐに理解し得る高度な知識を持った「機械」の「私」のリアリティーは、おそらく三菱長崎造船所であることが容易に推測できる「九州の造船所」ということばによって支えられているのである。

4　植民地主義と国際都市長崎

長崎県立長崎図書館に収蔵されている資料をもとに、一九二〇年代から三〇年代にかけての長崎に関する若干の考察を記しておきたい。

まず、明治時代に各地で発足した青年会を基盤に、一九二五年（大正14）の「大日本連合青年団」結成によって全国組織となり、活発に活動を展開していた青年団の機関紙として発行されていた『長崎の青年』を見てみよう。横光利一が長崎を経て上海へと渡航した一九二八年（昭和3）から、「機械」を発表した一九三〇年（昭和5）ごろまでの紙面には、国威発揚を意図した扇情的な記事が散見できる。そうした中で興味深いのは、一九三〇年（昭和3）五月から連載が開始されている「エスペラント語講座」である。長崎医科大学付属薬学専門部教授の植田高三という人物が担当していて、例文を用いて文法の初歩から懇切丁寧に講じている。連載開始に合わせて「人類愛に燃ゆるエス語宗の人々―外国語直輸入の長崎」という記事も掲載されている。連載を重ねるうちに、エスペラント文の記事が大きなスペースを割いて掲載されるようにもなり、『長崎の青年』紙上での一大キャンペーンという様相を呈しているのである。一八八七年にザメンホフが国際語として提案し、一九〇三年（明治36）には日本に移入された人工言語エスペラント語は、二葉亭四迷、土岐善麿、宮沢賢治、大杉栄などの著名人が学んだことでも知られ、一九二七年（昭和2）に東京や名古屋でラジオ講座が開設されるほどの広がりを見せていた。国威発揚という文脈を基調として、移民した青年の外地での成功を称揚する植民地主義的な記事などが積極的に掲載されていることと合わせて考えると、『長崎の青年』という定期刊行物の背後にあるイデオロギーが見えてくる。エスペラント語講座を掲載する青年団の機関紙には、インターナショナリズムとナショナリズムを奇妙に共存させる植民地主義的なイデオロギーが感じられるのである。

こうしたことは、読者投稿欄にも見出すことができる。一九二九年（昭和4）十二月号の読者投稿欄「自由のページ」に、音信不通になってしまった息子に会うために日本にやってきた朝鮮人の老婆を助けたという人物の投稿が載っている。「八幡」と書いた紙片を出して「危ない日本語」で「私の息子は何処でしやうか?」と何度も尋ねる朝鮮人の老婆に対し、冷淡な対応をした「奥様風」の日本人を目撃したという話である。何度も訊ねられたのに無視した挙げ句、「うるさいねえ!」と返答を拒絶した「奥様風」の日本人を批判した筆者は、次のように記している。

明治四十三年日韓併合の締結は何を意味して居るのでしやう？　併合とあるからには征服国でも被征服国でもない筈です。それでは日本人と朝鮮人はお互ひに尊敬し同化するのが当然でしやう。日本人の前に朝鮮人を屈服させると云ふ。不当な誇を持つのは日本人として真に恥づべきものではありますまいか？

一見、正義感に燃えた至極まともな意見にも見える。しかし、「元来内地人朝鮮人、台湾人アイヌ人等を総称したものが日本人であるべき筈」で「そこは差別待遇等の境壁がある筈はありません」と述べる「反差別主義者」の記述が次のように展開するとき、この良心的な筆者の中に、「奥様風」の女性以上に質の悪い差別意識が伏在していることが明らかになる。

其にも拘らず同じ日本人でありながら内地人と朝鮮人の性格が余りに懸け離れて居るのはどうした理でしやう。其処には併合の締結以来未だ幾何も経ないと云ふ事もありませう。又内地人が彼等を尊くに不忠実な為でもあつたでしやう。併し茲に見逃してはならないのは日韓併合以前の悪施政の弊害であります。此の悪施政こそ彼等を心のどん底から怠惰者嘘言者詐欺者となした根本原因です。其の虐政も十年二十年なら未だ良い。彼等は実に五百年と云ふ長年月苛政の鞭で育まれて来たのです。威力を背景とする苛政の前に彼等は良心も何も麻痺させて仕舞ひ苛に応ずるに嘘を以てしたのです。彼等の頭には狡猾ならざれば勤勉も正直も生活不可能と云ふことを識らず〳〵の間に刻印してしまつたのです。朝鮮史を繙く者誰が惨虐なる政治に苦しむ彼等の上に落つる同情の涙を禁じ得ませう。習慣は第二の天性とか。一朝一夕の習慣ならいざ知らず五百年に亘る長い間培はれて来た習慣がどうして十年二十年の短日月で改革されませう、現代の朝鮮人を悪み侮蔑する余り盲目です。朝鮮人を悪む前に先づ彼等に悪習慣をつけた暴虐なる政治を悪むべしです。

朝鮮人差別糾弾の言説が、植民地支配を正当化する論理にいつの間にかすり替わってしまっている。その論理的な矛盾を指摘することは容易だが、「我々は幡随院長兵衛や佐倉宗吾の仁侠を受けて居ります」と自己規定し、「義侠の血と同情の涙を以て暗黒の世界より光明の世界へ導くのが我々の義務である」と述べる正義感あふれる一市民が、こういう論理の中で生を紡いでいたということに注目したい。と同時に、現在の長崎の異国情緒は、戦前の「国際都市長崎」が孕んでいたこうした負の側面が脱色されたところで成立していることも指摘しておきたい。

一九三一年（昭和6）十二月に長崎開港記念会から刊行されている『長崎開港記念講演集』[*14]に収められている長崎税関長窪寺勲の「長崎港の貿易に就て」によると、地理的に有利な条件を備えている門司港などの台頭が著しく、貿易港としての長崎の相対的な地位はかなり低下していたらしい。後発の門司港の貿易額は、一九二九年（昭和4）には長崎の三倍余りに達しているという。

こうした貿易港としての相対的な地位の低下とともに、「国際都市長崎」は記号的な意味を担う街へと比重を移していったようだ。たとえば一九三〇年（昭和5）に始まった開港記念祭などは、そういう長崎の記号的な意味を担う一大イベントである。

一九三六年（昭和11）に行われた第七回開港記念祭の記録[*15]によると、ラジオ放送や市民大運動会などの多彩な行事の中でとりわけ華やかだったのは、思い思いの扮装をした市民が市街地を練り歩く「大仮装行列」だったらしい。その模様を記した「仮装行列概況」は、次のように書き出されている。

開港三百六十六年を祝福して古典長崎の絢爛たるヴァラエテイをくりひろげた廿七日の港まつりに雨のため延期となつてゐた呼物の大仮装行列は廿九日天長節の佳き日たる正午から挙行された。この日気まぐれの春空はまたも銀糸をたれて乳色の空は重い、しかし雨もものかは全市民の心は毬の如くはずんで花火、音火矢、唐人鉄砲など喜びの交響楽となつて巷に満ち参加団体十二組、個人十八組で延人員八百余人の一大行列は万朶の花と咲き繚乱とほこり全街は歓喜高々に充実、港カーニヴァルのどよめきに大賑わひを呈した。

この日の参加団体は五十年ぶりに復活した本籠町の「菩薩揚祭」あるひは美人団体をすぐつた町、東両券番の港まつり行列は二百四十余人の行列美々しくそのかみの唐船入港を描く殷賑長崎を見せた。新地町の「唐船入港と聖母渡来の状況」或は宛然世界人種展覧会の観のある浜市の「国際観光団」或は東浜町振興会の「唐人お才とシーボルト」鍛冶市の「開港交歓」をはじめ個人では「輝く日本」および「台湾高砂族の代表」などいずれも開港史上燦として輝く古き長崎をシンボライズし想起するものばかりだ。

他にも、「長崎港内に沈んで居つた元亀二年のボウ霊」「開港当時の支那人」「紅毛人クルワの賑ひ」「ポルトガル使節」「オランダ人」など、思い思いのテーマで仮装行列が展開されていたようだ。「世界人種展覧会」を髣髴とさせたという「国際観光団」などは、長崎の人々が持っていた植民地主義的な眼差しを具現化したものだったに違いない。戦前の長崎が孕んでいた「異国情緒」というものが、原住民や異人種の展示という〈博覧会の政治学〉[*16]に通じるものだったであろうことをうかがわせる。「開港記念台湾高砂族代表」に扮して個人部門の四等（賞金壱円）を獲得したのは「片淵町　佐田豊作」という人物なのだが、おそらくは日本人であるはずの個人がこうした形で仮装行列に参加するというあり方に、長崎の人々が〈国際都市〉というフィクションをいかに生きていたかが如実に現れていると言えないだろうか。

5　大陸への眼差しと父の記憶

横光利一の父梅次郎が、多くのトンネル工事に関わった「土木関係一般の請負業者」であったことはよく知られている。請け負った工事を行うために、全国を転々と渡り歩いていて、横光利一が生まれた時も、福島県北会津郡東山村（現・会津若松市）の東山温泉でトンネル工事をしていたと言われている。仕事のために、軍事都市として整備されつつあった日露戦争前の広島にも滞在しているし、併合前の朝鮮にも渡っている。日清戦争、日露戦争、韓国併合と続いていく日本の大陸進出と、国民国家の形成という流れに、鉄道網整備などの土木工事にたずさわる形で加担していたのが横光梅次郎だったという言い方ができるだろう。梅次郎が朝鮮の京城で亡くなったのは、軍事鉄道敷設のために三度目の渡鮮をしていた一九二二年（大正11）八月二十九日のことだった。

父の訃報を聞いた横光利一は、母とともに直ちに朝鮮にわたっている。しかし既に葬式は終わり、父親は骨壺に納められていたという。このとき横光利一は満二十四歳だった。一九二八年（昭和3）三月に、長崎を経て上海に渡った横光利一だが、その六年前に海を渡っていたことになる。長崎を経て船で上海に向かった横光利一の脳裏には、もしかすると朝鮮で客死した父親の記憶が去来していたかもしれない。そして実は、「機械」執筆時に、妻千代子の故郷である山形県鶴岡市に滞在していたときにも、父梅次郎の記憶が去来していた可能性を指摘できるのだ。

河出書房版『横光利一全集第十二巻』の「月報」（一九五六年六月）に収録された「回想のなかの父」で長男の横光象三は、一九三〇年（昭和5）の夏の、きわめて印象深い出来事を回想している。[*17]「母の郷里に近い山形県のS海岸」に一家で滞在したとき、「中天に陽の輝く午さがり、父と私が岬の突端に来てゐた時」のことだという。

……劈頭の周囲には全く他の人影を見なかつた。何を考へてゐたのか、父はまんじりともせず立ちはだかり、その上布の蚊飛白の裾や袂を海風にはためかせながら水平線の彼方を見詰めてゐた。時折、ごぼ〳〵と烈しく音立てるのは、十米とない私たちの足下が丁度小さな入江風になつてゐる為、波濤の押し寄せる度にぐうつと海面が盛上がつて来る音だ。そして、それが退くときと云つたら、まるで私たちも一緒に曳き込まれて行く様であつた。——海水が濁つているならまだしも、蛍光のやうな色合ひを帯びて澄んだ水中には、断えず身を捩らせ合ふ海草の繁みや磯魚の往来が手に取る様に伺ひ知れるだけに、私の錯覚の度を昂めたのであらう。……暫くさうして眺めてゐた私は、本能的な美の享受と同時にそれに劣らぬ恐怖に駆られ、更に私の存在を忘れたように父が立つてゐると云ふ事に私は一層頼りなさを覚え、我識らず父の袖を二、三度引つ張つて云つた。

「怖いねえ。なんだか死んぢやふみたいだ。パパ、帰らうよ」

目交の海面を指示し乍らの私は、そのとき父がどんな表情をとつてゐたか知る由もない。返事がないので振り返へつてみたとき、父は私の指す海面をぢつと見詰めていた。……私たちの背後で一際音高く波濤が砕け散つた。その水煙が未だ消えやらぬ内だつた。

「どうだ、象べえ（父は私をこう呼んでいた）……パパとあの中へ見物に行くか……」

波音に消されまいとする為だつたのであらう、だが私にとつてその唐突な父の大きな声は理由もなく恐怖の頂点へ押し上げた。……砂遊びのバケツが岩角に弾ねながら転げ落ちて行つた。反射的に父の体にしがみついた私は自分の声で総てを払ひ落すかの如く、現実の安定感を呼び戻すかの如く、無我夢中で泣き喚いてゐた。……

岬の突端で当時四歳だつた息子に、「どうだ、象べえ……パパとあの中へ見物に行くか」と話しかけた横光利一は、果たして無理心中を夢想していたのだろうか。横光象三は明言していないが、そう読めるようなことばで記憶が構成されていることは確かである。四歳の自分が「どうして察知し得たらうか」と述べ、「勿論、記憶に鮮やかに刻まれたあの岬の突端での父の言葉は、何の意味なく口にされたものであらう。否、さうに違ひない」と強弁する書き手の心理の裏側には、「様々な不吉な予感」が透けて見えている。しかもこの出来事が大筋で事実であったことは、後年横光利一によって追認されていたらしい。「回想のなかの父」は次のように結ばれている。

ただ後年、何かの折にその頃の話が食卓の話題に上つた時、私は次のやうな事を父が言つたのを想ひ起して勝手に想像し、関連づけてみるだけなのである。即ち、父は言つた。《全く、あのときほど神の啓示を信じさせられた事はなかつた。》——

すでに触れたようにこのとき横光利一は、「機械」と「鞭」という二つの短編小説を執筆していた。そしていずれの小説も、横光利一が一九二八年（昭和3）三月に大陸へ渡ったときの記憶とつながりを持っている。また、いずれの小説も〈死〉に彩られている。

横光利一が「機械」を執筆した一九三〇年（昭和5）の夏、一体いつ山形の由良へ行ったのか、はっきりした日時はわからない。しかし藤沢桓夫宛の書簡によると、七月二十八日の時点では妻子だけが先に山形へ帰省していて、横光利一は東京にいたことになっている。したがって、横光利一が一人で汽車に乗り、上越本線で新潟まで行って羽越本線に乗り換えて三瀬駅に降り立ち、由良海岸に到着したのは、おそらく八月に入ってからのことなのだろう。八月には盂蘭盆会があり、父梅次郎の命日もある。山形は妻の実家がある土地なので、横光家の墓参りをすることはできないわけだが、おそらく何らかの形で日向家の菩提を弔うことはしたに違いない。また、汽車の一人旅でたくさんのトンネルを通った横光利一が、「トンネル掘りの名人」と言われた父親のことを車窓を眺めながら想起した可能性も指摘できる。

そんな風に想像を広げてみると、「まんじりともせず立ちはだかり、その上布の蚊飛白の裾や袂を海風にはためかせながら水平線の彼方を見詰めてゐた」横光利一の視線の彼方が気になってくる。「機械」を執筆した横光利一は、由良海岸の和田伊三郎宅に滞在していた。ただし長男の横光象三は、二人で出掛けた場所を「山形県S海岸」と書いている。由良に滞在していたときに、執筆の気分転換に出掛けた「S海岸」と言えば、おそらく「三瀬海岸」のことに違いない。三瀬海岸には確かに、足下が「小さな入江風」になり「波濤の押し寄せる」崖がある。正確にどの場所なのかはわからないが、「夕日神社」という祠があることからもわかるように、三瀬は西方の海を望む海岸である。由良海岸も同様だ。いずれの場所から水平線を眺めても、その彼方には中国大陸があり、朝鮮半島があるということになる。

また、「機械」と「鞭」を脱稿した後の一九三〇年（昭和5）九月に、満鉄の招きで大陸へ渡った横光利一は、じつは父梅次郎終焉の地である京城にも立ち寄っている。後年、横光利一の弟子になる森敦が、京城日報社で開かれた講演会で最初に師の謦咳に接したのは、このときのことである。

つまり、「S海岸」に出かけて、「水平線の彼方を見詰めてゐた」横光利一の眼差しが、亡き父の面影を幻視していたという「状況証拠」はいくつもあげられるのである。

ついでに言ってしまえば、「由良」という土地の名は、羽黒山の開祖蜂子皇子の故郷である丹後の由良海岸にちなんでつけられたものだという。丹後の由良と言えば、安寿と厨子王の物語の舞台となった場所でもある。由良海岸に滞在していた横光利一の脳裏に、筑紫に流され、かつての自分と同様に父と離ればなれになった姉弟の物語が去来していた、とまで言ってしまうと、あまりにこじつけめいているだろうか。

それにしても、一九三〇年（昭和5）夏の横光利一が、いったいどのような精神の軌跡を経て「機械」や「鞭」を書くに至ったのかという問題は、じつに興味深い「クイズ」ではなかろうか。

6　父の記憶と「機械」

三菱長崎造船所の前身である長崎製鉄所は、一八六一年（文久元）にオランダ海軍中佐ファビゥスによって第一期工事が完成している。「製鉄所」と称してはいるが、当初から海軍創設のための艦船造修施設としての機能も備えていた。また建設のためにさまざまな工作機械が輸入されたこともあって、日本の近代工業の発展にきわめて重要な役割を果たしたことで知られている。開設当初から鍛冶場、鋳物場などの施設があったが、その中の一つ「轆轤盤細工所」には当時の最先端の工作機械がそろっていた。現存するものは少ないが、「錐機盤」「両錐機盤」「鉋機盤」「削成機盤」「踏機盤」「鏨筒機盤」「削円平機盤」「製螺機盤」「製雌螺機盤」「撞断機盤」などの名称で呼ばれるさまざまな工作機械があったらしい。「竪削盤《たてけずりばん》」と呼ばれる「日本最古の工作機械」は、三菱長崎造船所の資料館に展示されている。高さ三メートルにもなろうかという大きな機械で、「切削工程と戻り工程の緩急を歯車の噛合わせで行う」ものだという。展示されているものは、架台に「NSBM FYENOORD 1856」という銘板があり、一九一四年（大正3）に長崎から下関の彦島造船所に移され、通算して約百年間稼働したあと資料館に収蔵されたものである。また、「NSBM FYENOORD 1863」という銘板のある同じ型の竪削盤が別に存在する。楠本寿一によれば、「その昔長崎の立神から鹿児島の集成館へ移設され、その後福岡県大川市の深川造船所を経て、若松車輌の若松工場へ到来した」という。詳しいことはわからないが、垂直方向に移動するバイトでテーブルの上の鉄材等を切削する工作機械のようだ。

「機械」の「私」が造船所で働いていたのなら、この竪削盤に限らず、似たような工作機械に日常的に触れていたことになる。「鋭い先尖」を持ち、「私」を「じりじり狙つている」という「機械」には、もしかするとこうした工作機械のイメージが投影されているのかも知れない。人と人との関係性のメカニズムや計測する機械のイメージ、因果関係の連鎖や身体内部の不可視のメカニズムなど、横光利一が使った「機械」というメタファーは、さまざまなイメージを孕んだ多義的なものだ。「竪削盤」のような工作機械のイメージも、そのような多義性の中の重要なひとつの含意として指摘し得るのである。

さらに、小説中の人物である「私」から横光利一の問題に視角をずらせば、結末に出てくる「機械」とは、トンネル技術者だった横光梅次郎が使っていた掘削機（穿岩機）だったのではないかという仮説も提示できる。現在のトンネル工事では、円盤状のカッタヘッドを回して進むシールド掘進機が広く使われているのだが、横光梅次郎の時代は、松丸太などを林立させた支保工で内壁を支えながら、ロッドやドリルのような棒状の金属を取り付けた削岩機や掘削機とダイナマイトで掘り進んでいたらしい。金属と岩石という違いはあれ、「竪削機」と原理的には同じようなものだろうから、おそらく類似のメカニズムが使われているに違いない。金属状の固い棒を持ち、トンネルを掘り進むこうした土木機械は、父の記憶につながる、言わばファルスである。「機械の鋭い先尖」に脅かされる「機械」の「私」を描いた横光利一を、フロイト心理学的に分析することが可能なのだ。

上海にわたった一九二八年（昭和3）に長崎で見たはずの三菱長崎造船所の威容は、横光利一の脳裏にどのような形で刻まれていたのだろうか。また「機械」と「鞭」を書いた一九三〇年（昭和5）の夏、水平線の彼方に横光利一はいったい何を見たのだろうか。わだつみに死を夢想したのだろうか、それとも朝鮮で客死した父を幻視したのだろうか。横光利一に訪れた「神の啓示」とは、何を意味するのだろう。

今これらの問いに答える十分な準備はないし、こういう問いに挑むこと自体、徒労でしかあり得ないのかもしれない。しかしこのような徒労に近い試みの中にも、〈小説を読む〉という営為の愉楽が秘められているはずだとわたしは考えている。

［注］

1　新井満『森敦—月に還った人』（一九九二年六月・文芸春秋）に、「昭和四年、十七歳の森少年は京城中学を卒業する。同年秋、京城日報社主催で行われた文芸講演会（講師・菊池寛、佐佐木茂索、直木三十五、横光利一、池谷信三郎）に出席」とある。しかし井上謙『評伝横光利一』（一九七五年十月・桜楓社、のち『横光利一—評伝と研究』一九九四年十一月・おうふう）を見ると、一九三〇年（昭和5）九月、「機械」脱稿後の横光利一が、満鉄の招きで満州へ講演旅行に出かけたときのことだと考えるのが妥当なようである。

2　田口律男「横光利一『機械』論―ある都市流入者の末路」（一九八六年十二月『近代文学試論』）。

3　『回想の百年―長船の思い出を綴る（上・中・下）』（一九七四年十二月・三菱重工業株式会社長崎造船所）に収められた手記を読むと、総じて昭和初期よりも大正期の不況についての記述が目立つ。

4　以下、三菱長崎造船所についての記述は、主として『創業百年の長崎造船所』（一九五七年十月・三菱造船株式会社）による。

5　「支配する機械、支配する資本―横光利一『機械』論」（二〇〇四年二月『横光利一研究』第二号）で金泰暻は、一九二〇年代史研究会編『一九二〇年代の日本資本主義』（一九八三年六月・東京大学出版会）を参照しながら、「九州の造船所」が「一九二八―三二年に過剰労働力の徹底的な整理が行われた佐世保海軍工廠」であるとの見方を示している。

6　一九二八年（昭和3）に発行された『上海へ』というパンフレットが、「長崎市旧香港上海銀行支店記念館」に展示されている。キャプションには「日本郵船歴史資料館蔵」と記されていた。ここに示した時刻は、陳列ケースの上にある説明ボードに転載されていた時刻表による。

7　一九一二年（大正元）十二月三十一日に第一船台に新設完成したのが最初。前出『創業百年の長崎造船所』所収の「年譜」による。「年譜」には、「総長790呎、内側の巾116呎、最高クレーンまで154・6呎余、30噸クレーン1台、10噸クレーン2台、5噸クレーン4台を具備」とある。

8　一九二九年（昭和4）一月九日に起工した「照国丸」が建造中の三菱長崎造船所を空撮した写真が、前出『創業百年の長崎造船所』に収録されている。船の基本的な構造部分は完成時の外形をあらわしていて、キャプションにある一九二九年（昭和4）四月十二日という日付を信じれば、三ヶ月あまりで基本的な骨格部分の組み立ては終わっていたと判断できる。したがって、横光利一が長崎に寄港したときに起工後七ヶ月を経過していた「浅間丸」は、すでに完成時の巨体をあらわにしていたはずだ。

9　「楠本ファイル」には、楠本氏が収集した膨大な論文や資料のコピーが、内容ごとに分類整理されている。永田信孝『新・ながさき風土記』（一九九九年十一月・長崎出島文庫）などが、その例外的な事例である。

10　今里和夫「生涯離れぬ三菱造船」（『回想の百年（上）』所収）による。

11　松岡国一「十二才で徒弟見習として入社」（『回想の百年（上）』所収）による。

12　柴口豊吉「『思い出』抄」（『回想の百年（上）』所収）による。

13　第一回開港記念祭が開催された一九三〇年（昭和5）四月二十八日に、長崎商工会議所で行われた講演記録。

14　長崎商工会議所会頭の松田精一が、長崎開港記念会長として「序文」を寄せ、以下の四つの講演録が掲載されている。「長崎港の貿易に就て」（長崎税関長・窪寺勲）、「長崎開港と開港記念日とに就て」（県立図書館長・永山時英）、「長崎医学の黄金時代」（長崎医科大学教授・国友鼎）、「明治維新馬場辰猪長崎滞在当時の海外文化」（慶応大学教授・馬場孤蝶）。

15　表紙に『昭和十一年四月二十七日　開港三百六十六年　第七回長崎開港記念会記録』とある。一九三六年（昭和11）八月五日、長崎開港記念会発行。

16　万国博覧会というイベントのイデオロギー性を見事に分析した『博覧会の政治学―まなざしの近代』（一九九二年九月・中公新書）の吉見俊哉は、博覧会で行われた原住民や異人種の展示について考察している。

17　「回想のなかの父」という文章の重要性については、二〇〇四年（平成16）三月二十七日に青山学院女子短期大学で行われた「横光利一文学会第三回大会」における日置俊次の口頭発表「横光利一における『父なるもの』」に示唆を得た。

※　横光利一の引用は、『定本　横光利一全集』全十六巻・補巻一（河出書房新社・一九八一年六月～一九九九年十月）による。ただし、漢字は原則として新字体に改めた。

第二部　横光利一文学の世界

三瀬海岸の断崖から朝鮮半島の方角を望む（撮影・野中）

Ⅰ　「日輪」の世界認識と「長羅」的なもの

1　文体の根拠としての世界認識

新感覚派の驍将としての横光利一は、これまでさまざまな仕方で論じられてきた。その多くは当然のことながらかの有名な「頭ならびに腹」（一九二四年一〇月『文芸時代』）の書き出し部分に代表される、いわゆる「新感覚派的文体」なるものに焦点をあて、厳密には新感覚派以前の小説である「蠅」（一九二三年五月『文芸春秋』）や「日輪」（一九二三年五月『新小説』）をその先駆として賞揚してきている。確かに「蠅」は「カメラ・アイ」（由良君美）[*1]と呼ばれる特異な視点によって書かれた小説であるし、「日輪」に人と物を等価に眺める「擬眼」（小林秀雄）[*2]を看取することは間違ってはいまい。しかしそれらの試みはいずれもどこか徹底性に欠ける。言いかえれば、作品の読解という最も基礎的な作業が看過され、〈文体〉の根拠としての〈世界〉認識への追求が不十分なのだ。

たとえば吉本隆明はこの問題に関して「〈私〉意識の解体」という事態を指摘している。[*3]

個人の存在の根拠があやふやになり、外界とどんな関係に結ばれているかの自覚があいまいで不安定なものに感じられるようになると、いままで指示意識の〈多様性〉として存在したひとつの時代の言語の帯は、差別の根拠をなくして拡散してゆく。〈私〉の意識は現実のどんな事件にぶつかってもどんな状態にはまりこんでも、外界のある斜面に、つまり社会の構成のどこかにはっきり位置しているという存在感をもちえなくなる。／この情況で、言語の表現はどこに血路を見つけだすだろうか。（中略）解体にひんし、劃一化に直面した〈私〉意識が、まず見つけだした血路は、文学的な表現の対象そのものをじぶんで平準化し、劃一化することで、逆に、現実社会における〈私〉の解体を、表現世界で補償することであった。

――『言語にとって美とは何か』第Ⅲ部　現代表出史論「1新感覚の意味」

この見方は「現代表出史論」という枠組のなかでは、確かに〈文体〉と〈世界〉認識との関わりに対するひとつの透徹した視座を提供してくれる。〈私〉意識が「解体にひんし、劃一化に直面した」という危機的状況は、当然〈世界〉認識の変容と一対のものであるはずだからだ。

新感覚派以前の作家たち、横光利一にとってはおそらく志賀直哉に代表されるであろう既成文壇の作家たちにとっての〈私〉とは、まず第一に、ある一定の固有性をもったものであった。そして、その固有なこの〈私〉を描出して小説を成立させる根拠として、それが一方で他の〈私〉と交換可能なものであるという地盤が確保されていたはずである。言いかえれば、〈私〉の固有性と交換可能性とのあやうい均衡の上に日本の近代小説は成立していた。その上、〈私〉が交換可能なものであるということは、そのなかにすでに「社会化」の契機が孕まれているということをも意味しているはずである。つまり〈私〉の固有な生のありようとそこに潜む抑圧感を剔抉していくことは、ネガティブな形にせよ〈世界〉を描出することに他ならなかった。簡単に言えば、〈私〉は〈世界〉に対して兌換的だったのである。志賀直哉のような既成文壇の作家たちはこのことをどこかで敏感に感じ取っていたに違いない。だからこそ〈私〉の描出に専念し得た。ところが「個人の存在の根拠があやふやになり、外界とどんな関係に結ばれているかの自覚があいまいで不安定なものに感じられるようになると」、〈私〉と〈世界〉との間に不均衡が生じてくる。すなわち〈私〉と〈世界〉の兌換性に対する暗黙知的な確信が揺らぎはじめ、〈私〉が〈世界〉に対して急に狭隘なものに感じられてくるのだ。「私小説」という概念が意識化され、明確なかたちをとるのはこのときである。その意味で横光利一の文学的出発期に「私小説」という概念が成立したのはきわめて興味深いことと言わなくてはならないだろう。たとえば中村武羅夫[*4]がことさらに「本格小説」を提唱しなければならなかったのも、〈私〉と〈世界〉との兌換性が崩れはじめていた事の兆候と考えることができる。つまり、狭隘に感じられ始めた〈私〉に代わって、「客観的」な、〈世界〉をポジティブに提示し得る方法が求められはじめたということである。『文芸戦線』や『文芸時代』創刊の意味もそこにあったはずだ。したがって「私小説」という概念の成立と「横光利一」の出現は、まさに共起的なものだったと言える。

吉本隆明の指摘をわたしなりに敷衍すると以上のような具合になる。ごく大ざっぱなものに過ぎないにせよ、このような概括は横光利一の小説を眺める場合にも一定の有効性を発揮し得るだろう。しかし横光利一の残した小説の〈豊穣性〉と比較してみたとき、それはあまりに粗雑な見取図に思えてくる。もちろん「現代表出史論」である以上、それは当然のことだろう。そこで、『悲劇の解読』（昭和五十四年十二月・筑摩書房刊）所収の横光利一論にもふれておくことにしたい。

横光利一における〈文体〉と〈世界〉認識の問題に真っ向から取り組もうとした論考は案外少ない。ごく概念的な理解を示すに過ぎない論考を除けば、佐藤昭夫の一連の横光利一論[*5]にその意欲が読みとれる位だ。またいくつかの「上海」論[*6]にもその可能性が感じられる。しかし、出発期における横光利一の〈文体〉と〈世界〉認識の問題は、実質的にはほとんど未開拓と言っていいように思う。そうした中で、先駆的な仕事としてあげられるのが吉本隆明の横光利一論[*7]である。

吉本は横光利一の〈文体〉の出自について簡潔にこう規定している。

　宿命のように粘りついてくる性格の悲劇を緩和するために、きらびやかな軽薄にみえる装飾的な文体が必要であった。そこから初期横光ははじまっていった。

そして横光利一の性格悲劇を生み出すものとして「関係妄想」という事態を想定している。吉本によるとそれは、「事物のあいだに関係がつけられるときに〈意味〉が生じるのだが、その関係づけの意識に過不足がある」ときに生れるものだと言う。たとえば「御身」（一九二四年五月金星堂刊『御身』所収）の主人公末雄は、まだ幼い自分の姪に対して、成熟した異性に接するようにきわめて真摯に対応している。久しぶりに帰省したときなど、末雄の顔を見た姪が泣き出すと嫌われているのではないかと不安になり、ひたすら狼狽してしまう。たんなる人見知りを、異性からの拒絶としてまともに受け止めているのである。「関係妄想」はこの落差から生じる。吉本の考えでは、末雄が姪の幸子にまともに対応せざるを得ない原因は、「姪を尊重しているからでもないし、異性として愛しているからでもない。『彼』がそれ以外に他者に接する方法を知らないから」だと言う。ある年帰京した末雄は下宿に届いた姉の手紙を受け取る。それを読んだ彼は、毒が片腕に廻っただけという意味のことばを切断したという意味のものと勘違いして「俺の妻にしてやらう」とまで思いつめてしまう。このような末雄の過剰な反応も「関係づけの意識の過不足」から生じている。肉親愛という次元で生じるべき姪への感情が、異性への執着と同じような過剰なものにまで高められてしまった結果、末雄の周囲に濃密な「エロス」的関係がはりめぐらされ、全くぬきさしならない状態に感じられてしまうのである。吉本によれば、ここに初期横光の「性格悲劇」があったと言う。そして、横光利一の〈文体〉は、「関係への偏執」という「病い」からの「救済」を目論んだものだったと言うのである。

彼は自分に向つて次ぎ次ぎに来る苦痛の波を避けようと思つたことはまだなかつた。此夫々に質を違へて襲つて来る苦痛の波の原因は、自分の肉体の存在の最初に於て働いてゐたやうに思はれたからである。彼は苦痛を、譬へば砂糖を甜める舌のやうに、あらゆる感覚の眼を光らせて吟味しながら甜め尽してやらうと決心した。さうして最後に、どの味が美味かつたか。——俺の身体は一本のフラスコだ。何ものよりも、先づ透明でなければならぬ。と、彼は考へた。

――「春は馬車に乗つて」（一九二六年八月『女性』）

吉本はこの一節を引用した上で次のように述べている。少し長いが書き写しておきたい。

じぶんはただ風景の節片を受け入れるだけのガラス製の容器に化そう。そうすればどんな神経の苦痛も受け入れることができるから。ここには「彼」の倫理的な意志が語られるだけではない。文体の宣言もまた語られている。いいかえればこれが表現の倫理の宣言でもあったところに、初期の横光の孤独と独創はあった。

「彼」は事物を、それが自然や街々の景物であれ、また海や風や季節や動物や植物であれ、また〈悲しみ〉や〈苦しみ〉のような観念の苦痛であれすべて受容する。それらの事物が自己主張し、語りはじめるならば、それをおろおろとへり下って容認する。文体の主語の座もまったくおなじようにいつでもどんな事物にでも明け渡して忍耐する用意がある。またもし必要ならばどんな事物でも主語の座にやってくるかぎり人間なみに扱って尊重することもできよう。これが初期横光の文体、いわゆる新感覚の文体が根源的にはらんでいる倫理であった。

他者に対する過剰な偏執の病い、たとえば「近親的エロスへの執着」や「嫉妬妄想」のようなものを緩和するためには、〈私〉を透明にして全てを受容する必要があった。なぜなら「関係妄想」という過剰な想念は、他者から生じるかのように見えながら、そのじつ濃密な自己意識の投影に他ならなかったから。だからこそ全ての事物が相対化され、表現は平準化された。吉本の考えでは、これが初期横光の文体が「根源的にはらんでいる倫理であった」と言うことになる。

この見解は、研究史的に言えば、同じ部分を引用して「虚構への意志」を抽出した日沼倫太郎の試み[*8]を引き継いだものと言える。しかし当然のことながら、そこには吉本隆明独自の観点からの緻密化が見て取れる。それは、吉本の用語で言えば「対幻想」のレベルで横光利一の〈世界〉認識を追いつめたことである。その意味でこれは『言語にとって美とは何か』の中で提示された「〈私〉意識の解体」という社会的な次元での見取図と相補的な形で横光利一の〈世界〉認識をつかみ取っている。但し、〈世界〉認識という観点から見て、この吉本隆明の成果も不徹底の感はまぬがれない。言いかえれば、「新感覚の文体」の根拠は「関係妄想」のみに還元できないし、社会状況から概念的に説明することもできないということだ。そこで、素朴に作品を読み解き、そこから〈世界〉認識を再構成することで横光利一の出発期の問題を考えてみたい。その試みがいくらかでも成就すれば、その度合に応じて〈文体〉論へ突き抜ける手がかりもつかめるはずだから。

さしあたって「日輪」の〈世界〉認識の再構成を軸として、その第一歩を踏み出してみることにしよう。

2 〈宿命〉への呪詛と〈世界〉への欲望

出発期の横光利一の作品に共通して流れる主調低音は、〈私〉を蹂躙する〈宿命〉への敵愾心である。

たとえばこんなフレーズがある。

「たうとうやつて来た。」

彼は自分を始終脅かしてゐた物の正体を明瞭に見たやうな気持ちがした。その形が彼の前に現れたなら必死になつてとり組んでやると思つた。不思議な暴力が湧いて来たがしかしどうとも仕様がなかつた。　　――「御身」

この一節は、姪の幸子が丹毒にかかり「漸く片腕一本で生命が助かりました。」という姉の手紙を片腕の切断と誤解して「俺の妻にしてやらう」と考える、前述の場面のものである。主人公の末雄はこの手紙に先立ち「幸子は種痘してから五日にもなるがまだ熱がひかないので弱つてゐる」という手紙を受け取っている。心配になった末雄はすぐに様子を訊き返した手紙を出すのだが、待てど暮らせど返事はこない。腹を立てた彼は「どうにでもなれ。」と一度は考えるが、心はなかなか落ち着かない。「絶えず何かに脅かされてゐるやうな気持ち」でさらに一週間待った。そしてようやく届いたのが「片腕一本」の手紙だったのである。

吉本隆明はここから「関係妄想」という「病い」を導き出していたのだが、どうも少し窮屈な解釈と言わざるを得ない。姉からの手紙を待っている間に末雄を「脅かしてゐた物」が、「『俺の妻にしてやらう』という願望にまで退行してゆく近親的エロスへの執着」だと言うのは少しうがち過ぎではないだろうか。

たとえばこんな挿話がある。

幸子が生まれて間もないころ、おへそが大き過ぎるのでこすれて血が出ないかと心配しているという姉の話を聞いた末雄は「ある女流作家の書いた、『ほぞのを』と云ふ作の中で、嬰児の臍から血が出て死んでゆく所のあつたのを想ひ出」し不安になる。姉はそんな末雄の心配には全くとりあわないのだが、「死にやせぬかなア。」という彼の不安はなかなか消えない。幸子のへそは次第に堅まっていくのだが、末雄にしてみれば「それはいつ内部の臓が露出せぬとも限らぬ極めて不安心な臍だつた」。

ある日末雄は、幸子のようなへそが「恐る可き命とり」だということを「巧妙な嘘」をまじえて姉に話して聞かせる。


「さうかしら。」

さう姉は云ふと一寸笑つて、

「死ぬものか、これ見な。」と云つて娘の臍をぽんと打つた。

「馬鹿。」と末雄は笑ひ乍ら睥んだ。

するとおりか（=姉、野中注）は又二三度続けさまに叩いてから、「一寸指を入れとおみ。」と云つた。

彼はふと弄つてみる気になつて、人差指で姪の臍の頭をソツと押してみた。指さきは何の支へも感じずに直ぐ一節《ひとふし》程臍の中に隠された。それ以上押せば何処までも這入りさうな気がしてゾツとする

と、

「いやだ。」と云つて手を引つこめた。

姉の返事を待っている間、末雄を「始終脅かしてゐた物」とは、おそらく幸子のへそを押したときの「ゾッ」とした感触と通底するもののはずである。末雄が幸子に感じていたものは、何よりもまず原初的な生の危うさに対する不安だったのではあるまいか。少なくともこの不気味な感覚に「関係妄想」は読みとれない。「御身」の中では比較的よく知られた次の場面も同様だろう。

「こいつ、堅いわア。」と姉の声が頭の上でした。

彼が振り返つて姉の方を見ると、姉は丁度躑躅《つつぢ》をひき抜かうとしてゐる両肱を下腹にあてがつて後へ反《そ》り返らうとしてゐる所であつた。彼は姉の大切な腹の子供に気がついて跳ね起きた。

「よせ。」

彼は馳けていつて姉を押しのけると自分でその躑躅をひいてみた。根はなかなか堅かつた。（中略）

彼は姉の下腹を窺つた。躑躅をひくときの姉の様子を浮かべると、肱で子供が潰されてゐさうに思へてならなかつた。

この場面は、幸子がまだ生れる前に、帰省した末雄が姉と裏の山へ散歩に出かけたときのものだ。彼は姉の腹のことが気になって仕方がないのだが、これは近親的な情緒を基盤とするものと言うより、もっと原初的な、あるいは根源的な生の感受に基づく不安感と言えないだろうか。「エロス」ということばがいくぶん当てはまらなくもないが、「関係妄想」以前のものであることは確かだろう。幸子に対象化される不安感がつねに身体感覚を伴って喚起されていることも、そのうしろに原初的な生の危うさに対する感受性が働いていることを示してはいないか。「関係妄想」という水準に引き寄せてこの不安感を論ずるのは、その後の話である。

次の一節を見ていただきたい。

> 六畳へは入ると、辰子は三島と一つの夜具の中で眠つてゐた。
>
> その瞬間彼は自分が無礼なことをしたやうな気持ちがして少し周章てた。と忽ち両膝が慄へて来ると胸が痛み始めた。それと一緒に三島に対する怒りが彼の身体全体を引き締めた。がそれは暫くのことで間もなく漸次に彼の怒りは辰子にでもなく三島にでもない全然それらとは別箇の、かく自分を存在させ、かく自分を愚弄したある不可思議なものに対して向つていつた。彼は全心の怒りの力でそのものに反抗した。
>
> 「よしツ。俺を迫害するならしてみろ。俺はどこまでも貴様に対向してみせる。」と彼は思つた。
>
> ――「悲しみの代価」

（傍点・野中）

「悲しみの代価」は周知の通り生前未発表の姦通小説である。[*9] 主人公の木山はコケティッシュな妻に苦しめられ、絶えず不倫の妄想に悩まされている。そんな木山が親友の三島を自分の家に同居させる。下宿を探していると聞いたからである。三島を下宿させれば不安が高まるのは目に見えているのだが、かえってそのために自虐的に同居をさせたのだ。当然のことながら日に日に苦痛は増していくばかりで、木山はついに耐えかねて突然田舎に帰ってしまう。引用した場面は、しばらくぶりで自宅に戻った木山が、恐れていた姦通の現場に遭遇したときのものである。

「かく自分を存在させ、かく自分を愚弄したある不可思議なもの」という表現と、「御身」の「自分を始終脅かしてゐた物」という表現は、ほぼ同じものと考えてよいだろう。「どこまでも貴様に対向してみせる」という敵愾心も「不思議な暴力が湧いて来た」という「御身」のそれときわめて類似している。これは「関係妄想」というレベルだけで考えられないし、原初的な生の不安を想定してみても同じことである。「かく自分を存在させ、かく自分を愚弄したある不可思議なもの」とは、強いて言えば〈宿命〉とでも呼ぶほかないものだ。小説の主人公は不可視の〈宿命〉に対して激しい敵愾心をいだき、呪詛の念を持っている。そして〈宿命〉への呪詛は〈世界〉への欲望に転化する。〈世界〉への欲望とは、〈私〉を蹂躙する〈宿命〉を言い当てようとする衝動に他ならない。言い当てることによって〈宿命〉への復讐を果たすのだ。これは敗戦後の野間宏が〈全体〉を言い当てようとした衝動と類似のものと考えてよいだろう。出発期の横光利一は「構図の象徴性」によってそれをなし遂げようとした。「構図の象徴性」とは、わたしなりに言い直せば、〈世界〉を文学的配置によってネガティブに提示しようとする試みのことである。同様の手法は私小説という形式の中にも見出せる。しかし決定的に違うのは、私小説が〈私〉のもつ〈世界〉との兌換性を素朴に信じ得たのに対し、横光利一は〈私〉に代置すべき「構図」を仮構しなければならなかったことだ。そして出発期の作品のなかで最も徹底的に、またいちばんポジティブに〈世界〉を追求したのが他ならぬ「日輪」だった。そこでは〈世界〉はひとつのメカニズムとして措定されている。また同時に「日輪」は、言い当てられないものへの断念の物語でもある。つまり、〈世界〉を存在者的な（つまり〝もの〟的な）機制《メカニズム》として提示するという意図のもとに書かれながら、実際にはその不可能性をも暗示してしまっているのが「日輪」なのである。ここに出発期の横光利一の問題は集約的に現れてくる。

わたしの考えでは、機制《メカニズム》として定着された「日輪」の〈世界〉認識はおおよそ三つの水準に分けられる。第一に、対人関係というレベルでの相対的な心理の動き。たとえば「嫉妬」や「怨恨」のようなものによる人物の動機づけ。すなわち心理的決定論。第二に、生理的なものとして対象化され得る行動の動機づけで、性欲や食欲のような欲求がそれに当たる。つまり、精神にとって他者として立ち現れてくるような〈私〉。肉体と言ってもよい。要するに生理的決定論。第三に、〈国家＝共同体〉レベルでの人物の動機づけ。〈私〉がある共同体の一員であるという〈幻想〉をもっていることから来る行動の限定。吉本隆明の用語で言えば、「共同幻想」に相当する領域の問題がそれである。

以下、この三つの水準にそって「日輪」の〈世界〉認識を再構成してみたい。ただし、この分類はあくまで便宜的なものに過ぎないことを確認しておく。理由は論を進める中で明らかにしていくつもりである。

3　心理

「日輪」に登場する人物たちの運命を蹂躙するものとしてまず最初に考えなくてはならないのが、対人関係というレベルでの相対的な心理の動きだ。なぜならこれは、伊藤整が「機械」の中から読みとった「人間の実在は、他の人間との出逢ひによつて、その価値や力が絶えず変わるもの」という人間観にそのまま繋っていくものだからである。

「日輪」の序章で最初に登場する重要人物は長羅《ながら》である。彼は奴国《なこく》の王子なのだが、路に迷い、不弥《うみ》の国へ疲れ果てた足を運んできた。そのとき不弥の国では王女の卑弥呼《ひみこ》と許嫁の卑狗《ひこ》の大兄《おおえ》が高倉の傍で媾曳をしていた。二人はおそらく共同体の中での身分や年齢から結ばれるべくして結ばれた許嫁同士だったのだろう。二人の愛情も、共同体の水路づけのままに自然な形で流露していた。この対関係のなかに、第三者として入りこんできたのが長羅だったのである。

「爾は誰か？」

若者は立停ると、生薑を投げ捨てた手で剣の頭椎《かぶつち》を握つて黙つてゐた。

「爾は誰か。」と再び大兄は云つた。

「我は路に迷へる者。」

「爾は何処の者か。」

「我は旅の者、我に糧を与へよ。我は爾に剣と勾玉とを与へるであらう。」

大兄は卑弥呼の方へ振り向いて彼女に云つた。

「爾の早き夜は不吉である。」（傍点・野中）

共同体の論理から言えばおそらくこの「不吉」さは、夜に異境の者に出会ったことからきているものだろう。しかし大兄の意識にとってはそれ以上に、対関係に参入した第三者ということから来る「不吉」さが大きかったように読み取れる。つまり、共同体の中にあって、他の成員からも認められ、お互いも許しあっている安定した対関係を、外から到来して動揺させる存在として長羅は登場している。この場合、第三者として参入した長羅が、異邦人でありながらも王女卑弥呼に見合う身分の青年であったことは不可欠の条件だったろう。身につけた剣や勾玉がその表徴である。卑弥呼はこのやせ衰えた異境の若者に食物を与えるよう大兄に要求する。それに対して大兄は、自分で与えろと突っぱねる。卑弥呼はやむなく、自分が若者を贄殿《にえどの》に連れて行くので待つよう大兄に頼むのだが断わられてしまう。


「卑弥呼、我は最早や月を見た。我はひとりで帰るであらう。」大兄は彼女を睥んで云つた。

「待て、大兄、我は直ちに帰るであらう。」

「行け。」

「大兄よ。爾は我に代つて彼を伴なへ、我は比処で爾を待たう。」

「行け、行け、我は爾を待つてゐる。」

「良きか。」

「良し。」

「来れ。」と卑弥呼は若者に再び云つた。

若者は、月の光りに咲き出た夜の花のやうな卑弥呼の姿を、茫然と眺めてゐた。彼女は大兄に微笑を与へると、先に立つて宮殿の身屋《むや》の方へ歩いていつた。若者は漸く麻鞋を動かした。さうして、彼女の影を踏みながらその後から従つた。大兄の顔は顰んで来た。彼は小石を拾ふと森の中へ投げ込んだ。森は数枚の柏の葉から月光を払ひ落して呟いた。（傍点・野中）

心理の綾を語り手が直接説明することはないが、会話のあいだには如実に感じられる描写になっている。卑弥呼も大兄も、第三者が参入したことによる不均衡を感受しながらも、対関係の安定を守ろうと危ういかけ引きを展開しているのである。ここには、本質的に開放系でありながら二者間で閉じていく衝動をも合わせ持つ対関係の危機が典型的に現れている。大兄が卑弥呼の若者に対する配慮に不快感を覚えながらもそれをはっきりと表現し得ないのはそのためだ。結局大兄は卑弥呼と若者が贄殿に行くのを承認せざるを得ない。もって行き場のない苛立ちは、小石に仮託されて森に吸い込まれて行く他ないのである。この大兄の怒りには、横光利一の〈宿命〉への敵愾心のささやかな反映があるのではないだろうか。

　対関係は本質的に任意のものに過ぎない。したがって常に組み換えの契機を孕んだものである。人間が、存在としてつねに対他関係の運動のまっただなかにある以上、むしろそれは当然のことである。にもかかわらず対関係はあたかもそれが絶対的なものであるかのように生起する。だから対関係はもともと倒錯なのかも知れない。しかし卑弥呼と大兄の対関係の倒錯は、共同体の出自の論理のなかで覆い隠されていた。長羅がこのような対関係の危うい均衡を揺がす存在であり得ることを、大兄は敏感に感じとっているのだろう。大兄にとっては、卑弥呼が実際に異邦人に心を動かすかどうかということ以上に、対関係の相対性が露呈してしまうこと自体が不安感をかき立てるのである。

たとえば「悲しみの代価」の木山は、「媚弄《コケティカル》」な性格の妻辰子に嫉妬を感じるようになり、友人を失っていった自分の心境を次のように述べている。

自分は妻の華やかな挙動に魅せられて彼女を愛し始めた。さうして彼女も自分の愛を感じて自分を愛したとは云ふものの、しかし彼女が自分に示した愛は、彼女が自分の失つた友人達に与へた媚弄な挙動と何処も変つたものではない。ただ自分は彼らより二年早く彼女から媚弄な微笑を送られたと云ふことそのことだけで結婚が成り立つたのだ。してみれば今自分が彼女から身を退いたとしても、彼女は自分に代つた第二の良人の妻になることを新らしく着物を着変へるやうにしか思つてゐないにちがひない。彼はつねにも増して妻の存在が不愉快になつて来た。

——「悲しみの代価」

ここには、絶対的な様相をおびて立ち現れてきた対関係が、じつは全く相対的なものに過ぎなかったのではないかという不安が表白されている。嫉妬妄想はここから始まる。

対関係が相対的なものに過ぎないということは、木山もおそらく無意識的には了解していたに違いない。辰子を「愛し始めた」ということは、その了解の抑圧ということを当然ともなっていたはずである。木山は、自分が辰子以外の女性を愛し得るということを隠蔽した上で対関係を形成した。当然辰子の側でも同じような操作が行われていたはずであった。対関係の任意性を覆い隠し「妻の心の対象が完全に自分一人に向つて来ること」が、木山にとっては不可欠のことだったのである。そうでなければ、自分に開かれた対関係の交換可能性を抑圧するという「誠実」は何の意味もないものになってしまう。ところが木山から見た辰子は、そうした対関係の危うさには全く無頓着に、ことさら任意性を露呈させようとしているかのように感じられるのである。自分の抑圧していること、できないことを他者がしていると思えたとき、嫉妬は生じる。嫉妬とは自己の欲望の投影に過ぎないのだと言ってもよい。木山が辰子の媚弄な挙動に苦痛を感じたとき「自然と用ひられる療法」が、自分の側から対関係の任意性を露呈させることだったのはその証左だろう。木山の「療法」とはつまり、街を行きかう美しい少女たちを眺めて「これからさき自分の妻になる新鮮な娘が無数にある」と考えることや、大学にいたころから彼を「特別な客」にしているという古本屋の主婦に会うことなどである。[*10] しかし木山は、友人を失うという代償を支払いながらも、とりあえず対関係の絶対性を守ろうと心がけてきた。それを決定的に突き崩したのが友人の三島と辰子との不倫なのである。

木山と辰子の対関係において、三島はその絶対性を脅かす第三者である。木山はそれを承知で三島を同居させ、みずから姦通をまねいてしまう。木山にとって三島は、くすぶり続けていた対関係の任意性をはっきり顕在化させる存在だったのである。安定した対関係が、その任意性を直視した上でなければ成り立たないという逆説を孕んでいる以上、木山の自虐的な衝動は不可避のものだったと言えるかもしれない。卑弥呼と大兄の対関係との大きな違いはおそらくこの辺りにあるのだろう。つまり、卑弥呼と大兄は古代の共同体の特権階級に属していたため、対関係の任意性は制度的に隠蔽されていた。言いかえれば、対関係の〝絶対性〟は「共同幻想」によって保障されていたのである。それを揺るがしたのが異境の王子たる長羅だった。

長羅と卑弥呼の宿命的な出会いによって、結局大兄は殺され、二人の仲は引き裂かれることになってしまう。不弥の国を攻めた奴国の軍勢とそれを率いる長羅が卑弥呼を掠奪してしまうのである。ところが、出陣にあたってのいざこざで長羅に父の兵部の宿禰を殺された訶和郎《かわろ》が、さらに卑弥呼を奴国から連れ去ってしまう。訶和郎にしてみれば、父を殺した長羅への復讐と、長羅を出陣に駆り立てた卑弥呼への復讐とを同時に果たすための行動だった。長羅に思いを寄せる妹の香取のためという気持ちもあっただろう。とにかく、肉親愛や復讐といった心理的動機づけがこの行動の背後にある。

一方、卑弥呼の側から言うと、良人の大兄を婚姻の夜に殺され父母ともども一度に失ったわけで、長羅への怨みは訶和郎以上とも言える。そのため卑弥呼は、長羅を殺して自分の復讐を果たしてくれるよう訶和郎に要求する。さもなければ悲劇の元凶の自分を刺せと言う。大兄の死と兵部の宿禰の死は、長羅を焦点としてひとつに結びつき、不弥の国の王女と奴国の青年は、復讐を媒介として夫婦の契りを結ぶことになる。この場合、二人が結ばれた場所が共同体の周縁の「狭ばまつた谷間」であったことは注意しておいていいだろう。復讐が媒介したとは言え、二人の結びつきは共同体の周縁のごく限られた空間だからこそ成立したのである。

訶和郎は長羅に反逆したため奴国を流離した身であり、同様に卑弥呼も不弥の国を滅ぼされ奴国に連れ去られたあと、さらに辺境に落ちのびている。言わば二人は、共同体の〈外〉に身をさらしながら生きている。つまり、それぞれ自分の国の共同幻想を保持し続けていながら、外へ出てしまったことでその組み換えを強いられている。訶和郎は自分の国の「追手」に命をねらわれているわけだし、卑弥呼も自分が掠奪されてしまったという圧倒的な現実を前に、共同幻想に根拠づけられていた対関係の絶対性があっけなく瓦解してしまったことに気づかざるを得ないのである。

こうして結ばれた二人は、奴国の追っ手を逃れて邪馬台《やまと》の国の近くの小山の原まで落ちのびる。そこで君長《ひとこのかみ》に率いられ鹿狩りをしている邪馬台の兵士に出会うのだが、この事がまた新たな事件をひき起こすことになる。

鹿の群れのなかから「湧いて出た」卑弥呼と訶和郎を捕えた兵士たちは、二人を君長のところへ連れて行き、「彼らを撃つか。」と指示をあおぐ。卑弥呼と訶和郎は、自分たちが不弥の国へ帰る旅の者であやしいものではないことを説明して、赦してもらいたいと申し述べる。それに対して邪馬台の君長の反耶はこう言う。

「耶馬台の宮はかの山の下。爾らは我の宮を通つて旅に行け。」

「赦せ。吾らの路は爾の宮より外れてゐる。吾らは明日の旅を急ぐ者。」

反耶は松明を投げ捨てて、兵士達の方へ向き返つた。

「行け。」

兵士達は王の言葉を口々に云ひ伝へて動揺めき立つた。再び小山の頂では地を辷べる鹿の死骸の音がした。その時、突然、卑弥呼の頭に浮んだものは、彼女自身の類ひ稀なる美しき姿であつた。彼女は耶馬台の君長を味方にして、直ちに奴国へ攻め入る計画を胸に描いた。


この時点での反耶の態度はあくまでも異国の旅人に対する君長としての節度を持ったものだったと言える。彼は二人が先を急ぐ意志の固いことを知るとあっさり引き下がっている。力づくで連れて行こうとすればいとも容易いことを敢えてしようとはしない。卑弥呼の美しさが「鹿の美女は人間の美女より美しい」と兵士たちが口々に言うほどのものであったにもかかわらず、反耶にとっては欲望の対象になり得なかったのである。卑弥呼は共同体の外の女であり、訶和郎という良人がいるからだ。「人間の美女／鹿の美女」という対比も、共同体の内と外とを截然と分かつ兵士たちの素朴な心性を示している。

しかし卑弥呼は思い直して邪馬台の宮に行くことを決意する。「彼女自身の類ひ稀なる美しさ」が「頭に浮んだ」からである。このような〈私〉意識の発生は、卑弥呼が不弥という共同体の外に身をさらしたことから来ているものだろう。共同幻想に吊り支えられていた卑弥呼と大兄の対関係にとっては、〈美〉は儀礼的にしか機能し得なかったからだ。大兄を失い父母を亡くしたことで、対関係の絶対性と共同体の出自からある程度自由になった卑弥呼にとって、訶和郎との結びつきは任意のものに過ぎない。もちろん一度結ばれた以上離別しようとは考えていなかったに違いないが、長羅への復讐が第一義であって、訶和郎はそのための手段なのである。目的の達成のため、より大きな力は魅力的なものであり、邪馬台の兵力を利用できればこれに越したことはないのだ。訶和郎はむろん反対する。新たな共同体に組みこまれることで卑弥呼との対関係に変容が生じざるを得ないだろうし、邪馬台の兵力が復讐に用いられれば自分の存在意義がなくなるという事を感受したからである。抵抗する訶和郎は反耶の弟反絵によって捕えられ、蜜柑の枝に吊り下げられてしまう。驚いた卑弥呼は良人を赦してくれるよう懇願するが容れられず、一人邪馬台の宮へ連れて行かれる。そして卑弥呼は、邪馬台の習慣に従って石窟に入れられてしまうのである。こうして、卑弥呼の心の変化が次々と連鎖をつくり出し、思いもかけなかった出来事へと結果していくことになる。

卑弥呼の入れられた石窟は「幸運な他国の旅人に与へられる」もので、この時点での反耶の処遇はまだ一定の節度を持ったものであることがわかる。それは卑弥呼と反耶の次のような会話からも窺える。

「王よ、耶馬台の石窟は我の宮ではない。」
「爾に石窟を与へた者は我ではない。石窟は旅人の宿、もし爾を傷つけるなら、我は我の部屋を爾のために与へよう。」
「王よ、爾は何故に我が傍に我の夫を置くことを赦さぬか。」

「爾と爾の夫とを裂いた者は我ではない。」

「爾は我の夫を呼べ。夜が明ければ、我は不弥へ帰るであらう。」

「爾の行く日に我は爾に馬を与へよう。爾は爾の好む日まで耶馬台の宮にゐよ。」

「王よ、爾は何故に我の滞《とどま》ることを欲するか。」

「一日滞る爾の姿は、一日耶馬台の宮を美しくするであらう。」

「王よ、我の夫を呼べ。我は彼とともに滞らう。」

「夜が明ければ、我は爾に爾の夫と、部屋とを与へよう。」

反耶の木靴の音は暫く格子の前で廻つてゐた。さうして、彼の姿は夜霧の中へ消えていつた。


反耶が卑弥呼の美しさに魅かれながらも、禁忌を踏みこえ得ないでいる様子が如実に見て取れる。反耶の一方的な贈与がその見返りを全く期待していなかったとは言えないにせよ、耶馬台の宮を「一日美しくする」という報酬だけで満足する用意はあったはずである。

しかし事態は一変する。卑弥呼の良人の訶和郎がすでに反絵によって殺されていたからである。卑弥呼は耶馬台の奴隷を勾玉で買収し訶和郎を石窟まで連れて来るよう命じる。しかし戻った奴隷は訶和郎の死体を背負っていた。数日の間に卑狗の大兄と訶和郎を殺された卑弥呼の悲しみは、「怨恨を含めた惨忍な征服欲」へと転化する。卑弥呼にとって訶和郎は、長羅への復讐という動機で結びついた仲であったとしても、対関係を尊重する最低限の倫理は守られていた。ところがその訶和郎をも殺された今、卑弥呼の行動は怨恨の一点から生じるものとならざるを得ないのである。〈宿命〉に蹂躙された卑弥呼はこれ以降、「男性」の因果系列に自覚的に参与していくことを決意する。言いかえれば、〈宿命〉を支配するという野心を持ちはじめるのである。夜が明けて朝日の昇るなか、訶和郎の死体を前に卑弥呼は次のように宣言する。

「あゝ、大神は吾の手に触れた。吾は大空に昇るであらう。地上の王よ。我れを見よ。我は爾らの上に日輪の如く輝くであらう。」

石窖の格子の隙から現れた卑弥呼の微笑の中には、最早や、卑狗も訶和郎も消えてゐた。さうして、彼等に代つてその微笑の中に潜んだものは、たゞ怨恨を含めた惨忍な征服欲の光りであつた。

一方、訶和郎の死は反耶にも影響を及ぼす。卑弥呼が迎えに来た使部に訶和郎の死体を伴うよう命じ、共に反耶のもとに出むいたときの描写。

「旅の女よ。爾の衣は鹿の血のために穢れてゐる。爾は新らしき耶馬台の衣を手に通せ。」（反耶の言――野中注、以下同じ）

「王よ、若い死体は石窖の前に倒れてゐた。」（使部）

「捨てよ、爾に命じたものは死体ではない。」（反耶）

「王よ、若い死体は吾の夫の死体である。」と卑弥呼は云つた。

反耶の赤い唇は微動しながら喜びの皺をその両端に深めていつた。

「あ、、爾は吾のために爾の夫を死体となした。着よ、吾の爾に与へたる衣は吾の心のやうに整うてゐる。」

反耶が卑弥呼に対して節度を持って接していたのは、訶和郎の存在があったからに他ならない。ところが訶和郎が死んだ今、卑弥呼に対する禁忌は消えうせた。反耶のために卑弥呼が良人を殺したなどというのはとんでもない誤解なのだが、そんなことはほとんど問題ではない。訶和郎が死んだという事実が全てであり、反耶の誤解もその事実のひとつの所産に過ぎない。その証拠に誤解がとけても事態は何ら変化しない。卑弥呼は自分の良人を二度までも奪った「暴虐な男性の腕力」に復讐するため、反耶に媚態を示し欲望をあおり立てる。そればかりか、反耶と同じく卑弥呼に惹かれ訶和郎を殺した張本人である反絵をも誘惑する。卑弥呼は自分と良人の対関係を二度までも解体させられながら、今度は対関係の任意性を逆手にとって男たちを手玉に取ろうとし始めたのである。

「暴虐な男性の腕力」は対関係の絶対性を蹂躙する。卑弥呼にとって、長羅や反絵や、自分の性欲を満たすために人妻を力づくで奪い去る奴国の君長などは、暴力として立ち現れる「第三者」の代表である。彼らは力によって自己本位な対関係を形成しようとして他の対関係を脅かす。卑弥呼はそのような力の論理に対して自己の対関係の絶対性を放棄して、その任意性を露呈させることで立ち向かおうとする。自分が露呈された任意性の要に位置することで〈力〉を獲得しようとしたのである。これが卑弥呼のとった戦略だった。こうして反耶と反絵は卑弥呼を軸に対立し、欲望は互いに嫉妬となって加速度的に高まっていく。そして酒宴の夜、卑弥呼を得るためには奴国の長羅を討つのが唯一の道であることを知らされる。反耶も反絵も勿論一も二もなく奴国攻めを誓い、卑弥呼の計画は目的に向かって着実に成就していく。このあと卑弥呼は反耶に身をまかせ、それを見た反絵は嫉妬のあまり兄を殺害することになる。これだけは卑弥呼の予期に反した出来事だったかもしれないが、腕力において長羅に匹敵するものは反絵をおいて他にはない以上、計画は少しも阻害されない。

ここまで見てきたように、「日輪」において作中人物の行動を動機づけているものは、巨視的に言えば共同体間を移動することによる関係性の変化である。また微視的に言えば、対関係とそれを脅かす第三者の出現という関係性の変化を指摘できる。そこから生じる嫉妬や怨恨が人物の行動の動機となるのである。つまり、対人関係というレベルでの相対的な心理の動きが個々の意志を越えて絡み合い、人物の運命を左右するということである。したがってこの〈世界〉認識にとってみれば、個人は関係性を構成する一因子でしかない。人物の行動の動機を問うたとき、「日輪」のなかでまず現れるのがこのような地平なのである。卑弥呼が大兄と死に別れたのは長羅の出現によるものであり、卑弥呼が訶和郎と結ばれたのは長羅に対する怨みからだった。反絵が訶和郎を殺したのはそれが卑弥呼の良人だからであり、君長であり兄でもある反耶を討ったのは卑弥呼を軸に嫉妬心をあおり立てられたからである。「日輪」において人物は心理の関数として存在させられている。〈私〉は人間関係の力学的圏域の中で機制《メカニズム》の一部としてあるのだと言ってもよい。「日輪」の語り手の視点が〈世界〉に対して鳥瞰的であり、人物の内面に深く分け入って感情や意志を説明していないことも、このような機械論的《メカニカル》な〈世界〉認識と対応している。そして因果系列として取り出される相対的な心理の動きの多くは、対関係と第三者という構造にほぼ還元し得る。例外は共同体という集合の要素としての人間存在のありようだが、これについては第5節であらためて論じることにしよう。

4　生理

「さア見た。」

女は口を開けて顕微鏡の上へ顔を俯向けた。

「変だわね。」

「見えるかね。」

「何んだかぼやぼやしてゐるわ。」

「血が見えるだらう。」

「赤いのがさうなの？」

「白いのもさうだ。雲のやうな形のものがあるでせう。」

「白いわね。」

「それも血だよ。」

女は黙つて顎を鏡の口の上で動かしてゐた。

「女の血を見ると、あの白い物の形が違ふんだよ。幾人の男と面白いことをしたかつて云ふことだつて、あの形でちやんと分るんだよ。どの男とさう云ふことをしたつてことも勿論分るし、面白いかね？」

「恐いわね。」

――「無礼な街」（一九二四年九月『新潮』）

この節で扱おうと思うのは、有機的、生理的な欲求によって動機づけられる人物の行動である。もちろんこのレベルで〈私〉や〈世界〉を論じることは、一般的にはあまり意味のあることではない。人間の行動が動物的欲求とは別の意味連関に基づく欲望から生起していて、そこにこそ〈私〉と〈世界〉の関係が最も本質的に立ち現れてくると考えられているからだ。しかしここで論じようとするのがあくまで横光利一の〈世界〉認識であるからには、どうしてもこの問題にふれておかなくてはならない。特に生理的なレベルでの因果系列への関心が、後年の「機械」（『改造』一九三〇年九月）における〈世界〉認識の深化に決定的な役割を果たすことから考えても、ここは避けて通れないのである。

しばしば「日輪」と合わせ論じられてきた「悲しみの代価」に次のような一節がある。

彼はその日早く湯へ行つた。湯には誰も来てゐなかつた。彼は一度湯から上ると湯槽の縁へ腰を下ろし何の考へもなく身体の冷めるのを待つてゐた。するとふと自分の子供を産む器官が眼についた。

「まだ俺についてゐた。」そんな感じがすると彼にはそれが不似合なをかしいことでもあり、侮辱をされてゐるやうにも思はれた。

　彼はそれを斬りとる方法をいろいろ頭の中で考へてみたが、とにかく、何かよく切れる刃物で少し力を用ひれば済みさうに思はれ、ただそうすることだけで、自分が人間とは一段上の全く別な生物になれるやうな気持ちがした。


姦通の現場を目撃した木山が再び郷里に戻り、鬱々とした日々を送っていたときの描写である。対関係が相対化の波にさらされ、その動揺が木山と辰子と三島のそれぞれに悲劇をもたらすのが「悲しみの代価」なのだが、このような一節はどう捉えておけばいいのだろうか。

一般に、人間は第二次性徴の時期に大きな心理的ショックを受け、人格形成の上で重要な影響を与えられることが知られている。身体の質的変化がそれまでほぼ安定してきていた自己像を大きく揺るがすためである。また、性的成熟が起こり生殖が可能になったにもかかわらず強い性衝動を単純に満足させることが出来ないため、生理的身体は〈私〉の意志の及ばないものとして対象化される。この意識は倫理感が強い人間であればある程ぬきさしならないものとして感じられるだろう。あるいは、医学的人間観の定着による「近代的＝科学的」なもののみかたの獲得も、生理的身体を対象化するひとつの要因として考えられるかもしれない。おそらく横光利一も、近代的な知を身にまとった青年として、自己の生理的身体を対象化したに違いない。本能満足主義としての「自然主義文学」が出現してきた同じ地平に横光利一は立っていた、と言いかえてもよい。人間が生理的身体として存在させられてしまっていることへの畏れが、横光利一の〈宿命〉感受の原形だったのではあるまいか。

たとえば「蝿」で馬車に乗った人々の運命を決定したのは馭者の食べる「蒸し立ての饅頭」だった。異常な「潔癖」性のため長い間独身で暮らさねばならなかった「猫背の馭者」の「その日その日の、最高の慰め」は、「まだその日、誰も手をつけない蒸し立ての饅頭に初手をつける」ということだった。独身の馭者が「蒸し立ての饅頭に初手をつける」という習癖には、性欲の代償を読み取ることができる。[*11] そして饅頭が馬車の転落という悲劇に因果づけられている以上、「蝿」に描かれた〈宿命〉の焦点には性欲、すなわち〈生理〉があることになる。また性欲を読みとらないまでも、悲劇の直接の原因が「腹掛けの饅頭を、今や尽く胃の腑の中へ落し込んで了つた馭者」の「居眠り」にあったということは注意しておいていいだろう。満腹による居眠りとは、まさに〈生理〉現象に他ならないからである。

ここで誤解を招かないために「神馬」（一九一七年七月『文章世界』）にも触れておこう。わたしが〈生理〉ということばで言おうとしているのは、何も性の問題だけに限ったことではない。食欲や睡眠、酩酊、疾病、薬物の使用などを含む。それらのものが人間の意志を蹂躙するとき、〈生理〉が〈宿命〉として立ち現れる可能性を指摘しておきたいのだ。ただ初期横光利一にとって、〈生理〉という領域のなかでも特に性の問題が最もクローズアップされていたと言うに過ぎないのである。

「神馬」は現在知られている横光利一の小説としては最も早く発表された掌編である。「神馬」とは日露戦争で働き「国のため君のために尽くして来た」馬のことで、今は縄に繋がれ人々に拝まれて生きている。

小説はこの馬の視点から描かれ、素朴な擬人法の形になっている。そして、この小説の眼目は、人々の視線と馬の内的意識のギャップにある。

「神馬」には自分が神聖なものであるという意識は全くなく、日露戦争で活躍したことすら記憶にないかのようである。馬の関心事は、自分のそばにやって来る人間が食いものをくれるかどうかという一点にかかっている。そしてそれが彼の生活の全てなのである。教師に引率された子供たちが来れば「あいつらは何だらう俺をジロ〳〵皆見やがる。だが呉れさうもない」と考えて、食い残した五、六粒の豆を拾う。また黒い犬が尾を振りながら自分の近くまで来れば「ははア、此奴、豆を盗もうと思つてゐやがるんだな」と思って、あわてて豆を食う。食えば「肋骨の下の皮が張つて来」て「瞼が重くなつて」知らず知らずのうちに眠ってしまう。やがて豆が台に供えられた音で目を覚まし、またしても「鼻の孔まで動かして」食いはじめる。

　一間程前で、朱の印を白い着物中にペタ〳〵押した爺が、檜傘を猪首に冠つて、彼を拝んでゐた。彼はその間ムシャ〳〵頬張つてゐた。顔を揚げると、傍で小僧が指を食はへて、不思議さうに彼を見てゐた。

（何て小つぽい野郎だらう。だが此奴は呉れよらん。）彼は眼を爺様にむけた。爺は拝み終へて子供の頭を圧へながら云つた。

「さあ、さあ、拝まつしやれ。そんなに見たら眼がつぶれるぞ。」

子供は圧へられてゐる頭の下から未だ彼をジロ〳〵見てゐた。軈て彼らは去つた。

（阿奴ら変梃なことをしやがる。何をしやがつたんだらう？）

急に臀部が気持ち悪くなつた。彼は下腹に力を容れた。そして尾をあげるとボト〳〵と床が鳴つた。瞼が下りかけた。


「神馬」にとって人間が自分を「拝んで」いることは「変梃なこと」に他ならない。「拝む」という行為は馬の目には見えないのである。人間には豆をくれるものとくれないものがある。彼にとっての人間の意味はすべてその二つに還元される。そして満腹になれば眠くなり、食ったものは排泄される。これが「神馬」の生活の実質である。ただまわりの人間たちが「神」という意味付与をしているに過ぎない。「神馬」はあくまで〈生理〉的な存在である。

食い物がなくなった「神馬」は、何か落ちていないかと辺りを見廻す。そして榊の下に橙の皮を見つける。


（何だらう、あれや？）彼は色々考へてみたが遂々分らなかつた。然れ共食ひ物に違ひないとだけは思つた。そして妙に気にかゝつてならなかつた。（食ひたいな）

その時遠くの方から馬の断声が聞えた。彼は刺されたやうに首をあげて耳を立てた。

（おや！　あれや牝馬の声だぞ。）もう橙のことを捨てたやうに忘れて了つて、猶じつと聞いてゐた。

（牝馬だ。牝馬だ）迅速な勢でギユーと何かしら背骨を伝つて下へ走つた。彼は前足を豆台の上へ乗つかけて飛び出ようとした。両側の縄がピンと張つて口をウンと云ふ程引いた。で彼は直ぐ足を落した。頭の中がガーンと鳴つてゐた。狂ひ出しさうになつた。（傍点・野中）

この描写も〈生理〉という観点から同じように理解しておくことができる。そして、性欲が食欲を凌駕しているところに横光利一の関心の所在を見て取ることができるだろう。従来この「神馬」という習作は、馬の眼から見た人間たちを描いたものと理解され、人間を相対化する新感覚派的発想の原形として読まれるきらいがあった。しかし馬が捉えた人間たちよりも、むしろ馬の生のありようそのものに横光利一の人間観を読み取っておきたい。そしておそらくこれが、意識的に矮小化された十九歳の横光利一の自己像なのだろう。

「日輪」にもここまで見てきたような〈生理〉的な人間観が全編にわたって看取できる。それを最もよく体現した人物は、長羅の父でもある奴国の君長である。

長羅の父の君長は、妃を失つて以来、饗宴を催すことが最大の慰藉であつた。何ぜなら、それは彼の面前で踊る婦女達の間から、彼は彼の欲する淫蕩な一夜の肉体を選択するに自由であつたから。さうして、彼は、回を重ねるに従つて常に一夜の肉体を捜し得た。

君長にとって女性は「肉体」でしかなく、心理的な綾とはまったく無縁な一夜かぎりのものである。だから嫉妬のような複雑な感情の生じる余地はないし、女性は存在者（＝もの）的な対象として人格を無視される。もちろん背後には君長の共同体における〈権力〉の問題も浮かびあがってくるが、ここでは、妃を失った君長が性欲を処理するために饗宴を催しているという事を押さえておけばよいだろう。君長にとっては卑弥呼も「淫蕩な一夜の肉体」という以上の存在ではないのである。

卑弥呼は後に剣を抜いた数人の兵士に守られて、広間の中へ連れられた。君長は卑弥呼を見ると、獣欲に声を失つた笑顔の中から今や手を延さんと思はれるばかりに、その肥えた体躯を揺り動かして彼女に云つた。

君長のこのような反応は、牝馬のいななきを聞いて興奮し飛び出そうとしてあばれた「神馬」と何ら異なるところはない。もちろん普通の人間であれば、このような性的衝動が常にそのまま行動に結びつくわけではない。権力を持った君長だからこそ性欲がむき出しのまま行動に反映され得るのだ。しかしいかなる人間と言えども性的衝動から、あるいは他の生理的条件による影響から完全に自由であることはできないだろう。嫉妬に苦しみ、なぜ自分はここまで異性関係に固執するのだろうと考えたとき、人間の生理的条件が対象化されてくるのは何ら不思議なことではない。むしろ科学的なものの見方を刷り込まれた近代人には自然なことだとさえ言える。

「悲しみの代価」にはこんな記述があった。

「駄目だ。」と彼は暫くして呟いた。彼には人間が男と女とに分れてゐて、それから子供の生れてゐる間はとても苦痛が絶えるものではないと思はれた。彼は自分の身体に男女両性を備へてゐて、産期が来れば自然と体分裂をし始めるアミーバのやうになりたかつた。人間の生き方はそもそもの始めから間違つてゐた。もし神が人間を創造したものとすれば、確に神はその創造の際賭博をやつてゐたのだと彼には思はれる。

同様の記述は「模倣者の活動」[*12]（一九二五年一月『女性』）のような評論文にも見られ、出発期の横光利一にとって、人間が「男と女とに分れてゐ」ることが、〈私〉を蹂躙する〈宿命〉の重要な要素として捉えられていたことがわかる。

「日輪」でも奴国の君長ばかりでなく、前節で対関係と嫉妬という文脈の中で捉えた卑弥呼と反耶、卑弥呼と反絵の関係のうちにも生理的なものとして描出された衝動を見出すことができる。

乱暴者の反絵は、訶和郎を殺した翌日に早くも卑弥呼を襲おうとしている。

「不弥の女。不弥の女。」と彼は呼んだ。が、彼の胸の高まりは突然に性の衝動となつて変化した。彼の赤い唇はひらいて来た。彼の片眼は蒼みを帯びて光つて来た。さうして、彼女の頰を撫でてゐた両手が動きとまると、彼の体躯は漸次に卑弥呼の胸の方へ延びて来た。しかし、その時、怨恨を含んだ歯を現して、鹿の毛皮から彼の方を眺めてゐる訶和郎の死体の顔が眼についた。反絵の欲情に燃えた片眼は、忽ち恐怖の光を発して拡がつた。（傍点・野中）

この場面では訶和郎の死体が行動を阻止するのだが、反絵の卑弥呼に対する欲望には、嫉妬以前に、もっと直截な性衝動があったことは否定しがたいだろう。

また弟の反絵に比べ常に節度を保ったふるまいを続けていた君長の反耶でさえ、顕在化した性衝動によって行動を起こすようになる。訶和郎の死と卑弥呼の媚態という条件はあったにせよ、彼の場合でもちょっとした切っ掛けさえあれば性欲はむき出しになる。引用する場面は、酒宴で酔いつぶれてしまったあと夜中に目を覚まして卑弥呼の部屋に入ったところである。もちろん酩酊状態にあっただろうと思われる。


「爾は何故に我を残してひとり去つた。」と反耶は云つた。

卑弥呼は黙つて欲情に慄へる反耶の顔を眺め続けた。

「不弥の女。我は爾を愛す。」

反耶は唇を慄はせて卑弥呼の胸を抱きかゝへた。卑弥呼は石のやうに冷然として耶馬台の王に身をまかせた。

卑弥呼はすでに二人の良人を次々に亡くし、「暴虐な男性の腕力」を持つ「地上の王」たちの上に「日輪の如く輝く」ことを決意している。「欲情に慄へる」君長に身をまかせながら「石のやうに冷然として」いる卑弥呼の態度は、その決意のあらわれだろう。この超然とした態度は、男性の性衝動を対象化して鳥瞰することによって生じている。その意味で、辰子に対する欲望を対象化して自分の性器を見つめる「悲しみの代価」の木山の位相と、きわめて似かよっている。しかし、ここで超然としているかのようにふるまう卑弥呼も、木山と同様、心理的あるいは生理的な因果系列のなかに組みこまれざるを得ない。なぜなら、卑弥呼のとった戦略は対関係の任意性を逆手にとり自分から積極的に因果系列に参与していくことであって、地上の論理からの超越を意味しないからである。精神的には亡き卑狗の大兄に繋がり反耶たちを見下しているつもりでも、その身体は心理的あるいは生理的因果系列に組みこまれて翻弄されざるを得ない。というより、実際には反耶に身をまかせざるを得ない状況のなかで「日輪の如く輝く」ことを志向すること自体が倒錯なのである。

卑弥呼が身をまかせた反耶は、それを目撃した反絵によって殺害されてしまう。卑弥呼は奴国攻めのために今度は反絵に頼らざるを得ない。そこで、自分の妻になることを要求する反絵に対して、「長羅を撃てば、我は爾の妻になる」と約束して奴国攻めを誓わせることになる。第二の良人訶和郎を殺した反絵にこのような約束をせざるを得ない卑弥呼が、「日輪の如く輝く」などということはあり得ない。彼女は自分の肉体を用いて、男たちの暴力に懸命に抗っているのである。反絵を部屋の外へ追い出した後、卑弥呼は次のような思いに襲われている。

彼女は彼女自身の身の穢れを思ひ浮べると、彼女を取巻く卑狗の大兄の霊魂が今は次第に彼女の身辺から遠のいて行くのを感じて来た。彼女の身体は恐怖と悔恨とのために顫へて来た。

「あ、、大兄、我を赦せ、我を赦せ、我のために爾は返れ。」

彼女は剣を握つたま、泣き伏してゐたとき、部屋の外からは、突然喜びに溢れた威勢よき反絵の声が聞えて来た。

「卑弥呼、我は奴国を攻める。我は奴国を砂のやうに崩すであらう。（傍点・野中）

この節では生理的なレベルで根拠づけられる人物の行動を中心に見てきたが、「日輪」において心理的決定論との相違は本質的な問題ではない。心理的なものであろうと生理的なものであろうと、「日輪」の語り手は等しく因果系列として平準化している。つまり、便宜的にふたつに分けた因果系列に、〈精神／肉体〉というような二項対立を想定する必要はない。因果系列はただそれが心理的であるからという理由で特権化されたりはしていないからだ。〈私〉を蹂躙する〈宿命〉は、このように平準化された因果系列として単純化され、機械論的《メカニカル》な〈世界〉認識に還元されるのである。そして卑弥呼もこの世界認識の内部に存在させられている。もし仮にこれらの機械論的な因果系列から超越し得る存在があるとすれば、「日輪」においては、すべてを鳥瞰し、機械論的世界認識の〝原因〟ともなっている語り手をおいて他にないだろう。

5　共同体

次に取り上げるのは、共同体の成員として規定される人物の行動、ならびに血縁関係に基づく人物の行動である。血縁関係の問題を共同体という文脈の中で論じるのは、「日輪」における「家族」が共同体と異なる水準にあるものとは認定できないからだ。小説の中に父が頻出するのに対して母の影の薄いのはおそらくそのことと関係している。長羅の母はすでに亡くなっているし、訶和郎と香取の母も全く描かれていない。不弥の国の王妃、すなわち卑弥呼の母はかろうじて婚姻の場面に登場するが、まともな人物造形をされないまま殺されて姿を消している。例外として、祭司の宿禰が卑弥呼に固執する長羅の心を解き放とうと画策した場面に出てくる、奴国の娘の母親たちがあげられる。しかし彼女たちも、共同体の論理にふりまわされる無力で愚かな様子を描かれているだけである。すべからく「日輪」の家族は、男と女のあいだに生じる幻想を媒介としたものではなく、共同体に直接つらなるものとして構成されている。父の頻出はそういう意味で、共同体の問題と家族の問題とを等置できることを示す表徴になっていると言えるだろう。簡単に言えば、卑弥呼の両親は、「父」と「母」であると同時に「王」と「王妃」として存在させられているのだ。

「日輪」において描かれている共同体は、「不弥の国」「奴国」「耶馬台の国」の三つである。いずれも「村落共同体」というよりは、もっと大きな共同体、小国家とも呼ぶべき規模と機能を持ったものになっている。統治機構は君長を中心に、祭司、政司、兵部の三人の宿禰による分権体制になっており、使部たちが仕えている。身分制度があり、貴族や奴婢といった階層の区別がなされている。宮殿も、高殿《たかどの》、八尋《やつひろ》殿《でん》、贄殿《にへどの》、寝殿などのさまざまな建造物で構成されており、回廊まであるという。とは言っても、これらは「日輪」に断片的に描かれた共同体の様子から読みとれる大まかな特徴であって、必ずしも三国のすべてに当てはまるわけではない。だから、三国の規模がどの程度のものなのか正確に言うことはできない。しかしここでは、人物の行動に対して共同体の観念、あるいは血縁幻想がどれほど関与しているかということさえ捉えておけばいい。つまり共同体が〈宿命〉として立ち現れてくる度合をはかっておけばいいのである。なぜなら血縁幻想を超越した共同体のありようが横光利一にとって本格的に問題になってくるのは「上海」以降であり、「日輪」ではごく素朴な形で、つまり心理や生理の領域とほぼ同じ水準でしか扱われていないからである。横光利一のモチーフは、何らかの機制《メカニズム》が人物の行動を動機づけているという機械論的決定論であり、〈宿命〉を機制として言い当てることだった。「日輪」の場合、共同体の問題は、民族や国家の問題としてはまだ取り扱われていない。

具体例をあげてみよう。まず卑弥呼と卑狗の大兄である。二人の登場の場面は次のように描かれている。

　太陽は入江の水平線へ朱の一点となつて没していつた。不弥の宮の高殿では、垂木の木舞《こまひ》に吊り下げられた鳥籠の中で、樫鳥《かけす》が習ひ覚えた卑弥呼の名を一声呼んで眠りに落ちた。磯からは、満潮のさゞめき寄せる波の音が刻々に高まりながら、浜藻の匂ひを籠めた微風に送られて響いて来た。卑弥呼は薄桃色の染衣《しめごろも》に身を包んで、聴て彼女の良人となるべき卑狗の大兄と向ひ合ひながら、鹿の毛皮の上で管玉と勾玉を選り分けてゐた。

「聽て彼女の夫となるべき卑狗の大兄」という記述は、もちろん二人が許嫁であることを示している。しかしこの婚約は共同体内部の論理からの必然的な要請によって成り立ったものであろうと推測できる。卑弥呼は不弥の国の王女であり、卑狗の大兄はその名前からして王に次ぐ権力の持ち主である卑狗（官名）の長男であると考えられる。つまり身分相応の組み合わせと言える。そしておそらくそれ以外の組み合わせはほとんど考えられなかったに違いない。二人はその身分と年令から、あるいは政略的にも当然のなりゆきで婚約しているのである。それが「聽て彼女の夫となるべき」という言いまわしの含意だろう。つまり二人の対関係はそっくり共同体のシステムに組みこまれているのである。対関係の任意性が制度的に隠蔽されていると言ってもよい。卑弥呼が訶和郎や反耶のような異国の男たちと結ばれたのは、長羅によって不弥の国が滅ぼされて初めて可能になったことなのだ。もちろん不弥の人々は皆殺しになったわけではないのだが、卑弥呼が「奴国の王子は不弥の国を亡した」と言っているのは、王も王妃も大兄も死んで、共同体の論理が彼女の行動を強く規定できなくなった事情を示している。ただし卑弥呼にとっての共同体が「復讐」という形で温存されていることも指摘しておく必要があるだろう。

「地上の王」たちの上に「日輪の如く輝く」という卑弥呼の宣言は、だから共同体の論理のメタレベルに立つということも意味しない。流動化した共同体を再編成して、耶馬台や奴国を組み入れた新たなる共同体をつくり出すイニシアチブをとろうという宣言に過ぎない。その意味で卑弥呼の運命は共同体を構成する諸関係に翻弄され続けていると言える。卑弥呼がすべてを払拭して一人の女として立ち現れてくるのは、たぶん最後の場面をおいて他にはないだろう。すなわち死んで行く長羅を前に「我を赦せ」と泣き崩れる場面においてのみ、卑弥呼は一人の女としての相貌を与えられている。ただしそれは、「日輪」の因果系列に対する敗北宣言として、すべてを失ったあとでのみ、ほんの一刹那許された恩寵のようなものだった。なぜなら奴国を打ち破った耶馬台の兵士たちの中には、未だかつて誰も制御できなかった反絵を「たゞ一睨の下に圧伏さし得た」卑弥呼に対する尊崇の念が高まっていたからだ。卑弥呼は復讐を果たした後も、望むと望まぬとにかかわらず、耶馬台の女王として人々の共同幻想を体現しながら生きることを強いられるのである。

主要な作中人物以外に目をくばってみると、共同体が〈宿命〉として描き込まれていることが一層明瞭に理解できる。戦闘のなかで虫けらのように殺されていく兵士たちや、反耶に殉じて生き埋めにされた「王妃と、王の三頭の乗馬と、三人の童男」などはその典型だが、もう少し造型のはっきりした人物としては各国の宿禰たちがあげられる。

道に迷って不弥の国にたどり着いた長羅を卑弥呼が贄殿へ伴った前述の場面に、年老いた一人の宿禰が数人の使部に護られて登場する。彼は刺青から長羅の正体を見破る。すなわち、長羅は奴国の王子であり、その祖父は不弥の王母を掠奪し、父は霊床に火を放っていた。長羅は不弥の国にとって仇敵に他ならないのである。宿禰は使部たちに「彼を殺せ。」と命じる。長羅は抵抗して、宿禰に飛びかかり剣を突きつける。

「我を殺せ、我の剣も動くであらう。」

使部達は若者を包んだまゝ、動くことが出来なかつた。宿禰は若者の膝の下で、なほその老躯を震はせながら彼らに云つた。

「我を捨てよ。彼を刺せ。不弥のために奴国の王子を刺し殺せ。」

併し、使部達の剣は振り上つたまゝ、に下らなかつた。


宿禰のことばが共同体の論理に則ったものであることは明らかだろう。宿禰にとって長羅は、道に迷い飢えた一人の若者ではなく、抹殺すべき敵でしかない。長羅を討つことが不弥のためであり、そのためには自らの命も惜しまないのだ。一方、不弥と奴国の過去の確執にうとい使部たちにとっては、目前の宿禰の生死こそ関心事である。彼らにとっては宿禰の生存が「不弥のため」なのであり、むやみに斬りつけることはできない。あるいは、使部たちの心理をそこまで穿って考えなくとも、宿禰の護衛という職務に忠実に行動していると言うことは指摘できるだろう。いずれにしても、共同体の成員としてその行動を規定されていると言える。

もう少し血縁的なものをともなった局面を見せるのが、奴国の兵部の宿禰の場合である。不弥の国から戻った長羅は、卑弥呼のことが忘れられず、兵を挙げて掠奪することを計画する。兵部の宿禰は出兵を阻止しようと準備をわざと遅らせ長羅をイライラさせるのだが、それには理由があった。宿禰には香取《かとり》という美しい娘がいて、長羅に嫁ぐことを希っていたからだ。この宿禰の行動はどう捉えたらよいのだろうか。

まず基本的には、「娘のため」という父親としての愛情によるものである。長羅が君長に不弥攻めの許しを得た場面での兵部の宿禰の反応は、次のように描かれている。

長羅は君長の前を下ると、兵部の宿禰を呼んで、直ちに兵を召集することを彼に命じた。しかし、兵部の宿禰は、此の突然の出兵が、娘、香取の上に何事か悲しむ可き結果を齊すであらうことを洞察した。

宿禰は、不弥攻めの成功を確実なものにするためには周到な準備をして期が熟するのを待たねばならないと長羅に忠告し、五人の偵察兵を派遣して時間かせぎをする。武器の調達もことさら悠長なやり方を指図して、兵士達の失笑をかう。語り手はこのような宿禰の不自然な行動を「娘を憶ふ兵部の宿禰の計画」と説明している。宿禰は、時間かせぎをする一方で、長羅の気持ちを娘の香取にふり向かせようと画策するのである。しかし宿禰の一連の行動は、たんに親子の情愛という次元だけで説明してすませることはできない。宿禰が長羅を娘の嫁ぎ先として望ましいものと考えるのは、彼が奴国の王子だからに他ならない。おそらく香取が長羅を慕うようになったのも、共同体の論理ぬきには考えられないだろう。なぜなら、それは父親の長羅に対する欲望をなぞる形で生じた恋慕であったに違いないからだ。

「あ、長羅、見よ、彼方に爾の妻がゐる。」と、君長は云つて長羅の肩を叩きながら、香取の方を指差した。

香取の気高き顔は松明の下で、淡紅の朝顔のやうに赧らんで俯向いた。

「王子よ、我の酒盞《うくは》を爾は受けよ。」と、兵部の宿禰は傍から云つて、馬爪《ばづ》で作つた酒盞を長羅の方へ差し延べた。何ぜなら、彼の胸中に長く潜まつてゐた最大の希望は、今漸く君長の唇から流れ出たのであつたから。（傍点・野中）

兵部の宿禰は、長い間、香取を長羅に嫁がせたいと考えていた。したがって、おそらくは香取が長羅の妻になりたいと望む以前に、それは父親によって欲望されていたことになる。とすれば、香取の思いも、共同体内の政治的な文脈の中で生起したものと言わざるを得ないだろう。この疑念は、もし長羅が奴隷だったら香取は彼に嫁ぐことを望んだろうか、と問いかけると一層はっきりする。そしてそのことを暗示するように、長羅と香取の対関係が顕在化するこの場面に、君長と兵部の宿禰が一定の役割を演じて登場させられている。君長の発言も共同体の論理にそって述べられたものだ。香取は、身分から言っても「美しい気品の高さ」から言っても、奴国の宮の乙女の中で最も長羅にふさわしい。長羅自身、香取に対して「奴国の宮で、もつとも美しき者は爾である。」と認めている。ただ長羅の〈欲望〉が奴国という共同体の内的論理を越えて卑弥呼に差し向けられてしまっており、「奴国の宮で、もつとも美しき」ことが意味をなさなくなってしまっているだけのことだ。長羅の〈欲望〉を除けば、全ては共同体内部の論理に組みこまれているのである。したがって長羅の出兵を遅らせようと画策した宿禰の行動も、「娘を憶ふ」父親の愛情という家族的な領域にのみ還元することはできない。家族はそっくり共同体に組みこまれていて、両者を区別することはほとんど意味がないからである。逆に言えば、共同幻想が血縁幻想と融け合っているため、具体的な対人関係と全く異なった水準にあるものとも言い難いのである。

ここで言っておけることは、「日輪」に登場する人物の行動の背後に共同体にまつわる因果系列を読み取ることができるということだ。それは、国家間の戦闘で殺し合う兵士たちのように巨視的に眺められるものから、奴国の兵部の宿禰などのように微視的に眺められるものまで、ある程度の幅を持っている。しかし、巨《ロング・ショット》視的なものも微《クローズ・アップ》視的なものも、「日輪」という小説においては、人物を動かす因果系列として等価であり、それを吊り支えているのは鳥瞰的な視点に立つ語り手である。

6　「長羅」的なもの

前節まで、「日輪」の〈世界〉認識を便宜的に三つのレベルに分けて考察してきた。つまり、第3節では、対人関係というレベルでの相対的な心理の動き。たとえば「嫉妬」や「怨恨」のようなものによる人物の動機づけ。第4節では、生理的なものとして対象化し得る欲求に基づく人物の行動。第5節では、共同体にまつわる領域。つまり人物がある共同体の一員であるという幻想をもったことから来る行動の規定。という風に要約できると思う。しかしこれらのものは、〈宿命〉への呪詛から生じた〈世界〉への欲望をモチーフとする点で等価だと見なすことができる。すなわち、〈私〉を「かくあらしめたもの」を言い当てようとする欲望が、これらの因果系列を析出する原動力になっている。そして因果系列として言い当てようとされる以上、それらは機械論的決定論という意味で等価なのである。三人称によって作中人物を鳥瞰的に描き出そうとする語り手の視点も、〈世界〉を因果系列として言い当てようとする欲望にとっては必然の方法だったと言わなければならない。ただし、それは致命的な限界も持っている。

その限界はおそらく二つの理由によって生じる。まず、鳥瞰的な視点をとってしまったために「この私」の固有性の問題が切り捨てられたこと。もうひとつは、〈世界〉を因果系列として規定することが原理的に孕んでいる理由。つまり、〈世界〉から因果系列を外化する限り、それは単純化に他ならないということである。そしてこの二つの理由は同じ根を持っている。

たとえば竹田青嗣は、物理的決定論や心理的決定論の原理的不可能性についてのベルクソンの考えを要約して、次のように言っている。[*13]

どんな複雑で高度な脳を模したコンピューターのようなものを想定しても、そこに人間が置き入れているのは、物理、科学的な変化、反応、連鎖の系だ。この系は、必ずすでに人間が〈自然〉から見出し、作り上げた、〈因果〉の系の組み合わせにほかならない。つまりどんな高度な頭脳コンピューターも、人間が作り上げた〈意味〉連関の「模写」であり「結果」にすぎない。だが〈意識〉とはむしろその「原因」となっているもののことである。

この記述を「日輪」に即して言い直すとこうなる。すなわち、人間の〈宿命〉を鳥瞰して〈世界〉を因果系列として構築することは、二重の意味で倒錯している。〈世界〉は因果系列以上の何ものかであり、機械論的に言い当てることはできない。また、問われるべきは〈世界〉ではなく、言い当てようとする欲望そのものとしての〈私〉でなければならない。つまり、〈世界〉を機制《メカニズム》として描き出すために人物を存在者的に扱う「日輪」の視点は、人間存在の本質を捨象した上でなければ成立しないということだ。言いかえれば、人間存在の要諦は、〈世界〉を機制として生起させる原因であることにあるわけで、「日輪」的な視点では決してそのことを描くことはできないということだ。実質的には「日輪」の〈世界〉認識を越えた生を与えられているはずの長羅が、他の人物と同様の水準で読まれざるを得ないのもそのためだ。長羅の生だけが機械論的〈世界〉認識に対して過剰であるにもかかわらず、長羅の生は語り手によって諸関係の連鎖のなかに回収されてしまっている。そして、このような形で語り手によってねじふせられた長羅の特権性は、たぶん横光利一の自己像に対応している。横光利一が機械論的〈世界〉認識を仮構し、新感覚派的文体を手にするためには、この〈私〉の特権性を相対化し、存在者的な水準にねじふせなくてはならなかった。つまり、長羅の悲劇は象徴的に横光利一の「新感覚」の〈由来〉を示している。したがって「日輪」に主人公があるとすれば、それは卑弥呼ではなく、横光利一の自己像がもっとも濃密に投影されている長羅だと言わなくてはならないだろう。

人間存在を〝もの〟的に扱う視線は、ひとつには次のような処世術から生じていた。

妻の媚弄なふるまいに悩まされていた「悲しみの代価」の木山は、自分に好意を寄せている本屋の主婦に出会うことで嫉妬心を緩和しようとしていた。木山にとっての不安は、妻辰子の愛がどの男にふり向けられても不思議のないものであるのに偶然自分に寄せられていると思いこんでしまったことから生じている。先に対関係の任意性の不安として説明しておいた問題だ。そして木山は対関係の任意性の不安から逃れるため、辰子という配偶者の任意性を可視的なものとして常に意識しておくという方法をとった。つまり「俺は辰子以外の女たちと愛し合うことも可能なのだ」という風に。そしてそのための具体的な対象として、本屋の主婦や幼なじみのかん子や街を行く少女たちが想定されていた。しかしこの処世術は背理である。なぜなら嫉妬の苦しみのやるせなさは、木山が他でもない辰子を愛してしまっていることの動かし難さから生じているからだ。つまり、木山にとって辰子が交換不可能に見えているからこそ嫉妬は生じるのである。いくら本屋の主婦やかん子との結びつきの可能性を想起しようが、すでに辰子に対する欲望がのっぴきならないものとして自分に訪れてしまっている以上、木山はつねにそこに戻って来ざるを得ないのはそのためだ。木山にとって問題は、人間の〈欲望〉が常に動かし難いものとして、その由来を説明し尽せない絶対的な様相を帯びて訪れるという点にあったはずだ。たとえば木山がなぜ辰子を愛したのかを説明してもそれは無意味である。なぜなら「やさしい」とか「美しい」とかの、ことばで言い当て得る理由で愛したのなら、交換可能であることになってしまうからだ。外在的な説明を越えたところで恋愛が生じてしまうからこそ、嫉妬は地獄の苦しみなのである。

柄谷行人は、このような〈欲望〉のぬきさしならないありようを、失恋を例に次のように説明している。*14

> ある男（女）が失恋したとき、ひとは「男（女《ママ》）は他にいくらでもいるじゃないか」と慰める。こういう慰め方は不当である。なぜなら、失恋したものはこの女（男）に失恋したのであって、それは代替不可能だからである。この男（女）は、けっして男（女）という一般概念（述語）に属さない。こういう慰め方をする者は「恋愛」を知らないはずである。しかし、知っていたとしても、なおこのように慰めるほかないのかもしれない。失恋の傷から癒えることは、結局この男（女）を、類（一般性）のなかの個としてみなすことであるから。また、多くの場合、この女（男）への固執は、一般的なものの代理（想起）でしかないから。（傍点原文のまま）

木山は辰子に代替不可能なかたちで惹かれてしまっていて、それは〈欲望〉の原事実として認めざるを得ない。だから、辰子が代替可能であるかのようにふるまって嫉妬を解消しようとするのは背理である。しかし背理であるにもかかわらず、嫉妬の苦しみを緩和するためには、〈欲望〉を一般性として、つまり説明可能なものとして扱うほかない。

たとえば「もっと美しい女（男）はいるさ」とか「もっとやさしい女（男）はいるさ」という風に納得する場合を考えてみる。こういう言い草は〈欲望〉が「美しい」とか「やさしい」といった説明可能な理由で生じていることを暗に前提にしている。ある〈欲望〉は、その他にも心理的、社会的、あるいは生理的なさまざまな条件の連関の中で捉えることができる。しかし「だから〈欲望〉が生じた」とは決して言うことができない。もしそれが可能だとしても、それは「一般的なものの代理（想起）でしかない」のである。木山にとって問題にしなければならないのは、そのような意味での《欲望》ではない。だから、木山の嫉妬は決して解消されず、抑圧されるか飼いならされるだけなのである。

こうして「この男（女）を類（一般性）のなかの個としてみなす」地平が仮構されたとき、すなわち自ら対関係の任意性のなかにあることを意識的に想起したとき、人間存在を存在者的に眺める視線が獲得される。同時にこの〈私〉の交換不可能性は隠蔽され、〈欲望〉の動かし難さを見つめる視線は放棄されるのである。言いかえれば、この〈私〉と他者との根源的な非対称性が黙殺されなければ、人間をもの的に扱う横光利一の〈文体〉は成立し得なかったはずなのだ。

この節では以上のような観点から、前節までに取り上げた世界認識では説明のつかない〈欲望〉をかかえた人物として、長羅を特に取り上げて考察してみたい。

「日輪」のすべての悲劇の源は、不弥の国に迷いこんだ長羅が、卑弥呼と出会ってしまったことにある。この出来事は小説全体にとって、まさに「宿命」的という他ないものだろう。長羅の到着の理由を語り手は一切明らかにしていない。長羅がどこをどう通って不弥に着いたのか、なぜひとりで迷ってしまったのか、奴国を出たのはいつのことか等、読者には全くわからない。ただ、「序章」に登場した長羅は、まず「極度の疲労と饑餓」によって印象づけられている。乙女達の一団が唄いながら語り手の視界を横切っていったあと、何ひとつ動くもののない風景のなかに、萱の穂波を二つに割ってひとりの若者が現れる。その姿は次のように描写されている。

彼の大きく窪んだ眼窩や、その突起した顴や、その影のやうに暗鬱な顔の色には、道に迷うた者の極度の疲労と饑餓の苦痛が現れてゐた。彼は這ひながら岩の上に降りて来ると、弓杖ついて崩れた角髪《みづら》をかき上げながら、渦巻く蔓の刺青を描いた唇を泉につけた。

彼が何故にこれ程までの疲労と飢えに苦しまなくてはならなかったのかはわからないが、とにかく尋常な様子ではない。時刻はもう夕刻であるから、長羅の考えは、何か食物を手に入れて一晩ゆっくりと眠ることのできる安全な場所を探し出すということに集中していたはずだ。こんな状況のもとで彼は卑弥呼に出会う。このあたりの経過についてはすでに第3節でも触れてあるが、今度は同じ出会いを長羅の側から見てみよう。

卑弥呼は、そのときちょうど「宮殿からぬけ出」して、卑狗の大兄との逢瀬を楽しんでいた。大兄に「爾は誰か。」と尋ねられた長羅は、「我は旅の者、我に糧を与へよ。我は爾に剣と勾玉とを与へるであらう。」と申し出る。卑弥呼と大兄に少しやり取りがあった後、結局卑弥呼が長羅を贅殿へ連れて行って食物を与えることになる。

「来れ。」と卑弥呼は若者に再び云つた。

若者は、月の光りに咲き出た夜の花のやうな卑弥呼の姿を、茫然として眺めてゐた。彼女は大兄に微笑を与へると、先に立つて宮殿の身屋《むや》の方へ歩いていつた。若者は漸く麻鞋を動かした。さうして、

彼女の影を踏みながらその後から従つた。（傍点・野中）

長羅が卑弥呼の姿をはっきり見たのはこの場面が最初である。長羅はすでに卑弥呼の美しさに打たれてしまっている。その衝撃は、疲労や飢えといった生理的な条件を凌駕して、あきらかに過剰なものとして長羅を訪れている。次の場面を見ていただきたい。長羅を伴って贅殿に着いた卑弥呼は、食物と寝所を与えるように膳夫に命じる。そして長羅に言う。


「我は爾を残して行くであらう。爾は爾の欲する物を彼に命じよ。」

卑弥呼は臂に飾つた釧《くしろ》の碧玉を松明に輝かせながら、再び戸の外へ出て行つた。若者は真菰の下に突き立つたまゝ、その落ち窪んだ眼を光らせて卑弥呼の去つた戸の外を見つめてゐた。

「旅の者よ。」と、膳夫の声が横でした。

若者は膳夫の顔へ眼を向けた。さうして、彼の指差してゐる下を見た。そこには、海水を湛へた盌《もひ》の中に海螺《つび》と山蛤《やまがへる》が浸してあつた。

「かの女《をんな》は何者か。」

「此の宮の姫、卑弥呼と云ふ。」

膳夫は彼の傍から隣室の方へ下がつていつた。軈て、数種の行器《ほかゐ》が若者の前に運ばれた。その中には、野老《ところ》と蘿蔔《すずしろ》と朱実《あけみ》と栗とがはいつてゐた。楤《たら》の木の心から製した醸《もそろ》の酒は、その傍の酒瓮《みわ》の中で、薫はしい香気を立てゝまだ波々と揺いでゐた。若者は片手で粟を摘むと、「卑弥呼。」と一言呟いた。

長羅の〈欲望〉がすでに過剰なものとして立ち現れていることは明らかだろう。極度の疲労と飢えに苦しめられていたはずの長羅が、「海螺と山蛤」にほとんど関心を示さない。「かの女は何者か。」と疲労や飢えに全く関係のない質問をする。膳夫が隣室へさがって、「聽て」数種の新たな食物と酒を運んでくるまでの間に、長羅が「海螺と山蛤」に口をつけたのかどうかさえ疑わしい。しかし、「這ひながら」岩の上に降りて泉の水を飲まねばならぬほどの状態にあったものが、これほど食物に無関心でいられることがあり得るのだろうか。長羅はようやく「片手で粟を摘む」のだが、そのとき発したのは「卑弥呼。」の一言だったのである。このようにして長羅に訪れた〈欲望〉は、心理的にも生理的にも社会的にも、要するに機械論的には説明できない。少なくとも小説世界においてその根拠は与えられていない。長羅にとっての卑弥呼は、まさに絶対的な欲望の対象としか言いようがない。「日輪」の〈世界〉は、基本的には鳥瞰的な視点によって統御された機械論的因果系列によって配置されている。語り手は何人かの人物を追いながら、そのどれかに決定的に加担することはない。つまり作中人物の生は内側から生きられることはない。人物たちはそれぞれに等価な、相対的な存在として扱われている。したがって、人間の意志とか精神といったものの特権化は可能な限り避けられている。人物たちは無惨に死んでいくが、それを見つめる語り手の視線はあくまで冷然としている。このような〈世界〉の布置のなかでは、長羅のような人物は過剰である。

卑弥呼に対してぬきさしならない形で〈欲望〉を生じさせてしまった長羅は、一度不弥を追われた後ふたたび戻って卑弥呼を掠奪する。しかし卑弥呼は訶和郎と共に奴国を逃れ、耶馬台にたどり着いて、反耶と反絵をめぐる一連の事件に遭遇する。せっかく奪い取った卑弥呼を訶和郎に連れ去られてしまった長羅は、食事もろくろく取らず、その落胆ぶりは並大抵ではない。卑弥呼のために父を殺し、兵部の宿禰を殺してしまった今、長羅の力になれる唯一の存在である叔父の祭司の宿禰とさえことばを交わそうとしない。心配した祭司の宿禰は何とか長羅の「病い」を直そうと苦心する。

さうして、彼の長躯は、不弥を追はれて帰つたときの彼のごとく、再び矛木《ほこぎ》のやうにだん〳〵と痩せていつた。彼の病原を洞察した宿禰は、蚯蚓と、鶏腸草《かたばみさう》と、童女の経水とを混ぜ合せた液汁を長羅に飲ませるために苦心した。しかし長羅はそれさへも飲まうとはしなかつた。そこで、宿禰は奴国の宮の乙女達の中から、優れた美しい乙女を選抜して、長羅の部屋へ導き入れることを計画した。

宿禰のしようとしたことは、これまで論じてきた文脈の中で明快に捉えておくことができる。すなわち、長羅の〈欲望〉を何らかの因果系列の中に位置づけて解決しようとしているのである。宿禰が飲ませようとした液汁がどういう意味を持つものかは明らかでないが、呪術的な効力をもつものとして用いられていることは確かだろう。宿禰は長羅の〈欲望〉を「憑きもの」のような呪術的な因果系列のなかで捉えようとしている。語り手は図らずもそれを近代医学的な比喩を用いて「病原」と説明しているが、これも〈欲望〉を因果系列に還元しようとする点では同じことである。しかしもちろん、長羅の〈欲望〉は「原因」

があって生じたわけではない。かりに「病原＝卑弥呼」という形で説明してみても、事態を正確に捉えたことにはならない。何らかの原因を仮設しても、それではなぜその原因が欲望を生じさせるのか、という問いが常につきまとっているからだ。こういう説明は、「卑弥呼は、美しいから美しい」といったトートロジーに陥らざるを得ないだろう。〈美〉が〈欲望〉を引き起こすのではなく、〈欲望〉こそ〈美〉の光源なのである。

宿禰が次に「美しい乙女」を長羅の部屋に導き入れようとしたのも、長羅の〈欲望〉の対象を交換可能なものと見なしているからで、これも現状にそぐわない先入見と言わざるを得ない。宿禰の目に、卑弥呼が交換可能で相対的な価値しかもたない女に見えたとしても、長羅にとっては、絶対的で交換不可能な相貌をもって立ち現れていて、だからこそ彼は苦しんでいるのである。当然、第一の乙女も第二の乙女も長羅の心をまったく動かすことはできず、宿禰の計画は失敗に終わる。しかしそれでも祭司の宿禰はあきらめず、美しい乙女を求めて奴国の宮を隅々まで捜したあげく、亡き兵部の宿禰の娘、香取を指名する。香取は美しさから言えば第一に選ばれて不思議はなかったのだが、長羅が兵部の宿禰を殺したかたきであるために指名されずにいた。しかし前の二人の乙女の美しさが「長羅の引き締つた唇の一端さへも動かすことが出来なかつた」以上、もはや香取をおいて他に適任者はいないのである。香取にとってもこの指名は拒否すべきものではなかった。語り手はその理由を次のように説明する。

彼女にとつて、父を殺した長羅は、彼女の心の敵とはならなかつた。彼女の敵は、彼女がひとり胸底深く秘め隠してゐた愛する王子長羅を奪つた不弥の女の卑弥呼であつた。さうして、彼女の父を殺した者も、彼女にとつては、彼女の愛する王子長羅をして彼女の父を殺さしめた不弥の女の卑弥呼であつた。

この説明で興味深いのは、語り手が香取の心理を説明しながら、「日輪」に仕組まれた出来事の連鎖の基底に卑弥呼を措定する見方を示していることだ。長羅の〈欲望〉というブラック・ボックスを棚上げする限り、確かに全ての原因は卑弥呼にあることになる。そして卑弥呼というひとりの女性の存在そのものに原因を求めるような理解の仕方が、「日輪」の機械論的〈世界〉認識にとってはひとつの行き止まりだろう。

こうして香取は宮殿から送られた牛車に乗って登殿する。香取は祭司の宿禰が彼女に与えた責任の重大さを強く感じながら、意を決して長羅の部屋に入る。しかし長羅は、やつれた顔をこちらに向けて眠っていた。香取は「王子、王子。」と呼びかけるが、長羅は全く反応しない。香取はさらに長羅に近づいて呼びかける。

「王子よ、王子よ。」
するると、突然長羅の半身は起き上つた。彼は爛々と眼を輝かせて、暫く部屋の隅々を眺めてゐた。さうして、漸く跪拝いてゐる香取の上に眼を注ぐと、彼の熱情に輝いたその眼は、急に光りを失つて細まり、彼の身体は再び力なく毛皮の上に横たはつて眼を閉ぢた。香取の顔色は蒼然として変つて来た。彼女は身を床の上に俯伏せた。が、再び弾かれたやうに頭を上げると、その蒼ざめた頰に涙を流しながら、声を慄はせて長羅に云つた。

「王子よ、王子よ、我は爾を愛してゐた。王子よ、王子よ、我は爾を愛してゐた。」

このあと香取は不意にことばを切ると、端座して舌を咬み自殺する。しかし、横たわっている長羅は身動きひとつしない。長羅にとっては奴国でもっとも美しい乙女の死すら、まるで志向の対象ではあり得ないのだ。香取の自殺を伝え聞いた奴国の宮の人々は、その行為を賞讃し、その賞讃のことばのあまりの「荘厳」さのために第四、第五と続く乙女たちはみな自害して果てていく。そして第六番目の乙女が祭司の宿禰に選ばれて長羅の部屋につかわされた晩、乙女が自殺するかわりに、何者かによって宿禰が殺されて、「不吉な慣例」はピリオドを打つ。しかし、それらの忌わしい出来事が起こっているあいだも、「長羅の横はつた身体は殆ど空虚に等しくなつた王宮の中で、死人のやうに動かなかつた」のである。

この挿話から、さしあたり次のようなことを言っておくことができる。

香取の長羅への思慕が、父の兵部の宿禰の野心をなぞる形で生じてきたものではないかということについては、前節で指摘しておいた。それがここで死を賭したものにまで高まっているのはどうしてなのだろうか。香取の「愛してゐた」ということばと、自殺という過激な結末をみる限り、長羅の〈欲望〉に匹敵するものと考えるのが自然であると思える。しかし果たしてそうだろうか。「日輪」における長羅の〈欲望〉の特異性を捉えるためにも、これは重要な問題である。

語り手は香取の死の原因について明示的に言及していない。しかし純粋で絶対的な「愛」によるものとして語られていないことは確かだ。香取が長羅の部屋に入る場面は、次のように描かれていた。

香取は命ぜられるまゝに長羅の部屋の杉戸の方へ歩いていつた。彼女の足は戸の前まで来ると立ち悚んだ。

「行け。」

「行け。」と再び後ろで宿禰の声がした。

彼女は杉戸に手をかけた。しかし、もし彼女が不弥の女に負けたなら、さうして、彼女が、もし奴国の女を穢したときは？

「行け。」と宿禰の声がした。

彼女の胸は激しい呼吸のために波立つた。が、それと同時に彼女の唇は決意にひき締つて慄へて来た。彼女は手に力を籠め乍ら静に杉戸を開いてみた。

香取の行動を動機づけているものは、おそらく大部分が共同体的な因果系列の中に位置づけ得るものだろう。香取が牛車に乗って登殿し、一人の童男に伴われて長羅の部屋の前まで来る。そこには祭司の宿禰が待っていて、香取の華やかな装いを見て満足そうに微笑むと、長羅の部屋を指さして「行け。」と命じる。香取が躊躇しているとさらに「行け。」と繰り返す。表面的には、共同体の権力の中で行動を規定されている様子が十分にうかがえる描き方になっている。卑弥呼を長羅を奪った「敵」と考え、父が殺された原因も卑弥呼にあるとしたことも、香取の行動が絶対的な〈欲望〉に基づくものではないという事情をよく説明する。その動機は、まず第三者を「敵」と見る嫉妬の構造から、また父が殺されたことに対する復讐の念から、あるいは「不弥の女に負け」「奴国の女を穢し」てはならないという共同体的な倫理から説明できる。香取の死の場面で、語り手がわざわざ「兵部の宿弥の娘は死んだ」という言い方をしているのも、そう考えれば合点がいく。香取の長羅への愛は、何ものにも根拠づけられないような「長羅」的なものでは決してなく、諸々の要因が作用して高められていったものと考えられる。自殺の動機も「愛」よりはむしろ「与へられた重大な責任」を「深く重く感じてゐた」という奴国の女としての、また兵部の宿禰の娘としての使命感のようなものや、奴国でもっとも美しい乙女としての虚栄心といった側面で捉えておくべきではないだろうか。とにかくはっきり言えることは、語り手が香取の「愛」のなりたちにさまざまな根拠づけを許しているということだ。そしてこれは長羅の過剰な〈欲望〉のありようとは明らかに異なるのである。

　長羅は自分の目前で展開されるさまざまな悲喜劇に対して終始無関心であるし、何らかの働きかけを受け取っているわけでもない。この状態は、「不弥の女を我は見た。」という若者の知らせを聞くまで変わらない。繰り返すが、長羅にとって卑弥呼への〈欲望〉は、何ものにも根拠づけられず、したがって他の乙女たちによっては取り換えのきかない絶対的なものである。

この「長羅」的なものは、「日輪」の〈世界〉認識の枠組に対して過剰なものであり、異和としてあると言える。その意味で「日輪」において最も重要な人物であり、「序章」でまっ先に登場しているのも意味のないことではない。彼は、過剰なものをかかえたまま、「日輪」の〈世界〉の因果系列の中で、最終的には滅びていく。言いかえれば、「長羅」的なものは〈宿命〉に敗北していくのである。したがって、「日輪」の構成は、「長羅」的なものを機械論的〈世界〉認識に解消することにあったと言ってよい。「日輪」の視点はそのためには必然のものだった。横光利一は卑弥呼の口を借りて「ああ、長羅よ長羅よ、我を赦せ。」と叫びつつ、この〈私〉の〈欲望〉の絶対性を黙殺した〈世界〉認識を定立した。これが「日輪」という、横光利一の出発期最後の小説の実質である。

[注]

1 由良君美「『蠅』のカメラ・アイ」、一九七七年十二月桜楓社刊『横光利一の文学と生涯』(由良哲次編)所収。
2 小林秀雄「横光利一」(一九三〇年十一月『文芸春秋』)。
3 『言語にとって美とはなにかⅠ』吉本隆明、一九八二年二月角川書店刊の文庫版による。
4 中村武羅夫「文学者と社会意識・本格小説と心境小説と」(一九二四年二月『新小説』)。
5 「横光利一論Ⅰ」(一九五五年十月『成城文芸』)、「横光利一論Ⅱ」(一九六一年四月『成城文芸』)、「横光利一論Ⅲ」(一九六二年五月『成城文芸』)など。
6 前田愛「SHANGHAI 1925—都市小説としての『上海』—」(一九八一年八月『文学』)、小森陽一「文字・身体・象徴交換—横光利一『上海』の方法・序説」(一九八四年一月『昭和文学研究』第8集)など。『上海』という作品自体が論者にトータルな思考の構えを強く要請している。

7　「横光利一」、一九七九年十二月筑摩書房刊『悲劇の解読』所収。初出、一九七九年四月『海』（原題・横光利一論）。

8　「横光利一」、一九六四年四月南北社刊『文学の転換』所収。初出、一九六三年十一月〜一九六四年一月『文学界』。

9　一九五五年五月発行の『文芸』臨時増刊『横光利一読本』に「未発表」作として掲載された。発表にあたっては、同誌に川端康成が「『悲しみの代価』その他」を寄せて、発表の経緯を説明している。

10　その他に、空を見て書物に書かれてあった「十三萬の宇宙」という記述を想起しながら人間の矮小さを感じることも療法のひとつとして挙げられている。これも、対関係の絶対性とは〈私〉の絶対性に他ならないと考えれば、任意性の露呈という文脈で理解できる。

11　片岡良一は「解説」（一九五六年一月、岩波文庫版『日輪』）の中でこう書いている。
「直接この作の主題を問うたとき、作者は、『人間より大きな蠅のあることを書きたかったんじゃ』と答えていた。のみならず、こういう人間たちのみじめな運命の背後に性慾があるのだとも語っていた。この作の御者が出来たてのまんじゅうを欲しがるのは彼の性慾なのであり、それがすべての禍根なのだというのである。」

12　横光利一はそこでこう書いている。
「此の私達人類がいかに反逆し合はうとも結局男女に別れて子孫を産んで行かねばならないと云ふ現象が不愉快なのだ。私はアミーバが自己の決定素を分裂させ、自分一個で次の世代を創造する此の機能を尊敬する。だが、人類は今頃かやうな不服を云ひ出したとしても仕方がない。われわれは遺憾にもわれわれの生命がかく男女二体を以て人間を形造つてゐる以上、ただ一体を以て人間と見ることは出来ないのだ。譬へばここに、人間と云ふ名称がある。われわれは、人間と呼ばれたときに、即座にわれわれの頭に浮ぶものは何か。それは男であるか女であるか。不幸にして、われわれは男性と女性とを一つにした人間なるものの形を描かされるわけにはいかないのだ。これが人類の素質であつて、しかく不幸ならざるべからざるがごとき状態態にわれわれを進化せしめた何物かが一体何が故にかくもわれわれを苦しめねばならないのかと云ふ実証も示したことがないのである。もしわれわれをかやうに馬鹿にした或る何物かが神だとすれば、神はわれわれ人間を地上に創造したとき、確に彼は出鱈目な博奕を打つてゐたのにちがひないのだ。もしもわれわれ人類が此の無暴な神の博奕の失敗として現れたものであるなら、人類が神への反逆として発明し出した科学を以て、人類自身、人類を創造し直す時代が来るにちがひない。もしもその時代の準備として、かく男性が女性から対立的に自覚し始め、女性が男性から対立しての自覚的活動期に入り始めたのだとしたならば、全人類生活の開始以来、最も不幸な時代の人間は現在の男女に相違ないと云はなければならなくなる。此の故に、現代の女性は、人類の女性として、最も叡智を高めて男女両性の抱合完全の境地を展開し出さなければならない時代に立つてゐると私は思ふ。」

13 竹田青嗣『意味とエロス―欲望論の現象学』、一九八六年六月作品社刊。本書からは最も多くの示唆を得た。「長羅」的なものを〈欲望〉ということばで言い表そうとしたのも、本書からの借用である。竹田によれば〈欲望〉とは、「フッサールが『志向性』ということばによって、ハイデガーが『気遣い』ということばで示そうとした実存的な〈意識〉存在のありよう」ということになる。あるいは、「本質的に偶然的な〈意識〉の原事実」ともされる。

14 柄谷行人「個別性と単独性」（一九八六年十一月）季刊『哲学』プレ創刊号、哲学書房刊。

Ⅱ　「時間」論

1　〈意識〉の剥落と植物的な〈生〉

「時間」(一九三一年四月『中央公論』)は、座長に逃亡され、宿にとり残された旅芸人一座が、疲労と空腹に耐えながら、雨の山中を夜逃げする話である。座長が逃亡した後、一座のなかで郷里からの為替を手に入れたものだけが「自分の一番好む女優」と一緒にこっそり去っていく。「座長」という中心を失った乱雑な集団に「為替」が引き込まれ、いくつかの男女の対を析出しながら、集団が次第に減少するという趣向である。残された「どこからも金の来るあてがない」十二人の男女は、食事もろくに取れないまま、「今度は誰が逃げ出すだらうか」とお互いに牽制しあいながら時を過ごす。しかし、宿屋からの食事が得られなくなった彼らは、だんだん「顔色までが変つて来て」誰が今度は逃げ出すだろうかなどと「のんきなこと」を考えてはいられなくなる。そして結局、逃げるならみんなで一緒に逃げようということに決めて、宿屋の警戒がゆるむ雨の夜を待つことにする。彼らが夜逃げの決行日を待って宿屋で時を過ごす様子は、次のように語られている。

誰か銭湯へいくときに着物を一枚質に入れてはあんぱんを買つて来て分けて食べたり、また一枚売りつけては銭湯へいく金を造つたりしてゐるのだが、そのうちにうつかりして皆の汽車に乗る金まで使つてしまつては何にもならぬのだからもう煙草一本さへのめないばかりではない。パンだつて一日に一度で後は水ばかりでごろごろ終日転つてゐるより仕様がないのだ。

「時間」は、他の多くの横光利一の小説と同様に、〈水〉が重要な役割を果たしているが、その最初の兆候が引用した部分に現われている。なぜかと言うと、食べるに事欠き「水」ばかり飲んで「雨」の夜を待っている男女が、外出を許されるのがその時だけだという理由で、「銭湯」にだけは無理に金を作ってでも出かけているという事実が、作中人物と〈水〉との親和的な関係を暗示していると考えられるからである。そしてこの事実はおそらく、彼らの名前に寓意されている植物のイメージと無縁ではない。彼らの名前は、氏名不詳の「私」を除くと、「高木」「木下」「佐佐」「八木」「松木」「栗木」「矢島」「波子」「品子」「菊江」「雪子」といったものだ。「木」の字のついているものが多いのが目につくが、「佐佐」は「笹」に通じ、「菊江」も明らかに植物名をもじった命名である。それ以外の名前も、やや強引にこじつけると植物の名前が隠されていると考えられなくもない。強弁するつもりはないが、「品子」は「科＝科木」（しな＝しなのき）に通じ、「雪子」は「斎木」（ゆき）に通じるのではないか。また、「機械」（一九三〇年九月『改造』）の「屋敷」と同じ音を持つ「矢島」（「やじま」ではなく「やしま」と読めばの話だが）は、「椰子《やし》」に通じると言えないこともない。唯一わたしの屁理屈でこじつけることができないのは「波子」だが、これは彼女の存在の特別な意味から考えて不自然なことではないだろう。[*1] それではなぜ植物なのか。さしあたり言えるのは、空腹のまま雨の山中を夜逃げすることになる彼らが、衰弱が激しくなるにしたがって、次第に人間としての複雑な意識の働きを喪失して、原初的な〈生〉に還元されていくことと関連させて考えることができるということである。内膜炎でまともに立つこともできない「波子」を順番に背負いながら、雨の山中を歩く彼らは、語り手の「私」によって、「芋虫みたい」「がつがつした動物のよう」「餓鬼そのままの姿」などと形容されている。そして、疲労のため神経が高ぶっている彼らのふとした口論から、男女間の入り組んだ複雑な関係が露呈し、殴り合いのけんかにまで発展したことを語った後、「私」は次のように述べている。

どうも考へると面白いもので女達の不倫の結果がそんなにも激しい男達の争ひをひき起したにも拘らず、しかしまたそれらの関係があんまり複雑ないろいろの形態をとつて皆の判断を困らせるほどになると、却つてそれが静かに均衡を保つて来て自然に平和な単調さを形成していくといふことは、なかなか私にとつて興味ある恐るべきことであつた。だが、間もなくするとこの静かな私達一団の平和もそれは一層激しくみなのものに襲ひかかつて来た空腹のために、個性を抜き去られてしまつた畜類の平静さに変つて来た。

この場面ではまだ「畜類」であり、名前の持つ植物のイメージとぴったり合致しているわけではない。

しかし、少なくとも彼らの〈生〉が次第に下等動物のそれに比するべきものに退行してきていることは確かだろう。そして注意しておかなくてはならないのは、この場面で獲得された集団の均衡が、複雑さゆえに判断がつかなくなって生じた「平和な単調さ」と、そのあと激しさを増してきた空腹による「畜類の平静さ」との、二つの段階に分けて考えられていることである。引用文をもう一度注意して読んでいただきたい。複雑な関係の判断が回避されなくてはならなかったのは、人物の意識の働きによるもの、あるいはその能力の限界によるものと考えられる。しかし、そのような判断の回避の基層に、「空腹」という身体的な条件が深く関わっていることを見落としてはならない。石井力は、このような作中人物たちの変化の中に、「人間としての精神性の遺棄」や「精神活動によるよりも、反射運動的に外界に反応していく姿」を読み取っている。*2 こうした指摘を待つまでもなく、生理的身体に属しつつ、その生理的身体を認識し得る特権的な位置を占める〈意識〉、動物的な〈生〉に対する異和としての〈意識〉、その複雑な働きの喪失が、人間的な〈生〉の喪失に繋がることは見やすい道理である。そして、〈意識〉を削ぎ落として、人間特有の〈生〉のありようを極限まで減衰させたところに見えてくるのが植物的な〈生〉であると考えることも、それほど突飛な発想とは言えまい。

2　水車小屋という空間

このあと、病人を背負い、海に沿った断崖の上の山道を歩き続けた一行は、朽ちかけた廃屋同様の水車小屋にたどり着き、とにかく雨を逃れて休むことにする。水車小屋とは言っても、樋はぼろぼろに朽ちていて、水車の羽根には茸が生えている有様で、のどの渇きをいやす水もない。また、マッチがないので、濡れた着物を乾かすことも、冷たくなった身体を暖めることもできない。十二人の男女は二畳敷ほどの土間にそれぞれ羽織を脱ぎ、中央に病人の「波子」を寝かせて、周りを「蕗《ふき》の薹《とう》のやうに」取り囲んで座り、互いの身体を暖めあう。語り手の「私」が、この場面にいたって初めて、「蕗《ふき》の薹《とう》」という植物名を使った直喩を用いて仲間の状態を表現していることは注意しておいてよい。これは、一同の者の意識の退行が、この水車小屋という空間において、死の一歩手前まで進行することと無関係ではないだろう。極限にまで達した寒さと飢えの中で、まず「波子」がふるえる力もなくなって、全く動かなくなってしまう。

ついでに言っておくと、「波子」が横たわっている場所は土間なのだが、語り手は「土間」ということばを使わず、「庭」ということばを用いている。確かに、「庭」ということばには「土間」という意味があるのだが、同時に「波の静かな海面」という意味が含まれていることも見落としてはならない。「波子」にとって「庭」は、〈死〉を含意する空間なのである。また、この水車小屋の天井にはおそらく長年の風雨によってできたと思われる穴が開いているのだが、これは、文化人類学的に言うと、「他の世界への移行を可能にするような開口部」と考えることができるらしい。ミルチャ・エリアーデは次のように指摘している。*3

すなわち人間は、神々との交流が可能な〈中心〉に身を置くことを望む。彼の住居は小宇宙であり、彼の身体も同様に小宇宙である。家─身体─宇宙の同一視はすでに早く現われる。（中略）その際重要な一事がある。それは、宇宙、家、人体というこれら等価値な諸形象のおのおのが上部に〈孔〉をもつ、つまり他の世界への移行を可能にするような開口部をもちうることである。インドの塔の上方の開口部は一名ブラフマ・ランドラともいうが、この語はヨーガ的タントラ的技術において主要な役割をもつ顱頂の〈開口部〉を表わす。人間が死ぬとただちにこの開口部を通って魂が抜け出す。魂の脱出を容易にするために死んだヨーガ行者の頭蓋を砕く習慣はこれによる。

このインドの慣習に相応するものとして、ヨーロッパおよびアジヤにきわめて広く行なわれている観念がある。それは、死者の魂は煙突（＝煙出し孔）あるいは屋根、正確に言えば特に〈聖隅〉上部の屋根を通って上昇するという考えである。臨終が長びく場合には、人は一ないし数本の屋根の梁を取り払い、あるいはそれを取り壊すことさえする。この習慣の意味は明瞭である。すなわち魂は、肉体―宇宙の別の相である家がその上部で破れている方が、その肉体から一層容易に逃れられるのである。（傍点・原文のまま）

仰々しくエリアーデを持ち出すまでもなく、「内膜炎」でもともと衰弱している「波子」が、ろくな食事を取れないまま長時間雨に打たれれば、生命の危険にさらされるだろうことは容易に想像できる。そして、「波子」だけではなく、その周りを取り囲んでいる男女も、激しさを増すばかりの飢えと寒さと身体の痛みに、死を予感して泣き始める。その様子を、一人「臼」の上に腰掛けて眺めていた「私」は、「さて此のつぎに来るものはいったい何なのか」と考えるのだが、間もなく一同に「意識を奪ってくれる眠け」

がやつてくる。

私は声を大きくして皆の頭を揺すぶつて叩き起し、今眠れば死ぬにちがひないことを説明し眠る者があつたら直ぐ、その場で殴るやうに云ひ渡した。ところが意識を奪ふ不思議なものとの闘ひには武器としてもやがて奪はれるその意識をもつて闘ふより方法がないのだから、これほど難事《むずか》しいことはない、と云つてるうちにもう私さへ眠くなつてうつらうつらとしながらいつたい眠りといふ奴は何物であらうと考へたり、これはもう間もなく俺も眠りさうだと思つたり、さうかと思ふとはツと何ものとも知れず私の意識を奪はうとするその奴の胸もとを突きのけて起き上らせてくれたりするところの、もう一層不可思議なものと対面したり、そんなにも頻繁な生と死との間の往復の中で私は曾て感じた事もない物柔かな時間を感じながら、なほひとしきりそのもう一つ先きまで進んでいつて意識の消える瞬間の時間をこつそり見たいものだと思つたりしてゐると、また思はずはツと眼を醒して自分の周囲を見廻した。

この場面には、「私」という語り手の特異な位相がよく現われていると思う。移動を停止し、「蕗の薹のやうに」あるいは「蕾のやうに」かたまって身体を暖めあう男女が、次第に意識を喪失していく過程を、ひとり「臼」の上から眺めている主人公。一見、他の十一人と運命を異にしているかのようではあるが、その実ひとしく意識を奪われつつある。ただ、その意識の喪失をさらに認識しようと欲望する点において、他の人物との明らかな相違が見て取れる。また、語っているという事実によって、あらかじめ〈死〉という運命を乗り越えていることが明らかな点においても、他の作中人物と一線を画していると言えるだろう。小説全体は、波多野完治が指摘しているように、[*4]現在終止が多用され、あたかも「私」が体験しつつ語っているかのような印象を与えている。たとえば、「皆のものへたばりさうにしているのはもういま現在のことなんだから、そんな考えを起したつて無論何にもなりはしないのだ。」などという言い方に、この小説の語り口の特徴は端的に現われているだろう。しかし、飢えと寒さで死の危機に直面している人物が、自己の置かれた状況を冷静に物語ることなどあり得ようはずがない。したがって、語り手の「私」が、雨の山中での危機を脱したところから語りかけていることは明らかである。それにもかかわらず、語り手の「私」は、作中人物の「私」を、他の十一人と同じ危機を共有した存在として造型している。「私」は「意識の消える瞬間の時間」のすぐ近くまで行くのだし、他の十一人を襲っている睡魔が、彼らの内で引き起こしている意識と身体との激しい相克も、「私」の内面を通してのみ読者に知らされるのである。そして、認識し、語る側にまわりつつも他の作中人物と運命を共有する語り手のこの特異な位相は、他の男女の輪から少し離れて「臼」の上に座っているという「私」の位置に象徴的に示されていると言えるかも知れない。なぜなら、「臼」は、他の作中人物を上から見おろす認識の座であり、同時に「私」が死（臼→うす→失す→死ぬ）の危険に曝されていることを象徴するものであると考えることができるからである。

そもそも水車小屋という空間は、非常に喚起力に富む多義的な〈場〉である。たとえば田口律男によると、「この〈廃屋同様の水車小屋〉は、生命の生まれ出ずるところ、生の根源のシンボル」[*5]という事になるのだが、事はおそらくそう単純な問題ではない。確かに、〈水〉は生命の根源であり、水車の運動性は生命活動を想起させる。また、水車小屋の中にある臼と杵は、陰陽相合うことを象徴し、生殖活動に通じる。しかし、土間を「庭」と呼んでいることにしても、天井の壁の穴のことにしても、そうした水車小屋の持つポジティブなイメージとは相反するものだし、〈水〉にしたって〈生〉のみに結びつくのではなく〈死と再生〉のシンボルでもあることは常識だろう。だいいち、この水車小屋は「廃屋同様」の状態であり、それだけを取ってみても一義的に「生の根源のシンボル」と断定することに無理があるのは明らかだ。たぶん「時間」において「生の根源のシンボル」があるとすれば、「水車小屋」ではなく、結末の場面で重要な役割を果たす「清水」であると考えるべきだろう。それに対応するのは、一同が歩いてきた四尺ほどの山道のすぐ脇にある「数百尺の断崖」の下に黒く広がる「海」ということになる。ただし、この「清水」も、単純に〈生〉にのみ還元できないものを孕んでいる。

3　水と時間――死と再生のシンボル

睡魔に襲われ、死の危険に曝された十二人の男女は、眠りそうになったものを殴りつけることによってお互いの生命を守ろうとする。そうしてお互いに殴り合っているうちに、「蕾のやうに丸くなつて塊つてゐた」男女は、徐々に形が崩れて、「終ひには足の間へ頭がいつたり胴と胴とが食ひ違つたり、べたべたしたまま雑然として来始め」る。そして、「臼」の上にいた「私」も、他の者のからだの中で「のたうち廻つて沈んでしまふ」という状態になる。

さうして幾度となく私達は眠つたり醒ましたりし合つてゐるうちに、私達の小屋の外でもそれに従つて変化が着着と行はれてゐたと見えて、いつの間にか雨もやみ、天井の崩れ落ちた壁の穴から月の光りがさし込んで蜘蛛の巣まではつきり浮き上つてゐるのを発見した。私達は眠け醒しに戸外へ出ようとするとなかなか足が動かない。そこで腹這ひになつて戸外へ出ると、月の光りに打たれながら更めて山や海を眺めてみた。すると、私の傍にゐた佐佐が物も云はずに私の袖をひつぱつて狼狽《うろた》へたやうに崖の中腹を指さしたので、何心なく見るとそこには細細とはしてゐるが岩から流れ出てゐる水が月の光りに輝きながらかすかな音さへ立ててゐる。水だ水だと云はうとしたが声が出ない。佐佐は直ぐ崖の方へ膝をもみながら近よつて降りていつたが暫くすると水を沢山飲んだのであらう、急に元気になつて大声で下から水だ水だと叫び出した。私も小さな声で同時に水だ水だと叫んだ。

それでもう一同は助かつたと同様であつた。小屋の中の者は足が動かないのにかかはらず我れ勝ちにと腹這ひになつて崖の方へ降りて来ると、蜘蛛の巣をいつぱいつけた蒼然とした顔を月の中に晒しながら変る変る岩の間へ鼻を押しつけた。

こうして「私」は助かるわけで、この場面での「清水」が〈生〉を象徴するものになっていることは確かだ。しかし問題はこの後である。「清水」を飲んだ「私」は、体中に生気が漲ってくるのを感じると、ふと水車小屋に置き去りにされている「波子」のことを思い出す。そして、他の者に「どうかしていつぱいでも病人に水を飲ましてやる工夫はないか」と相談し、結局みんなの帽子を集めて重ねて水を汲み、「清水」から水車小屋までをバケツ・リレーの要領で運ぶことにする。

水だ水だ早く飲まぬとなくなるからと云つてはまた膝の上へ病人を伏せて次の帽子を待つてゐる。すると、また帽子が廻つて来る、また滴を落すといふ風に幾回も繰り返してゐるうちに、私には遠く清水の傍からつぎつぎに掛け声かけながらせつせと急な崖を攀ぢ登つて来る疲れた羅漢達の月に照らされた姿が浮んで来ると、まるで月光の滴りでも落してやるかのやうに病人の口の中へその水の滴を落してやつた。

〈月〉ということばの果たすシンボリックな役割について論じたい誘惑に駆られるが、今は〈水〉である。この場面について、田口律男は、「機械」の結末部分と比較して次のように指摘している。[*6]

凶器のイメージと化した〈機械〉の〈鋭い先尖〉に怯え、状況に対峙する〈私〉の主体的営為を放棄せざるを得なかった前者の悲劇に対し、後者には、生命の象徴とも言える〈清水〉を〈病人〉のもとへリレーする人間集団の堅固な秩序と、そこに生動する内在的〈時間〉（リズム）とがある。前者が、悲鳴に似た危機のイメージなら、後者には、深い安堵と静謐のイメージが漂う。また、「機械」の作品世界が、よく言われるように主体の解体をイメージさせるなら、「時間」のそれは、まさしく主体の回復をイメージさせる何かがあると言ってよい。(「前者」は「機械」の結末部分、「後者」は「時間」の結末部分を指す――野中注)

「清水」をリレーすることが集団の秩序の回復であること、またその中に「内在的〈時間〉(リズム)」を読み取ることに異論はない。しかし、「主体の回復」という問題については留保を加えておきたい。だいいち「主体」とはいったい誰の主体をさすのだろうか。「私」であるというなら、水を運搬する共同作業に従事する人間のどこに「主体の回復」を読み取るのだろうか。確かに「清水」は「生命の象徴」とも言えようが、この場面で「波子」の口に落される「滴」は、末期の水を連想させることも事実である。したがってこの水は、〈生〉と〈死〉との両義的なイメージを孕んでいると考えるべきではないだろうか。あるいは、現世での〈死〉による新たな〈生〉の獲得と言ってもよい。

ついでにやや思いつきめいたことを言っておくと、「時間」という小説の枠組みが仏教説話との類縁性を持っていることも見逃せないのではないだろうか。「大パリニッバーナ経」によると、ブッダは晩年「スーカラ・マッダヴァ」(一般に毒茸ではないかと考えられている)なる食べ物を口にしたためひどい食中毒になり、それがもとで没するのだが、このときの下痢はしばしば出血を伴うほどひどいものであったらしい。病を得た後もブッダはしばらく旅を続けるが、衰弱が激しく、弟子に外衣を四つ折りにして敷かせては臥して休んでいる。そして、下痢による脱水症状で強く水を欲し、愛弟子のアーナンダに汲んで来させては飲んだという。[*7] 末期の水の風習は、一説ではこの故事にちなんだものと考えられているようだ。このようなブッダの死にざまを「時間」と引き比べてみると、結末で「清水」を運ぶ者たちが「羅漢」にたとえられていることや、出血をともなう「波子」の病状などを考え合わせても、かなり似通っていると言わざるを得ない。さらに、小説の前半で、夜逃げをする十二人が「竹林」で待ち合わせてから出発しているのも、あるいは、ブッダの最後の旅が王舎城の「竹林精舎」から始まっていることを踏まえているのかもしれない。もし、そう考えられるとすれば、「波子」がブッダになぞらえられていることにはどういう意味があるのか。また、ここで「波子」がブッダのように死んだのだとすれば、その〈死〉から何を読み取るべきなのかという問題設定が可能になってくる。果たしてそこに「主体の回復」を読み取ることはできるのだろうか。

4　失われた〈時間〉の回復

「時間」と題されたこの小説の時間は、切れ目のない一様な流れを持った時間ではなく、語り手「私」のことばによって速度が変化する、意識によって再構成された時間である。これは、小説が言語によって成り立っている以上当然のことだ。ただ、この小説の場合、語られる時間は逆行することなく、常に前へ前へと流れていく。よく比較される「機械」の場合と似ているが、「機械」では冒頭近くの「私の家の主人」に関する語りから「主人」のもとで働くようになったきっかけの説明へと時間の逆行が行なわれており、「時間」の方がその点では徹底していると言える。

時間に関する表現は、「そのうちに」「暫くすると」「初めの間」のように、大部分が数量化されない「主観的」なもので、この小説で問題にされている〈時間〉が計測可能な量としての時間ではないことと符合している。もちろん「一週間」とか「二三日」などの二三の例外もあるが、これらの場合も、時間が量的に厳密に計測されているというよりは、語り手の時間意識に見合う数値が曖昧に選ばれていると言った方がいいだろう。念のため言っておけば、ここで「主観的」と表現しているのは、「私」が体験した時間が数値化されず交換可能なものになっていないというほどの意味である。同じ一時間でも、時と場合によって、また人によってさまざまな長さに感じられることは誰でも知っている。しかし、ある個人が体験した時間も言語で表現されることによって、その固有のありようが捨象されてしまう。時間を数値化することは、それを一層押し進めることに他ならない。語り手の「私」は、数値化され他者と交換されるような量としての時間をあまり意識していないということなのだろう。また同様に、「時刻」としての時間がほとんど用いられていないことも注意しておいていいだろう。例外として「三時過ぎ」という表現がひとつだけある。しかしこれは、雨の山中を歩き疲れて水車小屋に逃げ込んだ「私達」を襲った寒さを強調するために、「三時過ぎの急激な秋の夜の冷え」という具合に使われたもので、語り手の「私」が「時刻」に注意を払っていることを示しているとは言えない。要するに、「工場」や「学校」を成り立たせている「近代」的な時間はこの小説には描かれていない。それどころか座長に逃げられた十二人の男女には、農耕社会に流れていたような、人間の〈生〉を意味付け、人と人との連関を成り立たせるような反復する質的な〈時間〉も失われている。

旅芸人の彼らはもともと、定められた時間どおりに出勤し、労働するという、均質化された量的な時間とは無縁の存在であっただろう。しかし、座長の逃亡以前は、「演劇」という形で、反復する質的な〈時間〉を共有していたはずだ。そして演じることによって得られる給金は、彼らが共有する質的な〈時間〉の対価だった。したがって座長の逃亡は、「既存の秩序の崩壊」[*8]とか「〈危機〉（エントロピー）の増大」[*9]であると同時に、もっと端的に言って、〈時間〉の喪失である。あるいは、座員の〈生〉を意味付けていた〈時間〉が失われることで、たんなる虚無としての〈死〉へと向かう不可逆な《時間》が露呈したのだと言ってもよい。そして、逃げることに決めて雨の夜を待っている彼らは「待つ」という行為によって、失った〈時間〉を回復し始めたのかもしれない。そう考えると、結末部分の「清水」のリレーによって回復されたのは、「主体」などではなく質的な〈時間〉の共有だというべきだろう。そういう意味では、夜逃げする彼らの当面の目的地が、山道を歩いて峠を越えた先にある「次の駅」であるということは興味深い。なぜなら「駅」は、交換可能な近代的時間のシンボルと考えられるからである。ジャック・アタリは次のように述べている。[*10]

十九世紀中葉において、ヨーロッパや合衆国の鐘楼や市塔の大時計は、基本的になお地方の日時計によって調整されていた。そのため、ひとつの国のなかで多い場合は一〇〇通りの異なった地方時間が存在するほどだった。たとえば、国を異にする村同士で、同じ子午線に位置する限りは同じ時間となるのに対し、同じ国にある二つの村の大時計は、子午線が一度違うと、四分ほどずれが生じる。こうしたずれは、電信が大都市相互の時間を秒単位の誤差で統一するようになっても、なお存在した。しかし、一八五〇年頃まで大目にみられてきたそれは、鉄道の出現と共についに姿を消すようになる。当時は正確さに対する信仰が工場で生まれ、国全体に拡がっていった。駅の鉄道員たちの規律はそんな工員たちの規律を受け継ぎ、最初期の列車によって引き起こされるおぼつかない速さへの不安や事故に対する強迫観念は、進歩や加速や正確を求めて生まれつつあった情熱にすみやかに押し流されてしまった。

この視点よりすれば、駅とは明らかに新たな時間管理の場、すなわち〈**機械の時の暦の館**〉に他ならず、合理的な作業法や運行表、コード化された時刻表などの発明を促した。

もちろんひとくちに時間と言っても、その中にはさまざまな問題が絡み合っており、〈語る〉ということとの関係や、〈意識〉や〈存在〉について等々、一つ一つ丹念に解きほぐしていかなくてはならないのだろう。あるいは、「文学研究」というフィールドの中で、そのような問題をどのように捉えていくべきかということ自体を考えるべきかもしれない。また、満たされることのない空腹という点において、「上海」の結末部分の「参木」が、「時間」の作中人物たちと同じような状況に置かれていることにはどういう意味があるのかなど、「機械」に限らず、横光利一の他の小説との比較検討も必要だろう。本稿では、〈水〉や〈水車小屋〉などのことばを通じて、「時間」という小説の言語空間を可能な限り広げてみることを主な課題として来た。〈水〉ということばのイメージとシンボル作用の奥行の深さひとつ取ってみても、まだまだ言い尽せない部分は大きいが、本稿を「時間」の言語空間の広がりを探るためのひとつの試みとしてとりあえず擱筆したい。

［注］

1　『「時間」論—『機械』と『寝園』の架橋として—』（一九八六年七月『昭和文学研究』第十三集）で石井力は、「登場人物は、そのほとんどが高木・木下・佐佐（笹）といったように植物に関係した名を持っており、波子という名はその中で異様でさえある」と指摘している。
2　注1と同じ。
3　ミルチャ・エリアーデ『聖と俗』（風間敏夫訳／一九六九年十月・法政大学出版局）第四章「人間の生存と生命の浄化」一六二ページ。
4　波多野完治「横光利一の文章」（『横光利一読本』所収／一九五五年五月・河出書房）。
5　田口律男「横光利一『時間』論—『機械』からの変質—」（一九八四年四月『山口国文』）。
6　注5と同じ。
7　中村元訳『ブッダ最後の旅・大パリニッバーナ経』（一九八〇年六月・岩波文庫）。
8　注5と同じ。
9　注1と同じ。
10　ジャック・アタリ『時間の歴史』（蔵持不三也訳／一九八六年六月・原書房）第3章「ゼンマイとアンクル」二五三ページ。

※　横光利一の引用は、『定本　横光利一全集』全十六巻・補巻一（河出書房新社・一九八一年六月〜一九九九年十月）による。ただし、漢字は原則として新字体に改めた。

第三部　敗戦後文学論

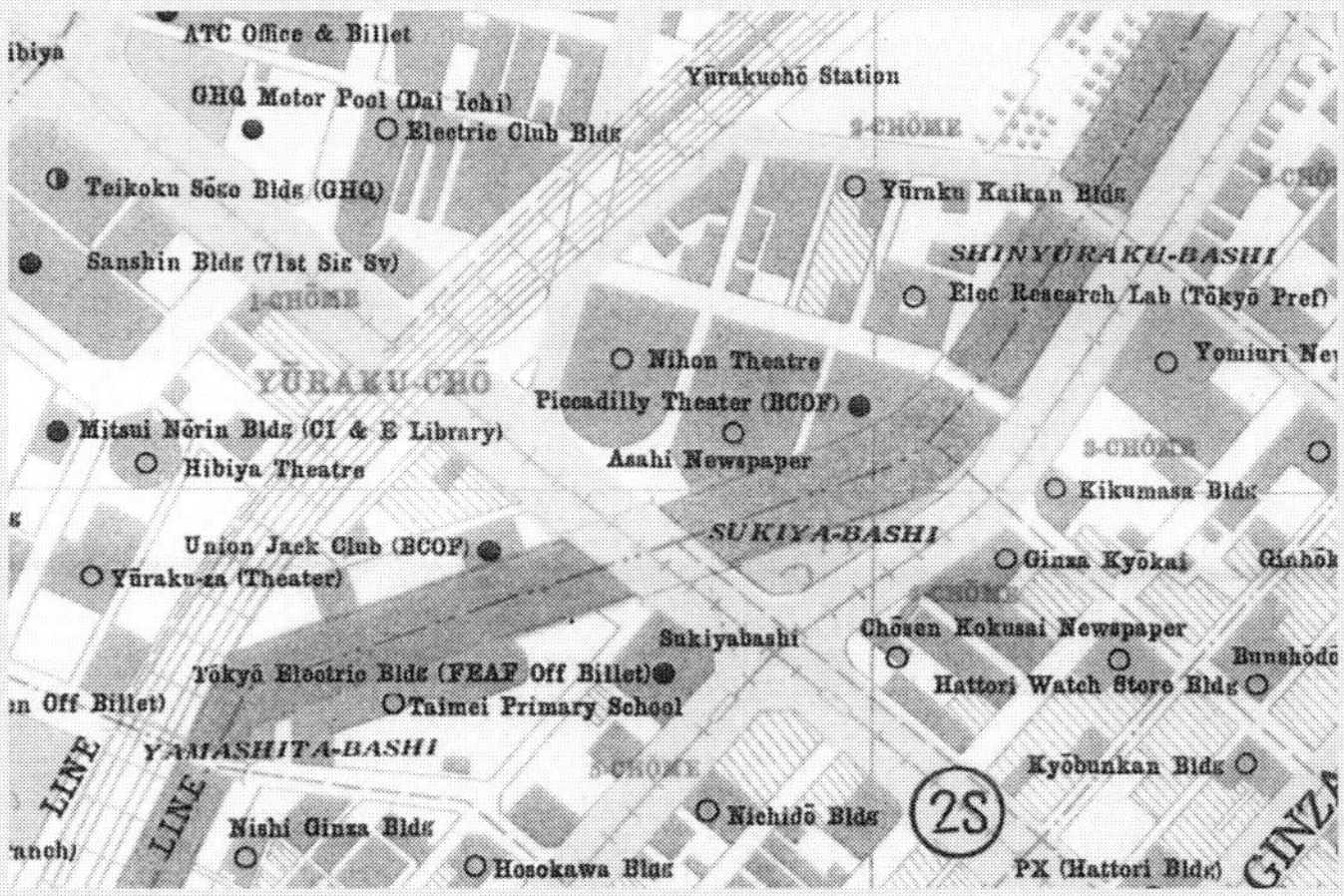

MARUNOUCHI（1948）数寄屋橋界隈

Ⅰ 〈死者〉といかに向きあうか——敗戦後文学論序説

1 個人的な体験

今から二十年ほど前のことだ。帰宅した高校生のわたしを祖父が呼び止めた。幼い頃は相撲をとってもらったりしてよく遊んだものだったが、高校生になったその頃のわたしは、老いを忌避する気持ちからか、祖父とことばを交わすことがほとんどなくなっていた。だからそのときも、うまく制御できない不機嫌な気分を抱えたまま横を向いていた。確かな手応えを感じられないままの毎日と、にもかかわらず身体的には次第に大人に近づきつつある自分自身に対する苛立ちが、行き場を失って家族に振り向けられていたということなのだろう。わたしもごく普通の高校生だったのだ。そのとき、具体的にどういうことばを交わしたのかについては曖昧な記憶しかないのだが、祖父がわたしにこづかいとして五百円札を手渡そうとしていたことだけは確かである。その五百円札は、廃品回収で生計を立てながら敗戦後の厳しい時代を乗り越え、わたしの母を育ててきた祖父の、その日の収入の一部に違いなかった。

自転車でリヤカーを引き、青果店の段ボール箱や町工場の鉄屑を集めていた祖父は、わたしの通っていた小学校・中学校にもしばしばやって来た。小学生のころは何だかうれしくて、会うと必ず二言三言ことばを交わしていたように思う。学校から引き取った段ボール箱などの廃品を、リヤカー一杯に載せ、手入れの行き届いたいかにも頑丈そうな自転車で運び去っていった祖父。しかし、隣町の高校に通うようになってから、そういう祖父の姿を見かけることも少なくなっていった。そして、廃品回収をしている老いた祖父を厭う気持ちが、高校生のわたしの中で育っていった。そんなわたしは、祖父の差し出した五百円札を受け取ることができず、邪険に突き返してその場を立ち去ったのだった。

それからまもなく、祖父は癌で入院し、闘病の末に亡くなった。数年前に同じ病で亡くなった祖母を追いかけるような死だった。享年七十二歳。その頃の感覚としては天寿をまっとうしたと言ってもいい年齢である。しかしわたしのこころの奥底には、祖父の差し出した五百円札を素直に受け取らなかった自分に対する鈍い罪障感が、まるで自分が祖父を死に至らしめたかのような、取り返しのつかない形で重くわだかまっていた。もちろん、わたしが五百円札を受け取らなかったから病死したわけではない。しかし、あのときなぜ素直に五百円札を受け取ることができなかったのだろうかという罪障感をぬぐい去ることは、わたしにとって未だに困難である。その五百円札は、祖父の死と分かちがたく結びついてしまっている。

また、亡くなる数日前に祖父を見舞ったとき、何一つ声をかけられず、「こういうときは手を握ってあげなくちゃいけないのかな」というようなことを漠然と感じながら、結局何ひとつ思いやりのある振る舞いのできなかったことも、取り返しのつかない悔恨の念とともに、時おり思い起こされる。老いや死に対してなす術を知らず、立ち尽くすだけだった、健康な十代の青年たるかつてのわたしが、そこにいる。[*1]

わたしの心にわだかまる罪障感は、死別の悲哀をどう癒すかを考える心理学において、「unfinished work」

（未完了の務め）と呼ばれているものである。死別は、未来永劫完了することのない務めを、生者に遺す。同じ屋根の下に住んでいたかつての祖父とわたしの関係は、死によって絶望的に隔てられ、一方で死者と生者という別個の不均衡な関係に転成してしまったのだ。

差し出されたまま宙吊りにされた死者の五百円札を、生者たるわたしはどうやって受け止めたらいいのか。死せる他者に、生者たるわたしはどのように向き合うべきなのか。たった五百円札一枚の負債ですら残された生者の記憶に重くわだかまり続けるとしたら、もっと大きな負債を抱えた者が、死せる他者を深く弔うことは果たして可能なのか。

いま記したのは、とるに足らない個人的な感慨に過ぎない。しかし、だからこそ、生き残った者と死者との関係の本質を衝くものだとも言えそうな気がする。生き残った生者は、常に死者に対してある種の負い目を感じざるを得ない。死者は清らかな存在へと転化し、生者は汚辱に満ちた俗世に取り残される。そして、死者に対する負債は、決して償還されることはない。どんなに手厚く「弔う」ことによっても解消されない罪障感を、人はどう手なずけたらよいのだろうか。

2 「弔う」ということ

『倫理21』（二〇〇〇年二月・平凡社）の柄谷行人は、死者と生者との関係について、キルケゴールを引きながらこう述べている。

死とは、たんに生物的な死ではなく、社会的な承認によって存在するものです。葬礼は、死者を片づけて、それがいないような世界をつくるためになされる。だから、死者が霊魂として留まり生者を恨んでいるという考えは、それなりに根拠があるのです。死者を弔うということは、べつにその死者のことを考えていることではなくて、その者の不在のために不安定化した共同体を再確立するためであり、その者を忘れ放逐するためのものです。

現在でも、このことは変わっていません。たとえば、靖国神社には、戦死者が弔われています。また、加藤典洋という文芸批評家は、先ず日本の戦死者を弔い、しかるのちに、日本の侵略で死んだアジアの死者を弔うべきだ、といっています。そのことによって、戦後の日本人の自己分裂を解決するというわけです。しかし、「弔う」ということは、死者との間にあたかも「合意」が成立するかのように思わせるものです。そして、死者が「他者」であることを否定するものです。

「弔う」ということは、死者をダシに使うことで生者の行為を合理化することに他ならない、と柄谷行人は言う。確かに、政治的に利用された死者の何人かをここで想起することは可能だし、「弔う」という営みの中に、生者の自己肯定という動機がないとは言わない。しかし同時に、決して償還されない負債を、償還されないと知りつつ、だからこそ「弔う」しかないという場合があることを指摘することもできるだろう。たとえば、肉親の自殺に向き合う遺族が抱える「なぜ予見し、防げなかったのか」という罪障感は、どうしたら癒すことができるのだろうか。たとえそれが〈虚偽〉だとしても、「死者との間にあたかも

『合意』が成立するかのように思わせる」ことが、残された者が生を刻んでいく上での必要不可欠のプロセスではないだろうか。また、野田正彰が「生き残り症候群[*2]」と呼んで取り上げる自然災害の被災者の場合なども、その典型的なケースと言える。

精神医学者の野田正彰は、「遺志の社会化というプロセス」という文章のなかで、こう述べている。[*3]

自然災害の場合、離れた所にいる家族が亡くなるという経験をすることもありますが、比較的少ない。亡くなった方と災害を共にしている場合が多く、今度の震災に見られるように、自分は助かったが家族は傍らで亡くなったという体験になります。そうすると、自分だけが生き残ったとか、家族が死んだのは自分の身代わりであったという、非常に強い別の負荷を被ります。

今回の阪神大震災でも、災害を共にしながら家族の死を体験したということを、はっきりとおさえなければいけない。それを、災害後のストレス障害という一般論として語ってしまうと、家族を失った六千人を超える人たちの大きな悲しみを共有するという面は、希薄になってしまうのではないかと思います。自分は助けることができなかった、あるいは、家族は自分の代わりに死んでいったという思いが、非常に多くの傷を残しているということは、社会的にはあまり大きな問題になってきません。多くの遺族は、現在のところ、悲しみを充分に訴えたり表現したりするよりも、自分自身が必死になって生きていかなければならない状態にあります。あるいは生きる意欲を失って発言もできず、風邪をひいても自分をいたわらないといった、消極的な自死へと向かおうとしている人もいます。そういう意味で、自然災害の場合は、一般的なＰＴＳＤ（post-traumatic stress disorder＝心的外傷後ストレス障害――野中注）とは別の意味、別の特性を持っているということを、はっきりおさえておくべきだと思います。

ここで野田正彰が指摘しているのは、〈家族〉という共同性の中に生じる罪障感である。理不尽な自然災害に遭遇した〈家族〉という共同性が、偶然的な生と死の配剤を与えられたときに生じる「自分だけが生き残った」という非常に強い「負荷」を、どうやって解消し得るのかという問題だ。野田正彰がこの文章の中で一つの処方箋として示すのは、遺族が死者の「遺志」を社会化するプロセスを生きることである。わかりやすく言えば、同じような災害や事故による被害を最小限に食い止めるための社会活動をすることである。「遺志の社会化」という形での「弔い」が、「負荷」を低減し、生者を癒すというのである。

具体的なケースとして紹介されているのは、日航ジャンボ機墜落事故で娘を喪った川北宇夫《たかお》という人物の場合である。遺体収容作業が一段落ついたあと、川北氏は、五百人以上の乗員・乗客が亡くなる悲惨な事故にもかかわらず、四人の生存者がいたのはなぜだろうかという疑問を持つ。そしてアメリカまで足を運び、技術者としての経験を生かしながら原因の調査に執念を燃やす。やがてわかったことは、航空機が墜落すると乗客は必ず死亡するという通念が誤りであるということだった。にもかかわらず墜落事故で多くの人命が失われるのは、落ちることを想定しない航空機の設計思想に原因があった。どんなに安全対策をほどこしても完全には墜落事故が防げない以上、航空機は耐空性だけでなく耐破壊性をも考えて設計すべきなのだ。仮に墜落したジャンボ機の座席が、自動車と同じレベルの耐衝撃性を持っていたら、被害はもっと少なくなったはずだという。川北氏は、シートベルトの形状や座席の背もたれの素材などについて、実現可能な具体的安全対策をいくつも提言していく。野田正彰によると、こうした川北氏の行動は、「娘さんの死の意味を何とか汲み取ろう、社会につないでいこうとして、娘さんと対話する」ことなのだという。

声なき死者にこうした「遺志」があると考えるのは、明らかに生者の側の一方的な信憑にすぎない。しかし、こうして成立した「死者との対話」を、欺瞞だとして否定することもできない。おそらく川北氏も、亡くなった肉親の「遺志」を実体化しているわけではないだろう。虚構だと知りつつ、しかしそこに身をゆだねるしか生きる術がないということを感受して、「遺志の社会化」に自分の人生をかけているのだろう。喪失感や罪障感は完全には解消され得ないが、それでも人は「弔う」しかないのだ。死者の〈他者〉性を半ば自覚し半ば否認することにおいてしか、悲哀と折り合いをつけて生きる道はないのである。

阪神淡路大震災においても、当初ほとんど取り上げられることがなかったこうしたＰＴＳＤ（心的外傷後ストレス障害）の問題は、時間が経つにつれ解決困難な大きな問題として注目されるようになってきている。しかしここで指摘しておかなければならないのは、〈家族〉よりも大きな共同性の中に生じる罪障感のことである。

たとえば、何人かの死傷者を出したバスジャック事件のことを想起してみよう。たまたま同じバスに乗り合わせた乗員・乗客は、バスジャック事件の惹起によって、運命をともにする者としての明確な共同性を持ち始める。そもそも飛行機やバス・電車などの公共交通機関を利用している者同士は、お互いに無関心な状態を保つという黙契のもと、しばし同じ時空を共有するというゆるやかな共同性をあらかじめ醸成していると言えるだろう。携帯電話での外部とのやりとりが電車内で不快に感じられる理由の一つは、このゆるやかな共同性が破られるからだという説もあるくらいだ。乗客同士の黙契によって成立しているこのゆるやかな共同性は、バスジャックのような非常事態の中で、にわかに顕在化し始める。そして、〈被害者〉として同じバスに乗り合わせているという顕在化した共同性の中で、一部の乗客が殺傷されたとしよう。そのとき、生と死を分かつのは、大災害のときと同じような偶然性である。乗員乗客の性別・年齢・容貌などの要素と、犯人のパーソナリティーとの関数、あるいは何気ないしぐさや視線がたまたま犯人の目にとまり彼の神経を刺激したといったような、全くの偶然的な要因によって、結果的に人命が奪われていくのである。たとえば、興奮した犯人によって、さしたる理由もなく通路側の隣の席にすわっていた人が殺され、たまたま窓側にすわっていた自分は生き残るというようなことすら起こりうるのだ。

やがて、こうした極限状況を乗り越えて事件は解決し、犯人は逮捕される。生き残った被害者の中に、「自分は助けることはできなかった」とか、「自分の代わりに死んでいった」、「自分だけが生き残った」というような罪障感が発生することは、おそらく避けられないのではないだろうか。

阪神大震災の場合も、〈家族〉という共同性だけでなく、〈被災者〉という共同性の中でも、生き残ったものとしての罪障感に苦しむ人が出たはずである。もちろんここで言いたいのは、避難所における共同生活というような次元の話ではない。そういう共同生活に先立つ、「被災」したということ自体によってもたらされる共同性のことである。近隣の人々との自然発生的な救護活動や、公的機関による救出活動が、どういうタイミングで、誰に対して行われ、誰に対しては行われなかったか、というような現実は、多くの偶発的な要素によって変移したはずである。偶然的で不確定な動機に基づく生き残った人々のさまざまな行動が、結果的に被災者の生と死を分けたとも言える。こういう場合、「隣の家族は全滅し、私たちの家族は生き残った」という偶然に対して、いわれのない罪障感を感じるということがあっても不思議ではない。だから、生き残った者の罪障感の問題は、〈家族〉という小さな共同性にかかわるものにとどまらず、〈被災者〉という大きな共同性の中にも見出すことが可能なのである。

問題の本質は、〈家族〉〈被害者〉〈被災者〉などのさまざまな共同性とともに生じた罪障感が、〈弔う〉という共同性の中でしか解消され得ないのではないかということだ。共同性の中で与えられてしまった罪障感は、生者と死者との間の仮設的な共同性を通して「弔う」ことでしか癒されない。生き残った被災者が、阪神淡路大震災の数千人の死者を深く「弔う」ことができるのは、〈被災者〉という共同性があってこそのことだろう。

死別の悲哀を十分に体験しなかったり、「弔う」ことを回避して生きたりすることは、癒しのプロセスを経ることなく、〈病〉の中で生きることに他ならない。「弔う」ことが死者の〈他者〉性を否定することだとしても、理不尽に自分を巻き込んだ共同性の中に身をゆだね、でっち上げられた死者との〈合意〉の中に進路を見定める以外に、生き残った者の活路はあり得ないのではなかろうか。肉親を喪った者の罪障感は、〈家族〉という共同性を解体することによっていやされるべきではない。〈被災者〉という共同性の中で与えられてしまった罪障感を否認するために、事後的に〈被災者〉という共同性を解体することはできない。自分の不用意な行動が犯人を刺激し、隣の人の命を奪う結果を招いてしまったのではないかという思いに襲われてしまったら、バスジャックの〈被害者〉という共同性を事後的に否認することは、自己欺瞞ぬきには困難なはずである。「自分は被害者であり、悪いのは犯人だ」とか、「独立した一個の人格である自分の行動と、隣の人の生死とはまったく無関係だ」という風に思いなすことは、強い抑圧を抜きには成立しないのだ。罪障感を直視し、それを乗り越えるためには、向こうからやってきた共同性をいったん引き受ける必要がある。そして〈家族〉〈被害者〉〈被災者〉というような共同性の中で体験された罪障感の問題が、〈敗戦国家〉という共同性の中にも当てはまることは見やすい道理である。

『喪の途上にて―大事故遺族の悲哀の研究』（一九九二年一月・岩波書店）の著者野田正彰が、その後『戦争と罪責』（一九九八年八月・岩波書店）を書くことになるのも、こういう文脈の中において見れば、当然のことと言える。同様に、『敗戦後論』（一九九七年八月・講談社）に対する批判にこたえて加藤典洋が次のように述べる*4のも、向こうからやってくる〈敗戦国家〉という共同性をいったん受け止めることを通じて、それを緩解しようという意志のあらわれである。

　わたし達が戦争の死者に向かいあうに際して、求められる誠実さとは、その決定不可能なものの前にこそ立ち、その決定不可能性を、よく考えてみることではないだろうか。わたしがいうのは、戦争の死者の一人一人がどんなふうにして死んだか、それはわからないではないか、という意味での決定不可能性ということではない。わたしの論に対して、そういう趣旨の批判が寄せられているが、わたしはそう考えない。その批判がいうようなことは当然だが、しかし、それが決定不可能だということを当然視してしまえば、わたし達は、たとえば戦争の死者というカテゴリーのうちにある死者を、考えることができなくなるのである。たしかに誰にも、ある人間がどのような思いで死んだかを理解することはできない。けれども、その人間と関係を持とうとすれば、当然人は彼を理解しようとする。あの決定不可能性は、その意欲があってはじめて、ここに理解の不可能性という意味をもって浮かんでくる。その時、それは、理解の不可能性として、しかし、生きている者が死んだ人間を理解しようとする意欲の結実、一つの「つながり」の形象となっているのである。そこでは理解できないということにぶつかり、心の底でそれを思い知ることが、そのようなものとして相手を、理解することである。つながりをもてないと深く感じることが、相手とのつながりの絆なのだ。だからわたし達は、戦争の死者に対しては、彼らは理解不可能だというのではなく、理解不可能だということを思い知ることが、わたし達が彼らを理解することの、起点だというのである。

もちろん、「戦争責任」ということばに関わる世代と「戦後責任」ということばに関わる世代とでは、「わたし達」ということばに示される当事者性において、質的な隔たりがあることは確かだ。たとえば一九六二年に生まれたわたしは、フィリピンや沖縄や広島で亡くなった戦争の死者に対して、直接的に強い罪障感を持つことはない。しかし、生き残った者としての罪障感を強く抑圧し、「弔う」ことを避けて生きた人々の〈ことば〉を、それと知らずに自らの精神の糧とすることで、自覚症状のないままに病んでしまっているということはあり得るだろう。ウィルス感染した電子メールがネットワークでつながれたパソコンを次から次へと冒していくように、「弔う」ことを回避したために生じた病が〈日本語〉を媒介として世代から世代へと受け継がれていくのである。戦争世代の「ねじれ」がそういう形でわたしの精神に深く刻まれているということは、十分あり得ることである。

治療の第一歩は、「起源」を直視することだ。曖昧なままに放置されてきた事実に、ことばを与えていくことである。しかし、「政治」も「文学」も、その作業を怠ってきたのではないだろうか。

3　〈生き残り症候群〉の文学――遠藤周作の「沈黙」

『敗戦後論』の加藤典洋の問題提起は、マルキシズムという狭義の政治との関係で論じられることの多かった〈戦後文学〉という概念の、解体再構築を迫るものだ。言いかえれば、加藤典洋が「いまもわたし達に残る」と指摘する「ねじれ」を手がかりにすることで、〈戦後文学〉という概念をより広く深い射程を持つものにすることが可能であるということだ。

たとえば、「戦後文学は、死者を弔うことを回避した〈生き残り症候群〉の文学である」というように言挙げすることで、何が見えてくるだろうか。

ここでは、その一つのケース・スタディーとして、遠藤周作の場合を取り上げてみよう。

一九九六年（平成8）九月に没した狐狸庵先生こと遠藤周作は、一九五五年（昭和30）に「白い人」で芥川賞を受賞し、〈第三の新人〉の一人として文壇に華々しくデビューした。彼の作品は、アメリカ人捕虜に対する生体解剖事件を扱った『海と毒薬』（一九五八年五月・文藝春秋）に代表される深刻な〈純文学〉と、「ホラ吹きエンドー」の面目躍如たるエッセイ『狐狸庵閑話』（＝こりゃあかんわ／一九六五年七月・桃源社）に代表される軽妙な〈通俗文学〉という両極の間で多彩な広がりを見せ、没するまでの約四十年間、カトリック作家として精力的な創作活動を展開した。遠藤周作が『死海のほとり』（一九七三年六月・新潮社）、『侍』（一九八〇年四月・新潮社）、『女の一生』（一九八二年一月、三月・朝日新聞社）等の小説で一貫して追究し続けたのは、唯一絶対神を持たない日本の精神風土の中で、キリスト教をいかに受容するかという問題だった。言いかえれば、幼くして受洗した遠藤周作が、日本人として生きると同時に、カトリック者としての生をまっとうすることが果たして可能かという自己存在の根源的難題が、創作活動の原動力だったと言える。通俗的なユーモア小説という体裁を取った『おバカさん』『ヘチマくん』等の作品系列においても、その根底には〈ゆるし〉〈弱者〉等のキリスト教的テーマが伏在している。

しかしここで問題にしたいのは、「カトリック作家」と「ホラ吹きエンドー」という二つの顔を持ち、「ねじれ」を内にはらんだ、典型的な〈戦後作家〉としての遠藤周作の相貌である。

たとえば、徳川幕府のキリシタン弾圧時代を舞台とする『沈黙』（一九六六年三月・新潮社）は、司祭として秘かに日本に漂着したポルトガル人ロドリゴを主人公とする長編小説である。宣教師ロドリゴは、厳しい取り締まりの中で十分な布教活動もできないうちに捕縛されてしまう。そして、むごたらしい拷問を受けてみじめに死んでゆく殉教者をただ見つめているだけの神の〈沈黙〉に疑問を感じ、葛藤のすえに踏み絵をふんで棄教する。この小説において提示されているのは、背教者に恩寵が働いているか否かという信仰上の根本問題で、発表当時、文壇や宗教界に一大センセーションを巻き起こした。そして、外来思想であるキリスト教と日本の精神風土との根源的な相剋を見事に描いたものだとか、父性原理をになうキリスト教の「裁く神」が、日本に入ると母性原理に支配される「許す神」へと変容せざるを得ないという外来思想の土着化の問題が描かれている、などと評価されてきた。簡単に言えば、従来『沈黙』は、宗教小説として読まれてきたのである。

しかし、時代を超えた普遍的《カトリック》な問題を取りあげたテクストとして『沈黙』を理解しようとするこうした読みは、遠藤周作の文学の二面性に対して十分な説得性を持てない。言いかえると、「キリスト教文学」ということばも、「外来思想の土着化」ということばも、遠藤周作の文学と十分につり合わないということだ。同様に、キリスト教徒の「転び」を、マルキストの「転向」のアナロジーとして受け止めようとする読みも、遠藤周作の文学の〈戦後文学〉としての一面を隠蔽するものでしかない。

『沈黙』を刊行する前年に、遠藤周作は「満潮の時刻」（一九六五年一月〜十二月『潮』）という長編小説を発表している。生前は単行本化されることのなかったいわくつきの小説である。この「満潮の時刻」について、佐伯彰一が「『沈黙』への船出」という文章の中で、次のように述べている。[*5]

主人公は、戦争中に「肋膜炎」で高熱を発したことがあり、そのせいで「兵役」を免れた。このことが、奇妙なほど彼の心のしこりとなり、「こだわり」となっていることが、冒頭の「クラス会」の場面でも、少々くどすぎる程強調されていた。いわゆる「戦中派」の中での「引け目」、孤立感という訳だが、その小説的効果は、果たしてどんなものだろう。私自身、遠藤さんとはほんの一歳上という全くの同年輩で、病歴こそなかったものの全く脆弱な文学青年で、運良く海軍予備学生の「教育班」というものに拾われたお蔭で、戦争中ずっと国内の教育施設で過ごすこととなって、戦場体験は全く触れずにすんでしまった。その点の「後ろめたさ」は、勿論身に覚えのある所ながら、そうした人間にとっても、この主人公が冒頭でくり返し言及する「引け目」、劣等感は、少々くどすぎて、かえって作り物じみて、切実なリアリティを欠いていると言わずにいられない。

ここで指摘されている「切実なリアリティ」の欠如こそ、実は問題ではないだろうか。いったい、「小説的効果」において疑問を生じさせるようなことを、あえて書かなければならなかったのはなぜだろうか。学徒出陣の世代でありながら、肋膜炎を起こした後に受けた徴兵検査で「第一乙種合格」となり、入隊延期のまま敗戦を迎えた遠藤周作が、「切実なリアリティ」の欠如した人物造型しかできなかったというのは、なぜだろうか。

べつな問いの形をとれば、同じ「戦中派」の佐伯彰一が、小説に描かれた「後ろめたさ」に対して、「身に覚え」があると言いながら、このような否定的言辞をぶつけるのはなぜだろうか。あるいは、「切実なリアリティを欠いている」はずの「後ろめたさ」の問題が、翌年の『沈黙』においては見事なリアリティを獲得しているように見えるのはなぜだろうか。

負け戦において、死をおそれぬ「強者」は命を落とし、生に固執する「弱者」はしばしば生き残る。敗戦後「犬死」と化した「強者」の死に、生き残った「弱者」がいかに向き合ったのか。むしろ「弱者」たる戦後日本人は、「犬死」に背を向け、〈沈黙〉を続けてきたのではないか。ポルトガル人宣教師の〈棄教〉(=転び)を肯定する論理と、神の〈沈黙〉という問題は、加藤典洋の言う「ねじれ」の問題とも決して無縁ではないのである。転ばずに死んだ人間を前に、転んだ者としていかに自分の生を肯定するか。「ねじれ」に目をつぶり続けてきた戦後日本人に対する加藤典洋の問いかけは、『沈黙』の次のことばにそのまま結びつくと言えよう。

罪とは人がもう一人の人間の人生の上を通過しながら、自分がそこに残した痕跡を忘れることだった。(『沈黙』第Ⅴ章)

『沈黙』においては、穴吊りや水責め、熱湯地獄などの苛酷な拷問に屈することなく殉教した隠れ切支丹たちは「強者」であり、踏み絵につばを吐きかけ、ロドリゴを銀三百枚で宗門奉行に売り渡したキチジローは「弱者」の代表である。キチジローはこう語る。

「この世にはなあ、弱か者と強か者のござります。強か者はどげん責め苦にもめげず、ハライソにも参れましょうが、俺のように弱か者は…」(『沈黙』第Ⅸ章)

キチジローの論理をあてはめれば、岡田三右衛門と名を変え、日本人として後半生を送ることになる背教者ロドリゴはまぎれもなく「弱者」である。だから「転び伴天連《バテレン》」岡田三右衛門の生きざまは、反米から親米へと百八十度転換した戦後日本人の陰画であるとも言える。この伝で行けば、狡知に長けた井上筑後守の人心掌握術に、マッカーサーの占領政策の影を見ることすら可能になる。「穴吊り」の拷問を受けている信者のすぐ隣で「食も日に二度与えられ、夜は夜着まで頂き」という待遇を受けている囚人ロドリゴは、「デス・バイ・ハンギング」と「ギブ・ミー・チョコレート」の振幅の中に生きる戦後日本人そのものである、という風に。

きみは悪から善をつくるべきだ
それ以外に方法がないのだから。

加藤典洋が『敗戦後論』の冒頭に引用したロバート・P・ウォーレンの右のことばは、背教者ロドリゴの生をいかに肯定するかを問うた『沈黙』の題辞ともなり得る。「ねじれ」や「汚れ」ということばも、背教者文学としての『沈黙』を、〈戦後文学〉として読み直すことの可能性を開く。言いかえれば、「戦後文学は、死者を弔うことを回避した〈生き残り症候群〉の文学である」と言挙げすることは、〈戦後文学〉という概念を、より広く深い射程をもつことばに鍛え直すことにつながるものなのである。

ところが、そういう風に『沈黙』を読むことは、これまで回避されてきた。もっと言えば、戦後に書かれた他の多くのテクストも、〈戦後文学〉として読むことを回避されてきたのではないだろうか。もちろん、〈実存〉〈主体〉〈責任〉〈転向〉といった「抽象」的なことばや、「戦争の傷痕」といった類のあいまいな表現で語られることはあった。あるいはそれらのことばは、同時代の読者の間では、文脈依存的なことばとして、ある種の黙契のもとに了解されていたのかもしれない。しかし、そういう了解を成り立たせていた同時代的コンテクストは急速に失われ、字義通りの抽象的な意味だけが拡大再生産されてきたような気がしてならない。『沈黙』を〈宗教小説〉として読むような態度も、作家の自作解説の「引用の織物」にすぎないような、怠惰な文学研究の所産である。

『沈黙』を〈戦後文学〉として読むことの可能性は、従来の枠組みでは〈戦後文学〉を十分に対象化できないということを示唆しているのではなかろうか。[*6]

［注］

1　「グリーフケア」あるいは「グリーフワーク」などと呼ばれる「死別の悲嘆を癒す作業」の重要性については、上智大学のアルフォンス・デーケン教授が会長をつとめる「生と死を考える会」の活動記録「生と死を考えるセミナー・シリーズ」に詳しい。本稿を書くにあたっては、その第6集にあたる『〈突然の死〉とグリーフケア』（一九九七年十月・春秋社）に負うところが大きい。また、この問題が日本で大きく取り上げられるようになるきっかけを作ったのは、C・M・パークス著『死別からの恢復―遺された人の心理学』（池辺明子訳／一九八七年一月・図書出版）だと言われている。

2　野田正彰『喪の途上にて―大事故遺族の悲哀の研究』（一九九二年一月・岩波書店）の「索引」には、「生き残り症候群」ということばはない。しかし『戦争と罪責』（一九九八年八月・岩波書店）では、序論の「わだつみ」世代に触れた箇所で「生き残った者の罪の意識（『生き残り症候群』とよばれる）」という風に、キーワード的に使われている。
3　A・デーケン、柳田邦男編『〈突然の死〉とグリーフケア』（一九九七年十月・春秋社）。
4　加藤典洋『戦後的思考』（一九九九年十一月・講談社）第四部「戦前と戦後をつなぐもの」。
5　佐伯彰一「『沈黙』への船出」（二〇〇〇年六月『新潮』）。
6　本書で用いられている「敗戦後文学」ということばは、このような考えに基づくものである。

Ⅱ　神の沈黙と英霊の聲――遠藤周作と三島由紀夫

1　「なんぞ、我を見棄て給うや。」

一九六六年（昭和41）年三月に新潮社から「純文学書下ろし特別作品」として刊行された遠藤周作の『沈黙』は、宗教上の根本問題を取り上げたキリスト教文学の傑作として高く評価されてきた。そうした従来の『沈黙』の読まれ方を示す好個の資料として、佐伯彰一による「解説」の一節を引用しておこう。一九八一年（昭和56）十月に発行されてから版を重ねている新潮文庫版の『沈黙』に収録されているものだ。

佐伯彰一は、「異邦人の眼と意識を中心として長篇小説を書き上げる」という「文学的冒険」に遠藤周作が成功した要因として、三つの点を指摘している。一つ目は、「信仰を同じくするものの自信。キリスト教、とりわけカトリックの『普遍性』についての確信」だという。二つ目は「状況の極限性」とそれによって生み出された「普遍性」である。そして三つ目に佐伯彰一は、「一層切実かつ重大な」要素として、「追いつめられた主人公のうちに生じた信仰上の悩み、懐疑を、どうやら作者自身も底深く共有しているということ」を指摘し、次のように述べている。

信者たちの上に次々とふりかかってくる迫害、拷問、相つぐ信者たちの犠牲、文字通り人間の気力、体力の限界をこえた苦難にもかかわらず、ついに神の「救い」は、あらわれない。主人公の必死の祈りにもかかわらず、神は頑なに「沈黙」を守ったままである。果たして信者の祈りは、神にとどいているのか、いやそもそも神は、本当に存在するのか、と。

これは、キリスト教徒にとっては、怖ろしい根源的な問いであり、ぼくら異教徒の胸にも素直にひびいてくる悩みであろう。このモチーフを追いつめてゆく作者の筆致は、緊張がみなぎり、迫力にあふれていて、ドラマチックな場面の豊富なこの長篇の中でも、文字通りの劇的頂点をなしている。

このように、『沈黙』に通底する宗教上の根源的な主題としてしばしば論じられてきたのが、書名の由来ともなっている〈神の沈黙〉という問題である。しかし、〈神の沈黙〉をたんなる宗教上の「根源的な問い」としてのみ受けとめていては、『沈黙』が発表直後から大きな反響を呼び起こしたことを十分に説明できない。別の言い方をすれば、普遍的《カトリック》な問題を、純粋に普遍的な相においてのみ悩むことができる人間などおそらく殆どいないはずであるのと同様に、小説を普遍的な相においてのみ読む者も極めて稀であろうということだ。したがって、宗教上の根本問題とされる〈神の沈黙〉というモチーフには、その反響の大きさに見合う別の読みの可能性を探ることができるはずである。

たとえば、『沈黙』の後半部に出てくる次の記述を見てほしい。

あの人もその夜、神の沈黙を予感し、おそれおののいたのかどうか。司祭は考えたくなかった。だが、今、彼の胸を不意に通りすぎ、一つの声を聞くまいとして司祭は二、三度烈しく首を振った。モキチやイチゾウが杭にしばられ、沈んでいった雨の海。小舟を追うガルペの黒い頭がやがて力尽きて小さな木片のように漂っていた海。その小舟から垂直に次々と簀巻の体が落下していった海。海はかぎりなく広く哀しく拡がっていたが、その時も神は海の上でただ頑《かたく》なに黙りつづけていた。「エロイ・エロイ・ラマ・サバクタニ」(なんぞ、我を見棄て給うや)突然、この声が鉛色の海の記憶と一緒に司祭の胸を突きあげてきた。エロイ・エロイ・ラマ・サバクタニ。金曜日の六時、この声は遍《あまね》く闇になった空に向かって十字架の上からひびいたが、司祭はそれを長い間、あの人の祈りの言葉と考え、決して神の沈黙への恐怖から出たものだとは思ってはいなかった。

神は本当にいるのか。もし神がいなければ、幾つも幾つもの海を横切り、この小さな不毛の島に一粒の種を持ち運んできた自分の半生は滑稽だった。蟬がないている真昼、首を落とされた片眼の男の人生は滑稽だった。泳ぎながら、信徒たちの小舟を追ったガルペの一生は滑稽だった。司祭は壁にむかって声をだして笑った。

「エロイ・エロイ・ラマ・サバクタニ」とは、ゴルゴダの丘で十字架にかけられたイエス・キリストが叫んだことばとして、聖書に伝えられているものである。ところが、沈黙する神への問いかけとしてのイエスのこのことばは、「転ぶ」ことによって殉教を回避し生き残ることになるロドリゴによって、殉教していくガルペやモキチ、イチゾーの内面の声へと転用されている。しかも、沈黙する神に対して「なんぞ、我を見棄て給うや」という問いを投げかけるのは、イエスのように殉教したガルペやモキチ、イチゾー自身であるはずなのだが、傍観者であるロドリゴが殉教者の声を代弁してしまっているのである。キチジローとともに背教者の側にいるはずのロドリゴに、果たして殉教者の内面の声を代弁することはできるのだろうか。こうした転用と代弁は、ユダ的人物としてのキチジローと同様に背教者であるはずのロドリゴを、イエスに同化させる自己欺瞞の装置となっているのではないだろうか。

『沈黙』初版本の函の表に、遠藤周作のことばが記されているのだが、そこには次のような一節がある。

転び者ゆえに教会も語るを好まず、歴史からも抹殺された人間を、それら沈黙の中から再び生き返らせること、そして私自身の心をそこに投影すること、それがこの小説を書き出した動機である。

ここで、「歴史からも抹殺された人間」とされているのが、「転び者」であるということには十分注意を払っておいていいだろう。なぜなら、ロドリゴという死者に声を与えようとする動機の背後に、「転び者」としての自己を肯定しようとする欲望が隠されていると考えられるからだ。キリスト教徒として生涯を閉じた遠藤周作にとって、「転び者」としての自己とは何か。それは実は、戦争を生き残った学徒出陣世代としての自己に他ならないのだが、そのことの意味を深く知っていたであろう同時代の読者の一人として、三島由紀夫の名をあげることができる。

2 「などてすめろぎは人間となりたまひし。」

殉教者の声の代弁という構図は、同時代の読者である三島由紀夫が書いた「英霊の聲《こえ》」（一九六六年六月『文芸』）にも、非常によく似た形で登場する。『沈黙』のわずか三ヶ月後に発表されたこの小説には、次のような〈英霊の聲〉が書きつけられている。

「日本の敗れたるはよし
農地の改革せられたるはよし
社会主義的改革も行はるるがよし
わが祖国は敗れたれば
敗れたる負目を悉く肩に荷ふはよし
わが国民はよく負荷に耐へ
試練をくぐりてなほ力あり。
屈辱を嘗めしはよし、
抗すべからざる要求を潔く受け容れるはよし、
されど、ただ一つ、ただ一つ、

いかなる強制、いかなる弾圧、
いかなる死の脅迫ありとても、
陛下は人間となり仰せらるべからざりし。
世のそしり、人の侮りを受けつつ、
ただ陛下御一人、神として御身を保たせ玉ひ、
そを架空、そをいつわりとはゆめ宣はず、
（たとひみ心の裡深く、さなりと思すとも）
（中略）
神のおんために死したる者らの霊を祭りて
ただ齋き、ただ祈りてましまさば、
何ほどか尊かりしならん。
などてすめろぎは人間《ひと》となりたまひし。」

よく知られているように、「などてすめろぎは人間《ひと》となりたまひし。」という昭和天皇に対する呪詛のことばで終わるこの「口寄せ」は、降霊会で霊媒をつとめた盲目の青年川崎重男が、「裏切られた者たちの霊」の怨念を代弁したものである。そして、霊媒の「川崎君」の口を借りて昭和天皇に対する呪詛のことばを発する「裏切られた者たち」とは、二・二六事件の青年将校たちと特攻隊の兵士たちであるとされて

いる。「兄神」として最初に降霊した二・二六事件の青年将校たちは、天皇親政を夢見て蹶起したにもかかわらず、「日本もロシヤのようになりましたね」と語った昭和天皇の意向にそって「叛逆の罪」に問われて処刑されたことを、「かくてわれらは十字架に縛され、われらの額と心臓を射ち貫いた銃弾は、叛徒のはづかしめに汚れてゐた」と告発する。また、「弟神」として二番目に降霊した「特別攻撃隊の勇士の英霊」は、一九四六年（昭和21）一月に「人間宣言」をした昭和天皇が、「すべての過ぎ来しことを『架空なる観念』と呼びなし玉うた」ことによって、「われらの死の不滅は瀆《けが》された」と悲憤慷慨する。いずれも「殉教者」として、「などてすめろぎは人間《ひと》となりたまひし」ということばを「神」に投げかけるのだが、その声に答えるべき「神」は既にいない。「現人神」だった昭和天皇は、「人間宣言」によって「転び」、戦後日本人の「象徴」として背教者の側にいるからである。つまり、「英霊の聲」に対置されるのは「現人神の沈黙」なのであり、「などてすめろぎは人間《ひと》となりたまひし」という呪詛のことばは、「なんぞ、我を見棄て給うや」という『沈黙』における殉教者の叫びを変奏したものに他ならない。そこには、『沈黙』の背教と殉教の構図に、象徴天皇のもとで生きる戦後日本人と戦争の死者との関係の陰画を見てとった、同時代の読者としての三島由紀夫がいる。

ただし、「英霊の聲」を代弁した「川崎君」も、降霊会での出来事を物語る語り手の「私」も、昭和天皇同様、戦争で死んだ者たちに対しては、背教者の側に立たざるを得ないということには注意を払う必要がある。背教者としてのロドリゴが殉教者の声を代弁することが倒錯的であるのと同様に、「人間宣言」をした天皇を「象徴」とする戦後日本人が殉教者たる英霊たちの声を代弁するという「英霊の聲」の言説構造も倒錯的である。

『沈黙』に谷崎潤一郎賞を与えた選者の一人である三島由紀夫は、一九六六年（昭和41）十一月の『中央公論』に掲載された選評を、「今度はやはり本命は遠藤氏の『沈黙』、ダーク・ホースは野坂氏の『エロ事師』だらうと考へて会に臨んだが、その通りになつた」と書き出している。こうした物言いから、三島由紀夫が『沈黙』に少なからぬ関心を寄せていただろうことは推測できる。発表された一九六六年（昭和41）に、管見に入っただけでも五十編近くに及ぶ同時代評が書かれているという反響の大きさも、それを傍証する。さらには、書下ろしとして出版された『沈黙』には、亀井勝一郎や江藤淳らの読後評が付録として挟み込まれていて、ゲラ刷りの段階で文壇に噂が広がったであろうことも推測できる。また、生涯に膨大な量の小説を書き続けた三島由紀夫の執筆速度から考えて、三月に刊行された『沈黙』に対する反応として、『文芸』六月号の「英霊の聲」を想定することはさほど不自然なことではないだろう。「英霊の聲」を書いた三島由紀夫を、遠藤周作の『沈黙』に深く関心を寄せた同時代の読者の一人として捉え直すための状況証拠は十分にあるのだ。

あるいは、そういう低俗な勘繰りをしなくとも、『沈黙』と「英霊の聲」の呼応関係に、二つの小説の読みの可能性を見ることは、許されてしかるべきだろう。

こうして、二つの小説の連鎖という仮説を立ててみれば、『沈黙』という小説の読みは変質せざるを得なくなる。『沈黙』における殉教者と背教者の関係が、そのまま戦争の死者たちと生き残った戦後日本人との関係と二重写しになってくるからだ。背教者の生をいかに肯定するかという『沈黙』の課題は、敗戦後を生きる日本人が自らの生をいかに肯定するかという問題とパラレルなのである。そう考えることによって、学徒出陣世代の生き残りである遠藤周作が、「転び者」としての自己の生をいかに肯定するかという問題を描いたのが、『沈黙』という小説だと考えることも可能になる。言いかえれば、キリスト教文学の傑作と言われた『沈黙』に、敗戦後文学としての相貌を与えることが可能になるのである。

3　加藤典洋の「精神分析学的」言説

近年書かれた「英霊の聲」に関する論考の中で、最も注目すべきものは、加藤典洋の『戦後的思考』（一九九九年十一月・講談社）の第四部として書かれた「戦前と戦後をつなぐもの――昭和天皇VS三島由紀夫」だろう。そこで、加藤典洋は、『三島由紀夫伝説』（一九九三年二月・新潮社）における奥野健男の指摘を引きながら議論を進めている。奥野健男によれば、召集令状を受けた三島由紀夫が、皇国精神に則った遺書をしたためる一方で、たまたまひいていた風邪を過大申告して肺結核の末期という誤診を引き出して即日帰郷となったことが、「三島の秘密をとく最大のカギ」である「二重構造」を生み出したのだという。この見解を踏まえ、加藤典洋は次のように述べている。

> 三島は、自分を戦後的なものの対極におけばおくほど、その自分が同時に、戦争の死者に対する裏切りへの加担者としてここにいるという関係の意識に捉えられざるをえない。彼は戦前の皇国の価値を信じるというが、もし本当にその時、彼がそれを信じていたなら、彼はここにいないはずなのであ

る。なぜなら、そういう真性の皇国主義者は、全員、敗戦時に絶望し、また戦争の死者に殉じて、あの蓮田善明のように、自決しているからである。

彼の目に当然、昭和天皇は「人間宣言」をはじめとするさまざまな責任放棄を通じて、この戦争の死者たちを「裏切った」軽薄このうえもない存在と見えている。しかし、ひるがえってみれば、それは彼の似姿にほかならないのである。

（中略）

では、どうすれば、彼と天皇を切り離し、戦後を生きる彼がしかも天皇と戦後日本を糾弾できる形を仮構できるか。二・二六事件の死者たちは、こうして、彼の「戦争の死者」のダミー、〝文学的形象〟として、彼の文学世界に導きいれられることになる。


戦争の死者たちに対して背教者の位置に立たざるを得ない三島由紀夫も、自身が十一歳のときに起きた二・二六事件の将校たちに対しては、イノセンスな場所に立つことができる。だから、「英霊の聲」の中で、特攻隊の死者に先立って二・二六事件の死者が降霊しているのは、敗戦後を生きる三島由紀夫が昭和天皇に象徴される戦後日本を糾弾するという倒錯を乗り越えるための〝文学的形象〟に他ならないというのだ。そして、「憂国」（一九六一年一月『小説中央公論』）に描かれた主人公と蹶起将校の関係も、事件当時十一歳の少年だった三島由紀夫と青年将校の関係というよりも、「敗戦当時二十歳前後だった彼と、同年代の戦争の死者たちとの関係に、その原型をとられている」という。

いったい戦後に生きるわたし達のうちの誰が、「戦争の死者」とは「不調和」な関係にありつつ――彼らを裏切った者でありつつ――、彼らを「代弁」できるか。戦後日本人のうち誰が、戦争の死者に対して同じ「裏切り」の共犯者でありつつ、天皇を「糾弾」できるか。ここには、こんな難題が横たわっている。

そして、ここまで見てきた通り、三島は「戦争の死者」との関係が視野に入ってほどなく、そこにひそむディレンマに気付いている。三島が戦争の死者に代え、二・二六事件の死者を彼の文学的な「依り代」にするのは、何よりそのディレンマを回避しようとしてのことなのである。

しかし、彼はそのディレンマの回避に成功しない。

「英霊の聲」を代弁するのは、霊媒の「川崎君」である。しかし、戦後日本人の一人である盲目の青年「川崎君」は、神霊によって容赦なく肉体を酷使され、心身ともに激しく疲弊していく。そして、「などてすめろぎは人間《ひと》となりたまひし」という畳句のみを譫言のように力なく繰り返したあげく、仰向けに倒れ、動かなくなってしまうのだ。そのあとに続く次のような結末は、戦争の死者との関係にひそむディレンマに基づくものだと加藤典洋は指摘する。

私どもは、雨戸の隙《ひま》からしらしらあけの空の兆を知つて、つひに神々の荒《あら》魂《みたま》は神上りましたと確信することができた。
木村先生が川崎君をゆすり起さうとされて、その手に触れて、あわてて手を離された。何事かを予感した私どもはいそぎ川崎君の体を取り囲んだ。盲目の青年は死んでゐた。
死んでゐたことだけが、私どもをおどろかせたのではない。その死顔が、川崎君の顔ではない、何者とも知れぬと云はうか、何者かのあいまいな顔に変容してゐるのを見て、慄然としたのである。

この結末について、加藤典洋は次のような分析を加えている。

作品の最後、川崎君が死ぬが、この霊媒青年の死は、この二種の死者（＝二・二六事件の死者と特攻隊の死者・野中注）を「一緒くた」にしての代弁が、少なくとも三島には不可能だったということの、彼の告白なのである。（中略）作品の最後は、その川崎君の顔が「何者とも知れぬと云おうか、何者かのあいまいな顔」に変わっているところで終わっている。その顔とは、昭和天皇の顔にほかならない。その終わりが、彼の聞いた最後の言葉が、あなたにわれわれを代弁することはできない、なぜならわれわれから見ればあなたも昭和天皇と同じだからだ、というものだったことを、語っているのである。

戦争の死者との関係を前景化することで成立する加藤典洋のこの種の指摘は、言わば「精神分析学的」

である。つまり、無意識下に抑圧されたコンプレックスを指摘する精神分析学的言説と同じように、否定することが難しいということだ。なぜなら、強く否定すればするほど無意識下に抑圧されたコンプレックスの存在を逆に証拠立ててしまうことになるからである。抑圧されたコンプレックスについて精神科医からの指摘を受けた患者は、肯定しようが否定しようが、結果的には診断を承認したことにならざるを得ない。肯定して精神科医の物語を受け入れた場合はもちろん診断を承認したことになるのだが、たとえ否定したとしても、否定しているという事実そのものが、コンプレックスを抑圧しようとする心的機制の存在を示すものとされてしまう。患者自身による反応は、肯定も否定も精神科医の診断の妥当性を裏付けることにならざるを得ないのである。だから、三島由紀夫にとっての二・二六事件が、特定の戦争とは無縁の特権的な出来事として語られてきたことを主張すればするほど、かえって戦争の死者たちに対するコンプレックスを抑圧しようとする三島由紀夫の心的機制を浮き彫りにすることになってしまうのだ。三島由紀夫はそれほどまでに強く戦争の死者たちに対する罪障感を抑圧せざるを得なかったのだ、というように。

同様に、「ねじれ」を指摘する『敗戦後論』（一九九七年八月・講談社）の加藤典洋に対して、「ねじれ」を孕んでいる「患者」として名指しされた「戦後日本人」がいくら躍起になって反論しても無駄である。ヒステリックに否定すればするほど、「ねじれ」や「汚れ」や「分裂」の存在を逆に証し立てることにならざるを得ないからである。加藤典洋批判の多くはこうした陥穽に対して、あまりにも無防備だと言わざるを得ない。したがって、かりに加藤典洋に対する有効な批判があり得るとしたら、その要諦は、しばしばあげつらわれる比喩表現を多用した叙述スタイルなどにはないのである。こうした「精神分析学的」言説をどのように乗り越えるかというところにその要諦はあり、そのような問題意識の欠落した「批判」は、殆ど有効性を持ち得ないと言わなければならないだろう。

加藤典洋の「精神分析学的」言説に対してとりうる戦略は、反応せずに黙殺してしまうか、とりあえず「そうかもしれない」と肯定した上で内容を吟味するか、二つに一つだろう。もちろん、ここで選択されているのは、後者の戦略である。

4 「生き残り」の罪障感と〈転び〉

『沈黙』刊行の前年に連載された「満潮《みちしお》の時刻」(一九六五年一月〜十二月)は、生前には単行本に収録されることのなかった長篇小説である。没後『遠藤周作文学全集』(二〇〇〇年六月・新潮社)の第十四巻に収められた[*1]この小説の冒頭近くに、次のような場面がある。

(思えば……俺も、どうにか、よく生きのびられたものだな)

この感じは東京の街を歩いている時、戦中派の彼の胸に急に、横切るものであった。そんな時、彼は一種の言いようのないホッとした気持ちと快感とをおぼえ、同時に、生きのびたと言うことを何かうしろめたいもの、恥ずかしいものを感じるのだった。

都電の中には学校帰りらしい青年たちが三、四人、吊皮《ママ》にぶらさがって、プロ野球の結果について論じあっていた。

「とに角、勝ち残らなくちゃあね」

と眼鏡をかけた、その一人が言った。

勝ち残らなくちゃという言葉が明石の胸にその時生き残らなくてはという言葉に不意におきかえられた。彼の同世代の者の中には、戦場やこの東京で死んでしまった者が多かった。

（俺は、どうにかあの戦争でも、戦後でも生き残れた。これは幸運だといえば、全く幸運だったんだな）

明石は兵隊には行かなかった。学生の徴兵延期が廃止になって文科系の者は、途中で学業を放擲して兵営にいかねばならなくなった時も、彼は徴兵検査で召集を一年、延期してもらった。ちょうど検査のある一週間前、烈しい熱と咳におそわれ、肋膜炎だと医者から言われたからである。

その肋膜炎が治りかけ、彼が入営を覚悟して毎日、赤紙が来るのを待っているうちに戦争が終わった。彼は自分の幸運を悦ぶと共に、うしろめたさをあの八月の暑い日ざかりの日に感じた。

ここに示されているような罪障感は、『戦争と罪責』（一九九八年八月・岩波書店）を書いた野田正彰が言うところの「生き残り症候群」に相当する。野田正彰によれば、学徒動員された「わだつみ」の世代で生き残った者は、「真に優れた者、美しい人」は生きて帰らなかったと考え、生き残ったこと自体に対して罪障感を持っているのだという。そして『喪の途上にて―大事故遺族の悲哀の研究』（一九九二年一月・岩波書店）以来の野田正彰の仕事をたどっていけば、このような「生き残った者の罪の意識」（生き残り症候群）は、学徒動員世代特有のものというよりも、敗戦後を生きる者が多かれ少なかれ襲われてしかるべきものであることが理解できる。*2 たとえば野田正彰によれば、事故や災害で肉親をなくした遺族は、責任を問われるような客観的な状況がまったくなくとも、「自分のせいで肉親が死んだのではないか」といういわれのない罪障感に襲われることがあるという。阪神淡路大震災などの大災害で生死を分けるのは、その瞬間にどこにいたかというような、まったく偶発的な要因によることが多い。にもかかわらず、生き残った遺族は、「自分が先に入浴していれば…」といったような罪障感にとらえられてしまうというのだ。だとすれば、大きな戦争で生き残った者が、戦争の死者に対して罪障感やうしろめたさのような感覚を覚えずにいることは困難だろう。まして、学徒出陣世代の「明石」が、「徴兵検査で召集を一年、延期してもらった」のだとすれば、「何かうしろめたいもの、恥ずかしいもの」を感じるのは、当然のことではあるまいか。

こうした感覚は、「満潮の時刻」全体を流れる主調低音ともなっている。そして注目すべきは、戦争の生き残りとしてのこのような罪障感が、小説の最後で「転び」の問題に結びつけられていることである。連載最終回にあたる第十二章で、主人公の「明石」は、次のような思いにとらわれている。

明石はその踏絵の前にたった一人の男を想いうかべる。彼は切支丹である。もしこれを踏まなければ拷問や死刑に会うかも知れない。そういう事態に追いこまれて、彼は肉体の恐怖から、この基督の顔を踏んでしまう。いわゆる「転び」になるのである。

だがそうした弱者たち（切支丹で生き残った者はすべて弱者だった。転び者だった）は踏絵を苦痛なしに足かけなかったにちがいない。

自分の一番愛しているもの、自分が一番うつくしいものを汚すことに悦びを感ずるものはいない。悦びがあったとしてもそれは倒錯的な悦びである。彼は今まさに、この顔の上に足をかけようとする。足に痛みが走る。鋭い痛みが走る。

戦争を生きのびた戦後日本人と、踏絵に足をかけて生きのびた背教者が、「満潮の時刻」という小説の中では二重写しになっているのである。そして、徴兵検査を受けながら出陣することのなく生きのびた遠藤周作が、「弱者」としての自己をいかに肯定するかという課題を、〈神の沈黙〉という普遍的な主題に仮託した『沈黙』は、この延長線上に描かれることになる。一方、遠藤周作と同じように徴兵検査を受けながら生き残った三島由紀夫は、「英霊の聲」を発表し、「弱者」としての自己を超克すべく、四年後の一九七〇年（昭和45）に自らの肉体を賭して「殉教者」を演じることになるのである。

5　殉教者の声／背教者の声

『沈黙』と「英霊の聲」は、「生き残り」の罪障感をモチーフとする敗戦後文学であるという点においてよく似ている。「海」や「顔」の描写が重要な役割を果たしていることや、「十字架」や「白蟻」などのディテール、言説構造が錯綜していることなど、さまざまな共通項が見出せるのも、「生き残り症候群」の文学としての同質性の傍証である。しかし、決定的な違いも指摘しておかなければならない。「英霊の聲」の三島由紀夫は、死者の代弁をすることによって生じるディレンマを回避するために、霊媒の「川崎君」を登場させた。しかも、死者の代弁をする「川崎君」とは別に、降霊会の夜に起こった出来事のすべてを「能ふかぎり忠実に」記録して伝える語り手「私」も立てられている。したがって、死者の代弁をしているのは、「川崎君」ではなくて実は「私」であるとも言えるだろう。さらに、死者の代弁をした「川崎君」の語りを再現＝代弁する「私」の「記録」の後には、「本篇は左記の諸著に拠る処多し。」として、幣原平和財団編「幣原喜重郎」、住本利男著「占領秘録」などの八冊の著作が列記されている。つまり、「能うかぎり忠実に」記録しようとした「私」の言説のさらに外枠に、「三島由紀夫」なる作者がいることになる。このような重層化された言説構造は、生き残った背教者が殉教者の代弁をすることが果たして可能かという難題を見えにくくしてはいるが、そこで代弁されようとしているのはあくまでも「殉教者の声」である。

一方、『沈黙』の遠藤周作は、「死者の代弁」という構図を使いつつ、殉教者ではなくむしろ背教者の声を代弁しようとしている。巻末の「切支丹屋敷役人日記」に示されているように、「転び伴天連」ロドリゴは「岡田三右衛門」と名を改めて余生を送り、天寿を全うしている。「歴史から抹殺された人間」岡田三右衛門は、既に死者ではあるが、殉教者ではない。背教者として生き残り、「余生」を送った者なのだ。したがって、死ななかった背教者に、殉教者の代弁をすることが果たして可能かという難題は、ここにはない。『沈黙』の遠藤周作が代弁しようとしているのは、生き残ってしまった背教者の声である。つまりそれは、生き残りの罪障感を抱えて敗戦後を生きる、自分自身の声に他ならないのである。

［注］

1　二〇〇二年（平成14）二月に、ようやく文庫化（新潮文庫）された。

2　「生き残り症候群」の問題に通じるPTSDについては、一九七〇年代のアメリカでベトナム復員兵の苦悩を究明する中で研究が進展した。一九八〇年には、アメリカ精神医学協会が出した『DSM―Ⅲ』によって診断基準が確立し、一般に広く認知される土壌ができた。日本では、一部の先駆的な取り組みを除き、一九九五年（平成7）の阪神淡路大震災以降に実践的な研究が本格化した。したがって、PTSDという観点を本格的に導入して日本人の「敗戦後」の問題を論じる著作は、『戦争と罪責』以前にはほとんどなかったと見なしてよいだろう。

Ⅲ　敗戦後文学としての「こころ」——漱石と教科書

1　はじめに

夏目漱石の「こころ」が国語の教科書に採録されたのは、一九五六年（昭和31）十一月に発行された清水書院の『高等国語二』が最初である。それ以前に「こころ」が国語教科書に採録されたことはない。尋常小学校用の国定教科書はむろんのこと、戦前の中等学校の国語読本を調べてみても、同じことである。少なくとも教科書教材としての「こころ」は、敗戦後に清水書院が採録するまで存在しなかったのである。[*1]

ただし、清水書院の採録箇所は、上編「先生と私」の最初の部分で、「わたしが鎌倉で先生をみかけ、心が引かれ、時々先生の自宅へ遊びにいくうちに、先生は毎月きまった日に雑司ヶ谷に墓参に行くことを知り、先生の淋しい性格が何かこのことに関係があるのではないかと疑いつゝ、その淋しい先生に心が次第に引かれていくという一節」である。「こころ」を教科書に掲載する場合の常道である下編「先生と遺書」の一節を最初に採録したのは、一九六三年（昭和38）十一月に発行された筑摩書房の『現代国語二』である。つまり、漱石教材の聖典《カノン》たる下編「先生と遺書」の一節が、教科書に掲載され、「こころ」が定番教材としての歩みをスタートさせるまで、戦争をはさんで半世紀近い歳月が必要だったということになるのだ。

たとえば、戦前の「中等国語読本」における漱石教材の採録状況については、橋本暢夫の『中等学校国語科教材史研究』（二〇〇二年七月・渓水社）に詳しい。橋本によると、夏目漱石が教科書に初めて登場したのは、一九〇六年（明治39）に刊行された『再訂　女子国語読本』の巻五に、「吾輩は猫である」の一節が「鼠を窺う」の見出しで採録されたときのことである。『吾輩は猫である』上編の刊行が一九〇五年（明治38）であることを考えると、きわめて早い段階で教材化されていることがわかる。また漱石教材を採録した教科書は、「ほぼ三〇五種、八七八冊」にものぼり、「延九八二」という高い頻度で採録されている。そのうち小説が「七八％の七六八回」を占めているのだが、「吾輩は猫である」が延一九五回、「草枕」が延四〇七回であるのに対し、「こころ」は皆無である。小説では他に、「坊っちゃん」「倫敦塔」「カーライル博物館」「趣味の遺伝」「二百十日」「虞美人草」「坑夫」「夢十夜」などが採録されているし、「文鳥」「永日小品」「思い出す事など」「子規の絵」「ケーベル先生」「硝子戸の中」など、橋本の分類によると「感想・随筆教材」にあたるものも多く教材化されている。のみならず、「京に着ける夕」「満韓ところどころ」などの「紀行文教材」、「文学論」「文学評論」などの「評論教材」、正岡子規・中川芳太郎・芥川龍之介・久米正雄宛などの「書簡教材」、「日記教材」、「俳句教材」など、バラエティに富んだ教材が採録されている。ところが、「こころ」は皆無なのである。いったいこれはどういうわけなのか。

戦後の漱石教材について見てみると、当初は「硝子戸の中」や「虞美人草」や「草枕」など、戦前の「中等国語読本」を踏襲した採録が目立つ。新しい傾向と言えるのは、成城国文学会『現代国語三上』（一九五〇年）や三省堂『新国語　文学二』（一九五三年）などで「三四郎」が採録され、東京書籍『国語二年下』（一九五五年）で「私の個人主義」が採録されたことぐらいである。

一九一四年（大正3）の発表以来、一九五六年にいたるまで四十年以上も教材化されなかった夏目漱石の「こころ」が、一九五〇年代に採用が多かった「三四郎」と入れ替わる形で一九六〇年代から七〇年代にかけて採録数を増やし続けたのはなぜか。また、戦前はまったく見向きもされなかった「こころ」が、一九六三年の筑摩書房版『現代国語二』による下編「先生と遺書」の教材化を機に、一九八〇年代には定番教材としての地位を確立し、漱石文学の聖典《カノン》としての歩みを始めることになるのはいったいなぜなのだろうか。

2　教材「こころ」の起源

一九五六年（昭和31）に初めて夏目漱石の「こころ」を採録した清水書院の『高等国語二』を編集したのは、愛知県立女子短期大学学長・日本大学教授の高木市之助と、東京教育大学名誉教授・実践女子大学教授の山岸徳平である。高木市之助は万葉集の研究者であり、山岸徳平は源氏物語の研究者として知られている。指導書の執筆者には、都立竹早高校教諭の三瓶達司、埼玉県立鴻ノ巣高校教諭の中谷幸次郎、千葉大学教授の須藤増雄が加わっているが、教科書自体は、「高木市之助・山岸徳平共編」となっているから、二人のうちのいずれかが主導的な役割を果たして「こころ」の採録が実現したとみてよいだろう。

一九五八年（昭和33）十一月発行の『教授資料』（清水書院）には、「採録の趣旨」として、次のような文章が掲げられている。

森鷗外とともに今日なお最も多くの読者を有している夏目漱石の作品は、もちろん国語教科書から逸せられるべきではない。しかし、さて、いよいよ漱石作品を採録するとして、いわゆるユーモアの筆致をもった「吾輩は猫である」「坊っちゃん」などの系列、または非人情の文学としての「草枕」以外、つまり漱石文学の根本をなしている自我の剔抉をはっきり作品面に出している作品から素材を選択することは非常に困難なことである。誰の作品でもそうであるが、殊に漱石の作品は、その作品全体の緊密な連関から部分を切り離して考えることは不可能である。しかし少なくとも高等学校の二年として、漱石文学を単なるユーモアの書としたり、また現実遊離の面のある非人情の世界に導き入れることは好ましいことではないので、青少年に最も多くの愛読者をもつ作品「こゝろ」をとりあげたのである。こゝにとりあげられた問題は学窓生活をおくる者にとって、極めて卑近なものとして映ずるにちがいない。高校二年の生活も終わりに近い時、じっくりとおのれ自身の心と対決し、ひいて人間の心の在り方にも理解の眼を向けさせたい。

国語教科書における〈暗い漱石〉誕生を告げるマニフェストである。この「採録の趣旨」で照らし出されているのは、「吾輩は猫である」「坊っちゃん」などのユーモア小説と対比されるシリアスな小説としての側面と、「草枕」のような「現実遊離」の「非人情」小説と対比されるリアルな小説としての側面である。そのうえ、「極めて卑近なもの」を見て取る「学窓生活をおくる者」の表層的な読みの裏側に、精読することによって発見されるはずの深層の読みとして、「人間の心の在り方」の問題が想定されているという構図になっている。そしてもちろん、「採録の趣旨」の執筆者が言うところの「極めて卑近なもの」とは、お嬢さんとKと「私」という三者の間に発生する色恋沙汰を指していると考えてよい。言い方をかえれば、恋愛と友情の相剋、ないしは恋愛と学問の相剋という問題である。「採録の趣旨」の執筆者の理解では、「極めて卑近なものとして映ずる」ところに、「青少年に最も多くの愛読者をもつ」理由があり、それでもなおかつ教科書に採録するのは、色恋沙汰とは異なる「人間の心の在り方」というところに「こころ」という小説の教材価値を見出しているからなのである。

色恋沙汰とは別次元のところに教材価値を見出した教科書編纂者が採録したのは、「こころ」上編の「先生と私」の一節である。鎌倉の海岸で偶然「先生」に出会った「私」が、東京へ戻ったあと、先生の自宅を訪問するようになって次第にその人間性にひきつけられていくという部分だ。全部で三十六節ある上編「先生と私」の中でも、冒頭部分に近い第四節から第七節までにあたる。ただし、Kの墓がある雑司ヶ谷への墓参を描いた部分であり、下編「先生と遺書」につながる問題の所在が暗示される重要な場面である。しかも、本文に先立って「あらすじ」が掲載されていて、「先生」が「私」に遺書を届け、自ら死を選んだことは既に明らかにされている。「あらすじ」の後半部は次のようになっている。

先生はかつて、自分と血を分けた実のおじに、財産を詐取されたことがある。これが先生の人間への懐疑の出発であった。しかし、これは自己に対する不信の念ではなかった。ところが、先生自身、ある恋愛に関して、自分の親友を裏切る行為を犯すことにより、深い罪の意識と、人間自体の持つエゴイズムに苦悩の毎日を送ることになった。その結果、倫理的見地から自己の存在に全く絶望し、ついに自分の生命を絶ったのであった。――

採録されているのは上編だが、このような「あらすじ」がほどこされていることによって、教科書の読者は、「こころ」全編のおおまかな構図をあらかじめ知った上で「先生」の墓参の場面に向き合うことになる。しかも第四節には、「先生の亡くなった今日になって、初めて解って来た」というような記述が含まれている。教科書の読者は、「自己の存在に全く絶望」した「先生」に共感しつつ、「先生」の苦悩が具体的にはどのようなものであるかを読み取ろうとする方向に誘導されていると言っていいだろう。「あらすじ」では「恋愛と友情の相剋」には詳しい言及はなされず、「極めて卑近なもの」は後景に退いている。上編「先生と私」の第四節から第七節の採録によって前景化するのは、死者と向き合う「先生」の心理の闇なのである。だから、教科書に採録された本文のあとには、たとえば次のような「学習の手びき」が付されている。

一、本文に現われているところから、「先生」の人格を説明してみよう。
二、「先生」の墓参りはどういう意味があるか。本文を読んだだけで推測してみよう。さらに「こゝろ」

全文を読んでその点を検討してみよう。

三、「先生」のような考え方について、おのおの感じた点を語り合おう。

「学習の手びき」の四と五では、教科書で既に学習済みの夏目漱石の他の小説や、島崎藤村の小説との比較検討がうながされている。したがって、一から三が「こころ」を読解する学習の中心である。二では、「こころ」全文を読むことを要求してはいるが、「先生と遺書」に描かれている恋愛悲劇に寄り添って「先生」やKの心理を追いかけることを読解の中心にしているわけではない。全てが終わり、Kという死者と向き合う先生の心理を考えることが読解の中心なのである。下編「先生と遺書」を読むのも、あらためて墓参りの場面に立ち戻り、「先生」の心情を忖度するためである。下編「先生と遺書」の一節を教材化し、友情と恋愛の相克のドラマを前景化した後年の定番教材「こころ」との決定的な違いがここにある。そして、こうした採録方法の中に、教科書編纂者の〈欲望〉が剥き出しになっている。

「こころ」という小説の基本的な構図は、友を裏切って自殺に追い込んだ「先生」が、罪障感を抱いたまま生き長らえて、Kという死者に向き合うというところにある。「先生」が乃木希典の殉死に深く心をゆさぶられるのも、生き残りの罪障感という問題と無縁ではないだろう。遺書の中で直接言及されているのは、「西南戦争の時敵に旗を奪《と》られて以来、申し訳のために死のう死のうと思って、つい今日まで生きていた」ということであり、罪障感を抱えて生きていた「三十五年」という年月の重みが強調されている。しかし、一八九二年（明治25）にいったん那須に隠棲した乃木希典が、日清・日露の戦争において再び軍務に就いていることを考えると、西南戦争だけでその死を説明することは不自然である。おそらく同時代の日本人が最も最初に想起したのは、日露戦争における一九〇四年（明治37）の旅順攻略戦との関係だろう。旅順攻略戦において第三軍司令官だった乃木希典は、二〇三高地の戦略的重要性を無視した無謀な総攻撃を繰り返し、五万人を超える大量の死傷者を出してしまう。しかも、一連の戦闘で長男の勝典、次男の保典を相次いで亡くしてもいる。殉死の理由としては、三十五年前の西南戦争よりもはるかに話が通じやすい。逆にいえば、だからこそ遺書の中ではるか昔の「西南戦争」に拘泥して殉死したとされていることに深く心を動かされたとも言える。

たとえば、「徴兵忌避者としての夏目漱石」[*2]を書いた丸谷才一も、「先生と乃木大将とのアナロジーはどうも成立しにくい」と言い、「乃木大将はいったい誰に対して裏切りの罪を犯したのか」と述べておきながら、結局「兵士たちを二〇三高地でさんざん戦死させたにもかかはらず生きつづけた乃木大将は、Kを死なせたにもかかはらず生きつづけた先生と相似形をつくる――漱石はおそらくさう感じたのではないか」と書きつけている。もちろん、夏目漱石が四国の松山へ行ったのは徴兵忌避の現場である東京や北海道から遠く離れたかったからだとか、山口の高等学校へ行かなかったのは「彼が『捨て』ねばならぬ東京と地つづきのため」であったからだとか、「有名な探偵嫌ひ」も「自分の徴兵忌避があばかれることを恐れてゐた」せいだとかいう丸谷才一の説は、牽強付会の言というしかない。漱石自身の徴兵忌避に対する罪意識とその事実が暴露する事に対する恐れを、「こころ」という小説から読み取ることは難しい。[*3]しかしここで注目したいのは、ちょうど定番教材への道を歩み始めた「こころ」の中に一九六九年（昭和44）の段階で「徴兵忌避者としての漱石」という問題を見出しているのが、一九二五年（大正14）生まれの丸谷才一であるという事実である。徴兵忌避者としての夏目漱石の罪意識に言及する次の指摘などは、ほとんど丸谷才一の自己分析であるとさえ言える。

同世代の若者たちに対する漱石の裏切りの念の辛さと、いはば彼の幼な馴染みの友である明治国家（明治元年に彼は満一歳である）への裏切りを悔む心とは、微妙に交錯してゐたにちがひない。しかもその明治国家に対して彼がどんなに批判的であつたかは、『三四郎』の広田先生が東海道線の車中で呟く富士山についての片言隻句でも見当がつくだらう。

三島由紀夫と同じ一九二五年（大正14）生まれの丸谷才一は、昭和元年に満一歳である。したがって、「漱石」を「丸谷」に、「明治」を「昭和」に置きかえれば、ほとんどそのまま丸谷才一論になってしまう。もちろん、丸谷才一は「三四郎」を書いてはいないが、「昭和国家に対して彼がどんなに批判的であったか」を示す一節を丸谷才一文学の中から探すのはさほど難しいことではないだろう。現に「徴兵忌避者としての夏目漱石」の冒頭近くでも、「分析的に語ることはむづかしい」と断りながら、自らの「軍人嫌い」について言及している箇所があり、「ぼくの少年期の主題は国家と軍隊への拒絶、虚しい拒絶であつたように思ふ」と書きつけている。「幼な馴染みの友である明治国家」に対する夏目漱石のアンビバレントな感情を指摘する丸谷才一自身の心理の中に、「幼な馴染みの友である昭和国家」に対する愛憎相半ばする複雑な思いを読み取ることは、十分に可能なのである。

一九七三年（昭和48）六月に刊行された講談社文庫版『笹まくら』の巻末に付された「著者自筆」の「年譜」によると、丸谷才一はどうやら徴兵拒否はしていないらしい。新潟高等学校文科乙類在学中に徴兵され、一九四五年（昭和20）三月に「山形連隊に入営」している。八月に敗戦を迎えると九月には復学。その後、東大英文科に入学し、卒業後は都立北園高校の教壇に立ち、一九五四年（昭和29）には国学院大学助教授になっている。作家の「自筆年譜」であるし、特に戦争中のことについてはどこまで事実に即しているのかわからないが、こうした記述の背後から丸谷才一の戦争体験のありようを想像することは可能だろう。丸谷才一が意識の上でどのように自らの戦争体験を処理していようが、級友を含む同世代の青年が数多く死んでいったという事実が彼の心にまったく何の影も落としていないと考えることは困難だからである。徴兵忌避をしておきながら「乃木大将の殉死にあれほど素直に感銘を受ける主人公」を描く夏目漱石を、敗戦後の丸谷才一が「偽善的な文学者」として再発見し得たのは、自らが同じように「偽善的な文学者」であったからに他ならない。もちろん、ここで言う「偽善的」ということばが、虚構世界の創造者たる作家にとって、褒詞ともなり得るものであることは言うまでもない。

戦争や震災などの大きな災厄を体験した者は、生き残っているという事実そのものを基盤としたいわれのない罪障感に苦しめられることがある。精神分析学者の野田正彰はこれを〈生き残り症候群〉[*4]と呼んでいるのだが、敗戦後の日本人は、死者たちが殉じた戦前の価値観を放棄して新たな社会を作り始めてしまった以上、少なくとも生き残りの罪障感に見舞われる潜在的な可能性を持っていると言える。だからこそ、歴史的仮名遣いにこだわり、徴兵忌避者を「自由な反逆者」として描いた『笹まくら』（一九六六年七月・河出書房）の作者である丸谷才一が、「こころ」の背後に懲役忌避に対する夏目漱石の「重大な罪意識」を読み取ったのである。丸谷才一の次のようなことばは、生き残りの罪障感を共有する者だからこそ書き得たと考えた方が合点がいく。

一般に青年にとつて、自国の戦争は、自分の命を捨てなければならぬことを意味するゆゑ、極めて深刻な問題である。それに漱石の場合には、わづか二年前の徴兵忌避のことがあるから、もしあのときああいふ処置を講じてゐなければ自分は今ごろ兵隊として戦つてゐたはずだといふ気持があつたことは、容易に推定できよう。しかし問題なのは、そんなふうに想像して味はふ恐怖や安堵感のせいでの心のドラマではない。それももちろんあつたらうし、徴兵のがれがもしあばかれれば軍国的な風潮のなかで指弾されるといふ怯えも作用したらうが、自分と違つて徴兵忌避をしなかつたせいで兵隊に取られ、いはば自分の身代りのやうに戦死して行つた同年輩の若者たちに対してすまないという気持、自責の念、自分は卑怯者なのではないかといふ疑惑、ひよつとすると自分の単なるエゴイズムなのかもしれぬものへの悔いは、もつと痛切に彼を苦しめたであらう。

教育現場での実践を通じて定番教材の誕生に寄与したであろう国語教師たちの中にも、丸谷才一と同世代の文学青年が数多くいた。また、敗戦後の日本で教科書編集に携わったのは、徴兵忌避者と同じように戦争をやり過ごした、丸谷才一よりも年長の文学研究者たちである。徴兵忌避者を英雄視し、軍隊に対する嫌悪感をことばにしてはばからない丸谷才一が、その一方で夏目漱石の「徴兵忌避に対する罪意識」を読み取っていることは、その意味で非常に興味深いことと言えよう。定番教材「こころ」における生き残りの罪障感という問題は、敗戦後の教科書編集に携わった明治生まれの国文学者や、復員して敗戦後の日本で教壇に立ち、「こころ」の定番教材化に貢献した国語教師たちの問題でもあり得る。戦前には教材化されることがなかった「こころ」が、敗戦後に教材化されるや一躍定番教材への道を歩み始めたのはなぜかという問題を解く鍵がここにある。

3　定番教材への道

「こころ」の定番教材としての基本形を作ったのは、一九六三年（昭和38）に発行された筑摩書房版『現代国語二』である。清水書院版とは異なり、下編「先生と遺書」の一節を採録していて、他の教科書会社が「こころ」を採録する際の範型となった。筑摩書房版の教材「こころ」は、次のようなリード文から始まっている。

『こころ』は、「先生とわたくし」「両親とわたくし」「先生と遺書」の上・中・下の三編より成っている。上編では、「わたくし」なる青年が、偶然、鎌倉の海岸で先生と知り合いになり、その人柄にひかれて、先生のもとに出入りするようになり、中編では、大学を卒業して故郷に帰り、重病の父を看護している青年のもとに、自殺した先生からの遺書が送りつけられる。下編はその遺書で、先生(以下本文中の「わたくし」)の暗い過去が語られ、死を決意するに至った心事が述べられている。

ここに採ったのはその下編の一部である。

「こころ」全編のあらましを提示した上で本文につなげている点では、清水書院版と共通している。本文は下編「先生と遺書」の一部であり、二六節最後の部分から三二節までのあらすじをはさんで、二三節から五〇節までが、二段組で二五ページにわたって採録されている。五一節以後の物語についても、本文のあとに要約が示されている。採録部分の物語の焦点は、お嬢さんをめぐる「先生」とKとの争闘であり、クライマックスはKの自殺である。したがって、清水書院版とは異なり、教科書の読者に見えてくるのは、「恋愛と友情の相剋」、言いかえれば色恋沙汰である。お嬢さんをめぐる争闘に勝利し、生き残った先生が、祥月命日に墓参してKという死者とどのような思いで向き合っているのかという問題は後景に退かざるを得ない。もちろん、教科書採録部分の前後にあらすじがほどこされているから、「こころ」全編のあらましは理解できる。清水書院版と同じように、「学習ノート5」には「できれば、『こころ』全編を通読してみよう。」という記述もあり、発展的な学習として死者に向き合う「先生」の心情に思いを寄せることもできない話ではない。

たとえば、教授資料『現代国語　学習指導の研究二』(一九六四年四月・筑摩書房)の解説も、漱石と鷗外を「近代日本文学の最高峰」と称揚した上で、次のように述べている。

「自己の心を捕えんと欲する人々に、人間の心を捕え得るこの作物を奨む。」と、漱石は広告文に書いているが、自己と人間の心を深く捕えることを願うすべての青年にとって、この作品は心の真実の十字架としてきびしく光り輝いている。青年期は、自我の問題に悩み、友情の問題に悩み、恋愛の問題に悩み、その他多くの人生問題に悩むが、そのいずれも解決のなまやさしいものではない。この作品は、友情と恋愛のからみ合いを主題としながら、自我意識を鋭く、深く分析して、人間存在の深奥にひそむ真実を凝視し、その倫理的課題を追求している。学習者にとって、あるいは刺激が強すぎるかもしれないが、しかし、このような問題が決して自分たちの将来にとっても無関係なものではないという関心から、学習意欲をかき立てられることと思う。

「人間存在の深奥にひそむ真実を凝視し、その倫理的課題を追求」とか「心の真実の十字架」ということばを書きつけた執筆者の脳裏には、Kの死後生き残って罪障感を背負い続ける「先生」の孤独な姿が浮かんでいると思われる。青年期を終え、敗戦後の日本で「大人」として生きている教科書編纂者や国語教師にとって、死者と向き合う生者の罪障感こそ「十字架」という比喩には似つかわしい。その一方で、下編の二三節から五〇節までの採録によって、高校生の前に「主題」として立ち現れてくるのは、「友情と恋愛のからみ合い」という「極めて卑近なもの」である。つまり、筑摩書房版の採録方法は、一方で生き残りの罪障感を抱える教科書編纂者および国語教師の「倫理的課題」を代行し、他方で「極めて卑近なもの」に心を奪われる高校生の心理にこびているのである。

たとえば、教科書に付された「学習ノート」や「学習の手引き」を見ても、「先生」とKの心理分析に重点が置かれていることが明らかで、学習のまとめに相当する「学習の手引き」三～五には次のような課題が設定されている。

三　友情と恋愛の問題から、この小説に描かれている人間関係について話し合おう。

四　作者は、友情と恋愛の問題を追及しながら、この作品で何を描こうとしていると考えられるか。

五　この小説の文体の特色は、どんな点にあると思うか。

一九六四年（昭和39）四月に教師用指導書として発行された『現代国語　学習指導の研究　二』の「学習の展開（例）」を見ると、全六時間の中の第三時と第四時が、「友情と恋愛のからみ合いをたどる――心理分析を中心に――」という内容になっている。しかも「友情と恋愛の問題」を取り上げた「学習の手引き」三・四を中心とした話し合いの時間が、「主題をめぐっての討論会」として第五時に設定されている。第六時は「漱石文学の特質と『こころ』の真実」となっていて、教師が講義を行うことによって締めくくる形が取られている。ただし、一九六七年に改訂版が出たときには、第六時は割愛され、第五時がまとめの授業になっている。教科書編纂者が想定している授業展開の中心が、「先生」の恋愛と友情をめぐる心理的葛藤の劇に置かれていて、教師の実践もそういう方向に向かいつつあることが推測できる。友情と恋愛の葛藤に即した授業展開の方が生徒の「食いつき」がよく、「漱石文学の特質」の講義などは蛇足だということなのだろう。新しく採録された教材であり、教師用指導書の教師に対する影響力が現在よりも相対的に高かったと推測される時期のことだけに、「恋愛と友情の相克」という問題を重要な学習課題として取り上げていることは、「こころ」が定番教材になっていく要因を考える上で重要である。

一方で、指導書の「教材の研究」には、次のような記述もある。

主題　教科書に採った部分は、下宿のお嬢さんへの愛情をめぐって、「わたくし」と友人Kが対立し、「わたくし」の策略に敗れたKが自殺する話で、青年期の友情と恋愛の葛藤が死の悲劇を導く過程を心理的に描いているが、原作『こころ』の下編の主題は、Kの自殺によって、「わたくし」が自己の不信行為による罪の意識からのがれることができず、お嬢さんと結婚した後も、生きる倫理的根拠を失って苦悩し、ついに自殺するに至る後半の部分ではっきりしてくる。すなわち自我の拡充が他人を傷つけ、ひるがえって自己を傷つけることになる人間のエゴイズムの根深さがきびしく直視されている。

教科書の読者たる生徒が「青年期の友情と恋愛の葛藤が死の悲劇を導く過程」に「主題」を見ることを想定しつつ、教科書で授業を構想する側は「自己の不信行為による罪の意識からのがれることができず、お嬢さんと結婚した後も、生きる倫理的根拠を失って苦悩」する「先生」の中に「人間のエゴイズムの根深さ」という「主題」を見ているのである。教師用指導書の世界を「内」、教科書を読む生徒の世界を「外」とすれば、まさにダブル・スタンダード（二重基準）と言ってよい。しかも、「友情と恋愛の葛藤」を追体験しながら教科書を読む高校生は、終生ぬぐうことのできない罪障感を抱えたまま苦悩の中を生き続ける「先生」を許容し、免罪する可能性が高い。「こころ」をラブロマンスとして読むような、「卑近なもの」に関心を寄せる教科書の読者にとっては、苦悩とともにお嬢さんを手に入れた「先生」は、その生を肯定されるべき〈主人公〉であるからだ。そのうえ、かりに生き残りの罪障感を抱えた教師が「こころ」を教えたとすれば、生徒とともに行われる「先生」の罪の赦免は、心理的には自らの罪障感の解除にも転化し得る。「先生」を断罪することが困難であると感じられる授業を成立させることが、自らの生き残りの罪障感を解除することにつながるという心理的機制がここにはある。そう考えると、「先生」という普通名詞を二人称や三人称としてだけではなく、一人称としても使い得るということが、極めてグロテスクなことに思えてくる。たとえば、教室という空間で、「先生の罪を赦せますか。」という発話をした場合、「先生」とはいったい誰のことだろうか。

「主題」をめぐるこうしたダブル・スタンダードは、教える側と教えられる側にカタルシスをもたらし、「こころ」の定番教材化を推進する原動力となった可能性が高い。上編の墓参場面を採録した清水書院版と、下編の友情と恋愛の葛藤の場面を採録した筑摩書房版の決定的な違いはおそらくここにあるのだ。

4　定番小説誕生のバックストーリー

清水書院の『高等国語二』の編者である高木市之助は、一八八八年（明治21）生まれ。一九二四年（大正13）の創立時から九州帝国大学に転出する一九三九年（昭和14）にまで京城帝国大学法文学部の国語国文学第一講座を担当している。朝鮮半島における〈国語教育〉の中心にいたわけである。

筑摩書房の『現代国語二』の編者である西尾実は一八八九年（明治22）生まれ。戦後は国立国語研究所の初代所長となるが、戦前は松本女子師範学校や東京女子大学で教鞭をとっているだけではなく、満蒙開拓青少年義勇軍送出に大きな役割を果たした信濃教育会発行の『信濃教育』編集主任を務めていた。

同じく『現代国語二』の編集者に名を連ねている臼井吉見は、一九〇五年（明治38）生まれだが、松本女子師範学校を退職して上京し、東京女子大学に勤めたあと、一九四三年（昭和18）十月に三十八歳で陸軍少尉として応召している。

さらに、『現代国語二』の教師用指導書の「作品鑑賞」の中で自殺を決意するに至る「先生」の心理を詳述し、「終生ぬぐうことのできぬ罪障意識」にまなざしを注いでいるのは秋山虔であり、「漱石は『こころ』の主人公を自殺させた。しかし自身では死ねなかった」と同じ指導書の「作者研究」に書きつけたのは分銅惇作である。いずれも一九二四年（大正13）生まれで、丸谷才一と同世代だ。

彼らの過去は、敗戦後を生きる日本人にとっては決して特別なものではないだろう。ここまでに挙げた人物以外の編者や指導書執筆者も、多かれ少なかれ似たような形で戦争をくぐり抜けて来たに違いない。だから彼らは、「徴兵忌避者としての夏目漱石」を書いた丸谷才一と同様に、死者と向き合う「先生」の罪障感に敏感に反応するような心的条件を、少なくとも識域下には持ち合わせていたはずである。もちろん、教科書編纂者のどのような心理が「こころ」の採録をうながしたのかを、実証的に明らかにすることはきわめて困難である。しかし、教科書に採録され、定番教材となって多くの教師と高校生に読まれてきた受容史の問題が重要であるとするなら、高木市之助や西尾実が「こころ」に何を読み取っていたのかを考察することは無意味ではあるまい。[*5]二十一世紀初頭の現在、夏目漱石を研究している国文学者の大半が、教科書で下編の一部を読んだ上で「こころ」全編を文庫本で読んで感想文を書くことを強いられてきた高校生だったであろうことを考えるとなおさらだ。[*6]

「こころ」という小説を聖典《カノン》に祭り上げていく最初の導因になったのは、教科書編纂者および国語教師が抱える敗戦後の罪障感ではなかったか、ということが、ここまで論じてきたことから導き出されたわたしの仮説である。受容史という観点を導入すれば、「こころ」はまさしく敗戦後文学としての相貌を持っているのだ。この仮説の延長線上には、抑圧された生き残りの罪障感を解除するための「鑑賞」を押しつけられた高校生が、「先生」を免罪するような読みを拒絶することで研究者として出発したのではないかという第二の仮説が提示し得る。「先生」に遺書を押しつけられた青年「私」に読みの比重を移すことで従来の読みを組み換えた小森陽一は一九五三年（昭和28）生まれ、石原千秋は一九五五年（昭和30）生まれである。つまり、敗戦後の罪障感を抑圧したまま「偽善的な」生を営む世代への反発や、教壇に立つ教師への敵意が、「こころ」の「先生」に対する批判的なまなざしの由来ではないかという仮説である。もちろん、こうした仮説を検証していくためには、「こころ」が定番教材となっていった時期に影を落としていたはずの、政治運動「敗戦後」の罪障感も考慮する必要がある。たとえば、しばしば夏目漱石に擬せられる村上春樹の小説などに影を落としているような政治運動「敗戦後」の罪障感である。しかも、「こころ」が未だに定番教材であるということを考えると、日本人にとって「敗戦後」とはじつは常に現在進行形の問題ではないのかという第三の仮説も提示し得るのだが、これらの仮説の検証は他日を期したい。

[注]

1　関口安義「漱石と教科書」（一九八二年五月・竹盛天雄編『別冊國文學№14 夏目漱石必携Ⅱ』學燈社）に付された「主要教科書漱石作品一覧表」の中では、一九六三年（昭和38）十一月の筑摩書房刊『現代国語2』が『こころ』を収録した最初の教科書である。しかしその後、鈴木豊次や藤井淑禎らによって清水書院版の存在が明らかになった。井上孝志の『高等学校における文学の単元構想の研究―「こゝろ」（夏目漱石）の教材解釈と実践事例の検討を通して』（二〇〇二年二月・溪水社刊）に、その間の経緯が簡潔に記してある。

2　初出は一九六九年（昭和44）六月『展望』。その後、一九七九年（昭和54）六月に刊行された『コロンブスの卵』（筑摩書房）の巻頭に収録された。

3　駒尺喜美は「丸谷さんへの手紙―漱石にとって『こゝろ』は何を意味するのか」（一九六九年八月『展望』）の中で、「『こゝろ』を証拠として漱石の『うしろめたさ』をいい立てること」に疑義を呈している。

4　前出『戦争と罪責』（一九九八年八月・岩波書店）。

5　受容史を考える上で逸することのできない、最も早い時期の実践記録に、都立航空高専教授だった増淵恒吉の『『こころ』の学習指導』（一九六六年七月『日本文学』）がある。増淵は一九〇七年（明治40）生まれで、臼井吉見とほぼ同世代である。

6　たとえば、一九六七年（昭和42）一月に刊行された回想記『国文学五十年』（岩波新書）によると、高木市之助が東京帝国大学を卒業したのは、「明治四十五年七月十日」のことである。卒業式に臨幸した明治天皇は、まもなく床に伏し、崩御する。つまり、高木市之助は、「こころ」で「先生」の遺書を受け取る青年「私」と同世代なのである。同じ年に東京帝国大学選科に入学している西尾実も、年齢は一つ下で同世代である。彼らが父の時代である「明治」をどう捉え、「昭和」をどう生きたかということは、定番教材「こころ」誕生の経緯を考える上では、無視し得ない問題だ。

Ⅳ　敗戦後文学の時空——野間宏「崩解感覚」論

1　はじめに

野間宏「崩解感覚」は、一九四八年（昭和23）一月から三月まで『世界評論』に連載された初出時の表記に従えば、「Ⅰ」「Ⅱ」「Ⅲ」の三つの場面に分けられる。「Ⅰ」は、恋人の西原志津子との待ち合わせの場所へ向かおうと部屋を出た及川隆一が、下宿の主婦に呼び止められ、自室で縊死した荒井幸夫の死体と対峙する場面である。荒井幸夫は、学徒出陣して復員した沼津の旅館の息子で、大学の法学部に通っていた。ところが、彼の学問は、一九四六年（昭和21）十一月の日本国憲法公布に始まる日本の法体系の大がかりな解体再構築の中で過去の遺物と化し、おそらくは大日本帝国憲法下の諸法規を収めた分厚い法律書を踏み台にして自室で縊れてしまったのだ。荒井幸夫の死体が宙吊りになっている部屋の窓から「晴れた自由な青い空」が見えるというアイロニックな構図の中に、GHQ主導の戦後改革に対する批評が感じられる。さらに、戦場での過酷な体験も示唆されていて、荒井幸夫の死は、過去の出来事に由来するトラウマと、現在進行形の〈戦後〉に押しつぶされた、広義の戦死と言ってよいだろう。しかもこの場面は、死者と向きあう生者が描かれているという点では、自室に安置された荒井幸夫の遺体に及川隆一が形ばかりの「拝礼」を捧げる「Ⅲ」（終章）と対になっている。

「Ⅱ」は、約束の時間を三十分以上過ぎて下宿を出た及川隆一が、待ち合わせ場所の飯田橋駅で西原志津子の姿を見つけることができず、行き場をなくした肉欲を抱えたまま当て所もなく九段界隈を彷徨する場面である。この場面は、自室の寝床に入った及川隆一が内省する場面とともに、「たえず現在する過去に緊縛された人間の生存の実相を、…新心理主義的方法に寄り添うだけでなしに、…〝内臓感覚〟をもって、前人未踏の表現世界を出現させた…」[*1]とか、「…屈曲した表現によって仮構された内部感覚は、…自我や身体を支え、作り上げている存在の原形質の世界をのぞいたような感触を抱かせる…」[*2]といったような、身体論的もしくは実存主義的な言説によって「鑑賞―研究」されてきた。こうした読まれ方、論じられ方は、「フロイド流の意識の流れ」[*3]を指摘した杉浦民平や、「腎臓や膀胱のあたりでものを考えた小説」[*4]と述べた本多秋五などの「崩壊感覚」論と結局は同工異曲である。とりわけ、九段界隈の彷徨シーンである「Ⅱ」は、自室で横たわる及川隆一の内部知覚としての自己意識が描かれている「Ⅲ」とともに、「意識」「実存」「身体」といったタームを用いた言説にからめとられて論じられることが多かった。テクストのことばと向き合って、及川隆一の身体なり意識なりのありようを具体的に分析する作業が軽視され、抽象的な議論に終始してきたと言ってよいだろう。

　本稿は、九段界隈を彷徨う及川隆一を描いた「Ⅱ」の部分を詳細に検討することで、『近代文学』同人だった本多秋五や埴谷雄高など、野間宏周辺の読者によって成立し、実存主義や身体論などの言説を組み込みながら今日にいたるまで再生産され続けてきた従来の「崩解感覚」の読みを、ドラスティックに組み換える試みである。

2　靖国神社の見える場所

荒井幸夫の死体から解放され、約束の時刻を三十分も過ぎてから下宿を出た及川隆一が、ようやく飯田橋駅に着いたときには、「橋のたもとにはすっかり夕暮の色が下りて」いて、西原志津子の姿はすでになかった。駅前のロータリーの前にしばし佇んだ後、及川隆一は、何かに導かれるかのように「省線のガード」をくぐり、どこへ向かうともなく歩き始める。この場面で及川隆一が彷徨する都市空間は、「崩解感覚」という小説の読みを生成させる上で、無視し得ない力を読者に及ぼすトポスである。手榴弾で自殺を図ったものの、「兵役忌避」のために故意に指を落としたと疑われ、転属を命じられて結局戦争を生き延びてしまった及川隆一がたどった道筋を、固有名を拾い出しながらざっと追跡しておこう。

駅前のロータリーで「飯田橋公共職業安定所」の白い案内柱の墨字を読みながら、交差点の上の架空線の網の目にまなざしを向け、坂道を降りてくる都電を視野に収めた及川隆一は、わき上がってきた「ぬらした自己の崩解感」から逃れるように、「省線のガード」をくぐり、富士見町の方に坂道を上っていく。「でこぼこのある悪い道」を上っていくと、「富士見町教会の高い尖塔」が見え、教会のところまで行くと、「自分の体が、何者かの手で左手の方に強くひっぱられる」のを感じる。左へ曲がると「米久の肉屋」があり、志津子の家の方に行けるのだ。しかし「左手の方に引っぱられる自分の身体に抗って」まっすぐに道を進んだ及川隆一は、「逓信博物館」「月曜書房」「逓信病院」「法政大学」などのランドマークを認知しながら、堀端の道を歩き続け、「三輪田高女」の門の前に出る。ここを左に曲がり、「一口坂停留場」の前に出る「九段三丁目の上り坂」を「牛込電話局」のあたりまで来たところで、及川隆一の遊歩する速度に合わせた情景法的な語りは終わる。その後は要約法的に叙述され、「そして及川隆一が、疲れてというよりもその疲労を自分のものにして下宿にかえりついたのは十時をすぎてしまっていた。」という一文で「Ⅱ」は結ばれている。この九段界隈の彷徨シーンにおいて、特に富士見町の坂道を上り始めてからの都市空間には、さしあたり以下のような問題を見て取ることができるだろう。

まず大雑把に問題の所在を言っておけば、一連の都市空間は、及川隆一の意識と身体に働きかけてくるような土地の記憶や固有名に満ちた、特異な空間であるということだ。及川隆一は元陸軍兵士である。したがって元陸軍兵士として九段界隈を彷徨する及川隆一には、行軍する身体の記憶が刻み込まれている。九段界隈をふらふらと歩いたあと、午後十時過ぎに御茶の水の下宿にたどり着いたということは、この日の夕刻以降、少なくとも三時間から四時間にわたって、あてもなく歩き続けたことになる。距離にして十数キロにはなるだろう。交通機関が発達した現代人の感覚からすると想像しにくいことだが、重装備で一日に数十キロを行軍するような経験をしてきたはずの元陸軍兵士にとって、装備なしで町中を三、四時間歩くことは、肉体的には苦もないことだったにちがいない。問題は、行軍する身体の記憶を刻み込まれた及川隆一が、九段界隈の空間的布置をどのように感受していたかということだ。小説中に「はるか下方の暮れ残った見附の堀にボートが浮んでいた」という描写があるが、及川隆一がたどる堀端の道には「牛込見附」と「新見附」がある。これら「見附」とは、言うまでもなく江戸城三十六見附であり、外敵に備えて番兵をおく施設である。及川隆一が歩いている空間には、「城」という戦略的な建築物の記憶が刻み込まれていることになる。当然のことながら、外堀に面した「牛込見附」「新見附」は、その機能に適した高所にあり、堀端の道を歩く及川隆一の右側には広大な空間が広がっている。視界の広がりと、土地の起伏、立木や水などの地勢的な情報は、陸軍兵士にとっては生死にかかわる重要なものである。ビルに囲まれた都市空間を歩く現代人が、せいぜい数メートル四方の身体感覚に基づいて空間移動するのに比べ、めぼしい建物がなくなった焼け野原を歩く元陸軍兵士は、圧倒的に大きな空間を認知する身体感覚をもっていたはずである。したがって、九段界隈を彷徨する及川隆一の意識が、固有名を持つランドマークだけに向けられていたとは考えにくい。

まず、見附のある見晴らしのよい場所からまなざす者として、外堀側の空間の広がりに意識を向けていたに違いない。「見附」から「見る」者、つまり戦場の論理としては強者の位置に立つ自分を感受していたに違いないのだ。及川隆一は沈みゆく夕陽を見ただろうか。あるいは、焼け野原に残されたランドマークのいくつかを視野におさめただろうか。ひとつだけはっきりしているのは、先ほど触れた「はるか下方に暮れ残った見附の堀にボートが浮んでいた」という記述のあとに、「堀の向うの建築場から、たーん、たーんという規則的に反覆される槌の音がきこえて、及川隆一の心の中のほのかな痛みをうちつける」という記述があることだ。この部分は、上ってきた富士見町の坂道に続く道から、一段高くなった堀端の堤の上の小径に出た直後の描写で、「つき出た松の枝の間から空気が透けて」視界が開けた直後、つまり自分の身体を見晴らしの良い場所にさらした直後の及川隆一の意識のありようを伝える場面である。この場面には、元陸軍兵士としての意識が色濃く表出されていると言えるだろう。なぜなら、元陸軍兵士としての記憶が、「たーん、たーん」という銃声に似た音に反応している場面だと考えられるからだ。

さらに、外堀側の空間とは逆に、及川隆一の立つ場所の左手はじつは高台になっている。つまり、右側の空間との関係とは逆に、左側の空間を意識したときの及川隆一は、「見られる」者としての自分を感受することになる。教会の前まで出たときに「何者かの手で左手の方に強く引っぱられ」たのだが、まさにその「何者か」がいる方向が、及川隆一のいる場所を「まなざす」場所であり、相対的に高台になっている場所なのである。

その場所にいったい何があるか。

「九段」という地名からすでに明らかだと思うが、及川隆一の左手には、大村益次郎が高燥の良地を選んで建立した「東京招魂社」、つまり「靖国神社」があるのだ。堀端の道を歩く及川隆一の視界に、「戦友」が眠る靖国神社があるということは、これまで全く注目されてこなかったのだが、作中人物とともに読者が都市空間を追体験したときに無視し得ない場所であることは明瞭だろう。「靖国神社」は直接語られることはないし、歩き続ける及川隆一がランドマークとして認知したことを間接的に示す記述すらない。しかし、戦略的に重要な「高燥の良地」の方角を、元陸軍兵士が意識しなかったとは考えにくい。また、「九段の母」ということばに明らかなように、「九段」という地名は、「靖国神社」の代名詞である。しかも、「Ⅱ」の終わり近くで及川隆一が立ち止まった九段三丁目の坂道にある牛込電話局の角は、靖国神社の裏門まで百メートル足らずしかない場所なのだ。したがって、ガード下から次第に高台へと上っていくルートの後半に位置する「九段三丁目の上り坂」とは、元陸軍兵士の及川隆一にとっては、「九段参丁目の上り坂」だったとさえ言えるのである。

野間宏が一九四六年（昭和21）から翌年にかけて住んだ学生会館（学徒会館）は、九段下から田安門を入った代官町にあった。元は近衛師団司令部などがあった場所で、現在は日本武道館が建てられている一角である。周知の通り、靖国神社を間近に望む場所である。したがって、及川隆一が歩いたコースは、野間宏が実際に何度も歩いた場所だったと推測できる。また、この場面で及川隆一が認知する「月曜書房」は、埴谷雄高の「持続者・野間宏」[*6]によれば、岡本太郎や花田清輝が中心となって結成され、野間宏も参加した「夜の会」の第一回会合が行われた場所であるという。埴谷雄高は、その中で次のように述べている。

『崩解感覚』の場合、緻密に描き出されるのは、恋人とつねに会っている場所、東京の市ヶ谷寄りの飯田橋駅の附近である。ところで、野間宏がこのあたりをこれほど仔細に歩いていたのかと私が感銘するのは、私達がその頃よく訪れていた前田隆治の邸宅、その二階が月曜書房の最初の事務所となった場所の付近をも、主人公が細密に歩いていることである。

「夜の会」のメンバーの一人だった佐々木基一は、「九段の濠の内側の焼け残った建物に彼を訪ねて行ったときのことはよく憶えている」とも書いており、[*7]『近代文学』周辺の友人たちは、「散歩者野間宏」（埴谷雄高）と付近を歩きながら語り合ったこともあるはずだ。したがって、野間宏も、周辺にいた同時代の文学者たちの多くも、月曜書房の近くに靖国神社があることなどは百も承知のはずなのだ。にもかかわらず、「靖国神社」の問題は、これまで全く触れられることはなかったのである。

もう一つ、及川隆一および読者の潜在意識に働きかけるものとして、ランドマークとして認知された建物の固有名をあげることができる。敗戦直後に米国陸軍によって撮影された空中写真をもとに作成され、焼け残った建物が丁寧に書き込まれている当時の地図[*8]によると、九段界隈にはめぼしい建物はあまり残っていない。わずかに残った建築物の中で、いくつかのものは、及川隆一の意識によって固有名とともに認知されているのだが、それらの固有名は、及川隆一および読者の潜在意識に働きかけることばのざわめきを惹起させる。たとえば、「逓信博物館」や「逓信病院」は、「挺身」ということばと連合関係を形成し、「三輪田高女」という固有名を巻き込みながら、女子挺身隊のイメージを喚起する。また「富士見町教会の高い尖塔」は、「天国へか、神への憧れか?」という思いを及川隆一の意識にのぼらせつつも、聴覚映像としては「不死身」「境界」「他界」「戦闘」といったことばと連合関係を形成する。さらに「法政大学」は「砲声」に通じ、「一口坂」を「人朽ち土に反《か》える」と解読することすら可能だ。吊り下げられた肉塊のイメージを媒介として、「米久の肉屋」が荒井幸夫の縊死体とイメージ上の連関を生成することまで考えれば、「靖国神社」を持ち出す前に、すでに及川隆一の潜在意識は、戦争や死の記憶につながることばたちのざわめきによって揺さぶられ続けていると言える。

ついでにもう一つ付け加えれば、いくぶん唐突に言及される「男爵前島密の立像や、その前にならんだ三つの胸像」は、一九四七年(昭和22)三月に設置された、忠霊塔忠魂碑等の撤去審査委員会の決定にしたがって行われた銅像撤去を想起させるものだ。「崩解感覚」発表前年の七月に撤去された神田万世橋の「軍神廣瀬中佐像」をはじめ、麹町の「東郷元帥胸像」や九段の「尼港殉難之碑」等、多くの銅像や記念碑が撤去された一方で、靖国神社のシンボルとも言える「大村益次郎像」や日露戦争で満州軍総司令官をつとめた陸軍大将「大山巌像」、「品川彌二郎」像などは残された。銅像の中の生き残り組であるという意味合いにおいて、「前島密像」は「大村益次郎像」と等値しうる表象である。敗戦後の時空に過去の偉人たちの銅像が屹立するさまは、靖国神社という存在のありようそのものを象徴しているとも言えるだろう。

3　西原志津子という女

及川隆一が歩いた九段界隈は、靖国神社という元陸軍兵士にとって特別な場所を焦点とする空間であるとともに、西原志津子との性愛空間でもある。堤の上の小径から九段三丁目の坂道へと歩き続ける及川隆一は、道端のランドマークを認知しながら道筋をたどる知覚的な表象と、西原志津子との逢瀬を重ねる過去の記憶によって二重化されている。しかも、靖国神社に象徴される戦争の記憶は、言わば潜在意識の中に抑圧されていて、顕在化することがないままに及川隆一の身体をゆさぶる。たとえば、富士見教会のある牛込見附の交差点のところで、志津子の家がある方角、別の言い方をすれば靖国神社の大村益次郎像の方角からの力を感じながら歩き続ける場面は、次のように描写されている。

…彼は、左手の方に引っぱられる自分の身体に抗って真直ぐに道をとり、逓信博物館の右手の方に出て行った。
道を右手にとったとは言え、この辺りの景物の一つ一つには、志津子の息や、紅の色や、ストッキングや、汗のういた掌の体温が、附着しているのである。この博物館の前庭から通りを見下している男爵前島密の立像や、その前にならんだ三つの胸像が、くらい闇の中にくろぐろとしずまっているのを左手にして、彼の腕に腕をとおしてくる志津子のなすにまかせて、彼はこの夏、たびたびこの道をとおりすぎた。もっとも、腕を組むなどということは、既に彼としてはできがたいことではあったのだが。彼はただ、この道の先に拡がる焼跡のくさむらで、志津子の押しつけてくる顔の手ざわりを得ることを考えて、体をふくらせ、歩いて行くのだった。勿論、志津子から得るものと言っては、その肌のもつ、あの弾力以外に何があろうか。彼の意識が対象から解放されるあの柔らかい没入以外に何があろうか。それは志津子としても、同様である。この二人の人間の結び目は、ただ肉体であるのだから。二人の心は、その心の奥底でふれ合わない。むしろ二人の胸は、厚い隔膜でへだてられているのである。

この場面から明らかなことは、「この辺り」の空間は、及川隆一にとって、靖国神社の周辺であるにもかかわらず、むしろ性愛空間として意識されているということだ。井上章一が『愛の空間』（一九九九年八月・角川書店）で明らかにしたように、焼け野原に生きる戦後日本人の性愛は、野外で行われることが珍しくなかった。たとえば、「有楽町のガード下」に象徴されるパンパンガールを相手にするための性愛空間として、GHQの一般兵士たちが使い始めた皇居前広場などは、またたく間に野外性交の名所となり、やがて日本人同士のカップルも大勢押しかけるようになったという。しかも、性愛空間として使われたのは、皇居前広場のような特別な空間だけではなく、小さな空地や公園、神社の拝殿や学校の教室などにも及んだらしい。敗戦後の都市空間においては、「木陰のある空地は、どこでも性愛用に供される可能性」があったのだ。したがって、九段界隈を歩きながら及川隆一が想起するのは、端的に言って西原志津子との野外性交の記憶に他ならない。それにしても、自宅近くの野外で男を誘う西原志津子という女は、いったい何者なのか。

そして及川隆一は自分が志津子を求めているのを感じる。その向うの長い赤煉瓦の上にかつて志津子と一緒に並んで腰掛けたとき、向うの土蔵の切取ったような四角の窓の燈が見え、一面に虫がなき、草の青くさい匂いがとりまいた。と、彼の足下で、志津子の白い靴が雑草をふみつけ、彼の手をのせていた彼女の手の平がそのままとざされ、彼女の混合香料の刺激的な匂いの発する白い顔が近ずいてきた。及川隆一は自分の触覚が、その志津子のなめらかな弾力をもとめているのを感じる。

この場面に出て来る「白い靴」や「混合香料」だけでなく、「黒系統のべにの上にただよう誘いの色」「ストッキング」「あらい碁盤縞のハーフ・コート」「純白のフラノのスカート」などに彩られた西川志津子のイメージは、官能的である。ヤミ米を買うことを忌避し、餓死した判事が紙面をにぎわせていたこの時代にあって、その着飾りぶりはかなり人目を引くものであったに違いない。靖国神社の大村益次郎像を望む九段下にある書店ではじめて出会ったときに、及川隆一が西原志津子の眼に「肉欲的な呼応」を感じたのも、衣服と化粧によって加工された彼女の身体のたたずまいが何らかの影響を与えていたに違いないと想像させられる。「何かの輸入映画の一シーンのヒロインの姿態」をまねたポーズを好み、「アイム・サリ」という怪しげな英語を使うことといい、「飴屋の屋台とリンゴ屋の屋台が店を並べている」「飯田橋のガード下」で待つ姿が、及川隆一によって想起されることといい、性を売り物にして敗戦後の厳しい時代を生き抜こうとする女性の一人であることを印象づけるような描写が目立つ。決定的なのは、「銀座を歩くことに喜びをかんじ、週に二回は数寄屋橋を渡らなければならない女」と書かれていることである。接収された第一生命ビルがGHQ本部になったために、銀座一帯が米兵たちの歓楽街となったことはよく知られている。皇居前広場が野外性交の名所になったのも、GHQ本部が近くにあるという地理的条件によるところが大きい。不特定多数の男性を相手にするパンパンガールも、高級将校の現地妻とも言えるオンリーも、銀座・有楽町界隈を生きていくための主要な舞台としていたはずだ。だとすれば、「銀座を歩くことに喜び」を感じる西原志津子が、「週に二回は数寄屋橋を渡らなければならない」というのは、オンリーとして米軍の高級将校に会わなくてはならないということの婉曲的な表現に他ならないと言えないだろうか。

「或程度の教養をもった女」でありながら、「既に過去に数人の男と肉体関係」を経験し、生きるためにアメリカ人に体を売っているかもしれない西原志津子と、元陸軍兵士及川隆一との関係は、心の奥底でふれ合うこともなく、ただ肉体のみで結ばれている殺伐としたものに過ぎない。そこには、敗戦後を生きる日本人の、奇妙にねじれたアメリカ人との関係が、象徴的に表されているとも考えられる。しかも、氏から推測しうる西原志津子の出自は、二人の関係をいっそうアイロニックなものに感じさせる。つまり、「西原」は代表的な創氏の一つであり、志津子の家族が朝鮮半島の人々であることを示唆するからだ。創氏改名政策によって生まれた氏には、金氏が名乗った「金本」や「金原」などのように元の文字を一部使ったものの他に、祖先が井戸から生まれたという伝説をもとにした朴氏の「新井」のようなものもあった。「西原」という氏も、「清州」が昔「西原小京」と呼ばれていたことにちなみ、清州韓氏が名乗ったものであることが知られている。現在の韓国において、「清州韓氏」は「金海金氏」や「密陽朴氏」などには到底およばないものの、姓氏本貫別の人口で言うと、十指に入る多数派である。戦後の日本に暮らし続けることになった朝鮮半島の人々のうち、「西原」という氏の人々が決して珍しくはなかったことが推測できる。現在よりも出自に関する差別意識が強かった時代の読者であれば、「西原志津子」という名が創氏改名によってつけられたものであると考える者がいただろうことは想像にかたくない。そうなってくると、及川隆一と西原志津子との関係は、男女関係という次元を超えたものであり、敗戦後という時空の歪みやねじれを内包した寓話的な関係だと言わなければならないだろう。

4　死者たちの都市空間

それにしても、兵役忌避を疑われて生き延びた元陸軍兵士及川隆一が、「英霊」の祀られている靖国神社を間近に感じる空間で、〈西原志津子という女〉と性的な関係を結ぶという構図の奇怪さには、改めて目を瞠らざるを得ない。小説中で及川隆一が何度も〈崩解感覚〉に襲われるのも、当然のことだろう。そこでは、何かが崩れているというよりも、何もかもが〈崩解〉しているのだ。とりわけ、富士見町の坂道を上り始める前に、飯田橋駅前のロータリーで〈崩解感覚〉に襲われる場面は、注目に値する。靖国神社という死者たちの空間に及川隆一と西原志津子という生者を対置するという前述の場面の構図よりもずっと大がかりな形で、敗戦後という時空の奇怪さを映し出すものとなっているからだ。

及川隆一が約束の時刻に遅れて到着したために、飯田橋駅前の視界の中には、「この風景の焦点となる、特別の支点、志津子」が存在しない。「特別の支点」を喪失してしまった及川隆一は、「赤く焼けて長く横に引いた幾すじもの西の空の雲の波」を眺め、「飯田橋公共職業安定所」の「白い案内柱の墨字」を読み、「網の目を拡げている交叉点の上の架空線の入りみだれた太い蜘蛛の巣」を見つめる。遠く一筋に上っている坂の上からは、架空線の網の目をくぐるようにして都電の小さな車体が下りてくる。そのとき、及川隆一の胸を、「何か堪えがたいものがとおりすぎ」ていく。

と眼の前に拡げていた架空線の網の目が、突然、その太い触手をぬらぬらと動かし始めた。ぬらぬらと幾本も交りあったその針金の手を動かして、それが彼の方に向ってやってくる。いやだ、いやだ、いやだ、いやだと彼は自分に抵抗しながら体の深みで言った。と、彼の眼の前がぱっと黒くなったかと思うと、彼の身体の上にあの手榴弾の爆裂した瞬間の、ぐにゃりとした感覚、意識と体液とが混合したようなねばねばした瞬間がおそいかかってきた。そして架空線の網の目は、厩の後の闇の中で彼のくらい視界にうつし出されたあの自分の眼球の中の白血球のじゅず玉の網の目に変り……ぐにゃりとした内部感覚、空中へふき上げられる自己意識。

及川隆一の意識が「飯田橋公共職業安定所」の「白い案内柱の墨字」という点景をとらえたということだけでも、十分に象徴的である。一九四七年（昭和22）四月に設置されたばかりの「公共職業安定所」は、旧砲兵工廠の一角にあり、復員兵たちの社会復帰のために作られたものだ。真新しい墨字の中には、挙国一致の戦時体制から占領下の民主主義へと転換した国家と、時代の流れに翻弄されざるを得ない個人の、アイロニックな関係が象徴されている。

また、西原志津子という焦点を失って、「ぬらぬらと」触手を動かし始める「架空線の網の目」が象徴するものは、よりいっそう複雑で奇怪なねじれをはらんだものだ。

「蜘蛛」ならぬ「雲」の「赤く焼けて長く横に引いた幾すじもの」波は、「西の空」にある。複数の路線が交錯する交通の要衝、飯田橋の架空線を南西にたどると、そこには都電の「市ヶ谷見附」駅がある。「都電の小さな車体」が坂道を下りてくるというのも、その方角である。飯田橋で交錯する複数の路線のうち、都電が走る見通しのいい直線の坂道というと、市ヶ谷方面しかないからだ。「市ヶ谷見附」の北側には、元は陸軍士官学校だった極東国際軍事裁判所がある。及川隆一の立っている位置からすると、西南西の方角に当たり、「赤く焼けて長く横に引いた幾すじもの西の空の雲」とは、極東国際軍事裁判所上空の風景に他ならない。一九四六年（昭和21）一月に元大牟田俘虜収容所の由利敬大尉に絞首刑判決が下され、三ヶ月後に「巣鴨プリズン」死刑囚第一号として処刑されて以来、国内においても多くのＢＣ級戦犯が絞首刑に処せられている。一九四六年（昭和21）五月に極東国際軍事裁判が開廷されると、ＢＣ級戦犯に関する新聞報道は減るが、〈戦争の責任〉を問われた者たちの〈戦争による死〉が「自由な青い空」の下で粛々と続いていることを、復員兵の及川隆一もおそらく知っていたに違いない。少なくとも、読者がそう考える条件はそろっている。したがって、この場面は、手榴弾によって自殺を図り兵役忌避の嫌疑をかけられて生き延びた者が、敗戦後の裁きを免れつつ、今まさに裁かれつつある者たちに対峙する場面であるとも言えるのだ。

それだけではない。「交叉点の上の架空線の入りみだれた太い蜘蛛の巣」は、自殺未遂体験によるトラウマを持つ復員兵の及川隆一に働きかけるいくつかの特異な空間へと続いている。

まず、新宿を起点とする十三系統の都電の架空線を万世橋方向へたどれば、[*9]水道橋を経て御茶の水へと続いており、そこには戦犯たちと同じように縊れて生を閉じた荒井幸夫の死体がある。「デス・バイ・ハンギング」という戦犯たちへの判決のことばを媒介として、広義の戦死とも言える二つの死は結ばれ、飯田橋に佇む及川隆一を揺さぶる横軸を構成する。

また、早稲田を起点とする十五系統の架空線は及川隆一の背後で省線のガードをくぐり、西原志津子との出会いの舞台となった書店がある「九段下」へと続いている。「九段下」が、坂の上に大村益次郎像を仰ぎ見る場所で、「靖国神社」の参拝口であることは言うまでもないだろう。

十五系統を「九段下」とは逆の方向へたどると、「江戸川橋」へと続いている。十五系統は「江戸川橋」で左へと折れるが、二十系統に乗り換えて真っ直ぐに進めば「護国寺前」に至る。明治の元勲も眠る護国寺には「陸軍埋葬地」があり、その背後には皇族が埋葬されている「豊島岡墓地」と、歌舞伎俳優の市村羽左衛門や夏目漱石などを含む一般市民が眠る雑司ヶ谷墓地がある。つまり、おそらくは及川隆一が出兵したのと同じ戦争による死者を含め、さまざまな状況で命を落とした多くの人々が埋葬されている空間が横たわっているのである。「英霊の御霊」を「招魂」し「合祀」する場所としての靖国神社と、埋葬地としての死者たちの空間が、飯田橋に佇む及川隆一を揺さぶる縦軸を構成する。

敗戦後という時空の中で、生者と死者が交錯し、植民地主義と民主主義が絡み合い、善悪正邪が複雑に入り組んだ現実を前に、自殺未遂をすることによって戦争を生き残った復員兵の及川隆一が、呆然と立ち尽くしているという光景。戦争を生き残った者として、「英霊」を弔うわけでもなく、戦犯を裁く側に自己同一化できるわけでもない。また、一人の女性と真摯に向き合うことさえできず、同じ復員兵の自殺に共感したり同情したりすることもない。そんな及川隆一の姿を描いた飯田橋駅の場面には、安易に「戦争の悲惨」を告発したり、「平和」や「民主主義」を叫んだりする同時代の言説が抑圧しつつあった敗戦後文学の地声が響いている。また、「実存主義」や「身体論」のタームを安易に引用しただけの、抽象的な物言いに終始する「崩解感覚」論では捉えられなかった敗戦後文学の可能性が感じられる。「戦争の悲惨」や「戦争の傷痕」を成り立たせているものは、過去に起きた戦争そのものではない。靖国神社を直視することができず、内なる戦争責任の問題に向き合うこともできず、隣人の死にも心を動かし得なくなってしまった敗戦後という現実そのもの、敗戦後という時空の中でそのつど生成される〈記憶〉こそが、「戦争の傷痕」の正体である。トラウマは、生き残っているという現実そのもの、生き残ってしまった自分の中に〈汚れ〉を感じる意識そのものに由来する。

5 〈戦後文学〉の研究

一九四八年（昭和23）一月に出版された『時事年鑑』（時事通信社）に、「文化―概観―思想界の一年」という記事が掲載されている。「昭和二十二年の思想界」を回顧したその記事の中には、「天皇制と思想界」と題された次のような文章がある。

天皇制そのものを、直接の主題とせず、シャマニズムからの解放や、君主崇拝や、絶対主義や、それらを一般的な形で論ずることで、これまでの天皇観や国体観を批判するという行き方は、戦後第二年の思想界の新しい特徴だ。政治的な討論の時期はすぎて、科学的な考察が、日本人の自己反省を代弁する。丸山真男の『超国家主義の論理と心理』や、高倉テルの『天皇制ならびに皇室の問題』が、終戦一年の代表作だったとすれば、それからの一年間には、大塚久雄、田中美知太郎、服部之総、林健太郎その他の人々が、それらの問題をむしろアカデミックな仕方で扱った。

この記事だけから安易に判断することはできないだろうが、「一般的な形で論ずることで…批判するという行き方」や「アカデミックな仕方」というところに「戦後第二年」にして思想界が重心を移しているという指摘は興味深い。もちろんGHQによる検閲の問題もあり、事態は複雑だから、「アカデミックな仕方」へと思想界が旋回して行ったのはなぜかという問題について簡単に結論を下すことはできない。しかし、「崩解感覚」の研究も「実存主義」や「身体論」を援用した「アカデミックな仕方」に終始してきたのではないかと考えるとき、敗戦後の近代文学研究の言説がどのように成立し、展開してきたのかという問題に、もっと批判的なまなざしを向けるべきではないかという思いを禁じ得ない。作家のステートメントを援用すること、先行文献を徹底的に収集し参照すること、「周辺領域」の研究成果を活用することなど、それ自体を否定するわけではないが、テクストに向き合うという肝心な作業が等閑視されたまま「研究」が行われてしまうとしたら大いに問題だ。多くの者が「崩解感覚」を論じてきたにもかかわらず、「靖国神社」が俎上にのぼることもなく、「実存」や「身体」といったタームだけが氾濫してきたのはいったいなぜか、とあえて問いかけてみたい。ことは「文学研究」にとどまらず、敗戦後を対象化し清算するようなことばを獲得し得なかった、「日本語」そのものの問題にも関わるように思えるからだ。

［注］

1　小笠原克「【鑑賞】崩解感覚」（『鑑賞　日本現代文学　第二四巻　野間宏・開高健』一九八二年四月・角川書店）。
2　紅野謙介「『蜘蛛』のいる街―野間宏『崩解感覚』試論」（一九八九年五月『国語と国文学』）。
3　杉浦明平「野間宏著『崩解感覚』について」（一九四八年十二月『未来』）。
4　本多秋五「野間宏最初期の仕事」（一九六〇年十二月『物語戦後文学史』新潮社）。

5　「崩解感覚」に「靖国神社」の問題が伏在していることを指摘した論文として、拙稿「浮遊する〈身体〉と語られない〈場所〉」（一九九一年六月『文学と教育』）がある。
6　特集「追悼　野間宏」（一九九一年三月『群像』）。
7　佐々木基一「おおきな穴があいた」（一九九一年三月号『世界』の特集「追悼　野間宏氏」）。
8　「四谷」（一九四七年五月・日本地形社）—縮尺は一万分の一。
9　これ以降の都電に関する記述は、「東京都電案内図」（一九四九年八月『東京郊外近県案内図』交通案内社）による。

V　大学入試問題のなかの敗戦後文学――野間宏「顔の中の赤い月」

1　大学入試問題の言説構造

亀井秀雄の『感性の変革』（一九八三年六月・講談社）を手にした読者の〈私〉は、巻頭ただちに中島梓の「表現の変容」（一九七七年九月『群像』）という文章の一節と出会うことになる。

ところで、つかこうへいに代表される一群の志向性の特徴を考えるとき、忘れてはならないのが、それがはじめから表現され了《おわ》った現実の上に生まれてきた、ということであると思う。（傍点は原文のまま）

「中島梓」と「つかこうへい」の名を知っていて、向学心旺盛な〈私〉は、さっそく自宅の書庫から『群像』のバックナンバーを探し出し、引用の妥当性を検証しながら先へと読み進む。カレル・コシークが『具体性の弁証法』で批判した「にせの具体性の世界」を、中島梓のテクストが「全面的に承認」しているのではないかという亀井秀雄の危惧は、果たして正当なのか。つかこうへいの『小説熱海殺人事件』

が、「散文芸術の性格」における伊藤整の考え方を徹底化したものだと断定してしまっていいのかどうか。必要に応じて〈私〉はさらに、『具体性の弁証法』『小説熱海殺人事件』『伊藤整全集』などを参照することになるだろう。学問的な志を持ち、理想的な読者たらんとする〈私〉にとって、中島梓やつかこうへいのテクストは第一次資料であり、亀井秀雄のテクストに優先する。すなわち、「亀井秀雄は、中島梓のテクストを、本文のコンテクストを無視して恣意的に引用している」というような判断を、読者たる〈私〉が下す場合があり得るということである。

ところが、かりに亀井秀雄のテクストが大学入試問題で取り上げられた場合には、事態は一変する。地の文と引用文の権力関係が逆転するのだ。なぜなら、受験生が引用文の原典を参照することは不可能だからである。したがって、地の文を構成する引用者のメッセージを読み解くことが、引用文のそのものの解読に優先する。これは、大学入試問題において評論文を読解する上での鉄則である。中島梓が「表現の変容」で何を言っているのかということや、カレル・コシークが「にせの具体性」についてどんな議論を展開しているのかということは、亀井秀雄の文章を素材とした入試問題を読み解く上では考慮する必要がない。そういうことを考慮せざるを得ない入試問題は、もはや「国語」の読解問題とは言えなくなるだろう。だから受験生は、引用者の亀井秀雄が中島梓のテクストをどう理解しているか、あるいはどういう意図で引用しているかを、与えられた本文から把握することが肝要である。かりに引用文自体が難解な場合も、前後に展開されている地の文が引用文読解の重要なヒントになる。

たとえば、二〇〇〇年度の早稲田大学第一文学部の入試問題において、小林秀雄の「無常といふ事」を引用した野家啓一の文章が出題された。引用された小林秀雄の文章は以下のようなものだ。

思い出が、僕等を一種の動物である事から救ふのだ。記憶するだけではいけないのだらう。思ひ出さなくてはいけないのだらう。多くの歴史家が、一種の動物に止まるのは、頭を記憶で一杯にしてゐるので、心を虚しくして思ひ出す事が出来ないからではあるまいか。（中略）上手に思ひ出す事は非常に難かしい。だが、それが、過去から未来に向かつて飴の様に延びた時間といふ蒼ざめた思想（僕にはそれは現代における最大の妄想と思はれるが）から逃れる唯一の本当に有効なやり方の様に思へる。

野家啓一は「今さら引用するのも気がひけるほど人口に膾炙した文章」と恐縮しながら引いているのだが、最近の高校生にとっては必ずしもおなじみの文章ではない。もちろん、「無常といふ事」を採録している教科書はある。また大学入試でもときどき出題されている。しかし「思ひ出」と「記憶」という二項対立の意味を、この引用だけで理解するのは、高校生にとって容易なことではない。だから解法を指導する教師としては、「小林秀雄が何を言おうとしているのかを考える必要はない」と生徒に教えてやらなくてはならない。「小林秀雄が何を言おうとしているのかではなく、小林秀雄を引用して野家啓一が何を言おうとしているのかを読み取りなさい」と指示しなくてはならない。そして野家啓一がどういう意図で小林秀雄を引いたのかは、引用文直後に「ここに見られる『記憶』と『思い出』との対比は、『理想的年代記』と『歴史叙述』との区別を際立たせてくれる」という記述があることから明らかである。受験生としては、「記憶」と「思ひ出」という難解な二項対立を理解しようとすることはやめて、「理想的年代記」と「歴史叙述」ということばにこめられた意味の差異を、野家啓一の文章から読み取ればよい。その上で、それを引用文の「記憶」と「思ひ出」のことばの理解に応用すればよいのである。

さらに言えば、大学入試問題においては、野家啓一の文章すらある種の引用文に他ならないことに気づかざるを得ない。すなわち、「次の文章を読んで、あとの問いに答えなさい。」と指示する匿名の出題者によって、大学入試問題というテクストの中に、野家啓一の文章は引用されているのである。したがって、受験生という名の読者は、「次の文章」そのものに優先して、設問やリード文を含む大学入試問題のテクスト全体から、出題者のメッセージを的確に解読することを強いられる。場合によっては、「本文を読む」という擬制の下に、出題者の「意図」を読めたかどうかが問われるような、倒錯的な入学試験が行われることすらあり得るのである。

そこで、本稿では、解答を公表している大学入試センター試験で実際に出題された問題を例に、このような大学入試の言説構造の問題点をたどりつつ、「敗戦後」を描いた文学がどのように「換骨奪胎」されているのかを明らかにしてみたい。

2　センター試験で「顔の中の赤い月」を読む

一九九八年度の大学入試センター試験で、「国語Ⅰ・Ⅱ」の追試験として、野間宏の「顔の中の赤い月」

が出題された。そのリード文は以下の通りである。

第1問　次の文章は、野間宏の小説『顔の中の赤い月』の一節である。敗戦直後のすさんだ世の中、東京に住む北山年夫と堀川倉子とは同じビル内に勤める縁で知り合い、ひかれ合うものを感じた。しかし、倉子は最愛の夫を戦争で失った痛手から立ち直ることができず、年夫は南方の戦地で苦しい行軍のさなかに同僚の中川二等兵を見殺しにせざるをえなかった記憶から逃れることができない。二人は相手の苦しみを理解しながらも、おたがいにそれ以上の深い人間関係を作り出せないでいる。これを読んで、後の問い（問1〜6）に答えよ。

引用したリード文に、この短編小説をどのように読めばいいのかという方向性が、丁寧に示されている。うっかりすると、最後の「これを読んで」ということばが、リード文そのものを指しているのではないかと錯覚してしまうほどである。「次の文章」としてこの後に引かれているのは、文庫本で四十ページほどの長さの短編小説の、最後の場面なのだが、小説全体を提示することがままならない入試問題において、この手のリード文はなくてはならないものだ。別な言い方をすれば、本文だけではわからないこと、また出題者が問題を解く上で必要不可欠だと判断した情報が、リード文という形で受験生に提示されていると も言える。従って、受験生を指導する立場にある場合、リード文の重要性をくり返し強調する必要がある。

次に、設問を見てみよう。すべてを順番に取り上げていくことはできないので、特徴的な設問のみにしぼって検討を加えておく。

「問5」は、「傍線部C『苦しげな微笑』とあるが、その説明として最も適当なものを、次の①〜⑤のうちから一つ選べ。」というものだ。傍線部があるのは、小説全体の結びにあたる以下のような場面である。

電車は四ッ谷についた。電車はとまった。ドアが開いた。彼は堀川倉子の顔が彼を眺めるのを見た。彼女の小さな右肩が、彼の心を誘うのを見た。《家まで送りとどけようか、どうしようか。》と彼は思った。《できない、できない。》と彼は思った。

「さようなら。」と彼は言って顔をさげた。

「ええ。」彼女は反射的に顔を後ろに引いた。そして苦しげな微笑が彼女の顔に浮かんだ。彼女が降り、戸がしまった。電車が動いた。彼は彼女の顔がガラスの向こうから、車内の彼をさがしているのを見た。そしてプラットホームの上の彼女の顔が彼から遠ざかるのをみた。彼は破れた硝子《がらす》窓が彼女のその顔をこするのを見た。彼の生存が彼女の生存をこするのを見た。二人の生存の間を、透明な一枚のガラスが、無限の速度をもって、とおりすぎるのを彼はかんじた。

北山年夫は、自宅のある新宿で別れずに、中央線に乗り換えて堀川倉子と四ッ谷駅まで来た。一緒に降車すれば、四ッ谷駅から十五分ほどの夜道を、堀川倉子の自宅まで送り届けることになる。しかし、逡巡のあげく、家まで送り届けることはできないと思い、降車せずに堀川倉子と別れるのである。「さようなら。」と言われた堀川倉子の顔に浮かんだ「苦しげな微笑」について、センター試験の五つの選択肢は、次のように説明している。

①　倉子は、年夫の愛を信じながらも、彼が戦争の悲惨な傷跡のせいで他人を愛せなくなったことを感じ取ってしまった。そのために、彼女は彼に対してどのように応じてよいかためらっている。倉子のそのためらいの気持ちが「苦しげな微笑」となって現れた。

②　年夫は、倉子の苦しみとのふれあいを求めながらも、それを断念して彼女の期待を裏切ることになった。だが、彼は戦争の傷跡の深さを思うと、それをどうすることもできないと感じている。そのような年夫に対する倉子の複雑な心情が「苦しげな微笑」となって現れた。

③　倉子は、戦争のもたらした苦しみから抜け出すきっかけとして、年夫との新しい意味をもつ生活を期待した。だが、彼は急に態度を変えてしまった。倉子の「苦しげな微笑」は、彼の態度をどう理解してよいのかわからずに苦しんでいる様子を表している。

④　年夫の再三にわたる誘いに対して、倉子は長いためらいの末、ようやく戦後の自分の生存を彼との新しい生活に託そうと思い立った。しかし、その矢先に彼から断念の意志を告げられた。倉子の「苦しげな微笑」は、彼女の呆然《ぼうぜん》となった様子を表している。

⑤　年夫は、倉子からの応答を待ち切れず、ついに別れを告げた。これに対し、彼女は、ためらいながらも彼と新しい生活に踏み出そうと決断していたので、別れを告げられたときにはその決断が既に遅

いことを知った。倉子の「苦しげな微笑」は、彼女のそのような苦い思いを表している。

並べてみると、正解の②だけが異質であることがわかる。「苦しげな微笑」を浮かべたのは堀川倉子だが、それを「苦しげ」と感じたのは視点人物の北山年夫である。語り手は、一貫して北山年夫を視点人物としており、堀川倉子の心理は、北山年夫の目を通してのみ語られている。ところが、②の選択肢以外は、堀川倉子の心理を北山年夫という視点人物を介在させることなく説明してしまっている。「顔の中の赤い月」における語りの構造からすれば、「倉子は」とか「彼女は」という主語を立てて、堀川倉子の内面を「説明」してしまっている選択肢は、内容を吟味する前にあやまりであるとわかってしまう。

こうして、「倉子の苦しみとのふれあいを求め」とか「戦争の傷跡の深さを思う」とか「そのような年夫に対する倉子の複雑な心情」というような「説明」によって、センター試験における「顔の中の赤い月」の「読者」の読みは誘導されていく。

ついでに、「本文の特色を説明した文としてふ
さわしくないもの」を選ばせた「問6」の問題も見ておく。選択肢のうちの誤答、つまり「ふさわしいもの」は以下の通りである。

① 過去の暗い思い出にとらわれ、新しい自分の生き方に踏み込んでいけないという心理的な葛藤《かっとう》を描くために、主人公の過去と現在とを二重写しにする内面描写が効果的に使われている。

② 自分の生存を守るために他人を見殺しにするという人間のエゴイズムが、戦争という極限状況を回

想する中で印象深く表現されている。

③「生存」という言葉をキー・ワードにして、人間の最も根源的な問題を扱っており、人間のあるべき生き方を執拗《しつよう》に追求しようとする倫理的な内容が、仮定や反復や問いかけなどを用いた独特の表現技法によって伝えられている。

⑤心のつながりを持てない男女の悲劇を通して、日本人に刻み込まれた戦争の傷跡を典型的に表しているが、それが、主人公のとまどいためらう内面から説明されている点に表現の特色がある。

出題者の考える「顔の中の赤い月」というテクストの実質、あるいは「文学的主題」は、これらの記述の中にあるということなのだろう。説明の内容をおおざっぱに整理すれば、次の二つの要素が抽出できる。ひとつは、「心理的な葛藤」や「内面描写」「とまどいためらう内面」といったような表現に見られる心理的な問題である。もう一つは、「新しい自分の生き方」「人間のエゴイズム」「あるべき人間の生き方」「戦争の傷跡」などのことばが示唆する倫理的な問題である。しかも、説明の仕方は、踏み込みすぎて不適切な説明にならないように、いかにも抽象的で曖昧である。しかし、北山年夫と堀川倉子の二人の逢瀬に、心理と倫理のみを読むというあり方は、「顔の中の赤い月」というテクストにとって、どこまで妥当なことなのだろうか。こういう「正解」選択肢に導かれる読みが、国語科教育の総仕上げとしてのセンター試験の場で行われることは、果たして適切なのだろうか。

もちろん、センター試験の追試験自体は、数百人規模の受験生しかいないらしいので、かりにこの設問が多少妥当性を欠いたとしても、実害は少ないと言えるかもしれない。

しかし、高校の入試問題演習や予備校の授業で各年度のセンター試験の問題がくり返し「教え」られていくことを考えると、設問と正解に誘導されたセンター試験的な読みは、これからもしばらくは再生産され続けていくことが確実である。センター試験の過去の問題を「読む」人間の数は、文庫本のセールスから推測できる野間宏の読者の数を明らかに上回っている。大学入試センターが発表した正解によって読みを誘導される読者の数は、「顔の中の赤い月」というテクストにとって、決して無視し得ないオーダーであると言わざるを得ない。だとすれば、「文学的な文章」の「読み」としての妥当性は、入学試験問題としての妥当性とは別に問われなければならないだろう。

3　北山年夫の生きる時空

「顔の中の赤い月」（一九四七年八月『綜合文化』）は、〈戦後文学〉の第一声と言われる「暗い絵」で注目された野間宏の初期短編小説の一つである。一九四七年（昭和22）八月に雑誌『綜合文化』に発表されており、テクスト内の時間はほぼ発表当時と見なしてよい。北山年夫が同僚の湯上由子から堀川倉子を紹介されたのは、「春に入って間もない或る日」となっている。それから仕事の帰途三人でお茶を飲むことが何度かあり、その後二人で何度か「帰りに銀座に出て行った」と語られていて、一定の時間が流れたことが示唆されている。敗戦後まもない風俗が描かれていることと、これらの記述からすると、一九四七年（昭和22）四月ごろの東京というのが、作中人物の北山年夫が生きる時空である。

北山年夫は、応召される前に軍需会社に勤めていた。そのことは、語り手が北山年夫のかつての恋人について語るときに、「彼の勤め先の或る軍需会社の女事務員をしていたその女」という言い方をしていることでわかる。しかし、「軍需会社」という単語を用いるかどうかは、「彼の勤め先の女事務員をしていたその女」という言い方をしていないことから明らかなように、語り手の恣意によるものだ。だから、語り手が北山年夫の勤め先をなぜあえて「軍需会社」と呼んでいるのかというところに、過去を再構成する語り手の眼差しの在処《ありか》が見て取れるはずである。もちろん、戦争を生き延びた北山年夫の眼差しは語り手のものにきわめて近いし、読者も「読む」という行為を通じて語り手の眼差しに視点を同調させることを強いられている。挙国一致体制の国家の中にあった応召前の北山年夫の生活が、「軍需会社」ということばを通じて感受できるという仕掛けになっているのである。

一方、戦争を生き延びた北山年夫は、東京駅近くの「八千代新興産業会社」に勤めている。しかしここでも、勤め先の固有名を出すかどうかは語り手の恣意である。たとえば、同じビルの中にある別の会社は、「××物産特売部」とされている。敗戦後の検閲が、その痕跡を残さないようになされたことを考えれば、「××」という伏せ字の背後の固有名詞は、語り手によって隠蔽されたものと考えてよいだろう。伏せ字にせずに、「君が代」の一節に「新興」という単語を付け足したこの会社名を語ることが、新しい時代の中で生きる北山年夫の生活を、アイロニックに象徴するためのものであることは明らかだろう。しかも、「八千代新興産業会社」の業務内容もきわめて〈戦後的〉なものである。

電車はひどい混みようであった。三人は別れ別れになり、人々に押されて立っていた。北山年夫は、二人の女の生活におそいかかるものが、同じように自分の前途を暗くしていることを、ぎっしりつまった人々の身体にかこまれて考えていた。彼のいる知人の会社は金物類や、食器や、あるいは子供の三輪車のようなものまで取り扱っていたが、既に資材のストックはなくなり、経営の維持は困難になってきていた。それに彼は以前軍需会社につとめたことがあったとは言え、六年間の軍隊生活は、全く彼から事務の能力を奪い去ってしまっていた。

「既に資材のストックはなくなり、経営の維持は困難になってきていた」という記述からうかがえるのは、「八千代新興産業」がおそらく何らかの「横流し物資」によって利益をあげているということだ。つまり、応召前に「軍需工場」で働くことで生活を成り立たせていた北山年夫は、敗戦後の現在、今度は旧日本軍あたりからの「横流し物資」で生計を営んでいるということである。

4 「顔の中の赤い月」の都市空間

大学入試問題の中で「顔の中の赤い月」と出会う受験生の読みの特質を明確にするために、同時代の読者の読みの地平を考慮しつつ、敗戦後文学としての「顔の中の赤い月」の読みの可能性を検討してみよう。とりわけ、同時代の一般読者に開かれている読みの可能性として、「顔の中の赤い月」の都市空間を参照することをここでは考えてみたい。その場合、ポイントは以下の二点である。

まず第一に、敗戦後を生きる男と女にとって、「顔の中の赤い月」の都市空間がどのような相貌をもつものであるのか、という問題がある。井上章一が『愛の空間』（一九九九年八月・角川書店）で明らかにした、敗戦直後の性愛空間の問題である。

野外で性行為を日常的にいとなんでいるカップルは、あまりない。たいていの男女は、家の中ですますかホテルへいったりするだろう。あるいは、自動車の中ということも、考えうる。青天井の屋外が常態になっている男女は、ごくごく少数派のはずである。少なくとも、二〇世紀末の今日では。だが、ほんのすこし歴史をさかのぼると、状況は一変する。じっさい、二〇世紀なかごろだと、野外で愛しあうカップルはたくさんいた。性行為の場所が屋内へ集約されだしたのは、わりあいに新しい現象なのである。

たとえば、皇居前広場。今、皇居前広場という言葉から、ただちに屋外性愛を連想するひとは、すくなかろう。とくに、若い世代だと、まずそういうイメージは、うかぶまい。

だが、かつての皇居前は、野外で性交をしあう男女のあつまる場所だった。多くのカップルが、愛しあうためにここへやってきた。第二次世界大戦の敗戦後、二〇世紀なかごろのことである。このころのひとびとは、皇居前広場と聞くだけで、そのことがピンときた。

井上によると、はじめのうちは占領軍の兵士たちによって、日本の「パンパンガール」との性交渉に使われていた性愛空間としての皇居前広場が、次第に一般の日本人の男女にも利用されるようになったのだという。皇居前広場に面したお堀端にＧＨＱ本部があったことや、日本人の皇室に対する意識の変化が、このような〈戦後的〉な風景を引き起こしたと言ってよいだろう。

実は、東京駅近くの勤め先から、呉服橋、日本橋、銀座を経て午後八時過ぎに有楽町駅に着いた北山年夫と堀川倉子は、この皇居前広場のすぐそばまで来ていたことになる。しかも「キャバレー帰りの化粧をした女たち」のいるプラットフォームの端の方に、内回りの電車を待つ二人が並んで立ったとき、視界の中には皇居前広場の一角が見えていた可能性すらある。内回りの電車を待つということは、皇居の方向に身体を向けることを意味するからだ。もちろん、テクストには「向うに拡がる黒い夜の街」としか書かれていないのだから、二人の視界の先の空間が皇居前広場だと安易に断定することはできない。しかし、「皇居前広場」ということばから、ただちに屋外性愛を連想するような同時代の読者が、呉服橋、日本橋、銀座、有楽町という地名の先に、皇居前広場を期待したという可能性は排除できない。いくら待っても内回りの電車が来ないことに業を煮やした堀川倉子が、「もうこれ以上、待てなくなってしまったんですわ」と言って、北山年夫を誘い、外回りの電車に飛び乗ってしまうという心理の綾にも、性愛空間としての皇居前広場が、微妙に影を落としていると考えることができる。つまり、東京駅近くに勤める二人が目黒、渋谷、新宿経由で四ッ谷に向かうことになったのは、肉体関係を持つかどうかという危うい局面にさしかかった男女の、都市空間をめぐる心理劇の直接的な反映のためだと言えるのだ。

こうして見ると、四ッ谷駅に着いた北山年夫が、堀川倉子を徒歩で十五分の自宅まで送るかどうかということは、心理や倫理をめぐる問題であるとともに、生理（肉体）の問題であることが明らかである。『愛の空間』の井上章一は、皇居前広場のような性愛空間としての「公園」について論じた「第一章 森の恋人たち」の中で、「木陰のある空地は、どこでも性愛用に供される可能性があった」ということを論証している。だとすれば、センター試験で取り上げられたときの最初の場面にあたる次のようなやりとりは、二人が歩こうとしている場所が、「性愛用に供される可能性」を色濃くはらんだ空間であることを示唆していることになる。


「堀川さんとこは、降りてから遠いのでしょう?」と彼はしばらくして言った。

「ええ。」彼女は真直ぐ前を見たまま答えた。

「何分ぐらい?」

「十五分ほどかかりますの。」

「それじゃあ。危険ですね。」

「ええ。」彼女は頸をふった。「この間も、近所の方が襲われましたのよ。でもそのときはパラソルだけですんだんですけど。」

「送りましょうか?」と彼は言った。


もちろん、「危険ですね」という北山年夫の台詞に対して「敗戦直後の混乱した社会状況を反映させた

「言葉」という説明を加えただけのセンター試験の「注」が、受験生に対して不親切であると批判することはできない。四ッ谷駅からの夜道が、女性が襲われる可能性のある空間であるということさえわかれば、この場面自体の「現代的な」読みは成立するだろう。しかし、北山年夫が堀川倉子とともに四ッ谷駅で降りるかどうかを逡巡し続けることの意味をより妥当性の高い形で解読するには、十五分ほどの夜道には普通の男女が性交渉を行うことが可能な屋外空間が待ち受けていたという、同時代的な了解事項を参照する必要がある。

同時代の都市空間を参照することで見えてくる第二の問題は、新宿あるいは四ッ谷から東京駅へ至る中央線の車窓から、北山年夫や堀川倉子は、いったいどのような風景を見ることになるのかということである。御茶の水から飯田橋へと中央線で移動し、九段界隈を彷徨する及川隆一を描いた「崩解感覚」(一九四八年一月~三月『世界評論』)よりは控え目であるが、作中人物の身体に寄り添いながらテクストのことばを追う「顔の中の赤い月」発表当時の読者が、中央線の車窓から見える東京国際軍事法廷や靖国神社を視界におさめる可能性を排除することはできない。疲労困憊した戦友の中川二等兵を「バターン死の行軍」で知られる「サマットの坂道」で見殺しにした北山年夫と、夫を「戦病死」で亡くしている堀川倉子にとって、車窓から靖国神社が見えていたはずであるという事実は、看過し得ない重要な問題である。語り手に「ただ自分の生命を救うために戦友を見殺しにしたのであった」と断罪される北山年夫と、「戦病死」を遂げた兵士の未亡人の苦しげな表情とを並べて見たときに見えてくるものは何か。おそらく中川二等兵と同じような最期を遂げたはずの夫が「英霊」として祀られる空間を間近に感じながら、毎日通勤する戦争未亡人の胸中はどのようなものか。こうしたことを読者が想像する可能性を排除する必要はない。現在、中央線に乗って四ッ谷駅を出ると、駅を出て間もなく右へ大きくカーブしたあたりで、前方に法政大学の建物が見えてくる。そのすぐ隣は靖国神社である。東京が空襲によって焼け野原と化したことを考えれば、堀川倉子が朝の通勤時に車内から靖国神社を遙拝することは十分に可能だ。中央線の線路が靖国神社に最も近づく飯田橋・市ヶ谷間は、堀端の崖下を線路が通っているので、直接靖国神社を視界におさめることは難しい。しかし、敗戦直後であれば、その前後の区間で大村益次郎の銅像や接収をまぬがれた鳥居を視界におさめることは十分可能だったのではないだろうか。招魂社（靖国神社）が、東京の下町方面を見渡すことのできる高燥の良地に造営されたということは、地理的にはかなり広い範囲から視認可能な地点でもあることを示している。現に、坪内祐三の『靖国』（一九九九年一月・新潮社）に紹介されている「東京名所　九段坂ヨリニコライ遠望」（渡辺忠久）を見ると、高層ビルなどのない頃は御茶の水方面からも靖国神社が見えたことが理解できる。

そういう都市空間の中を生きる堀川倉子にとって、有楽町で内回りに乗らず、外回りで四ッ谷に向かうという異様な行動は、「皇居前広場」からの逃走というだけでなく、亡き夫の祀られている靖国神社の回避でもあったと言えないだろうか。

「顔の中の赤い月」の心理劇は、同時代の東京の読者なら容易に実感できたはずの都市空間を解読コードとして導入することによって、よりスリリングなものとして読者の前に立ち現れてくる可能性を持っている。言わば、「歴史」的な性愛空間や死者たちの眠る空間を含むトポスとしての東京が、「顔の中の赤い月」の小説としての可能性を保障しているのだ。「小説を読む」ということは、そういう猥雑な現実との関数の中でテクストから世界を再構成することである。大学入試問題が、小説の持つそのような猥雑さを捨象せざるを得ないとしたら、そこで問われているのはいったい何なのだろうか。ここまで見てきたようないくつかの読みの可能性を考慮した上で、大学入試問題としての「顔の中の赤い月」を読む限り、そこで問われているのは「小説を読む力」ではなくて「出題者の意図を読みとる力」であるように思えてならないのである。

Ⅵ　教科書のなかの敗戦後文学――原民喜「夏の花」を読む

1　「抄録」という方法

光村図書の「中学校　国語3」に「夏の花（抄）」という教材がある。わたしはこの小説をすでに二度教室で扱ったが、教壇に立ちながらいつもある種のとまどいを禁じ得ない。このとまどいにはちょっと複雑な陰影が付きまとっているのだが、単純化すればそれは「抄録」という教材化の方法に関する不審の念だと言っておいてもよいだろう。もちろんこれは、「抄録」一般に対するものではなく、あくまでも「夏の花」の「抄録」に対する不審の念だ。たとえばこれが「吾輩は猫である」の「抄録」なら話は少し違ってくる。教科書にそのまま全編を載せることは事実上不可能だし、表現や発想に注目させて学習させるのなら「抄録」でもそれなりの意味が見出せそうだからである。しかし「夏の花」の場合、事情はまったく異なる。「抄録」することによって「原爆の悲惨さを訴える」という原作の中心的な要素が奇妙に水増しされたものになってしまっているばかりでなく、作者がどういう〈場所〉から読者に語りかけているのかという、より重要な、そして「夏の花」という小説を名作たらしめているところの本質的な問題がきれいに切り捨てられてしまうことになるからだ。それにもかかわらず「抄録」された「夏の花」が教材として掲載されているのは、編集者がこの小説をまったく読めていないからか、あるいは、平和の大切さを考えさせるためにとにかく載せておきさえすればよいという安直な考えに基づいているからだとしか思えない。本来はきわめて豊かな営みになり得るはずの「文学を読む」という行為が、教科書の中でしばしば非常に軽薄なものに堕してしまうということの典型的な例だと言ったらことばが過ぎるだろうか。

さらに言えば、このことは「抄録」という方法を取らず、全文を収録している尚学図書の「高等学校国語二」や三省堂の「新国語Ⅱ」でも基本的に変わらない。[*1] なぜならば、「平和教育」の手段としてではなく、読むこと自体を目的として「夏の花」というテクストに立ち向かうためには、「夏の花」「廃墟から」「壊滅の序曲」という三部作の一部として読むことが必要不可欠だと思われるからだ。その上、「夏の花」というテクストの持つ豊穣さをより十全に引き出すためには、原民喜自身が編集した『小説集　夏の花』に収められた他のテクストとの照応に注意を払うことが必要になってくるはずだからである。つまり、「夏の花」を他のテクストと切り離して単独で教材化することは、全文を収録したとしても本質的には「抄録」でしかあり得ないということだ。その点で、全文を収録した教科書の編者も、抄録をした光村図書の編者同様、ある致命的な考え違いから「夏の花」というテクストの豊穣さの半分を見失ってしまっているといってもよいのである。

それでは、「夏の花」というテクストの持つ豊穣さとは何か。また教科書の扱い方のどこに考え違いがあるのか。「夏の花」という小説の可能性を考えてみることを通してこれらのことを明らかにしていきたい。

2　「夏の花」における〈笑い〉

「夏の花」というテクストの読みが従来いかに貧しいものであったのかを示すために、この小説についての各社の教師用学習指導書の解説を見てみたい。指導書の記述をここで取り上げるのは、「夏の花」という小説に関する一般的な読解の限界を示すうえでは好個の例だと考えたからだ。また、多くの国語教師がかなり安易に指導書を「活用」していると思われる現状からして、指導書の記述を批判することに一定の意義が認められるからだ。指導書の記述は、ともすれば愚にもつかないことが書いてあってがっかりさせられることも多い。しかし、それにもかかわらず、十分に内容を検討しないまま安易に指導書の記述を援用する教師が後を絶たないようだ。これは、わたしが大学生の頃に中学生や高校生の家庭教師をした際、大学の図書館で借りた指導書の定期試験参考例がおおいに役立ち、それさえやらせておけば国語の成績を大幅にアップさせることができたという実体験から勝手に推測していることだ。もちろん、指導書の記述が全部駄目だと言いたいわけではなく、使うのなら十分に記述内容を検討した上で上手に活用すべきだという当たり前のことを言いたいだけの事なのだが……。

というわけで、さしあたり細部の理解に関して、指導書の記述を批判しながら、従来は顧慮されることのなかった「夏の花」の魅力を探ってみよう。次の場面を見ていただきたい。

私は厠にいたため一命を拾った。八月六日の朝、私は八時頃床を離れた。前の晩二回も空襲警報が出、何事もなかったので、夜明け前には服を全部脱いで、久しぶりに寝巻に着替えて睡った。それで、起き出した時もパンツ一つであった。妹はこの姿を見ると、朝寝したことをぷつぷつ難じていたが、私は黙って便所へ這入った。

それから何秒後のことかはっきりしないが、突然、私の頭上に一撃が加えられ、眼の前に暗闇がすべり墜ちた。私は思わず、うわあと喚き、頭に手をやって立ち上がった。(中略)

それはひどく厭な夢のなかの出来事に似ていた。最初私の頭に一撃が加えられ眼が見えなくなった時、私は自分が斃れてはいないことを知った。それから、ひどく面倒なことになったと思い腹立たしかった。

「私」が便所で被爆した瞬間の状況を描いた一節である。この描写の中で、引用部分の最後にある「ひどく面倒なことになったと思い腹立たしかった」という記述に関して考えてみよう。つまり、なぜここで「私」は腹立たしく感じたのか、また何が「ひどく面倒なこと」なのかということについてである。この部分については各社の指導書でも取り上げられており、わたしも教室で発問をして生徒に考えさせている。しかし、わたしのアプローチの仕方と指導書のそれとは全く異なっているのである。まず指導書の解説を紹介しておこう。

思いがけない爆撃(この時点では主人公はまだ普通の爆撃としか考えていない)によって家屋がめちゃめちゃにされ、これまでの平常の生活が不可能になって、復旧に大変な労力と困難とが予想され

るので、「面倒なことになった」と直感し、腹立たしさを感じたのである。（光村図書版）

「めんどうなこと」は爆撃された事実そのものを指していようが、何がどのようにめんどうなのか、という理性的判断ではなく感覚的刹那的反応であろう。そのような刹那的反応の底にある心理を強いて言えば次のようになろう。強い危機感には、同時に危機状態の到来を避けたいという期待感があるので、その期待が裏切られたという腹立たしい気持ち。（尚学図書版）

事の真相は不明ながら、尋常のことではないと直感。そしてすぐに「惨劇の舞台の中に立っているような気持ち」になるのである。（三省堂版）

こんなにも明瞭なことがなぜ無視されているのだろうか、とわたしは思う。おそらく指導書の筆者たちが、「夏の花」に描かれているのは「原爆の惨状」であるという先入観に縛られてしまっているからなのだろう。だから「危機状態の到来を避けたいという期待感」が「裏切られた」からだなどという通りいっぺんの解説しか出来ないのだ。

この場面の意味は、テクストのことばを虚心にたどれば誰にでも理解できる自明のことだ。念のために説明しておけば、それは以下のように考えられる。

「私」はここ数日、寝巻に着替えて眠ることがなかった。それは空襲警報が連日出ていたからで、いつでも避難できるような服装で床に入る必要があったからだ。ところが原爆投下の前の晩、二回も空襲警報が出たのに、またしても何事もないままに夜が更けてしまった。そこで「私」はもう大丈夫だろうと考えて「夜明け前には服を全部脱いで、久しぶりに寝巻に着替えて睡った」のである。もちろん「寝巻」というのは、旅館に置かれている浴衣のようなもので、夏の夜の寝苦しさで容易に脱げてしまうものなのだろう。だから「起き出した時もパンツ一つ」だったのだ。そして「私」は便所へ入り、大便をしている最中に被爆した。大便をしていたことは「私は思わずうわあと喚き、頭に手をやって立上った」という記述からわかる。「立上った」ということは、当然その前はしゃがんでいたことになるからだ（何でこんなことまで言わなければならないのか）。

と、ここまで説明すれば、中学生にも「ひどく面倒なことになったと思い、腹立たしかった」という「私」の気持ちは理解できるだろう。「私」は、前日まで空襲警報に脅かされ、いつでも避難できるように心の準備をし、衣服を着たまま眠っていた。ところがそういう風に万全の準備をしている時には空襲はなく、もう大丈夫だろうと考えて寝巻に着替えて眠り、パンツ一枚で目覚めた朝に、突然空襲が起こったのである。しかもそれは便所の中でパンツを下ろして大便をしている最中だったのだ。「なんで今ごろ。よりによってこんな時に」と腹を立てるのは当然のことだろう。これは「危機状態の到来」云々といった形而上学的な（?）説明など全く不要なごく当たり前の人間心理である。そしてそこには「原爆投下」という悲劇的な現実には一見そぐわない〈笑い〉が存在している。にもかかわらず、教科書の編者にはそういうことが見えていない。あるいは見えていても、「原爆の悲惨さを訴えた小説」である「夏の花」にはふさわしくないとでも考えてあえて無視しているのだろうか。現に「抄録」している光村図書版では、手探りで扉を開けて便所から縁側に出たあとの描写が省略されており、その中にどういう状態で被爆したかを容易に想像させる「私は自分が全裸体でいることに気付いた」という表現が含まれているのである。編者がこの表現を省略したのは、この描写がコッケイであるのみならずワイセツですらあり、「戦争の恐ろしさ、平和の大切さ」（光村図書版、「教材提出の意図」より）を考えさせるためには不適当だとでも判断したのだろうか。あるいは女子中学生が読むことを考えての「教育的配慮」という事なのだろうか。

〈笑い〉ということで言えば、次の描写なども見逃せない。

川岸に出る藪のところで、私は学徒の一塊と出逢った。工場から逃げ出した彼女たちは一ように軽い負傷をしていたが、いま眼の前に出現した出来事の新鮮さに戦きながら、かえって元気そうにしゃべり合っていた。そこへ長兄の姿が現れた。シャツ一枚で、片手にビール瓶を持ち、まず異状なさそうであった。

悲惨な状況の中で女学生たちが「かえって元気そうにしゃべり合っていた」という描写には妙にリアリティーが感じられるが、それよりも奇妙なのは「シャツ一枚で、片手にビール瓶を持」って現われた長兄である。「夏の花」だけでは明瞭ではないが、三部作や小説集全体を読むと、長兄は父の死後、工場の経営権も引き継ぎ、身分の上ではもう立派な家長であることがわかる。そういう人間が、空襲の際にシャツ一枚で片手にビール瓶を持っているというのだから、これほど珍妙で情けない姿はない。「まず異状なさそうであった」という語り手のことばにも、何かユーモラスな響きが感じられないだろうか。しかし、この描写に関しても〈笑い〉という観点から考える人はいない。『原民喜ノート』（一九八三年八月、勁草書房刊）の仲程昌徳が原爆の落ちた瞬間の衝撃によって生じた「動顛の激しさ」だと指摘しているのがせいぜいのところである。それどころか、この指摘を批判してこんな事を言っている研究者もいる。

仲程昌徳によると、ビール瓶を下げた長兄の図は動顛した姿だとされている。いちがいにそうとも言えまい。長兄の語るところでは、工場の動員学徒を助け出すのに忙しく、また「壊滅の序曲」を含めると長兄は安全な郊外に妻と十分な生活品とを疎開させており、いざとなればそこまでは歩いて避難できる距離でもある。逃げるのは軽装でもかまわず、また原の「ノート」によるとこのビール瓶は避難の間、けっこう役に立ったのである。ここには弟妹を気づかうむしろ長兄らしい配慮さえ感じられる。（江種満子「『夏の花』（原民喜）」、『解釈と鑑賞』一九八五年八月）

どうしてこんなにも生真面目に考えてしまうのだろうか。「原爆の悲惨さを訴えた小説」というような先入観に忠実であろうとするあまり、記されたことばに対しての素直な感性を押し殺してまで深刻ぶる必要はないと思うのだが……。

「身の危険を感じた時、人は、自分の最も大切なものを持ち出すといわれるが、そのことはともかく、

『ビール瓶』とは異常すぎる」という仲程昌徳の指摘はごく常識的な判断だと思う。さらに言えば、一族や動員学徒の保護者として、みんなを安全に避難させる上でリーダーシップを発揮すべき長兄が「ビール瓶」を手にした姿というのは、「異常」を通り越して「滑稽」の域にすら達している。そして、詳しく論じる余裕はないが、このような長兄の滑稽な姿というのは、「壊滅の序曲」の「順一」の描き方とも呼応しているのである。

「夏の花」に描かれたこの種の〈笑い〉が感受できないとすれば、「原爆の惨状」の十分な読解もおぼつかないはずだ。もちろんわたしが〈笑い〉ということばで言いたいのは、この描写を読んでげらげらと哄笑したり、シニカルに冷笑したりという実際的かつ現実的な意味あいの笑いではない。実際に笑うかどうかとは関わりなく、悲劇的な現実を前にした「私」が持っているある種の精神のありようを指している。つまり、原爆投下が悲劇的な出来事であればあるほど必要な、またそれがあることによって「原爆の惨状」がいっそう読者の胸に迫るものとなり得るような、そういう種類の〈笑い〉である。言い方をかえれば、絶望的な状況の下での精神のありようとして、人間の持ち得る最後のポジティブな態度としての〈笑い〉である。それは、ビール瓶を持った長兄についての描写の後にある、次のような記述に感じられる精神の昂揚感に通じるような〈笑い〉である。

私は狭い川岸の道へ腰を下ろすと、しかし、もう大丈夫だという気持ちがした。長い間脅かされていたものが、遂に来たるべきものが、来たのだった。さばさばした気持ちで、私は生きながらえていることを顧みた。かねて、二つに一つは助からないかもしれないと思っていたのだが、今、ふと己れが生きていることと、その意味が、はっと私を弾いた。
このことを書きのこさねばならない、と、私は心に呟いた。けれども、その時はまだ、私はこの空襲の真相を殆ど知ってはいなかったのである。

被爆した原民喜が戦後を迎え、「夏の花」をはじめとするいくつかの小説と随筆を書いた時点では、おそらく自己の被爆体験を書き残さねばという使命感がモチーフの中心にあったはずだ。そういう意味で原民喜は、原爆の言語を絶する凄じさを知った後も、どこかでポジティブな姿勢を保持し続けていたと考えられる。そのポジティブな姿勢に見合うように、「夏の花」には辛うじて〈笑い〉が存在する。特に、小説の前半部分には、便所での被爆のありさまやビール瓶を持った長兄の様子のように、滑稽感すら漂う描写が含まれているのである。

しかし、その原民喜が朝鮮戦争勃発の後、鉄路に身を横たえて最期を遂げたのはなぜなのだろうか。従来は原民喜自身のことばを根拠に、妻の死のあとの生活は生きる意味を喪失した「余生」で、自殺は時間の問題だったと言うような理解の仕方が横行していた。そして被爆体験が原民喜の死を少しだけ延期させたのだというように言われていた。だが、わたしに言わせると原民喜の死には妻の死のことと共に、被爆体験に集約されるある種の絶望的な認識が大きく作用したように思われてならない。それは、原爆投下という現実を生み出した人類や世界に対するものというよりは、そういう世界と自分との関係に対する絶望感と言った方がよい。すなわち、それは、原爆の悲惨さを訴えている自分という存在が、実はそっくりそのまま原爆を生み出す愚劣な現実に組み込まれているという痛切な認識である。そしておそらく、「夏の花」の前半部に感じられるような〈笑い〉は、そういう認識に到る過程で次第に後景に退いていってしまったのではないだろうか。そして世界と自分とのそのような愚劣な関係を認識する上で、媒介項の役割を果たすことになるのが〈家〉の問題なのである。

3 〈家〉の崩壊と被爆体験

「夏の花」における〈家〉の問題に関連して、先ほどの引用に続く部分について考えてみたい。原爆投下直後の家の中の様子を描いた場面である。

> 私は錯乱した畳や襖の上を踏み越えて、身につけるものを探した。上着はすぐに見附かったがずぼんを求めてあちこちしていると、滅茶苦茶に散らかった品物の位置と姿が、ふと忙しい目に留まるのであった。昨夜まで読みかかりの本が頁をまくれて落ちている。長押から墜落した額が殺気を帯びて小床を塞いでいる。ふと、どこからともなく、水筒が見つかり、つづいて帽子が出て来た。ずぼんは見あたらないので、今度は足に穿くものを探していた。

引用場面の中にある「長押から墜落した額が殺気を帯びて小床を塞いでいる」という記述について、先ほどと同様に各指導書の解説を見てみよう。

まず、光村図書では、この描写は特に問題にされていない。というのも、この描写がきれいに省略されてしまっているからだ。しかもこの部分に続く、〈家〉の問題を考える上で非常に重要な部分もすっかり省略されてしまっているのである。つまり、引用した部分にある「額」の描写をはじめ、「しっかりした普請」の「家」が「四十年前、神経質な父が建てさせた」ものであること、少年時代の思い出とつながる庭の「楓」の描写などが省略部分に含まれている。他にも、この年の春に帰京してから自分の生家と郷里に違和感を感じ続けていたこと、庭に面した座敷に入っていくたびに「アッシャ家の崩壊」ということばがひとりでに浮かんだことなど、〈家〉の問題を考える上で欠かすことの出来ない重要な記述がことごとく削除されているのだ。

これらの部分をすっかり省略してしまった「夏の花（抄）」の指導には、当然のことながら〈家〉の問題が入り込む余地はない。したがって、生徒の読解は、「私」が被爆体験をどういう〈場所〉で感受したかという観点の欠落した、皮相なレベルにとどまるしかないのである。

この点に関しては、省略のない三省堂版でも同様で、〈家〉の問題を積極的に読解に組み込もうとする姿勢が感じられない。引用部分にしても、擬人法という表現技法の問題としてしか取り上げられず、「原爆の爆風圧の激しさを擬人的に表現している」という解説にとどめている。

両者の扱い方は、「夏の花」という小説を単独で読んだ場合、ある意味では非常に穏当かつ妥当な扱い方と言えよう。しかしこの小説の読解の可能性を探っていく上では明らかに不十分な取り上げ方だと考えられる。少なくとも、わたしがこの「額」に感じる異様な存在感の由来が十分に説明されていない。言いかえれば、語り手が何か重要なことを暗示しているように感じられるのに、それが何なのかがわからないという思いが拭いきれないのである。

その点、尚学図書版は、他の二者と少し取り上げ方が違っている。

額は家人の上に君臨した権威あるものであり、一個の人格がこもっていると思われる。その額が小床に落とされ怒りを発している。その額を「私」は危機状態の実感として受けとめている。

「家人の上に君臨した権威あるものであり、一個の人格がこもっている」という指摘は鋭いと思う。「夏の花」単独で読んだときの解釈としては、これ以上は踏み込みようがないだろう。光村図書や三省堂の扱い方に比べれば、雲泥の差だ。しかし「額」の意味を『小説集　夏の花』というテクストの中で考えた場合、これでもまだ十分な説明とは言えないのである。

こういうと、「夏の花」だけを対象とする教室内での読解に、他の原民喜のテクストを援用するのはルール違反だという意見が出てくるかもしれない。小説の内的秩序だけを問題にすべきだというニュークリティシズム風の発想だ。しかし、小説を面白く読もうと思ったら、そんなにストイックになる必要はない。他のテクストや作者の伝記的事実などは、それらの事柄を参照した方が小説をより面白く豊かに味わえる可能性がある以上、あらかじめ排除されるべきではない。だいいち、指導書において教材以外のテクストを援用するのは常套手段ではないか。「夏の花」の場合も、三社とも何らかの形で、原民喜の他のテクストを援用して、指導の参考に供するように配慮している。したがって、この描写に関してだけそのような作業をしないのは、たんに怠慢なだけだ。教室で実際に他のテクストを援用しながら教えるかどうかは別として、教材研究をした教師は当然知っておくべきなのである。そしておそらく尚学図書版の指導書の筆者の「家人の上に君臨した権威あるもの」云々という指摘も、他のテクストを参照した上でなされている可能性が大きい。

では、他のテクストを援用すると、「長押から墜落した額」の描写はどういう風に解釈できるのだろうか。

『小説集　夏の花』に収められた「昔の店」という小説の中に、次のような記述がある。

その翌年の春、この街に物産陳列館が建てられた。その高く聳える円屋根にはイルミネーションが飾られ、それがすぐ前の川に映っていた。静三たちは父に連れられて、対岸の料理屋の二階からその賑わいを眺めていた。夜桜の川ふちを人がぞろぞろと犇いて通った。その円屋根の珍しい建物は、まだあまり大きな建物の現れない頃のことで、静三の家の二階の窓からも遥かに甍の波のかなたに見えるのだったが、その左手に練兵場の杜が見え、広島城の姿もあった。その年の秋、御大典祝の飛行機が街の上を低く飛んで行った。父はフロックコートを着て記念の写真を撮った。その写真は父の死後引伸しされて、仏間の長押に掲げられたのだった。

この小説を参照すれば「夏の花」で「私」の行く手を塞いでいたのは、「御大典」を記念して撮った「父」の写真だということが明らかになる。したがって、尚学図書版の指導書が「家人の上に君臨した権威あるもの」としたのは、正鵠を得た指摘だったことがわかる。しかし、指導書のように「権威あるもの」といった一般的な言い方よりも、「父」の「御大典」記念の写真だという具体的な理解の方が「夏の花」の「額」の異様な存在感をうまく説明してくれる。「額」の場面の直前にある「しっかりした普請」云々という描写が「父」に関する記述であることとも符合する。

さらに、このことによって、「夏の花」に描かれた「原爆投下」という未曾有の出来事の意味が、新たな相貌をもって立ち現れてくる。つまり、原爆投下という出来事が、「日本近代」という歴史的文脈の中で語られている事が理解できるのである。しかもそれは「父」の存在に象徴される〈家〉の問題とリンクされた形で描かれている。なぜそう言えるのか。そのことを考えるためには、やはり『小説集　夏の花』に収められた他のテクストを参照する必要がある。

たとえば先ほど引用した「昔の店」の結びに、次のような記述がある。

「そうさ、何でも彼でも疎開させておくに限る、戦争が済めばそれをまた再分配さ」と、静三も傍から話に割込もうとした。しかし、どういうものか、この二人はいま何かもの狂おしい感情にとり憑かれて、頻りに戦争を呪っているのであった。ことに若い周一は忿懣の限りを込めて軍人を罵った。

「まあ、待ち給え、そんなことをいったって、君は一体誰のお陰で今日まで生きてきたのかね」静三は熱狂する甥をふと嘲弄ってみたくなった。

「誰って、僕を養ってくれたのは無論親父さ」

「うん、親父だろう、その親父の商売は、あれは君が一番きらいな軍人を相手の商売じゃないかね」

すると、周一は噛みつくような調子で抗議するのであった。

「だから、だからよ、僕が後とりになったらその日から即刻あんな店さっぱり廃めてしまうさ」

静三は腹の底で、その若い甥の言葉をちょっと美しいなとおもった。だが、梅津製作所は、その後間もなく、原子爆弾で跡形をとどめず焼失した。つづいて、製作所は残務整理の後その年の末に解散された。


「梅津商店」は、日清戦争の年に創立し、日韓併合や満州事変など、日本の大陸侵略に歩調を合わせて発展してきた「陸軍用達商」である。「静三」の甥に対する発言は、そういう「梅津商店」のありようを踏まえてのものなのだが、注意しなくてはならないのは、甥の「周一」とその父「敬一」の関係とまったく同じことが「静三」自身と父との関係にも当てはまることである。つまり、「梅津商店」は日本とともに戦争をばねに発展し続け、「静三」は「周一」と同様に戦争を食い物にする家で育てられたのだ。そして「静三」の〈家〉は、国家とともに発展し、そして滅びたのである。このような悲痛な認識の下にこの小説の結びは描かれている。語り手が「梅津商店」の歩みを語っていくときに特に言及されている年が、明治四十三年（日韓併合の年）、大正三年（第一次世界大戦勃発）、昭和六年（満州事変）などであるのも、こういう認識と無関係ではないだろう。仏間の長押の写真のイメージに、「御大典祝の飛行機」や「物産陳列館（現・原爆ドーム）のイルミネーション」の印象が重ねられた先の引用の意味も、こういうところにあるはずだ。

このように考えれば、「長押から墜落した額が殺気を帯びて小床をふさいでいる」という「夏の花」の一節がにわかに象徴的なものに感じられてくるのではないだろうか。そして荒廃した〈家〉のありさまや頼りない長兄の様子などを描いた「壊滅の序曲」が、「正・続・補」の三部作の最後に書かれていることの意味も見えてくる。のみならず、冒頭の墓参シーンの意味なども、従来の解釈とはやや異なった文脈の中で理解できるはずだ。

私は街に出て花を買うと、妻の墓を訪れようと思った。ポケットには仏壇からとり出した線香が一束あった。八月十五日は妻にとって初盆にあたるのだが、それまでこのふるさとの街が無事かどうかは疑わしかった。恰度、休電日ではあったが、朝から花をもって街を歩いている男は、私のほかに見あたらなかった。その花は何という名称なのか知らないが、黄色の小弁の可憐な野趣を帯び、いかにも夏の花らしかった。

炎天に曝されている墓石に水を打ち、その花を二つに分けて左右の花たてに差すと、墓のおもてが何となく清々しくなったようで、私はしばらく花と石に視入った。この墓の下には妻ばかりか、父母の骨も納まっているのだった。持ってきた線香にマッチをつけ、黙礼を済ますと私はかたわらの井戸で水を呑んだ。それから、饒津公園の方を廻って家に戻ったのであるが、その日も、その翌日も、私のポケットは線香の匂いがしみこんでいた。原子爆弾に襲われたのは、その翌々日のことであった。

この場面については、従来さまざまな見方がなされてきたが、いずれの論者にも共通して言えることは、この墓参が「妻」に対するものとしてしか考えられていないことである。もちろん、冒頭に「妻の墓を訪れようと思った」と書いてあるのだから、「私」と「妻」との関係が重要であることは確かだろう。原民喜とその妻貞恵の特別な関係について知っていれば、なおのこと「妻の墓」を訪れた「私」の心理に関心が払われて当然だ。しかし、「夏の花」に続く他のテクストとの関係から考えれば、「墓の下には妻ばかりか、父母の骨も納まっているのだった」という表現を見逃すわけにはいかない。じっと「花と石に視入った」「私」の心中に「父母」のことが去来している事の意味は小さくない。すでに述べてきたように、『小説集　夏の花』というテクストの中で〈家〉の問題が無視できないものである以上、小説集の巻頭に置かれた場面に描かれているのが、「妻」の墓であると同時に「父母」の墓でもあることの意味は大きいと言わざるを得ない。

たとえば、江種満子は、墓参の時に歩いた道筋と被爆後の避難ルートが呼応している事[*2]を指摘し、そのことから妻の死と被爆者たちの死の呼応が読み取れると述べている（前出論文「『夏の花』（原民喜）」）。だとすれば、同じ理由で、父母の墓に象徴される〈家〉の滅びと、原爆によるふるさととの壊滅を関連づけて読むことも可能なはずである。

そして重要なことは、「昔の店」において、日本近代の歴史が「静三」の〈家〉の歩みと重ね合わせられ、語り手が「静三」の〈家〉の存続をそのまま「静三」たちの戦争への加担に結びつけて語っていることである。これは、『小説集　夏の花』において、〈家〉の崩壊と被爆体験が分かちがたく結びつけられていることを意味する。つまり、「私」は、たんに「被害者」として原爆を投下したアメリカを糾弾するだけでは済まない〈場所〉から語っているのだ。原子爆弾の惨状を考えたとき、こういう認識はあまりにも悲痛なものなのだが、少なくとも「夏の花」を書いた原民喜の胸中にはこの種の認識が存在したと考える事ができる。そして「夏の花」を『小説集　夏の花』から切り離して教科書のなかに置いてしまったとき、このような解釈への手がかりはほとんど失われてしまい、「原爆の悲惨さを描いた小説」という上すべりな解釈だけが残されるのである。

「私」が存在するということ、そのこと自体が戦争や原爆への加担でもあり得るという愚劣な現実への憤り。これが「夏の花」という小説を名作たらしめている所以であり、そこにこそ原民喜にとっての原爆の悲惨さがあったのではないだろうか。朝鮮戦争という出来事に直面して、死へと赴いた原民喜の悲嘆の中にも、何を書き、どういう発言をしているかと言うこととは全く関わりなく、戦争という現実にコミットしてしまっている自分という存在に対する絶望感が見え隠れしているように思えてならない。そして、このような認識に裏打ちされた〈場所〉こそが、原民喜が「夏の花」を書いた、敗戦後という場所だったはずなのである。

［注］

1　本稿発表当時（一九九二年度）。

2　私見では、妻の墓参もさることながら、被爆後の避難ルートのそこかしこに《軍都廣嶋》の記憶が秘められていることの方が重要であると思われる。「栄橋」「常磐橋」「住吉橋」などの橋の名称にすら、アイロニックなものが感じられないだろうか。

Ⅶ　小説集のなかの小説――原民喜「夏の花」と《軍都廣嶋》

1　冒頭場面と題名の意味

「夏の花」は、次のように書き出されている。わざわざ引用するまでもないほどよく知られた一節だが、念のため書き抜いておこう。

　私は街に出て花を買うと、妻の墓を訪れようと思った。ポケットには仏壇からとり出した線香が一束あった。八月十五日は妻にとって初盆にあたるのだが、それまでこのふるさとの街が無事かどうかは疑わしかった。恰度、休電日ではあったが、朝から花をもって街を歩いている男は、私のほかに見あたらなかった。その花は何という名称なのか知らないが、黄色の小弁の可憐な野趣を帯び、いかにも夏の花らしかった。

　炎天に曝されている墓石に水を打ち、その花を二つに分けて左右の花たてに差すと、墓のおもてが何となく清々しくなったようで、私はしばらく花と石に視入った。この墓の下には妻ばかりか、父母の骨も納まっているのだった。持ってきた線香にマッチをつけ、黙礼を済ますと私はかたわらの井戸で水を呑んだ。それから、饒津公園の方を廻って家に戻ったのであるが、その日も、その翌日も、私のポケットは線香の匂いがしみこんでいた。原子爆弾に襲われたのは、その翌々日のことであった。

この場面については、従来さまざまな見方がなされてきた。たとえば、仲程昌徳は、尚学図書の指導書の記述を批判しながら、次のように述べている。[*1]

この序章は、原の作品構成の鮮やかさを実によく示しているものとなっている。それは、「序章」に、この作品の題名となった「夏の花」が出てくるということ、またその花が「すべての原爆犠牲者の霊へ捧げる彼の献花」であるということ、また、墓石にそそぐその水が、「水をくれ、水をくれ」と訴えて死んでいった死者たちに与えられたものとして考えられるというようなこと、あるいは「線香のにおい」が、「原爆の不幸の起こるのを暗示している」というような、幾重にも象徴的に使われた言葉が、そこには書き込まれているというようなことからではない。(中略)「序章」がこころを打つのは、ただひたすらに愛し、そして自分をずっと見守ってくれた妻に対する美しい思いの凝縮した文章であるからに他ならない。そしてそのことが、実はもっと大きい問題を含みこんでいるからなのである。

ここには、美しい「死」のかたちがある。言うまでもなく、死んでいった妻や父や母に対する哀惜の念を通してみられたかたちである。花や水や線香は、その哀惜の念のかたちをかえたあらわれに他ならない。

一人一人の「死」というものに、心をこめてむき合える、そのありようが、もっとも人間的なものであることによって、真からこの文章は美しいのであり、そしてその美しさが際だつのは、他でもなく「終章」の、個性を失った「死」を死んでいった者たちと並べられているからなのである。

たしかに、妻や父母の死のありようと原爆犠牲者たちの「死」とは、ひとつのイメージに括りきれない異質の「死」であり、そのことの持つ意味は大きい。しかし、指導書に言われているような読み取りも、この小説を豊かに生かしていく上で無視できないのではないだろうか。そもそも「甲」という読み方と「乙」という読み方があった場合、一方の読みが整合性その他の面で明らかに優れていて、二つの読み方が両立し得ないとき以外は、「甲」と「乙」の双方を取り込んだ重層的な読み方を模索すべきだろう。だから、仲程昌徳は、指導書の読みを「～ではない。」というふうに否定するのではなくて、「～だけではない。」と留保を加えるべきだったのだ。「夏の花」全編を読めば、「水」の持つ意味の大きさには誰もが気づかされるだろうし、「顔を黒焦げにして」「痩せた背を炎天に晒し、水を求めては呻いている」という被爆者の姿と「炎天に曝されている墓石に水を打ち」という描写が呼応していることは疑い得ない。また、墓に捧げられた「黄色の小弁の可憐な野趣を帯び」た「夏の花」と、「このことを書き残さねばならない」として原爆犠牲者に捧げられた「夏の花」という小説自体とを、〈死者への献花〉という点において重ね合わせてみるという読み方もあながち牽強付会の言とばかりは言えないだろう。

ついでに題名のことについて言っておけば、この小説が当初は「原子爆弾」という題で書かれていたにもかかわらず、GHQの検閲に配慮して改題されたことはよく知られた話である。[*2] だとすれば、新しい題名の中に、原題の意味が隠されていると考えてみることも許されるだろう。つまり、火薬の爆発を「花火」という比喩で言い表わす人間の感性を考えれば、「夏の花」という題名が実は原子爆弾のメタファーでもあるという見方も十分に成り立ち得るのではあるまいか。

2 〈家〉の問題

このような冒頭の場面と題名をめぐるさまざまの読み方は、どれか一つを取ると、他を捨てなければいけないというような性質のものではなく、互いに排除せず、幾重にも織り重ねて重層化することが可能な性質のものと言えよう。文学のことばは、日常言語のように一義的で正確な伝達を主眼とするものではなく、場合によっては曖昧さと不合理を巻きこみながら、多義的で豊穣な言語空間を構成するものであるはずだ。「夏の花」の冒頭が傑出しているとすれば、その理由は、仲程昌徳の指摘するような「美しい『死』のかたち」ということからだけではなく、このような意味作用の重層性によって喚起される読者の想念の豊かさの中にあると言うべきだろう。

そして、この冒頭の場面には、今まで指摘されなかったもう一つの重要なプロットがインプットされている。「この墓の下には妻ばかりか、父母の骨も納まっているのだった」という記述に注目して欲しい。従来、この場面は「妻の墓参」ということばで括られ、そこが同時に父母の墓でもあるという事実は、まったく顧慮されることがなかったように思う。しかし、「夏の花」というテクスト全体の持つ意味、ひいては「三部作」や「小説集　夏の花」のテクストの配列などとも合わせてこの冒頭の場面を読み取ったとき、「父母の骨」に象徴される〈家〉の問題は、簡単に見過ごすことのできない重要なプロットを構成する。つまり、端的に言えば、この小説が、あるいは小説集が、大量殺戮兵器としての「原爆の悲惨さ」を描いたものであるのと同時に、「私」の〈家〉の崩壊を描いたものでもあるということだ。生前、原民喜自身によって編集された「小説集　夏の花」の配列を見ていただきたい。

一、夏の花
二、廃墟から
三、壊滅の序曲
四、燃エガラ（詩）
五、小さな村
六、昔の店
七、氷花
八、エッセイ

作者の「後記」によれば、「夏の花」「廃墟から」「壊滅の序曲」は、「正・続・補の三部作」であるという。それでは四番目以降のテクストはどうしてこういう配列で並べられているのだろうか。

わたしの見たところ、「夏の花」「廃墟から」「壊滅の序曲」の三部作のリフレインとして「燃エガラ」「小さな村」「昔の店」の三編が配列されていることは明らかだと思われる。つまり、「夏の花」と「燃エガラ」は共に原爆投下直後の広島の惨状を描いたもので、「廃墟から」と「小さな村」は共に難を逃れて八幡村へ移ってからの生活を、また「壊滅の序曲」と「昔の店」は共に原子爆弾が落ちるまでの生家の様子を中心に描いたものであるという点で明らかに照応している。そして、八幡村を去って東京に移ってからの生活が描かれている「氷花」は、前の六つのテクストに対する反歌のようのものだろう。それでは「エッセイ」は何だ、と訊ねられると答えようがないが、少なくとも初めの六つのテクストが「正・続・補」の反復であり、それを補足するように「氷花」と「エッセイ」が付されているという構造は読み取れるだろう。したがって「夏の花」の小説世界を読み解く上で、「続・補」にあたる「廃墟から」と「壊滅の序曲」を見逃せないのと同様に、小説集に収められた三部作以外のテクストも重要だということが言えるだろう。特に「補」の「壊滅の序曲」に相当する「昔の店」に詳しく描かれている〈家〉の問題を「夏の花」とのつながりでどう捉えていけばよいのかという問題は、「原爆の悲惨さを訴えた小説」という従来の読解の一面性を脱する上でたいへん重要だと思われる。

そういう目で「夏の花」を読み直してみると、案外この小説にも〈家〉の問題が思わせぶりに描かれている部分があることに気がつく。

厠にいたために一命を拾った「夏の花」の「私」は、原爆投下時の描写に続いて次のように述べている。

到るところに隙間が出来、建具も畳も散乱した家は、柱と閾ばかりがはっきりと現れ、しばし奇異な沈黙をつづけていた。これがこの家の最後の姿らしかった。後で知ったところに依ると、この地域では大概の家がぺしゃんこに倒壊したらしいのに、この家は二階も墜ちず床もしっかりしていた。よほどしっかりした普請だったのだろう、四十年前、神経質な父が建てさせたものであった。

「夏の花」で「私」が「父」のことに言及する唯一の箇所である。墓の下に眠る父の遺した「家」が原爆の爆風によって破壊され、それを「私」は「この家の最後の姿」と言っている。そして注意しておかなくてはならないのは、この時点では建物としての家自体は無事で、その「しっかりした普請」のおかげで「私」が一命をとりとめたと考えられることだ。

同じことが「原爆回想」という別の文章では次のように語られている。

私の父は四十年前に一度、家を建てたのだが、たまたま地震があって、少し壁や柱にすき間が出来ると、神経質の父は早速その新築の家をとり壊して、今度は根底から細心の吟味を重ねて非常に頑丈な普請にした。二階建の家だが、下の間数が多いのに、上はたった二間しかなく、遠くから眺めると、ちょこんと二階が屋根の上にのっかっているような家だった。私は子供の時から、母にこのことをきかされると、いつも亡父の眼ざしが家の隅に残っているような感じがしたものだ。

ところが、この亡父の細心さが四十年後、私の命を救ったのだ。私の妹とはあの八月六日の朝、家のなかにいたため、軽いけがだけで助かった。附近の家屋はすべて倒壊したのに、あの家ばかりは二階も落ちず、床もそのまま残っていたのである。*3

「父」の建てた「家」と原爆との関係が、ここではよりはっきりと説明されている。もちろんこの文章は、随筆として書かれているものであるから、「小説」の「夏の花」とは区別して考えるべきかもしれない。また、同じ随筆でも「小説集　夏の花」に収められているテクストとは一線を画す必要があるだろう。しかし、「夏の花」が筆者の体験をもとに書かれたものであることが明らかである以上、同じ体験をもとにして書かれた「原爆回想」をサブテクストとして参照することも許されるはずだ。そういう観点からこの二つの文章を比べてみると、もう一つ見逃せない事実が見えてくる。それは、「原爆回想」にはあるが、「夏の花」にはない次のような記述である。

縁側の畳をはねあげてみると、持逃げ用のカバンが見つかったので、私は吻とした。ふとその時私は何か幸福にでもありついたように嬉しかった。それは肩からかける雑嚢なのだが、そのなかには緊急な品々が手際よく詰めてあった。その頃、私はもう逃亡の訓練には馴れていたが、こんな細心な準備ができていたのは、これは一年前に死に別れた妻の細心なやり方が絶えず私に作用していたためだろう。

つまり、先の引用と合わせて考えると、「原爆回想」では、「私」が難を逃れて生きのびることができたのは、神経質な「父」と細心な「妻」のおかげだという風に書かれていることがわかる。その一方で、同じような書き方をしても良かったはずの「夏の花」の場合、神経質な「父」については書かれているが、「妻」については原爆の難を逃れたことと関連づけて言及されていないのである。この事実ひとつを取ってみても、「夏の花」の冒頭で「私」の訪れたのが、「妻の墓」であると同時に「父母の墓」でもあったということを看過すべきではないということがわかるだろう。

そして原爆による家の破壊は、父の遺した建物自体の終わりであるのみならず、隠喩としての〈家〉、すなわち家長制度に基づく観念としての〈家〉の終焉でもあった。

トイレで用便中に被爆したために全裸体であった「私」は、身につけるものを探し、持ち逃げ用のカバンを肩にかけると避難を開始する。その場面に次のような記述が見られる。

隣の製薬会社から赤い小さな焔の姿が見えだした。いよいよ逃げだす時機であった。私は最後に、ポックリ折れ曲った楓の側を踏み越えて出て行った。

その大きな楓は昔から庭の隅にあって、私の少年時代、夢想の対象となっていた樹木である。それが、この春久ぶりに郷里の家に帰って暮らすようになってからは、どうも、もう昔のような潤いのある姿が、この樹木からさえ汲みとれないのを、つくづく私は奇異に思っていた。不思議なのは、この郷里全体が、やわらかい自然の調子を喪って、何か残酷な無機物の集合のように感じられることであった。私は庭に面した座敷に這入って行くたびに、「アッシャ家の崩壊」という言葉がひとりでに浮んでいた。

三部作の中には、文学を中心としたさまざまな書物の名が登場する。たとえば、「零の発見」「ヘルマンとドロデア」「戦争と平和」「一粒の麦もし死なずば」などである。これらの固有名は、そのほとんど全てが「壊滅の序曲」の中に見出される。考えてみればこれは当たり前の話で、警戒警報で避難する人々のようすに「ヘルマンとドロデア」の避難民の姿を想起することはできても、原爆という未曽有の出来事の惨状は、既成文学の参照で太刀打ちできるはずがない。ましてや、原爆後の凄惨な情景の中で作中人物が「零の発見」に読み耽ることなどあり得ないだろう。したがって「夏の花」と「廃墟から」の中に書物の名が登場する余地はほとんどない。唯一の例外が、引用した場面に現れる「アッシャ家の崩壊」という固有名だ。

この「アッシャ家の崩壊」という固有名は、原爆投下前の「私」の脳裏に浮んだことばが、被爆した家を後にするこの場面で、「ポックリ折れ曲った楓」を媒体として再び想起されたものだ。そういう意味では、ここに登場すること自体には不自然さはないと言えるかもしれない。このことばは原爆投下を体験する前に脳裏に浮かんだのであるし、この場面ではまだ「この空襲の真相を殆ど知っては」おらず、本当の意味で原爆を体験したとは言えない。したがって、自己の想像力の範囲内で空襲を理解し、個人的な感慨のみが胸中を支配していると言える。「アッシャ家の崩壊」ということばを目前の現実に対置させるような感性がまだ働いていてもおかしくはないのである。ただ、「この春久ぶりに郷里の家に帰って暮らすようになってから」の「私」の心の中に、〈家〉に対する違和感と崩壊の予感があったことが語られていることには注目しておいていいだろう。原爆の想像を絶する惨状によって、吹き飛ばされ、あるいは覆い隠されてしまったこの小説のもう一つのモチーフを読み取る手がかりがこの場面にあるからだ。

このような〈家〉に対する「私」の違和感は、「壊滅の序曲」にもしばしば描かれている。たとえば次のような場面である。引用文中の「正三」は、「夏の花」の「私」に相当する。

正三が本家へ戻ってきたその日から、彼はそこの家に漂う空気の異常さに感づいた。それは電燈に被せた黒い布や、いたるところに張りめぐらした暗幕のせいではなく、また、妻を喪って仕方なくこの不自由な時節に舞い戻ってきた弟を歓迎しない素振ばかりでもなく、もっと、何かやりきれないものが、その家には潜んでいた。

ここに描かれている「何かやりきれないもの」とは、「正三」にとって、〈家〉の崩壊の予兆として感受されている。それは、建物疎開が進み、空襲によって父の遺したこの立派な建物がふるさとの街と共に焼き払われてしまうという現実的な意味からではない。もっと内側からの、観念としての〈家〉の崩壊が感受されていると言ってよい。建物としての「家」の崩壊は、原爆によって「ポックリ折れ曲」がることになる庭の楓と同様に、この観念としての〈家〉を象徴するものでしかない。そして、注意しておくべきことは、〈家〉の崩壊を「正三」に感じさせる「空気の異常さ」の中心には長兄の「順一」の姿があることである。

……暗幕を張った奥座敷に、飛きり贅沢な緞子の炬燵蒲団が、スタンドの光に射られて紅く燃えている、――その側に、気の抜けたような順一の姿が見かけられることがあった。その光景は正三に何かやりきれないものをつたえた。

「壊滅の序曲」に描かれている長兄の「順一」は、朝寝と夜更かしを繰り返しぶらぶらしている「正三」に比べてはるかに活動的である。いろいろな方面の人々と接触を持ち、互いに物資の融通をし合ったり、疎開の荷拵えを精力的にしたり、疎開した妻の「高子」のところに食糧を運んだり、まさに「身も心も独楽のようによく廻転した」と言ってもいいくらいだ。しかしその言動には多分に利己的なところがあり、「高子」にたびたび失踪されるなど、「森」家の秩序を維持すべき家長としての力量不足が感じられる。また、次兄の「清二」や妹の「康子」の信頼に十分応えているとは言えないところも見受けられる。工場疎開のことなど「清二」が「親身で兄に相談したいことは、いくらもある」のに、「順一」は「高子」の失踪のことなどに気を取られ「今は何のたよりにもならない」し、「康子」との間には次のような事件も起きている。

前から康子は土蔵の中に放りぱなしになっている箪笥や鏡台が気に懸っていた。「この鏡台は枠つくらすといい」と順一もいってくれたほどだし、一こと彼が西崎に命じてくれれば直ぐ解決するのだったが、己の疎開にかまけている順一は、もうそんなことは忘れたような顔つきだった。直接、西崎に頼むのはどうも気がひけた。高子の命令なら無条件に従う西崎も康子のことになると、とかく渋るようにおもえた。……その朝、康子は事務室から釘抜を持って土蔵の方へやって来た順一の姿を注意してみると、その顔は穏やかに凪いでいたので、頼むならこの時とおもって、早速、鏡台のことを持ちかけた。

「鏡台？」と順一は無感動に呟いた。

「ええ、あれだけでも速く疎開させておきたいの」と康子はとり縋るように兄の眸を視つめた。

と、兄の視線はちらと脇へ外らされた。

「あんな、がらくた、どうなるのだ」そういうと順一はくるりとそっぽを向いて行ってしまった。

「順一」にとっては「がらくた」かもしれないが、この箪笥と鏡台は、「康子」にとっては、「彼女が結婚する時まだ生きていた母親がみたててくれた紀念《ママ》の品」だった。「順一」の冷たい仕打ちにはじめ「すとんと空虚のなかに投げ出されたような気持」だった「康子」は、「自分のものになると箒一本にまで愛着する順一が、この切ない、ひとの気持は分かってくれないのだろうか」と憤慨する。この場面で、「順一」が軽視した箪笥と鏡台が亡母につながる品であることは偶然ではないはずだ。この齟齬は、観念としての〈家〉が二人の間ではもはや共同化されていないために起きたものなのだろう。〈家〉を維持すべき「家長」のこのような振る舞いも、おそらく「正三」には「森」家の崩壊の兆候として感受されている。

「正三」に対しての「順一」の対応もまた、家長らしからぬ冷淡なものとして語られている。自分のことには万事手抜かりのない「順一」は、食糧品の詰められた持ち逃げ用のリュックサックを用意し、鼠の害を防ぐために縁側の天井から吊り下げられている網に括りつけている。ところが「正三」が自分の持ち逃げ用のリュックを「康子」に作ってもらうために布地が欲しいと申し出たときの「順一」の反応は次のようなものだった。

「カバンにする布地?」と順一は呟いて、そんなものがあるのか無いのか曖昧な顔つきであった。そのうちには出してくれるのかと待っていたが一向はっきりしないので、正三はまた順一に催促してみた。すると、順一は意地悪そうに笑いながら、「そんなもの要らないよ。担いで逃げたいのだったら、そこに吊してあるリュックのうち、どれでもいいから持って逃げてくれ」というのであった。そのカバンは重要書類とほんの身につける品だけを容れるためなのだと、正三がいくら説明しても、順一はとりあってくれなかった。

このような長兄の「家長」らしからぬ言動は、「壊滅の序曲」全体を通してしばしば語られており、「順一」は「正三」の「森」家に対する違和感を象徴する存在とも言える。「正三」が妻を亡くして生家に戻ったとき、そこには幼いころのような帰属感が感じられず、あたかも出戻り娘のような居心地の悪さが感じられるだけだったということなのだろう。そして、「正三」の「森」家への一体感は、父が生きていた頃の記憶の中にのみ残っている。そういう「正三」の感性が、語り手の語り口にそのまま反映し、小説全体を貫いているのが「壊滅の序曲」だと考えてよい。したがって、この小説の冒頭が「正三」と友人の〈追憶〉から書き出されていることは偶然ではないのである。

3　《軍都廣嶋》と「昔の店」

それではなぜ「原爆の悲惨さを訴えた小説」である「夏の花」に、〈家〉の崩壊を描いた「壊滅の序曲」が「補」として付け加えられなければならなかったのだろうか。「小説集　夏の花」の〈影の三部作〉において、「壊滅の序曲」に対応する小説、「昔の店」の中にその理由を探る鍵が隠されている。

「昔の店」に描かれているのは、《軍都廣嶋》で「陸軍用達商」として発展してきた「梅津商店」という店で、原民喜の生家がモデルである。語り手は、「静三」を視点人物にして、「梅津商店」の盛衰を語っている。そして、原爆投下によってその店が焼失し、すでに残務整理も済んで解散された後の時点に立って、「静三」が「昔の店」を回想するという体裁で小説が成り立っている。つまり、この小説は、父が一代で作り上げ、繁栄をほしいままにした店が、どのようにして滅び去ったかということを描いたものだとも言える。そして、「梅津商店」の解散とは、とりもなおさず「静三」の生の拠り所の喪失であり、観念としての〈家〉の崩壊でもあるだろう。

小説は、「明治四十三年」に店の前で写真を撮ったときの思い出から始められている。「静三」が学校から帰ると、店の人たちは、ちょうど写真を撮っているところだった。何のための写真撮影だったのか、語り手は一切明らかにしていないが、父や兄や店員たちが並んだ前に「静三」も立たされて一緒に写真に入る。しかし、「静三」以外は少し引っ込んだ場所に並んでいたため暗くて、みんな輪郭がぼやけてしまい、はっきりと撮れていなかったという。「静三」が原爆を体験して、店の没落のあとの時点から回想していることを考えれば、この挿話は象徴的にこの〈家〉の運命を表していると考えることができる。しかも、「陸軍用達商」の消長を、日韓併合の年である「明治四十三年」から、「昭和二十年」の被爆と敗戦までのフレームの中に収めているこの小説の構成を考えてみたとき、この冒頭の場面はよりいっそう象徴性を増すだろう。

「梅津商店」栄枯盛衰は、「静三」の父の死を境に大きく二つに分けて考えられる。少なくとも、「静三」の意識の上では、「梅津商店」が滅亡への道をたどりだしたのは父の死の後だと捉えられている。「静三」の父の生前の「梅津商店」は、日本の対外進出と歩調を合わせるようにして発展を続ける。日清・日露の二つの戦争と、「明治四十三年」の日韓併合を経て、「大正三年」の第一次大戦のころの店の様子は次のように語られている。

……その頃からその店の様子はだんだん変って行った。薄暗い父の部屋の続きに応接室が新築された。以前の庭に面した粗末な廊下で、夜静三が通る時など物凄い感じのした場所だったが、今度は新しい白壁と硝子窓の部屋になり、すっかりハイカラな感じになった。往来の方からも、その店の奥にある応接室の硝子越に庭の緑が幽邃に見えたし、静三の家の屋敷の方からも、庭を隔てて、その応接室を眺めるのは趣があった。部屋にはストーブが焚かれ、隅の新しい本棚には、美しい挿絵の一杯ある、ネルソン百科事典や国民文庫が飾られていた。父は新しい背広を着て金口のタバコを吸った。

そして、父の経営で発展を続ける「梅津商店」の屋号の上には、その後「合名会社」という肩書きが加えられるようにまでなっていったという。

こうして「静三」の記憶の中で、肯定的に語られる「梅津商店」のありさまが、その頂点に達するのは、父の死の直前の頃のことである。その絶頂期を象徴するのは、父の写った一枚の写真だ。それはちょうど《廣嶋》という都市の華やかな思い出とともに、次のように触れられている。

その翌年の春、この街には物産陳列館が建てられた。その高く聳える丸屋根にはイルミネーションが飾られ、それがすぐ前の川の水に映っていた。静三たちは父に連れられて、対岸の料理屋の二階からその賑わいを眺めていた。夜桜の川ふちを人がぞろぞろと犇いて通った。その丸屋根の珍しい建物は、まだあまり大きな建物の現れない頃のことで、静三の家の二階の窓からも遥かに甍の波のかなたに見えるのだったが、その左手に練兵場の杜が見え、広島城の姿もあった。その年の秋、御大典祝の飛行機が街の上を低く飛んでいった。父はフロックコートを着て紀念の写真を撮った。その写真は父の死後引伸しされて、仏間の長押に掲げられたのだった。……その翌年、父は療養のため長らく旅に出ていたが、家に戻ってくると間もなく病態が改まった。それは応接室の屋根に積った雪がいつまでも凍てついている頃のことであった。

明治が終わり、大正が始まる。そして、病弱だった大正天皇の「御大典祝」のときが「静三」の父と「梅津商店」との絶頂期であり、没落の始まりだったというこの語り方も、いかにも暗示的ではないか。さらには、「物産陳列館」と呼ばれている、《軍都廣嶋》の繁栄のシンボルとしての近代建築が、やがて「原爆ドーム」と名を改め、《平和都市ヒロシマ》のシンボルになっていく運命の皮肉を、この場面から感受することすらできる。[*4]

父の葬儀が済んでしばらくすると、「静三と店との関係はすっかり変って」しまう。店員との親しみも薄れ、「静三」は、「何かもう店の破滅が近づいている」という予感にとらえられるようになる。そして東京の学校に通っている兄の「敬一」から「家族制度の崩壊」を予言する「社会主義の理論」を聞くにつけ、「陸軍用達商として発展してきた」「梅津商店」の「由来」が「だんだん厭わしく思え」てくる。

一度、京都の学校へ通った「静三」だが、「ひどい喀血」を起こし、「突然、矢も楯もたまらぬホームシック」にかかって、広島の家に戻ってくる。それからの「静三」は、例の父の写真が長押に掲げてある仏間に寝起きしながら、何もしないでぶらぶら日々を過ごす。

　静三はよく長押にある父の肖像を見上げては、これだけの家とあの店を一代で築いた父は何といってもやはり偉かったのだなあ――と、おずおずと考えた。土蔵から父親の手帳や古い写真などを見つけると、それを部屋に持って戻り、静三は昔のことを調べだした。

　この場面などを見ても、静三にとって「合名会社梅津商店」はすでに疎遠な存在であり、長押にある父の写真に集約される追憶のなかでのみ、「昔の店」との生き生きした関係が保たれていることがわかる。しかし、その後、「昭和六年」（満州事変の年だ）に結婚した「静三」は、四人の子供の父親になり、「梅津商店」の支配人におさまる。「いずれは没落してゆく階級」に属するものとして、その運命に身を委ねるかのように。「梅津商店」は、「昭和十年」に亡くなった母の「二回忌」のころ（ということは、二・二六事件の昭和十一年ということか？）から再び日露戦争の頃のような活況を呈する。そして日本の大陸進出を背景に、「梅津製作所」と改名し、「昭和十九年」の暮れには「創立五十周年紀念《ママ》」（ということは、日清戦争の年に創立したことになる）の祝賀がにぎやかに行なわれる。そして、その祝いの最中に空襲警報が鳴りだし、戦況はいよいよ悪化の一途をたどり、「梅津商店」の壊滅の日は刻一刻と近づいてくる。

　そして小説の終わり近くにある次のような挿話は、原爆と敗戦による「梅津商店」の滅亡を「静三」がどのように受け止めているのかを考えるうえで重要だ。

　「マルクスの資本論も疎開させておくといいよ、今に値打ちが出る」修造がこういうと、周一は大きく頷く。そんな本を兄の敬一が持っていたことも静三はもう忘れかけていたところだったが、「そうさ、何でも彼でも疎開させておくに限る、戦争が済めばそれをまた再分配するさ」と、静三も傍から話に割込もうとした。しかし、どういうものか、この二人はいま何かもの狂おしい感情にとり憑かれて、頻りに戦争を呪っているのであった。ことに若い周一は忿懣のかぎりをこめて軍人を罵った。

「まあ、待ち給え、そんなことといったって、君は一体誰のお陰で今日まで生きてきたのかね」静三は熱狂する甥をふと嘲弄ってみたくなった。

「誰って、僕を養ってくれたのは無論親父さ」

「うん、親父だろう、その親父の商売は、あれは君が一番きらいな軍人相手の商売じゃないかね」

すると、周一は噛みつくような調子で抗議するのであった。

「だから、だからよ、僕が後とりになったらその日から即刻あんな店さっぱり廃めてしまうさ」

しかし、「梅津商店」改め「梅津製作所」は、その後まもなく、甥の代になる前に「原子爆弾で跡形をとどめず焼失」し、敗戦の年の末に「解散」となる。

こうして見てくると、「梅津商店」の栄枯盛衰は、大日本帝国の消長と明らかに符合しており、そういう描き方のなかに、語り手が、ひいては作者が、原爆と「昔の店」との関係をどう捉えているかがはっきりと現われている。

「静三」の家は、戦争によって次第に繁栄し、戦争によって滅びたのである。ここには、原爆体験を「被害者」という観点で捉えるだけにとどまらない、作者の成熟した眼差しが感じられる。そしてこの「昔の店」という小説があることによって、「小説集　夏の花」は、原子爆弾の悲惨さを訴えるのと同時に、家郷の喪失を描いた小説集という性格も合わせ持つことになる。また、原子爆弾を被害者の一人という立場で捉えるだけにとどまらず、《原爆を落としたのは実は自分ではないのか》という痛切な認識に裏打ちされた書物だという受容のしかたが可能となる。このように「夏の花」という小説を「小説集　夏の花」というコンテクストの中で読み取れば、さりげなく書かれた次のような一節も、今までとはまったく違った相貌を持って立ち現われてくるだろう。

原爆投下直後、厠から縁側に出た「私」は、「この家の最後の姿」を目のあたりにし、避難のための身仕度をする。

私は錯乱した畳や襖の上を踏越えて、身につけるものを探した。上着はすぐに見附かったがずぼんを求めてあちこちしていると、滅茶苦茶に散らかった品物の位置と姿が、ふと忙しい眼に留まるのであった。昨夜まで読みかかりの本が頁をまくれて落ちている。長押から墜落した額が殺気を帯びて小床を塞いでいる。ふと、何処からともなく、水筒が見つかり、続いて帽子が出て来た。

「長押から墜落した額」が何を意味するのか、「夏の花」だけでは判然としない。しかし、すでに「昔の店」を読んだ者にとっては、それが父の遺影であり、ぽっくり折れ曲がった庭の楓と共に、〈家〉の崩壊を象徴していることは明瞭である。こういう読み方は、「夏の花」を単独で読んでいては出てこないし、小説集を初めから終わりまで順番に読んでいっただけでは気づかない。しかしテクストに散りばめられたことばを可能なかぎり生き生きと読み取るという考え方からすれば、小説「夏の花」を「小説集　夏の花」というコンテクストに置いてもう一度受容し直してみることは、あり得べき有効な読解の手続きの一つである。もちろん、「夏の花」を「原爆の悲惨さを描いた小説」と要約して満足してしまう精神の持ち主なら話は別なのだが……。

［注］

1　仲程昌徳『原民喜ノート』（一九八三年八月・勁草書房）

2　岩波文庫版『小説集　夏の花』の「解説」（佐々木基一）に詳しい。

3　芳賀書店版『新装版　原民喜全集第二巻』による。

4　本稿発表後に出版されたオルガ・ストルコバ『レッツルの黙示録』（佐々木昭一郎監訳、一九九五年七月・NHK出版）は、「物産陳列館」を設計したチェコ人建築家ヤン・レッツルの数奇な運命を、「原爆ドーム」誕生のアイロニーとともに見事に描いている。

第四部　文学の研究／文学の教育

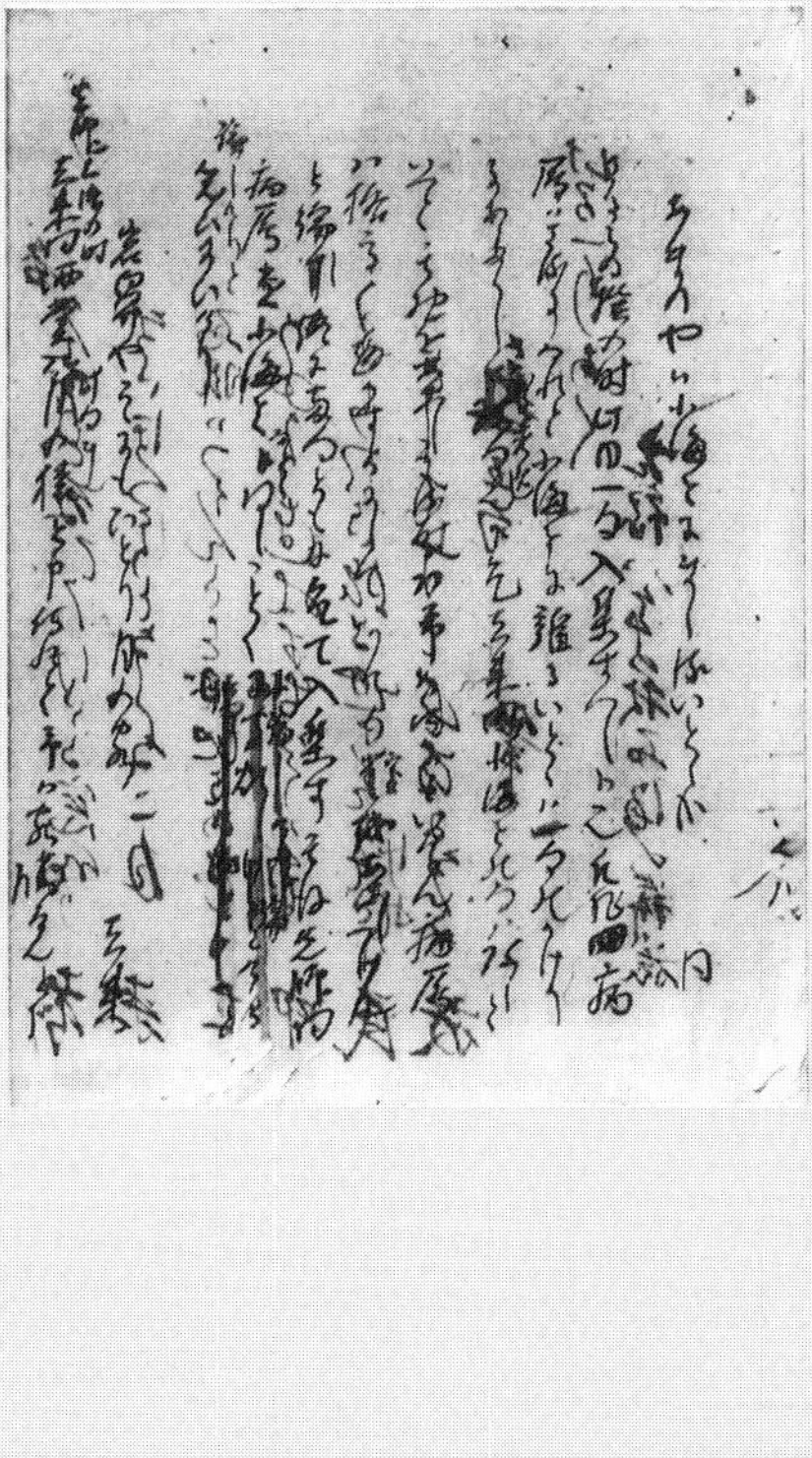

『去来抄』（大東急記念文庫本）

Ⅰ　固有名をめぐる物語——〈作家の復権〉をめぐって

1　「ウィ・アー・ザ・ワールド」

いささか迂遠な話から始めたい。

一九八五年一月二十八日から翌二十九日の朝にかけて、アメリカのポピュラー・ミュージック史上画期的なボーカル・セッションの録音が行われた。アフリカ飢餓救済チャリティー・レコード「ウィ・アー・ザー・ワールド」製作のために、アメリカ・ポピュラー音楽界のスーパースター四十五人が、ロサンゼルスのA&Mスタジオに集結したのである。「USA・フォー・アフリカ」と名づけられたこのプロジェクトは、アフリカの難民の惨状を伝えるテレビを見た黒人歌手ハリー・ベラフォンテの発案で始まり、趣旨に賛同したライオネル・リッチー、クインシー・ジョーンズ、マイケル・ジャクソンの三人が核になって曲作りが進められた。この手のチャリティー・レコードは当時何枚も発売されたが、イギリスのミュージシャンが結成したバンド・エイドという特別グループの「ドウー・ゼイ・ノウ・イッツ・クリスマス」と、USA・フォー・アフリカによる「ウィ・アー・ザ・ワールド」の売れ行きは突出していた。この二曲は発売後まもなく、本国のみならず、日本を含めた世界各地に大反響を巻き起こすことになる。

もちろん、この手の話には批判や中傷はつきもので、たとえば、集められた基金が飢餓救済に効果的に用いられているのかどうか疑問視する声がかなり根強くあった。また、世界八十四カ国に衛星中継され、百六十五カ国でビデオ放映された「ライブ・エイド」という名のチャリティー・コンサートでは、出演者が自分の新曲を競って披露したために「プロモーション・ビデオを流したのと同じことではないか」などという批判も出ていたらしい。発起人のロック・ミュージシャン、ボブ・ゲルドフのノーベル平和賞受賞が取りざたされたことも、やっかみ半分の誹謗中傷を招く一因となった。「ウィ・アー・ザ・ワールド」の場合、歌詞の一部が「ペプシ・コーラ」の宣伝文句の引用で作られているようなところがあり、当時CM出演していたライオネル・リッチーやマイケル・ジャクソンが、チャリティーの名を借りて販売促進に一役買っているなどという穿った見方をする者もいたぐらいだ。しかし、エチオピア難民の政治的な背景などの難しい問題はさておき、詞も曲も必ずしも特に傑出した出来とは言えない「ウィ・アー・ザ・ワールド」が、ある種の深い感動を喚起することは疑いようのない事実である。とりわけアメリカのポピュラー・ミュージックに詳しい聞き手の場合、その感動はより深く大きなものになる。なぜか。

感動の源としてまず第一にあげなければならないのは、参加アーティストの大半が黒人歌手であるという点だ。黒人歌手の曲がアメリカで広範な市民に受け入れられるようになったのは、そう新しい話ではない。かつて、アメリカのヒット・チャートはその大部分が白人アーティストで占められ、黒人の音楽はブラック・チャートという「黴《しるし》つき」のヒット・チャートの中に囲い込まれていた。そういう状況は徐々に打破され、社会的に抑圧されていた黒人たちが音楽によって次第に富と名声を獲得していった。やがて彼らは、アメリカを代表するアーティストとして、白人社会にも広く認知されるにいたる。そんな時代が「ウィ・アー・ザ・ワールド」が生まれた八〇年代だったのである。かつて、アフリカから奴隷として連れ去られてきた人々の子孫が、音楽によってアメリカの顔となり、故郷の飢餓を救済するために力を尽くす。白人アーティストが中心であったイギリスのバンド・エイドや、日本の演歌歌手森進一らによる「じゃがいもの会」の活動との決定的な違いがここにある。そして、この黒人歌手をめぐる物語が、「USA・フォー・アフリカ」というアーティスト集団による「ウィ・アー・ザ・ワールド」という曲を世界的なヒット曲にするのに一役買ったことは疑いようがない。

もうひとつ見逃せないのが、曲の中に横溢する固有名である。曲は、四十五人のアーティスト全員によるコーラスのパートと、約二十人が参加しているソロ・ボーカルの部分に分かれている。ソロ・ボーカル部分はスーパースターたちがそれぞれワン・フレーズずつ歌い継ぐ形で進行するが、重要なのは歌詞の内容やメロディーの美しさよりも、まずその〈声〉である。たったワン・フレーズだけでも、その〈声〉は、歌い手の固有名を聞き手に明確に伝える。スティービー・ワンダー、ボブ・ディラン、レイ・チャールズなど、すぐれた才能を持つ歌手たちが、楽譜にあらがいながら、自分の特徴を最大限に発揮して担当箇所をうたう。アメリカのポピュラー音楽に多少なりとも関心のある聞き手なら、一夜のステージに万単位の観客を動員するアーティストの〈声〉が、「アフリカ飢餓救済」という目的のために次々と登場するという事実にまず圧倒されざるを得ないのである。そして一癖も二癖もあるアーティストたちが、コーラス・パートでは一転して個性を抑え、厚みのある見事なハーモニーを聞かせてくれる。英語の歌詞の内容がよく理解できない日本人の聞き手にとっても、これだけで十分に感動的なのだ。

　わたしが、いかにもアメリカらしいおめでたさを感じさせるこの曲に、一面反発しながらも、ある種の感動を禁じ得ないのも、ひとえに〈声〉に刻まれた固有名をめぐるこうした物語の力によるものである。

　ところで、個々の〈声〉に刻み込まれた固有名の背後に、ある特別な物語を想定するという感動のあり方、音楽享受のあり方は容認され得るものだろうか。あるいは、音楽の価値を損なう不純な態度として、批判されるべきものだろうか。

2　固有名をめぐる物語

　ロラン・バルトによって「作者の死」が宣告されて以来、テクストと読者の相互作用を考察の対象とするのが文学研究の流行りになった。〈作家〉とは、偶然に残された証言や資料から恣意的に構成された一つの制度であり、イデオロギーである。そのことに無自覚なまま、テクストの意味を実体的な作家に還元することは、厳に慎むべきだというわけである。確かに、固有名を付された〈作品〉が、密室で特定の個人によって創作されるという物語は、〈近代文学〉という制度とともに発生したものなのだろう。著作権という概念も、したがって〈近代〉の産物である。そして、独創的な個性による〈創作〉という考え方は一種の幻想で、あらゆる文学は先行する諸テクストの引用の織物に過ぎないのかも知れない。しかし、それにもかかわらず、「漱石」や「賢治」という固有名をめぐる物語は、強力な制度として存在し、多くの読者と研究者を吸収し続けている。テレビでは、太宰治や岡本かの子などの文学者の生涯が、わずか一時間たらずのバラエティー番組にパッケージされて流通しているし、個人全集という出版形態も依然として根強い読者の支持を得ているようだ。「いくたびも雪の深さを尋ねけり」「糸瓜咲て痰のつまりし仏かな」などの俳句が読者に深い感動を与えるとすれば、それは〈正岡子規〉という固有名をめぐる物語によって支えられているのではないだろうか。これらの俳句に「還元不可能な複数性」を見出しても、「文学的感動」は得られないはずだ。したがって問題は、こうした固有名をめぐる物語の制度性をどう捉え、どう扱うかにある。これから学会に打って出ようという研究者であれば、〈正岡子規〉という固有名の制度性をあばき、テクスト論的発想で従来の読みを組み換えるという戦略を取ることが必要になるのかも知れない。そしてその読みは、〈正岡子規〉という物語を知悉している者にとっては、しばしば刺激的なものとなり得るのだろう。しかしそれは同時に、たんなる「目新しさ」をもたらすものに終わる可能性も大きい。言い方をかえれば、「制度に過ぎないとしても、やっぱり〈正岡子規〉という物語の方が面白いよ」ということになりかねないのである。

もちろん、テクスト論的発想そのものを否定する気は毛頭ない。「研究」ということで言えば、これからも多くの成果が期待できるだろう。しかし、こういう戦略が、文学をつまらないものにする危険性を孕んでいることも確かなのである。とりわけ教育の現場にテクスト論的発想が安易に持ち込まれた場合、文学に向き合う生徒をしらけさせるだけの結果に終わる危険性が大きいのではないだろうか。〈力道山〉や〈アントニオ猪木〉などのプロレスラーが、テレビ中継や活字ジャーナリズムを通じてどのように神話化されていったのかを「研究」することと、「こんな八百長のどこが面白いの？」とファンをしらけさせることは別なのである。

国語教育の世界では、個性尊重という考え方と読者中心という理念がリンクして、教師の顔色をうかがいながら「作者の意図」を読み取ろうとする生徒を生み出すだけの、「正解到達主義」が否定されるようになった。たしかに、作家の片言隻句を恣意的に持ち出して、生徒の読みを圧殺するやり口は感心しない。しかし同時に、「読者中心」という理念に拘泥するあまり、テクストを固有名に還元して享受しようという生徒の素朴な態度を不用意に抑圧することも回避すべきである。「語り手」という概念も、安易に教室に持ち込めば混乱を引き起こすだけである。〈正岡子規〉という制度を脱構築する快楽を味わうためには、あらかじめ〈正岡子規〉という物語に触れておく必要があるということを忘れてはならない。中学生や高校生を相手に教師が〈作家〉の制度性をあばいて悦に入るのは、百害あって一利なしだ。固有名をめぐる物語を享受することが、中学生や高校生にとって、文学に出会うための一つの有効な通路であることを、ここで改めて確認しておきたい。

3　教科書のなかの文学

光村図書の『国語②』（一九九六年度版）に、「短歌・その心」という単元がある。「短歌の特徴を知り、読み親しむ」という学習目標のもとに、まず五首の短歌を鑑賞文付きで提示し、そのあとに短歌のみを並べて構成された単元である。そして鑑賞文付きの前半部分の冒頭に、俵万智の次の短歌が掲げられている。

自転車のカゴからわんとはみ出してなにか嬉しいセロリの葉っぱ

ベスト・セラーとなった『サラダ記念日』（一九八七年五月・河出書房新社）から採用された教材で、正岡子規、与謝野晶子、若山牧水などの定番歌人に比べて、教師に新鮮な印象与えること請け合いの一首である。定番歌人の短歌をさしおいてこれを冒頭に持ってきたあたりに、教科書に目新しさを演出する編者のあざとい「配慮」がうかがえる。しかし、教科書の編者がこの短歌を通じて何を学ばせようとしているのかという問題を考えたとき、教師たるわたしは途方に暮れざるを得ない。この単元の執筆者である武川忠一は、「鑑賞文」の中でこの短歌についてこう述べている。

日常生活の中にも、ちょっとはっとするときがあるでしょう。この短歌には、そんなときの明るい心がはずんでいます。楽しくぴちぴちしている世界です。セロリの新鮮な感じ、リズムのある言葉、思わず微笑を誘われるでしょう。

当面これがこの教材の価値を編者がどう考えているかの手がかりになるのだろう。それにしても「鑑賞文」というものは、どうしてこう不親切にできているのだろう。武川忠一の文章はこのあと五行続くが、短歌についての一般論に転じ、引用部分以上の「鑑賞」はなされていない。短歌には余計な解説は必要ない、丸ごと読み味わえばよいのだ、ということなのかも知れない。しかし、この単元の学習の中心は、教科書の目次の後に付されている「学習の主な内容」によると、「朗読したり、鑑賞文を書いたりする」ことなのだ。生徒に「鑑賞文」を書かせることを想定する以上、お手本の「鑑賞文」はもう少し親切なものであって欲しい。だいたい、「日常生活の中」で「ちょっとはっとするとき」の「明るい心がはずんで」、「楽しくぴちぴちしている」というだけの短歌を読んで、「思わず微笑を誘われる」ようなおめでたい中学生がそんなにたくさんいるとはとうてい思えない。この短歌が武川忠一がいうような「鑑賞」の枠内に収まるようなものだとしたら、正岡子規や与謝野晶子をさしおいて単元の冒頭に掲げる価値がどこにあるというのか。新世代作家の短歌をあえて取り上げる以上、もう少し親切な「鑑賞」をすべきである。

それでは中学生はこの短歌をいったいどう読み得るのか。必ずしも好個のサンプルとは言い難いが、わたしの担当している中高一貫の私立男子中学二年生を例に、その一端を確かめてみよう。

五クラス二百二十四名の生徒に対して事前に行った「指導」は、教科書の脚注を使って俵万智という歌人について確認させたことと、武川忠一の「鑑賞文」を読ませたことぐらいで、できるだけ先入観なしで虚心に短歌に触れさせようと考えた。ただし、年度始めであり、この学年の生徒を担当して最初の単元だったので、鑑賞する上で変に警戒感を持たせないよう、文学を読むということの基本線だけは確認しておいた。その概略は、次のようなものである。

まず最近の幼児教育の現状を雑談風に語った。最近の幼児教育では「1＋2は？」という問題に対して「3」という数字を答えさせるのではなく、「3」という答えを提示してその式を答えさせる方法が流行っているらしい。当然、答えはひとつに限らず、「2＋1」「1＋1＋1」「1＋2＋0」などいくつもの答えがあり得る。ただ一つの正解を見つけた子どもがほめられる従来の方法とは違い、複数の答えを発見させることで独創性を育てようということらしい。正解到達主義に毒されていて、「答えが一つではない」という理由で、国語という教科に対して否定的な感情を持っている生徒に、「答えが一つではない」問題が必ずしもマイナス価値を持つものではないということを理解してもらうにはわかりやすい例だと思う。この話を例に、短歌の鑑賞も答えは必ずしも一つではなく、いろいろな答えを見つけた方が「エライ」んだよということをまず生徒に言っておいた。「多様な読み」を引き出そうという魂胆である。ただし、いくらいろんな答えがあってもいいとは言っても、「3＝2＋2」というのは間違いだよということも付け加えておいた。

さらに、『去来抄』に出てくる「岩鼻やここにも一人月の客」の句をめぐるエピソードを例に、作者の意図よりも読者の読みが尊重される場合があるという話もした。文学においては正しい読みではなく豊かな読みが尊重されるという原則を示したのである。これは、俵万智が同時代人であるために、「作者に聞かなきゃわからない」と言って鑑賞を放棄する生徒が出てくるのを防ぐための話でもある。

こういう話をしたあとで、「一人称を用い、作者になったつもりで」、セロリの短歌について文章で説明させた。留意すべき点として、短歌から大きく逸脱しない範囲で（「3＝2＋2」にならない範囲で）イメージをふくらませ、より面白い読み方を見つけること。そして、できれば複数の異なる読み方を見つけること、の二点を指示した。

書かれた鑑賞文のパターンは、セロリを積んでいる自転車が自分のものであるか、他人のものであるかで大きく二つに分かれたが、イメージのふくらませ方は生徒よってかなり差があり、五十字足らずの短い文章からノート三ページにわたる大作まで、長短さまざまな鑑賞文ができ上がった。しかし、新鮮なセロリを見て「何だか爽やかな気分になった」という意味のことを書いている点では概ね共通していて、「なにか嬉しい」という感情の掘り下げは困難だったようだ。少数意見としては、セロリを買って自転車に乗っているときに、通りすがりの人の自転車のカゴにも同じようにセロリがあるのを見て「何だかうれしくなった」というパターンのものが十数編あった。また、嫌いだったはずのセロリを買っている昔の同級生を見かけて「うれしくなった」というものもあった。あるいは、死んで天国に召された母親が鳥になって上空から息子が買い物をしているのを眺めている、という奇抜な発想のものもあった。

生徒の「主体的な読み」を育てようとか、「多様な読み」といった考え方からすれば、こんな風にいろいろな読み方が出てくることが授業を活性化する上での出発点になるのだろう。しかし、こういう鑑賞文をつづってきた生徒たちが、この短歌の内実に迫り得ているかと考えると、大いに疑問である。いくらイメージをふくらませ、ノート三ページにわたる鑑賞文をつづろうとも、教科書のなかだけでこの短歌を読む以上、武川忠一の「鑑賞」をつまらなくさせている限界を超えることはできない。ウソ偽りのない素直な気持ちで「なにか嬉しい」という作者の感情に共感することは難しい。「嬉しさ」を支えるある固有のコンテクストが欠落しているために、読み手は自転車のカゴからはみ出しているただの「セロリ」に感動することを強いられるからである。教室で生徒たちに鑑賞文を書かせて、十人十色の多様な読みが出てきたとしても、面白がっているのは教師だけということになっていないか、よく考えてみる必要がある。かりに、生徒の鑑賞文をフィードバックしてお互いの読みをつき合わせたとしても、事態は基本的には変わらない。生徒は、短歌自体に面白さを感じるのではなく、同じ教室の仲間が書いた「個性的」な文章を読んで喜ぶだけだ。そしてその喜びは、俵万智の短歌とは徹底的に無縁である。

　生徒の鑑賞文が「なにか嬉しい」という作者の感動の内実に迫り得ず、武川忠一が通りいっぺんの凡庸な鑑賞文しか提示できないのはなぜか。その原因は明瞭である。つまり、この短歌の場合、『サラダ記念日』という歌集から切り離して単独で教材化した点に根本的な誤りがある。この短歌は、初出時の連作短歌群のなかで、あるいは単行本『サラダ記念日』という歌集のなかで、俵万智という固有名とともに享受されてこそ、面白く味わえるものである。そういうコンテクストが欠落したままこの短歌を読むとすれば、自転車のカゴからはみ出した単なるセロリに感動するという滑稽な事態にならざるを得ない。それでもなお面白く読もうとするならば、恣意的な連想の飛躍を楽しむという、文学鑑賞とは無縁な知的遊戯に堕する他ないだろう。「あいつがこんなことを書いている」とか「この生徒はこんな発想をするのか」という驚きはあっても、所詮それは連想ゲームの面白さに過ぎないのだ。短歌が置かれているコンテクストに顧慮せず、セロリ嫌いの友だちがいるとか、母親がサラダを作るのが得意だなどといった自らの体験との関数でのみ「鑑賞」するならば、「読みのアナーキー」に陥ることは避けられないのである。そしてそれをあえて避けようとすれば、武川忠一の鑑賞文のような毒にも薬にもならない凡庸な読みしか出てこないというわけだ。

　読み手が、死と病いに直面した作者の人生をめぐる物語に触れ、病臥する身体に同調してこそ、〈正岡子規〉の短歌はその輝きを増す。同様に、「なにか嬉しい」という感動の内実は、『サラダ記念日』を通じて展開される独身女性の恋愛物語のなかで初めて意味を持つのである。『サラダ記念日』という短歌集のなかで展開されている、〈俵万智〉という固有名をめぐる物語がいったいどういうものであるか、念のためにいくつかの短歌を掲げておく。

万智ちゃんを先生と呼ぶ子らがいて神奈川県立橋本高校
黒板に文字を書く手を休めればほろりと君を思う数秒
出席簿、紺のブレザー空に投げ週末はかわいい女になろう
寂しくてつけたテレビの画面には女が男の首しめており
文庫本読んで私を待っている背中見つけて少しくやしい
スパゲティの最後の一本食べようとしているあなた見ている私
明日まで一緒にいたい心だけホームに置いて乗る終電車
「この味がいいね」と君が言ったから七月六日はサラダ記念日

ごく一部を紹介しただけだが、これだけでも「なにか嬉しい」という感情がある明確な形をとり始めることがわかるだろう。セロリは、通りかかった見知らぬ人のカゴにあるのではなく、どうしても作者の自転車のカゴにあるのでなければならない。そして、それは、恋人のために作る料理の材料である。一人分

ではなく、二人分の食材でいっぱいになった自転車のカゴから、セロリが「わんと」はみ出す。新鮮なセロリの爽やかな色彩がおりなす光景に、恋人との満ち足りたひととき の予感がある。カゴからはみ出しているのは「たんなるセロリ」ではないのだ。恋人とのひとときを予感して躍動する作者の感情が「セロリ」に輝きを与えている。そして「セロリ」は、「先生」ではなく「万智ちゃん」と恋人に呼ばれる作者のプライベートな生活の象徴でもある……。

こういう〈俵万智〉をめぐる物語があってこそ、セロリの短歌は「鑑賞」に値する魅力を発揮する。教科書に単独で掲載され、「恋愛」という〈毒〉を消去されてしまったとき、この短歌はその輝きの大半を失うのである。

4 〈作家の復権〉ということ

『小説の力―新しい作品論のために』(一九九六年二月・大修館書店)を書いた田中実は、その序章で「和風てくすと論」者による「エセ読みのアナーキー」を批判してこう述べている。

日本の風土に適っていて、しかも一見新しく見えるものに、意外に手強い和風てくすと論がある。既存の読みに対し、別のコードを導入、あるいは既存の物語に対して、さらに別の物語を対置し、読みの多様性を言い、ああも読めるが、こうも読める、そのなかで私の読みはこうだと主張する。果ては〈作家〉まで無媒介に並べ、しかもそれを〈テクスト論〉と標榜する。この自称〈テクスト論〉=

和風てくすと論は、三好行雄や越智治雄が追い求めた、幻の唯一の読み、本文に内在する一義に向かっての厳しい追求を失ったばかりではない、他方で「構造分析」や「テクスト分析」が持っていた批評の攻撃性も持っていなかった。読みの多様性を許容することは戦後民主主義の立場に見え、共感を得たのかも知れない。だが、ここでは読みの多様性が恣意性の自己主張であることさえ理解されていない。民主主義とは互いに否定し合う相手と共生し合うことを目指しており、ああも読めるが、こうも読めるという〈他者〉のいない世界ではなかったはずである。

引用文では「和風てくすと論」と「テクスト分析」の差異が明確ではないが、「既存の読みに対し、別のコードを導入」し従来の読みを組み換えるという営為自体は、必ずしも否定されるべきではないだろう。問題は、読みの多様性が、「人によって読みは違っているから、それぞれの読みが許されている」という「ナンデモアリ」（田中実）状態に堕してしまうことである。たとえば、『サラダ記念日』を読んでしまった以上、セロリの短歌を〈俵万智〉なる独身女性の恋愛と無縁のものとして読み解くことはできない。セロリ嫌いの昔の同級生と出会ったなどという読みは、妥当なものとは言いがたい。

かりに教師が、『サラダ記念日』を読まないまま、教科書だけでセロリの短歌を扱おうとしたら、どういうことになるだろうか。おそらく、生徒たちから飛び出す多様な読みが、収拾のつかない「ナンデモアリ」状態になることを防ぐことは難しいだろう。それでもなお、生徒の「個性」を尊重し、恣意的な読みを許容すれば、「エセ読みのアナーキー」に陥るほかない。教師に残された道は、「多様な読み」に身をゆだね、読みのアナーキーの退廃的な愉楽にひたることだけである。
紅野謙介は、口頭発表をもとにまとめられた「教材の多様化と文学主義の解体」（一九九六年四月『日本文学』）の中で、田中実の「教材価値論のために」（一九九四年八月『日本文学』）にふれて、こう述べている。

田中さんは「読者」である生徒の読みの多様性に下駄をあずけるような方法を批判しています。そういう授業が実際に成立しているのかどうか知りませんが、（中略）かりにそういう授業があったとしたら、それはテクスト論や読者論の実践なのではなく、たいへんいいかげんな授業をやっているだけなんじゃないかと思います。

紅野謙介は、「生徒に読みの多様性をゆだねている授業」が「ほんとうにあるのでしょうか」という疑問の声をあげつつ議論を展開しているが、現場に立つわたしの感覚から言えば、「生徒の主体性尊重」とか「読者中心」といった美名のもとに行われる「いいかげんな授業」はたしかに存在する。ついでに言っておけば、文学中心に編集されている教科書とは関係なく、現場では実社会で役に立つ言語技術の習得が重視される風潮がある。したがって、紅野謙介のねらいはどうあれ、「文学主義の解体」を叫ぶことは、むしろ現場に閉塞感を与える恐れがあると思う。
では、「いいかげんな授業」を回避し、教室を活性化させるにはどうすればよいか。また「エセ読みのアナーキー」を超克するにはどうすればよいか。田中実は、前出『小説の力』の終章「新しい〈作品論〉

のために」の中で次のように述べている。

新しい作品論構築のための試みとは、まず〈本文〉が脱出不可能な「解釈共同体」という蟻地獄にあることを前提としなければ成立しないことを自覚しておきたい。すなわち、読者にとって、〈本文〉とは、到達不可能な《他者》なのである。読者の前に見える〈本文〉が〈本文〉として機能した瞬間、活字の〈本文〉は消滅し、心の中に〈本文〉は機能してくる。しかし、〈本文〉そのものが消滅したわけではなく、それは読者の前で消去してしまっただけである。理想の読者たろうとするためには、〈本文〉と格闘し、闘争することで読者主体を倒壊させ、〈本文〉に創り変えられていく必要があり、その際、大切なことはプロットからテーマへという捉え方ではなく、読者の感動の源泉を問いながら、プロットやディテールを支える〈ことば〉の〈内なる必然性〉、その構造性、奥行きを探りながら、その作業を通して《作品の意志》を捉えることだとわたしの場合は考えている……。

ここでいう「到達不可能な《他者》」としての〈本文〉（テクスト）という概念は、ほとんど「物自体」（カント）のアナロジーになっていると言ってよい。そして、田中実は〈本文〉を実体化することを周到に避けているようなポーズを取りつつも、《作品の意志》という概念を提出するあたりでは、〈本文〉を実体化しているようにも見える。また「通常読者の外部として捉えがちの〈本文〉とは、自己の内部、〈私〉のなかに映った自己像の変形でしかない」と述べたくだりでは、一種の独我論に陥っているようにさえ聞こえてくる。そして、「文学教材価値論」を突破口に、「作品の力」によって変容させられる「理想の読者」に「読みのアナーキー」を超克する可能性を見出そうとする発想は、紅野謙介によって次のように厳しく批判されている。

田中さんの個人的な信念としてはわかりますし、自分が自分でなくなっていくような読書の至福の瞬間――それは至福なだけではなく、サンクチュアリがサクリファイスでもあるように、自己解体の悲劇の瞬間でもある――は、まさに劇的なときだと言っていいのですが、そういうことを国語教育で求められても困るのではないか。毎週二時間とか、三時間やってきわめて日常的な学習行為としてあるんですから、もう少し凡庸で散文的でいい。何か生涯に一度起きるか起きないかのときのために、国語の授業を費やすのは、はっきり言ってつらいと思います。つまり文学的すぎる。

ではいったいどうすればいいのか。このあと紅野謙介が言っているように、「小説を教えるという意識のこわばり」を捨て、反復に耐えうる経験主義的な言語教育に国語教育の進むべき道を見出そうとするのも一つの道筋かも知れない。実際、国語教育の世界は、すでにそういう方向に進みつつある。しかしわたしは「凡庸で散文的」かつ「文学的」な道を選ぶこともできるのではないかと思う。田中実は、前出の引用文のあとでこう述べている。

読者主体に映った作品の〈ことば〉がいかなる関係のなかで方向と力を持っているか、その根源の力である〈作品の意志〉を抽出していきたい。そこに表現外にある〈作家〉や考証からのデータをいかにクロスさせるか、ここに〈作家の復権〉の可能性を見出していきたい。こうして考証及び実証研究によって積み上げられた伝記的あるいは文化論的な研究成果を生かしたい。

〈作品の意志〉という概念と同じように曖昧ではあるが、ここで田中実がおずおずと差し出している〈作家の復権〉という考え方に注目したい。これをさしあたり国語教育という文脈に沿ってわたしなりに言い換えれば、〈作家〉という物語の力を利用して生徒を文学に歩み寄らせるということである。あるいは、反制度性を自覚しつつ固有名をめぐる物語に一度身をゆだねることだと言ってもよい。こういう発想は、反動的な先祖がえりに堕しかねない危険性を孕んでいるのかも知れない。しかし、「作者の死」というバルトのテーゼが通俗化し、文学が窒息寸前になっている今、真剣に検討すべき課題を提示していることも確かなのである。

Ⅱ　テクスト論批判――文学研究と国語教育

1　文学教育と言語教育

紅野謙介は、「教材の多様化と文学主義の解体」（一九九六年四月『日本文学』）と言った。そしてアメリカの経験主義の影響を色濃く受けた昭和二十年代の『高等言語』（好学社）という教科書に、「文学主義」に毒された現在の教科書編集の硬直状況を打開する可能性を見出している。国語教育の「理論的な核」に置かれるべきなのは、読書行為による劇的な自己変容を目的とするような〈文学教育〉ではなく、メディアとの関係の中で多様な言語行為を学ばせる、凡庸ではあっても反復に耐え得る〈ことばの教育〉だというわけだ。

また井上敬夫も、「『国語教育』に求められるもの」（一九九六年六月『文学と教育』第31集）で、教条主義的で排他的ないくつかの解釈法が対立し合う国語教育の現状に疑問を投げかけ、言語教育を中心に据えた新しい授業のあり方を模索して、「つまみ食い主義」を提唱した。

たしかに、文学による自己変容という読書の至福の瞬間を、学校という空間の中で日常的に再現できると考えるのは楽観的すぎる。また、特定の作家のテクストを講釈することで一年間の授業のすべてを費やし、自己の感動を押し売りするような怠慢な教師は、生徒にとっては迷惑以外の何者でもないだろう。「文学教師」の陥穽を指摘した両者の主張には、共感できる部分が多い。しかし、だからと言って、文学主義の対極に位置づけられるような、〈言語主義〉に大きく針が振れてしまうというのも考えものだと思う。それでは、一九五四年（昭和29）に始まったいわゆる「西尾・時枝論争」以来の、〈文学教育〉か〈言語教育〉かという不毛な二者択一の問題図式に逆戻りするだけではないか。たしかに、会議の進め方とか、メディアとのつきあい方といった「役に立つ」授業も必要だろう。しかし「国語」という教科の魅力は、そういう風に整序された「科学的」なカリキュラムには収まりきらない猥雑な要素を貪婪にとり込んだ、すぐれてヌエ的な教育内容を持つところにある。近代的な学校制度が整備された明治時代からすれば、学校の授業というメディアの相対的な地位はかなり低下している。国語の授業は週五時間程度しかない。教科書を使ってできることは、たかが知れているのである。しかしだからこそ、言語教育や文学教育に狭く自己限定せず、何でもやってみたい。たとえば、群読を通じて寡黙な子どもたちに声を取り戻させたいし、心をゆさぶるようなテクストを読ませて文学というものの魅力を少しでも感じさせたい。たくさんの魅力的なことばとの出会いを演出し、しかもことばだけでなくそれを使う〈人間〉にも関心を向けさせたいのだ。一人の〈人間〉にじっくり向き合うことのできる教科は他にはないのだから、登場人物の心情読みをさせることがあってもいいと思うのである。あるいは、日常生活の塵埃にまみれた、作家の伝記的エピソードを紹介したっていいではないか。ファミコン・ゲームのキャラクターが何回死んでも、平然とリプレイするような子どもよりは、マリオの痛みを感受していちいち顔をしかめる子どもの方がいいに決まっている。劣った者や異質な者を排除したり無視したりするのではなく、共感したり同情したりできる子どもを育てたい。古風な考え方かもしれないが、こうした他者に対する想像力を涵養する教科が、今こそ重要性を増しているように思う。

もちろん、紅野謙介も井上敬夫も、よく読めば、わたしが要約したような単純な思考を展開しているわけではない。たとえば紅野謙介が問題にしているのは、教科書に収録されている教材が小説に偏りすぎているということなので、〈ことばの教育〉という理念が文学を排除するものでないことは、〈教材の多様化〉という言い方にはっきり示されている。同様に、〈つまみ食い〉を主張する井上敬夫の〈言語教育〉ということばの真意も、一方的な文学教育排斥論ではおそらくないはずだ。両者の主張の要諦は、「文学主義の解体」とか「言語教育」というところにはなくて、「教材の多様化」と「つまみ食い」という部分にあるはずである。

教科書を使い、教室という空間の中で、ある種の権力関係のもとに行われる授業という教育形態には、よかれあしかれ政治性がつきまとう。授業が〈文学主義〉と結びつくことには、さまざまな危うさが孕まれていると言えよう。また、国語教育が文学教育と等価でないことは自明の理である。そして、文学関連の講演を聞くことが主流になっている国語科の研修会のあり方や、教科書に掲載された教材の顔ぶれには、わたしも多少の違和感を感じないわけではない。だから、教科書編集にたずさわった紅野謙介が、「文学主義の解体」を叫びたくなる気持ちもわかる気がする。しかし現場がそんなに〈文学主義〉に毒されているかというと、どうもそうとばかりは言えない気がする。逆に〈文学離れ〉とでもいうべき現象も着実に進行しつつある。

たとえば、いわゆる教育困難校では、教科書を使っての授業自体が成り立たないと聞く。私語をやめさせたり、喫煙や飲食をやめさせたりすることに汲々としているような状態では、とても〈文学主義〉どころではないだろう。あるいは逆に、教科書には載せられないような〈毒〉を含んだ小説によって、辛うじて授業が成立するような場面が想定できるかもしれない。教師が、落ちこぼれや性格破綻者の多い文学者を、学校に息苦しさを感じている生徒と自分を結ぶ仲立ちにするということは、よくある話のような気がする。教科書にマンガを取り入れるというような「教育的配慮」も、現場が抱えるこうした問題の反映だろう。だがこれは、〈文学主義〉という話とは、ちょっと次元を異にする問題である。

一方、わたしが勤めるような進学校では、小説や詩などの文学教材は、あまり重視されない。受験対策ということを考えると、重要性が薄いからだ。センター試験以外の入試問題で、小説が取り上げられることはごくまれである。詩にいたっては、センター試験でもまず出題されない。文学を読むよりも、さまざまな分野にわたる評論を数多く読むことが合格への近道である。「山月記」や「舞姫」が入試に出る可能性は、きわめて低いと言わざるを得ない。教科書なんかやっている場合ではないのである。

それと同時に、近年は、小論文の指導や面接対策、ディベートなど、実践的な〈ことばの教育〉がますます重要になってきている。多くの大学で入試優遇措置が取られているという、文部省認定の「漢字能力検定試験」が人気を集めているのも、教育現場が実用的かつ実践的な〈ことばの教育〉にシフトして来ていることの一つの現れなのかもしれない。改革の進まない教科書を尻目に、現場ではすでにさまざまな形で文学離れが進んでいるのである。文学などと言うものは、数学の微分・積分と同様に、衣食住を手に入れ、日常生活をしていく上では、ほとんど実用性がない。だから状況次第では真っ先に打ち捨てられる運命にある。合格や就職に「飢えた子」を前にして、文学はほとんど何の役にも立たないのである。

とは言え、わたしの勤めている中高一貫校の場合、高校一年生ぐらいまでなら、言われなくても近代文学の名作をけっこう読んでいるようだ。夏目漱石、森鷗外、芥川龍之介、太宰治などの定番作家をはじめ、どこで知ったか中学二年にして『暗夜行路』を読破したという強者《つわもの》までいるぐらいだ。もちろん数で言えば、せいぜい一割か二割程度ではあるが、メディアが多様化し、小説というジャンルの衰退が叫ばれている今、中学生がこんなに一生懸命に近代文学を読むというのは、ちょっと自慢の種にできそうだ。ただし彼らが一生懸命なのは、面白いからということではないらしい。文学を読むことが「受験に役に立つ」という錯覚を抱いている者が少なからずいるようなのだ。だからもし、大学入試問題に小説がほとんど出ないということが広く青少年の常識になってしまったら、文庫本の売り上げが激減するという事態が起こらないとも限らない。「文学を愛する教師」としては、彼らのマインド・コントロールが解けないように心を砕くしかない。ことほどさように文学は危ない、というのがわたしの実感だ。

大学でも、バブル崩壊以降、文学部の人気は低下する一方であるらしい。団塊ジュニア世代が大学を卒業し始めて、学生の確保が難しくなり始めた頃から、少しずつ人気のない文学部は冷遇され始めたようだ。その一方で、「総合〜」とか「国際〜」といった学際的な学部・学科に対する人気が高まっていった。このような環境の変化の中で、文学部の教員も危機感を持ち始め、新しい世代の研究者を中心に、文学の周辺領域に触手を伸ばす傾向が目立っている。文学プロパーであり続けるよりも、メディア論や言語学、コミュニケーション理論、フェミニズムなど、研究領域を広げておいた方が、学科構成の変化や講座内容の刷新に柔軟に対応できると踏んでいるのだろう。そしてそういう講座で文学を学んだ大学生が国語教師になる。彼らが小説を使って生徒に何を教えようとするかはだいたい想像がつくというものだ。文士の時代は終わったというが、文学教師の時代も終わりつつあるのだ。そういう近年の大学事情がうかがえる、こんな文章がある。

「日本語テクスト分析」という、耳慣れない名前の講義をはじめたいと思います。

かつて「文学」あるいは「文学講読」という科目名がつけられていた領域が、これからは「日本語」あるいは「外国語」「テクスト」分析と名づけられることになったのです。この改名の中には、第一に、ある特定の言語表現を「文学」という特権的な領域に囲い込むのではなく、言葉で表現されたものすべてを、「テクスト」として対等にとらえ、それらの相互関係を問題にしていく、という姿勢と、第二に、「テクスト」を扱う、科学的で理論的な分析方法を習得し、その方法に基づいた批評実践を行うという方向性が含意されていると、わたしは考えています。

夏目漱石の『坑夫』を鮮やかに分析した『出来事としての読むこと』（一九九六年三月・東京大学出版会）の冒頭の一節である。この文章を読んだとき、はじめて読んだにもかかわらず、わたしは不思議な既視感に襲われた。教育的な配慮の行き届いた啓蒙的なこの文章の主張は、「文学主義の解体」と基本的には同じ発想に立っている。しかしわたしが既視感を感じた原因は、そういう内容的な問題よりは、この文章に使われていることばの手触り、語り口といった形式的な問題のように思われる。別な言い方をすれば、小森陽一なる書き手の姿勢とでも言うべき、一種の倫理的な問題である。もし意識的にこういう書き方をしているのだとすれば、これはもうほとんどパロディーになっていると言ってよい。

それではいったい何のパロディーか。この引用文によく似た手触りを持つ文章としてわたしが想起するのは、たとえば、一九四七年（昭和22）八月に文部省が発行した、新制中学校社会科の副読本『あたらしい憲法のはなし』である。「みなさん、あたらしい憲法ができました。そうして昭和二十二年五月三日から、私たち日本国民は、この憲法を守ってゆくことになりました」という書き出しで始まるこの小冊子は、イラストを交えてやさしく憲法の基本理念を解説した啓蒙書である。有名な本なので細かい解説は省くが、念のために一部を引用しておく。

これまであった憲法は、明治二十二年にできたもので、これは明治天皇がおつくりになって、国民にあたえられたものです。しかし、こんどのあたらしい憲法は、日本国民がじぶんでつくったもので、日本国民ぜんたいの意見で、自由につくられたものであります。この国民ぜんたいの意見を知るために、昭和二十一年四月十日に総選挙が行われ、あたらしい国民の代表がえらばれて、その人々がこの憲法をつくったのです。それで、あたらしい憲法は、国民ぜんたいでつくったということになるのです。

誤解のないように言い添えておけば、戦後の平和教育を受けて育った一九六二年（昭和37）生まれのわたしは、感性の上では護憲派である。しかし、当時の文部官僚がＧＨＱの指導のもとに作成したと思われるこの小冊子の文体には、ある種の胡散臭さを感じざるを得ない。同時に、戦争が終わるまでは、「国体明徴」とか「八紘一宇」と口にしていた教師たちが、この小冊子で「主権在民主義」とか「国際平和主義」などの新憲法の基本理念を教えるという現実のグロテスクさに、暗澹たる気持ちを禁じ得ない。教師とか官僚とか大人などという存在のいかがわしさ、ここに極まれりといった感じだ。もちろん、日々現場で中高生を教えている我が身を省みるとき、教師がこういういかがわしさを持つ言説と無縁ではいられないことは理解できる。そもそも教師というものは、汚辱に満ちた現実に片足を突っ込みながら、平然ときれいごとを並べるのが商売なのかもしれない。しかし少なくとも、そういう自身のグロテスクなありようには、できるかぎり自覚的でありたいと願っている。そう考えたとき、『出来事としての読むこと』の冒頭の言い草には、強い違和感を感じざるを得ないのだ。主観的には、「文学講読」から「日本語テクスト分析」へという講義内容の刷新を通じて、東京大学教養学部の改革に「主体」的に関わっているということになるのかも知れない。あるいは、研究者としての自身の関心のありかと講座内容の改変がたまたま一致した結果の、「出会い頭の事故」（あとがき）ということなのかも知れない。しかし、実態としては、文学教師の、あるいは教養学部の延命措置になっているという側面も否定できないはずだ。それが悪いというのではない。ただ、結果的に大学改革の中での適応行動、身過ぎ世過ぎになっているものを、「科学的で理論的な分析方法を習得」するためだというような美辞麗句だけで括ってほしくはないのである。講義要項の文句ならまだしも、一般の読者に読まれることを前提にした出版形態で本を出している限り、もうちょっと加筆訂正のしようがあろうというものだ。

こういう御時世だからこそ、わたしは文学に加担したい。講座名が「日本語テクスト分析」に変わっても、「文学講読」と名づけられていたときと同じ内容の講義を、知らんぷりして堂々とやっているような大学教師を応援したい。そして敢えて、「もっと文学を」と言いたい。

2　文学教育と「去来抄」

〈文学〉を〈教育〉するとはいったいどういうことだろうか。また〈文学〉を〈教育〉することは果たして可能だろうか。

わたしは、そのあり得べきひとつの理想的な姿が、「去来抄」の芭蕉と去来のやり取りに示されていると思う。読者論的な発想の可能性に早くから注目していた外山滋比古が、著作の中でしばしば取り上げていた「岩鼻やこゝにもひとり月の客」という句をめぐるエピソードである。「岩鼻や」の句を示した去来に対し、芭蕉が「汝、此句をいかにおもひて作せるや」と尋ねたとき様子が、次のように記されている。

去来曰く「名月に乗じ山野を吟歩し侍るに、岩頭又一人の騒客を見付けたる」と申す。先師曰く

「こゝにもひとり月の客と、己と名乗り出でたらんこそ、幾ばくの風流ならん。たゞ自称の句となすべし。此句は我も珍重して『笈の小文』に書き入れける」となん。予が趣向は、猶二三等もくだり侍りなん。先師の意を以て見れば、少し狂者の感も有るにや。――退きて考ふるに、自称の句となして見れば、狂者の様もうかみて、はじめの句の趣向にまされる事十倍せり。誠に作者そのこゝろをしらざりけり。（一九六一年二月『日本古典文学大系　連歌論集俳論集』岩波書店）

このエピソードは、受容者の優れた解釈が、作り手の「趣向」（意図）を凌駕し得るという文学の原則を示したものである。ことばを極端に省略した「点的論理」を持つ俳句のような短詩型文学には、読者が主体的に解釈することができる大きな空白部分が残されている。文学の創造性は、作り手が用意したこのような空白部分を、受け手が補うことによってもたらされるというわけだ。外山滋比古によれば、単語、文、段落など、形式的に独立した非連続的な単位で構成される言語表現は、程度の差はあっても、単位と単位の間に必ず空白を持っている。そういう非連続的な表現は、「修辞的残像」という心理的な錯覚によって、読者の中で連続する一連の運動として捉え直される（一九六一年三月『修辞的残像』垂水書房）。したがって、理論的には、短詩型文学のみならず全ての言語表現に、読者が創造性を発揮する余地が残されているということになるのである。

一九七〇年代の終わりに受験生であったわたしは、入試問題頻出評論家であった外山滋比古のこうした考え方に大いに影響を受けた。しかし教師になった今、あらためてこのエピソードを読み返してみると、以前とはまた違った感慨を覚えさせられる。

芭蕉と去来は、読者と作者であると同時に、師と弟子でもあったのだ。「岩鼻や」の句について去来は、作り手として安定したひとつの解釈を持っていた。しかしその解釈は、師によって見事に突き崩される。師は弟子に対し、「はじめの句の趣向にまされる事十倍」という豊かな解釈を示したのだ。〈文学〉を〈教育〉するとはどういうことかと考えたときに、今わたしが真っ先に思い浮かべるのは、このときの芭蕉と去来のことである。十人の去来が十通りの解釈を示してきたときに、「君たちの解釈はそれぞれに素晴らしいね」と褒めるだけなら簡単だ。「素晴らしいね」と褒めた上で、その解釈を脱構築するような新たな読みを提示できるかどうか。そうして、教室の中に新たな〈妥当〉（竹田青嗣）を形成できるかどうか。大それたことを言うようだが、教壇に立つ身として果たして自分は「去来抄」の芭蕉たり得るか、ということを考えさせられるのである。もちろん、テクストそのものと解釈の一致などということは最終的には検証し得ないから、示される「新たな読み」も暫定的なものでしかないことは言うまでもない。しかし、生徒に解釈させせっぱなしでは授業をする意味がないわけで、一次的な読みをさまざまな形で突き崩す必要がある。そのときに、生徒同士の読みを突き合わせてお茶を濁すのではなく、「はじめの句の趣向にまされる事十倍」と言われるような豊かな解釈を示し得る教師でありたい。思い上がりかも知れないが、できることなら芭蕉のように、生徒の読みを抑圧せず、「なるほど」と思わせたいのである。

〈文学〉の〈教育〉に関しては、紅野謙介が次のような興味深い発言をしていた。

文学がもたらす力が神聖なものだとしても、それは固有な一回かぎりのものとしてある。しかし、教育は反復です。生徒にとっても反復して学習するわけだし、教師にとってもそれぞれのクラスで反復して教え、毎年くりかえすという意味で反復です。これは神聖さとはほど遠い、凡庸できわめて世俗化をまぬがれない行為です。何かを教える場合、その教えられる内容はその徹底した反復と俗化に耐えられなければしかたないと思うのです。高度に複雑になるのではなく、シンプルでだれにでも使えるようにすること。それに対して文学との出会いは生徒たちひとりひとりの固有性において担われねばならないはずです。教師としては、せいぜい走る方向をオリエンテーションしてやって、スタートラインのまわりを掃ききよめるぐらいが出来ることなのではないか。

「固有な一回かぎりのもの」としての文学との出会いを授業で再現しようという発想は、たしかに教師にとっては重荷だし、生徒にとっては抑圧的に働かざるを得ないところがある。しかし、生徒の読みを揺さぶり、組み換えるという、芭蕉のような形での〈文学教育〉ならば、反復に耐えうるのではないだろうか。そしてそのとき教材が〈文学〉であることにはそれなりの意味がある。国語は技能教科としての側面を持っているが、それだけで終わってしまってはもったいない。「凡庸できわめて世俗化をまぬがれない行為」の中に、貪欲に可能性を追い求めたい。国語教師は、猥雑な要素を貪婪に取り込んだ節操のない教育をするべきだ、というのがわたしの持論なのである。

3　中原中也の「月夜の浜辺」をめぐって

講堂の舞台を使い、中学二年生に「群読」をやらせてみた。他者の視線を意識しつつ、舞台上で自然に振る舞い、しっかりと声を出せるようにするというのが、当面の目標だ。生徒たちの中には、人前で満足に声を出せない子がいる。また、舞台の上で、自然に振る舞うというのは意外と難しいものだ。たとえば、指名した生徒を舞台に上がらせ、上手から下手へ「普通に歩きなさい」と指示を出してみるといい。まず十中八九、その生徒は嘲笑を浴びることになる。歩き方がいかにもぎこちないのである。視線を浴びているという緊張感から、全身の筋肉が緊張し、手をまったく振らなかったり、ふらふらしたり、いわゆる「ナンバ」歩きになってしまったり、「普通に」歩ける者はまずいない。こうして、視線を浴びて普通に振る舞うことの難しさに気づかせる。また、仲間の視線を浴びて、もじもじしたり、奇矯な行動をするのは、ステージに負けている証拠だということを理解させる。その上で、群読の授業を通じてステージに立つ体験を重ね、どこまでそれを克服できるかという目標を設定するのである。世の中で生きていく上での実践的な能力の育成という、きわめて経験主義的な授業である。

授業は合計六〜七時間おこなった。腹式呼吸の訓練や発声練習などから始まり、テクストの提示、班ごとのパート分けと授業は進む。六、七名の班員を舞台のどこに配置するか、手足や視線など身体的表現をどう使うかなど、演出上の工夫はすべて生徒たちに決めさせた。テクストは、以前光村図書の教科書にも収録されていた、中原中也の「月夜の浜辺」である。「月夜の晩に、ボタンが一つ／波打ち際に、落ちていた。」という第一連を受け、「それを拾って、役立てようと／僕は思ったわけでもないが／なぜだかそれを捨てるに忍びず／僕はそれを、袂に入れた。」という第二連に続くこの詩は、七音を基調にしていて繰り返しが多く、暗誦しやすい。群読のテクストは、「日本国憲法前文」でも、生徒手帳の「生徒心得」でも、何でもいいのだろうが、初めての群読の授業なので、比較的短くて暗誦しやすい韻文を選んだのである。また、群読のやり方を話し合うなかで、自ずと読解作業が進められるので、文学教育にもなり、一石二鳥である。こうして、舞台を使ってひたすら声を出すという授業を繰り返した後、試みに定期試験でこういう質問をしてみた。

問、「月夜の浜辺」のボタンには、まず第一に物体としてのボタンという文字通りの意味がありますが、詩のことばである以上、その他の意味を考えることもできそうです。「月夜の浜辺」のボタンは、比喩的、象徴的にはどういう意味を持っていると思いますか。君自身の考えを、理由を示しながら百字以内で書きなさい。

以下に掲げるのは、この設問に対する中学二年生の答案である。不適切な表現は、ワープロで再現が難しいタイプの誤字を除き、原則としてそのままにしてある。

○僕は〈ボタン〉＝〈貝殻〉だと思う。なぜなら、その二つの特徴は輝いていて、きれいだからです。その上貝殻は浜辺に落ちている。だから、捨てるに捨てきれなかったと僕は思いました。
○私はこの詩の「ボタン」は「思い出」だと思う。なに気ない事でも、忘れられない思い出はたくさんある。また、思い出から友情ややさしさを感じることも、少なくない。この詩はそんな思い出を描いているのだと思う。
○ここでいうボタンは衣類に付いている物ではなく機械にある動くきっかけを与える物で、座せつしていた作者は月夜の浜辺の美しい光景を見て、ボタンを押された機械のようにやる気がわいてきた。
○僕はボタンのもう一つの意味は花のボタンだと思う。なぜなら、月夜の浜辺にひとつぽつんと咲いているボタンは何故か拾いたくなるような魅力的な花で、作者はその美しさを表現したかったのだと思うからです。
○「月夜の浜辺」のボタンはつい拾ってしまい、放れないでいるものとして描かれている。これは、人間が悪いと知りながらおかしてしまう罪とその罪にずっとさいなまれる罪の意識を表していると思う。

他にもさまざまな答案があった。しかしそれらはユニークなものであればあるほど、部分的にしか詩に対応しない恣意的な読みだと言わざるを得ない。あるいは、端的に言って「趣向」に乏しい。テクストに対する読解の「正しさ」は検証し得ず、個々の読みは相対的なものに過ぎないとは言え、「機械のボタン」だとか「花のボタン」だとかいった読みをそのまま尊重していいとは到底思えない。もちろん、この詩から「忘れられない思い出」を読み取ったり、「罪」を読み取ったりする生徒の内面には、おそらく何らかの必然性があるのだろう。でもそれは、生徒の精神世界を探る手がかりにはなり得ても、妥当性を持つ読解として他者と共有することはできない。中学生の内面を覗くことを目的として詩を読ませているのではない以上、これらの読みが他者と共有され得ない理由を、国語教師は生徒に明確に理解させる必要がある。そうでなければ教壇に立つ意味がない。丸いボタンは海に映った「月」のことだとか、波打ち際に落ちていたから「石ころ」のことだというような、部分的にしか妥当しない恣意的な読みに対しては、国語教師として低い評価を与える根拠があるのだ。そしてその根拠は、〈教育〉によって伝達し理解させ得るものである。

念のためにつけ加えておけば、今回の設問は、解釈の「正しさ」を採点の対象にしたものではない。群読の授業を通じて、いかに詩のことばのひとつひとつと向き合っていたかということを、答案によって判断し、評価しようとしたものである。具体的には、「一つ」「小さい」「なぜか捨てられない」「心に沁みる」などの詩に描かれたボタンの特徴をしっかりふまえた上で、自分の読みを構築しているかどうかというところに注目した。また、「月夜の浜辺」を歩く「僕」と、ちっぽけな「ボタン」との関係に何かを感じ取っているかどうかということも、採点の重要なポイントとなった。そして、テクストのすべてのことばに矛盾せず、なおかつ、より豊かな読み方を探そうというわたしなりの文学読解の原則を既に伝えてあったので、採点方法について、表立って特に抗議は受けなかった。

次に掲げるのは、わたしが比較的高い評価を与えた答案である。

○殺風景な月夜の浜辺に、普通浜辺には落ちていないボタンが落ちている。作者はそれを役立てようとは思わなかったが、捨てられなかった。ここでいうボタンは、作者の持っていた夢の壊れた破片のことではないだろうか。

○あのボタンは筆者自身を映しているのだと思う。それは、月夜の浜辺に落ちていたボタンのように筆者は孤独だったのだろう。また、ボタンが筆者自身であるのだから、拾ったボタンが指先や心に沁みたのだと思う。

○このボタンは、筆者自身を象徴しているのではないかと思われる。筆者は、世の中における自分を月夜の浜辺に落ちているボタンとした。そして、自分自身を無力で小さいものだと感じたのだと思う。

○ボタンは作者自身を象徴したのだろうと思った。それは、ボタン一つ広い浜辺に落ちているのを見た時、作者はボタンの孤独さややるせなさに自分を見たと思ったからだ。詩から作者の人生への切なさが感じられると思う。

結果的に〈ボタン＝作者〉説が高い評価を得る結果になった。そして、表現の巧拙で得点には差が出たが、多くの生徒が同じような方向で答案をまとめていた。授業でこちらからサジェスチョンを与えることはなかったのだが、群読を作りながら詩の内容についてもある程度の話し合いがなされていたということだろう。実際、「月夜の浜辺」読解の一つの軸は、「指先に沁み、心に沁みた」という一節に表されているボタンに対する「僕」の共感だろう。「孤独に浜辺を歩く『僕』は、波に打ち寄せられた卑小で無益な、それでいて何か尊いものを感じさせるボタンに、自らの暗い影を見出している……」というような考え方には、たしかに妥当性がある。別な読み方をしていた生徒も、答案例を示しながら〈ボタン＝作者〉説の解説をすることで、「なるほど」と納得してくれたように思う。

ただし、生徒たちの間ではいちおうの妥当性を獲得し得た〈ボタン＝作者〉説も、最終的な「正解」ではなくて、あくまで暫定的な読みに過ぎない。『在りし日の歌』に収められた中原中也の「月夜の浜辺」は、「亡き児文也の霊に捧ぐ」という詩集の題辞の通り、一九三六年（昭和11）十一月にわずか二歳で生涯を閉じた愛息に対する鎮魂歌という側面を持っている。「月夜の浜辺」を含む「永訣の秋」と名づけられた一連の作品が、『在りし日の歌』の中でも特に文也との関係が深いことは、詩集の成立過程に関する吉田熙生の考察（『鑑賞日本現代文学⑳中原中也』一九八一年四月・角川書店）からも明らかである。配列された詩もそのことを如実に示している。「永訣の秋」に描かれた〈月〉が〈死〉の表徴になっているという見方だってできる。そして作家の問題を視野に入れ、ボタンの背後にいったん「亡き児文也」を見出した上で、もう一度、卑小で無益な存在への共感という一般性へと開いていけば、読みは変容しながら豊かさを増していく。今回は中学二年生相手であるし、群読ですでに六、七時間を費やした教材であるだけに、ここまでやるのは相当しんどい話である。しかし〈文学教育〉としての可能性を持った授業展開だとは思う。

問題は、去来が「はじめの句の趣向にまされる事十倍」と言ったような感想を生徒に持たせるような授業展開を、わたしの力でどこまで実現できるかである。

4 〈作家〉をめぐって

ボルヘスは、世界短編文学選集『バベルの図書館』（一九八九年三月・図書刊行会）の第十一巻「E・A・ポー」の序文で、「ある作家の書かれた著作に、われわれはしばしばもう一つ、おそらくさらに重要なものを付け加える必要がある。すなわちその作家について幾世代にもわたる人々の記憶の中に投影されているイメージを、である。例えば、人間バイロンのほうがバイロンの作品よりさらに不朽であり、もっと生き生きしているし、人間エドガー・アラン・ポーのほうが彼の書いたどのページよりも、そしてそれらのページの総和さえよりも、もっと明確な存在となっているのである」（土岐恒二訳）と言っている。

また、能や古美術などに造詣が深い随筆家、白洲正子はこういうことを言っている。

〝美〟は、技術を離れて存在しない。しかし、技巧だけでも生まれやしない。修練が大切なことはいうまでもないことだが、ふだんの暮らしぶりや制作者の人柄までもが正直に映し出されるのが、〝美〟の世界なのである。

仕事が人をつくり、人が仕事をつくるのであって、しかもその仕事は、毎日の生活とも密接に結びついているのだと思う。（一九九六年十月『風花抄』世界文化社）

いかにも、志賀直哉や柳宗悦らと親交のあった、明治生まれの粋人らしい言い方である。彼女に見出されたと言ってもいい華道界のホープ川瀬敏郎も、一九九六年元旦のＮＨＫのテレビ番組に出演して、同趣旨の発言をしていた。わたしの記憶では、華道にとって、作品としての花は重要ではないという意味のことを言っていた。「たてはな」にしても「なげいれ」にしても「いけはな」にしても、いずれ形は失われる。刹那の輝きである。だから、華道にとっては物体としての作品よりも、花に対峙する人間の生き方、作り手の姿こそが重要だというのである。世阿弥の『風姿花伝』以来の伝統的な芸術観が、彼の発言の背後には感じられる。インターネットで世界が結ばれている今、いかにも古風な考え方だが、わたしにとってはかえって新鮮に感じられる。ボルヘスの発言も、作られた瞬間からの時間的隔たりを強く意識している点で差異はあるが、〈作家〉というものに照明を当てている点で両者に通い合うものを持っている。

ところで、芸術にとって、また文学にとって、〈作家〉とはいったい何なのだろうか。

たとえば夏目漱石の場合なら、実証的伝記研究によって明らかにされる〈実在〉の人物としての夏目金之助という審級がまずある。また、「夏目漱石」なる署名のほどこされた諸テクストの作り手で、金之助の世俗性から切断された職業作家という審級も想定できる。そして、これらの二つのレベルを包括しつつ、「金之助はいかに漱石に変貌したか」という形で〈作家〉を論じる考え方がある。おおざっぱに言って、従来の作家論・作品論的な意味での〈作家〉である。この手の考え方に批判的で、作家や作品ということばを使わないテクスト論者なら、ある「虚構的メッセージ」を発信する機能としての〈作者〉、「内包された作者」という審級が考察の対象となるだろう。この場合、伝記的な〈事実〉に基づく夏目金之助や、朝日新聞社から給与を受け取っている職業作家夏目漱石は、いちおう考察の埒外に置かれる。

かつて小森陽一はこんな風に言っていた。

〈作家〉とは、あくまで〈作品〉（その集積）を読む過程で、読者の意識の中においてつくり出された観念であることを厳密に規定し、生身の作者とは区別しておかなければならない。なぜなら「近代文学研究」の領域では、いまなお読者の側で観念的に抽出された〈作家〉像を、生身の作者と同一視し、生身の作者をめぐる伝記的事実（しかしこれも言説化されたテクストである以上、そこからあらわれてくる人格的像も、すでに読者の意識を通された像であり、生身の作者からは限りなく隔たっている）と無前提に結びつけてしまう傾向があるからだ。しかも〈作家〉と生身の作者を結びつける「研究者」の側の人間観は、一種権威的に特権化されてしまうため、こうした操作からは、結局、その「研究者」の限定的な意識の範囲に箍はめされた、貧しい「人間像」しか浮かびあがってこないのである。（一九八八年四月『構造としての語り』新曜社）

読者の意識の中においてつくり出された観念としての〈作家〉と、「伝記的事実」に裏付けられた「生身の作者」が、いったんは「厳密」に区別されようとする。ところがその直後に、「伝記的事実」も所詮は読者の意識を通された観念であり、「生身の作者からは限りなく隔たっている」という記述が続いている。言説化されたテクストとしての「伝記的事実」に基づいて立ち現れる「生身の作者」という観念が、安易に実体化されてはまずいわけで、かっこ内の留保は至極当然の措置と言えよう。しかしながら、ここで「伝記的事実」による「生身の作者」という観念と対置されるのが、依然として「生身の作者」なるものであるというのは一体どういうことだろう。回避するふりをしながら、かっこの中でこっそりと「生身の作者」なるものが実体化されているではないか。問題は、観念としての〈作家〉と「生身の作者」を区別することではなく、テクストに冠せられた夏目漱石や宮沢賢治のような固有名をめぐる物語が、読者においてどのように現象するかということを内省的に捉えることである。なぜなら、「テクスト」とか「生身の作者」というものは、〈物自体〉という概念のアナロジーであって、けっして到達し得ない一種の〈イデア〉だからである。もちろん、『漱石研究』という雑誌を出し、『出来事としての読むこと』等の著作において、旧来の漱石神話を解体しつつも〈漱石〉という固有名をめぐる新たな物語を流通させている小森陽一なら、そういうことは重々承知のはずだ。これ以上、片言隻句に難癖をつけて絡むのはやめておこう。

閑話休題。

さて、引用文において抽出されている〈作家〉の他にも、機能としての〈作者〉や伝記的な〈作家〉とは明確に区別され得る、〈語り手〉という虚構の発信者がいる。その上、一人称の語り手であれば、語られる〈私〉と語る〈私〉に分節化され得るし、書簡体小説であったり、語り手〈私〉に対してメタレベルに立つような挿評が書き込まれていたりすると、事態はいっそう複雑化する。英語文法のような意味での主語が存在しない日本語の場合、話者と話法の分析はしばしば複雑怪奇なものになりがちである。「教材の多様化」を主張した紅野謙介が、「ひとつの小説の中でもさまざまな語りのレベルの移動があるわけですから、煩雑になりすぎる。(中略) ぼくも確信をもって断言できないことは多い。それを無理にやると収拾がつかないし、わからなくなってしまう」として、授業で小説の語りの問題を扱うことに懐疑的であるのは当然のことである。もちろん研究ということで言えば、さまざまな審級に細分化されたメッセージの発信者を精密に分析することで、見事な読みが導き出される場合は多い。しかしこの場合ですら、分析のための分析になっているような不毛な論文に出会うことが珍しくないのだ。教室においては、もっとシンプルに〈作家〉というものを捉えておいていい。読みをつまらなくさせるような安易な作家還元論や、作家に対する独りよがりな感動の押し売りは迷惑なだけだが、「走る方向をオリエンテーションしてやって、スタートラインのまわりを掃ききよめる」(紅野謙介) という意味での〈作家〉論の活用は、〈文学〉の〈教育〉の一つの有効な手段だろう。

問題は、生徒の読みを圧殺するような権威主義的な形を回避して、いかに教室に〈作家〉の問題を持ち込むかだろう。〈作家〉論とはそもそも、〈人間〉を理解したという不遜な前提のもとに行われるものである。だから、授業の成否は、教師がどこまで謙虚に〈作家〉を語り得るかという点にかかっていると思うのだが、いかがなものだろうか。

Ⅲ　〈文学を読む〉ということ

1　読みの自由

「文学作品の読解はいかにあるべきか」ということについては、従来さまざまな形で論議されてきたと思う。たとえば、国語教育の世界では、想像読みや集団読み、三読法や一読総合法といった指導理論と結びついた形で問題化されてきたろうし、文学研究の世界では、作家論や作品論、ニュークリティシズムや記号論などの研究方法の試行錯誤の中で考察されてきた。そして、これらの多様な方法論の展開の歴史がそのまま、「読解」という行為の複雑さ、奇怪さを示していると言えるだろう。しかし、表向きの混乱とは裏腹に、教育現場では文学作品の読解についての奇妙な「常識」が形づくられているように思う。それは、教師のことばとして、また生徒の発言としてしばしば口にされている。いつごろからこういうことが言われるようになったのかは定かでないが、少なくともわたしが中学生だった頃にはささやかれていた。それは、簡単に言えば、「文学作品をどう読むかは各人の自由である。」という考え方であり、生徒のことばを借りれば、「国語の答えはひとつではない。」という事である。確かに一面その通りと言ってもよいのだが、この「常識」はいろいろな前提条件やこまかい具体的な論議を抜きにして粗雑に語られることが多いため、多くの誤解を生んでいるように思われる。「文学作品をどう読むかは各人の自由である。」という命題が誤りではないとしても、それが教師や文学研究者にとってどういう意味を持つものなのかは明確にしておかなくてならない。少なくとも、一国語教師であり、文学研究に熱意を持つ者の一人として、自分なりに整理しておく必要はあるだろう。

2 〈作者の意図〉を超えて

「俳句鑑賞上のアポリア」（一九九〇年六月『文学と教育』第19集）という文章で佐藤あけみは、加藤楸邨の俳句、「雉子の眸のかうかうとして賣られけり」の解釈として支配的である考え方に対して疑問を投げ掛けている。文学と教育をめぐるさまざまな問題を孕んだ、考えさせられるところの多い好論だと思うが、その中にこんなくだりがあった。

俳句も一つの文学形態である。文学である以上、そこに描かれた世界は虚構と見てよい。したがって、極めて当たり前のことだが、俳句を鑑賞するということは「虚構を読む」ということなのだ。「虚構」だから、読みは無限にあるはずだ。

文学作品の読解において、作者の意図を読み取ることだけが全てではないという考えに異論をさしはさむ人はもはやいないだろう。伝言や通信文ならいざ知らず、小説や詩の解釈にただひとつの「正解」は必要ないし、作者の「意図」など初めから存在しないことだっていくらでもある。また、場合によっては読者の「誤解」が作者の意図を超えることだってあることは言うまでもない。読者は、自分の個性によって、また、置かれたコンテクストに応じて、さまざまな解釈をする自由がある。しかしだからと言って「読みは無限にあるはずだ」と言ってしまうのはあまりに粗雑である。あげ足取りのようで気が引けるが、こういう不用意な表現に出会うことがしばしばあるので、この際きちんとさせておきたい。

数学の世界では同じことになるのかもしれないが、文学の世界では、ひとくちに「無限」と言っても「大きな無限」と「小さな無限」とは違うはずだ。つまり、「一から二までの間にあるすべての実数」も「実数全体」も同じ「無限」だが、範囲の定まったものとそうでないものとは、人間の感性にとって、まったく別個のものだということである。文学作品の読みは決して「実数全体」（大きな無限）ではないのだ。「無限」とか「十人十色」とかいった表現に惑わされて、この違いを見失うと、とんでもない誤りを犯すことになる。

たとえば「雉子の眸のかうかうとして賣られけり」の句を、「魚屋できんめ鯛を見た作者が『目ん玉って不思議。舐めてみたくなる。』と感じて読んだ句」と解釈することが出来るだろうか。少なくとも「雉子」を「きんめ鯛」と解釈することに妥当性を感じることは難しいだろう。「雉子」ということばに出会ってしまった以上、無知でない限り、この単語の意味するところにある種の動かしがたさがあるのを認めないわけにはいかないはずだからだ。その動かしがたさは、「雉子」を「きんめ鯛」と解釈することを許さない。これは、文学が言語で成り立っている以上当然のことだ。言語は、「世界」すなわち「大きな無限」

を分節化したものであるから、「雉子」や「眸」など、個々の単語が「大きな無限」であったら、言語の存在理由はなくなってしまう。つまり、「雉子」や「眸」が、「大きな無限」を包摂しているオール・マイティーの記号だとしたら、両者の弁別はできなくなり、言語は存在できなくなるはずである。ジョーカーばかりでトランプは出来ないのだ。

また、文学作品の読みがもし「大きな無限」であったなら、複数の異なる作品が存在することも許されないことになってしまう。「ノルウェイの森」と「キッチン」の双方が、等しく、「無限」（大きな無限）の読み方を可能にするスーパー・テクストだったとしたら、どちらか一方を手に入れれば小説は他にいらないわけで、両者の発行部数はそれぞれ半分に減ったはずだ。

もちろん、こんな馬鹿げた話はないわけで、整合性を持った解釈のしかたは、ある一定の領域内でのみ「無限」（小さな無限）なのである。ただ、それらの解釈の中には、微妙な差異はあっても、同一性を認定できるものが多数含まれていると考えられるので、実際はいくつかの有限個の異なる読み方が存在するに過ぎないと言っていいだろう。「雉子の目の」の俳句の解釈のしかたが一億通りある（かなり大きな数だが有限個である）と想像することはかなり難しいのではないか。したがって、作品の解釈はただ一つである必要はないが、「無限」であると言うこともできない。読者の個性と、読者の置かれたコンテクストによって、複数の読み方が可能であると言えるに過ぎない。しかも、他の読者と交換可能な、整合性を持った読み方となると、そう多くはないということになる。

問題は、複数の異なる読み方が可能であり、ただ一つの「正しい」解釈がありえないとしたら、文学研究者や国語教師はなにを求めて文学作品の読解をすればいいのかということだ。

さしあたり言えるのは、求めるべきは、「整合性のあるより豊かな解釈」だということである。有名な「去来抄」の挿話はそのことを如実に示している。「岩鼻やここにもひとり月の客」という句を詠んだ向井去来は、師の松尾芭蕉の問いに答えて、この句の含意を、「明月に惹かれて散歩していたら、また一人月を愛でている風流な人を見つけた」という風に説明した。しかし芭蕉は、「ただ自称の句となすべし」と言って、「私も月を愛でているのですよ」と作者が自ら名乗りをあげるという句にすべきだと諭したという。そして芭蕉のこの読みは、作者の去来の意図を超えて、この句のもつ豊かさを引き出したのである。これは、作者の意図か読者の解釈かという二者択一の話ではない。文学においては、整合性のあるより豊かな読みが重んじられるのだということを示すエピソードと考えるべきだろう。

だから、佐藤あけみが、定説に対抗するもうひとつの読み方を提示したことにはそれなりの意味があるのだが、問題はその先にある。つまり、どちらの読みが整合性のある、より豊かな解釈なのかという問題である。

3　俳句鑑賞上のアポリア

先日、中学二年の五クラス中四クラスで、試験前のわたしの授業が一時間ずつ余ってしまった。こういうときは普通、自習や質問の時間として使うなどその扱いに苦労するのだが、思い立って、「雉子の眸のかうかうとして賣られけり」の句を板書し、鑑賞文を書かせてみることにした。こちらから句の内容については一切何も説明せず、漢字の読み方と仮名遣いについての確認のみにとどめた。そして、わからないことがあったら、国語辞典と古語辞典を参考にして、自分で考えるように指示を出しておいた。以前に一度、短歌の鑑賞文を書かせたことがあるので、生徒たちはそんなに戸惑わずに作業に入ることが出来たようだ。

果たして、何の先入観もない状態で中学二年の男子生徒（わが校は男子校である）がこの句をどう解釈するものか、わたしとしてはたいへん興味深かった。結果として、さまざまな鑑賞文ができ上がったわけだが、こまかな違いを無視すると、大きく三つに分けることができる。つまり、百七十九名中、雉子は「死んでいる」とした者が六十名、「生きている」とした者が百四名、その他、生きているか死んでいるかわからない書き方にしたり、分類できない奇抜な読み方をした者が十五名だった。その他に分類した十五名の中では、「雉子」を女性に置き換えて解釈した者が六名いたのが目立った。

「俳句鑑賞上のアポリア」[*1]によれば、従来この句の雉子は、「死んでいる」と解釈されてきたという。しかし生徒の読み方の傾向を見ても、確かに佐藤あけみの言うように、死んでいるという解釈の中に「事実はどうあれ、虚構なのだから、『死んでも、眸を開けている』方がよい、その方が、雉子の雉子たるゆえんも、情景の悲惨さも際立つ」という恣意が働いていると言わざるを得ない。「賣られけり」が「撃たれをり」とでもなっていればともかく、死んだ雉子の眸が開いているとしてしまうと、解釈の整合性を保つことは難しいのではないか。

それでは、「生きている」と解釈したらどうか。生徒の鑑賞文に、次のようなものがあった。

市場の売場に出されている雛子は、これから売られていくのをまったく知らない様子で眸を輝かせてかごの中からあたりを見まわしている。読者のあわれみをかうような句である。どうしてあわれみをかうのかというと、まず、雛子の眸が輝いている。つまり雛子はこれからの自分の運命を全く知らない。子供のような純情そうな目であたりを不思議そうに見ている。ここがあわれみをかうのだ。

生徒の鑑賞文では、これと同様に、生きている雛子が自分の運命を知らないというところに「あわれさ」を読み取ったものが多かった。定説と比べて、どちらに「情景の悲惨さ」がより際立つか、判断の難しいところではないだろうか。もちろん、雛子が生きたまま売られるのかどうかといった点に問題はあるかもしれないが、それは、死んだ雛子の眸が開いているとする解釈の難点と大差ないと言える。したがって、この二つの解釈は、豊かさと言う点においても整合性という点においても、どちらを取るか決め手を欠き、作品世界を言いあてたという充足感を得るに至らない。どちらを取るかは、たんに鑑賞者の嗜好の問題とならざるを得ないだろう。それでは、他に解釈の可能性はないのだろうか。

前述の、雛子を女性と解釈した生徒の鑑賞文は次のようなものである。

あるところに苦い（「若い」の誤記と思われる―野中注）姉妹があった。その、上の娘は病気のおっかつぁんの薬代をかせぐため自分の体をどこかしらにうる。そのときのおっかつぁんに対する不安とわかれる悲しみでないている。その涙を「かうかうとして」と表し、もちろんそのむすめの目を「雉子の眸の」と表している。この農民の貧しく、くるしそうな生活をある貴族がうたっている。

生徒は、半分ふざけて書いているのかもしれないが、こう読んでいけない理由はない。雉子を女性に読み換えることがやや恣意的に感じられるとしても、その度合いはやはり「定説」のそれとあまり変わらないと言えるかもしれない。問題は依然として、この句をより豊かに生かす整合性のある読みはどこにあるか、である。

「死んでいる」と解釈した生徒のうち、売られているのは雉子ではなく、雉子の目玉だと解釈した者が八名いた。しかしこの解釈は、売られた目玉が何に使われるのかと考えると、首をひねらざるを得ない。シュール・レアリズム的な異様な世界を描いたものと考えられないこともないが、これは少し奇抜すぎる。解釈の整合性の点では問題ないかもしれないが、豊かさの点では明らかに「定説」に及ばないだろう。

その他に、剥製の雉子が売られていると書いた者が四名いた。こちらの方は決して奇抜な解釈ではないと思う。事実、わたし自身、この句を初めて読んだとき、古道具屋の暗い店内で売られている剥製の雉子をまず真っ先に思い浮べた。そして、観光地の民族資料館などで、ヒグマだとかニホンオオカミなどの剥製を見たときの何とも物悲しい気分を彷彿とさせられた。この読み方であれば、死んでいて、なおかつ目を開いていることが可能になるわけだ。ただ、結びが「賣られけり」であることの意味が薄らいでしまう点にやや不満が残るかもしれない。剥製は売られていなくても十分憐れであるからだ。しかし「かうかうとして」という表現から感じられる毅然とした雉子のイメージと、静止した光源のイメージにはよく応えているると思う。雉子が生きていて、眸がキョロキョロ動いていたら「かうかうとして」とは言えないだろう。

このように読解の可能性はいくつかあげられるし、これ以外にもあるに違いないが、いずれも決め手に欠ける。つまり、「整合性のあるより豊かな読み」という点において、どれも満足のいくものとは言えない。「岩鼻や」の句のように、読みが、ある動かしがたさをもって屹立する感じを得ることが出来ない。残る手立ては、佐藤あけみのように、作者あるいは作品を取り巻く状況を、この句のコンテクストとして導き入れることで、整合性と豊かさを確保する他にないのかもしれない。しかしそこには、文学作品の読解にとって、作者とは何かという大きな問題が横たわっている。

4　〈作者〉とは何か

『国文学』（一九九〇年六月・学燈社）に掲載された「対談『作者』とは何か」で、三好行雄は、近代文学研究の「方法論的な混迷」ということを指摘し、「記号論」的アプローチを実践する蓮實重彦を執拗に追及している。両者の文学研究に対する考え方の違いがはっきりと打ち出され、それぞれの信念がぶつかり合う、ひじょうに充実した対談である。この対談において、「伝記研究は文学研究ではない」と述べる蓮實重彦に対して、どうして「作品の成立の時間を、ああも無視できるのか」と問う三好行雄だが、表面上の鋭い対立とは裏腹に、二人とも結局同じことを言っているに過ぎないことがわかる。この対談の中に次のような両者の発言がある。

（蓮實）……夏目漱石という個人がかつて間違いなく作者として存在して、彼がある意図をもって作品を書き、そしてそれが読者に委ねられてさまざまに解釈されたという歴史があるわけですから、あえてその夏目漱石を消してしまうということは、一種のフィクションになるわけですね。ただし、そのようなフィクションをまず提示しておいて読んだ場合に、仮に見えてくるものが面白ければ、そのようなフィクションも成立しうるのではないかというのがあの『夏目漱石論』[*2]でやったことであるわけです。

（中略）

非テクスト体験がテクスト体験に先行して重要だという考え方はある種の心理主義であって、その心理主義を受け入れるか受け入れないかということはあると思います。仮に受け入れた場合、面白いものができればいいとは思いますけれども、結果はだいたい通俗的な物語の再現で、ちょっとそれは受け入れたくないという気持ちのほうが強いわけです。

（三好）……作品を物語のレベルで読んでしまって、それを直ちに作者の実生活にまで押し戻すのは非常に単純であるという、そういう言い方をされていたと思うんですけれども、手続としては非常に単純であり、たとえば一つの作品を物語の水準で読むと、そこに作者の影が生々しく反映されているということですよね、蓮實さんの考え方から言えば。しかし、そういう単純さや、そういう方法によって開くものの豊穣さというものは、やはりありうるというふうにはお考えにならないですか。

三好行雄はこの対談を、自分の方法も蓮實重彦の方法も「一つの選択肢」である、という形で収拾しているが、問題は、どちらの方法を取るかではなく、結果として「面白い」あるいは「豊穣」な読みはどこにあるかということに尽きるだろう。そして、わたしには、この両者の方法が「選択肢」である必然性はないと思われる。つまり、蓮實重彦の言うように、「作者は存在しなくても遂行しうる文学研究の領域」は確かにあるが、「作品」の中に作者を導き入れることによって開くものの「豊穣さ」というのはどうしても否定しがたい。だとすれば、取り入れられるものであれば貪欲に取り入れて、作品を豊かに＝面白く読むべきだろう。蓮實重彦自身も対談の終わり近くで「僕も本心で言えば（伝記研究も—野中注）文学研究の一つだと思いますけれども、それをそう思い込んでしまうことによって、何かが非常に安易に人に認められてしまうということがあると思うわけです」と述べている。この発言から考えると、「作者を消す」ということは、読みを深めるための暫定的な方法であることになる。逆に言うと、「整合性のあるより豊かな読み」を求めるためには、最終的には作者を甦らせるべきだという話になる。その意味で、三好行雄が、伝記研究を認めようとしない蓮實重彦に執拗に食い下がっているのは、至極当然である。作者の意図を読むのが文学作品の読解のすべてではないにしても、「整合性のあるより豊かな読み」という観点からは、「作者を消す」べきではないし、作者の意図を読もうとする読者の衝動も否定されるべきではない。

読者は、文章の中に未知の単語があった場合、その意味をあれこれ想像するだろう。それが、繰り返し用いられていたり、キーワード的なものであったりすれば、なおさら気になるに違いない。文脈から意味を探ったり、場合によっては辞書を引いて意味を確認するだろう。そうして、その文章の読解は深められる。

作者名もテクストの一部だとすれば、そこで同様のことが起っても不思議ではないはずだ。読者は、伝記的な事実はまったく知らなくとも、作品を通じて作者についてのイメージを育み、同じ名前が冠せられた他の作品を読むにつれて、それは少しずつ姿をはっきりと表してくるように感じられてくるに違いない。読者によっては、文学事典や伝記を読み、作者について調べる人もいるだろう。また、現存する作者であれば、講演会などに出かけて実際に会ってみたいと思いはじめる人もいるだろう。そうして、自分の持っていた作者像を確認したり修正したり、裏切られた気持ちになったりする。文学作品を読むという行為において、こういう作者への関心を禁じることは難しい。講演会に出かけて失望し、これからは作者のことは忘れて作品を純粋に楽しもうと決意した、といった場合はあり得るかもしれない。しかしこの場合も、忘れようと努める心理の裏側に、失望させられたはずの作者の面影が、ぴったりと貼りついているはずだ。近代文学の作品に作者名が冠せられている以上、「作者を消す」というのは、三好行雄の言うように、ある特殊な読者の「覚悟」としてしかあり得ない。だとすれば、作品を安易に伝記的事実に解消することは認められないとしても、整合性を保ちつつ、作者名という記号によって作品をより豊かに読む道が求められるべきだろう。そう考えると、文学研究と文学教育の接点も見えてくるのではあるまいか。

5　教材としての「走れメロス」

国語の定番教材の一つに、太宰治の「走れメロス」がある。この作品を指導する場合、わたしはいささか戸惑いを禁じ得ない。その原因として、まず第一に、中学生に教えるにしては漢語的なむずかしい単語が多すぎることがあげられる。たとえば「奸佞邪知」「繋舟」「憐愍」「希代」など、枚挙にいとまがない。いずれも普通の中学生なら、今まで見たことも聞いたこともないものばかりだろう。もちろんこれらのことばの意味は辞典で調べればわかるし、特に難しいものには脚注もついている。万一、脚注を読んでもわからないことがあっても、小説の筋は単純なので読解の妨げにはならない。短いセンテンスが多用され、テンポのある文章の流れに身を任せれば、わからないことばをうっちゃって置いても、十分感動を味わえるだろう。また、常用漢字以外のものはテストには出ないので書けなくてもよい。しかし、それでも、中学生ではなくて、高校生になってから読ませてもいいのではないかと思える。

とは言え、「走れメロス」の作品世界は、高校生に読ませるにはちょっと「クサイ」のだ。言いかえると、この作品は、メロスとセリヌンテイウスの信実を、あまりにも強くはっきりと打ち出しすぎているということだ。現代の高校生が照れずに素直にこの作品に感動できる授業を組織するには、担当する教師に相当な力量が求められるだろう。少なくとも、わたしにはメロスとセリヌンティウスの信実を軸に、高校生に「走れメロス」を教える自信はまったくない。だいたい、生徒が照れる前に教師が照れてしまうし、作者だって照れている。高校生に、場面読みだとか、登場人物の心情を考えるだとかいった通常の読解指導をするには、この作品は真正直すぎる。

しかし、この事情は中学生でもあまり変わらないだろう。彼らは、「奸佞邪知」の意味は判然としなくても、メロスとセリヌンティウスの「愛と誠」は難なく理解するし、もし「主題は何か。」(こういう発問をすることはまずないが……)と聞けば、「友情」とか「信頼」とか「信実」ということばを使ってもっともらしいことを言うことができるだろう。高校生に比べれば、まだまだ素直に感動できる可能性が大きいとは言え、教えにくさという点では大差ない。この作品の感動の中心が、中学生にとっても、筋をたどればわかってしまうほど明瞭だとしたら、いったい教師は何を教えたらいいのだろうか。「主題」がこれほど明瞭に感じられる作品は、教師にとっては難物である。むろん、いくらでも授業の組み立てようはあるだろう。たとえば、道徳教育みたいな授業でお茶をにごすことも出来る。また、中にはどういう話なのかよく理解できない生徒もいるだろうから、場面ごとにメロスの心情をあとづけたり、難解な語句に解釈を施したりすることにまったく意味がないわけではない。自分の力で大意をつかめた生徒にとっても、一定の効果はあるだろう。しかしそういう授業によって生徒の読みが大きく変わるかと言うと、そういうことはまず考えられない。生徒が一読して大体つかんだものを、教師があれこれ掘じくり返してみたところで、退屈するのがオチだろう。文学作品の読解を「教育」するなら、やはり初読時の生徒の読みがゆさぶられ、授業を経たことでそれが「整合性のあるより豊かな読み」へと変貌するものでなければならないと思う。そうだとすれば、「走れメロス」の場合、「作者」を導入することで得られる「豊穣さ」を、いかに文学教育に結びつけるかという問題を抜きに、「より豊かな読み」へ生徒を導く方法を想定することは困難だ。つまり、三好行雄のことばで言えば、「何がどう書かれているかということを通して、なぜ書いたかという問題を探る」というところに生徒を導くということが必要になってくる。

作者の伝記的事実を生徒に教えるのは、安易な先入観を与えがちだという点で、非常に危険なやり方かもしれない。しかし「走れメロス」を教材として用いるとしたら、津島修治という一個の人間が太宰治という小説家となって「走れメロス」のような作品を書かざるを得なかった必然性、テクスト発生の現場に生徒をいざないたい思いがどうしてもわたしに付きまとう。あれほど裏切り裏切られ、信頼や誠実とは縁のない日々を過ごしたと考えられている人物だからこそ、「走れメロス」のような作品を書き得たのだという逆説。そこに生徒を導いてこそ、「文学」の「教育」と言えるのではあるまいか。

しかしおそらく教科書の編纂者は、こういう指導を想定していない。だから、中学生の教科書に載っているのだと思う。そして、正義や信実や友情について生徒に考えさせようとするのだろう。だからわたしは「走れメロス」の授業をするとき、作品と作者の逆説的な関係性を導き入れることで作品を豊かに読ませたいと思いながら、「純真な中学生」を相手に、そんなことをやっていいものかどうか、思い迷わざるを得ないのである。

そういう意味で、「走れメロス」は、高校生になってから読ませたほうがいいのではないかと思うのだ。

6　〈作品〉とは何か

「文学作品の読解とは何か」という問いは結局、「作品とは何か」という問題に収斂してしまうと考えられる。そして「豊かさ」という観点からすると、記号論的アプローチだろうと、主題読みだろうと、作者の伝記的事実に還元してしまうような読みであろうと、それらの読解行為のすべて、つまり、「テクストが生み出した読みの総体」を「作品」と呼ぶべきだろう。したがって文学作品の読解・研究をめぐって展開されたさまざまな方法論は、互いに排他的である必要はまったくない。ある方法が否定されるのは、その方法がつまらなく感じられるようになったからに過ぎない。それは方法の罪ではない。つまり、より豊かに作品を生かすということが見失われて、方法が形骸化し、通俗化したとき、それは新しい方法に取って代られるというだけのことなのである。蓮實重彦が伝記研究に否定的だったのも、作品を安易な形で作者の伝記的事実に解消してしまうことが、読解行為を不毛なものにしてしまっていたからだった。逆に言えば、「作品」を豊かに生かすということさえ見失わなければ、伝記研究は十分尊重されるべきだということになる。そして、単なるインクのしみに過ぎないテクストから、異なる方法によって導きだされた複数の読みが、互いの整合性を保ちながら一つの「作品」を生成していくことができれば良いのである。俳句のようにぎりぎりまで表現を省略してしまっているものだと、なかなかうまくいかない場合もあるのかもしれないが、小説などの場合を考えると、異なる方法で導きだされた読みをつきあわせて、そこからより豊かな「作品」に編み上げていくことは十分可能だと思われる。問題は、三好行雄の読みを取るか、蓮實重彦の読みを取るかということではなくて、両者の読みを、整合性を保ちながらひとつの読みにまとめ上げていく道を考える、ということであるはずだ。

　それでは、「豊かさ」とか「整合性」とは何を基準に判断されるのだろうか。おそらく、そこには明確な基準を求めることはできないだろう。それは、ただ、ある種の「動かしがたさ」として立ち現われてく

「豊かさ」を感じるのは、理屈ではないと思う。もちろん言おうと思えば、芭蕉の読みに弟子の去来の意図を超えた「豊かさ」を感じるのは、理屈ではないと思う。もちろん言おうと思えば、去来の観照的な世界に、芭蕉の読みによって、作者の風景との主体的な関わりが発生したからだ、などという風に、説明の仕様はあるだろう。しかしその説明はある意味ではトートロジーで、豊かだから豊かだという話にしかならない。なぜならこの種の説明は、「作者と風景との主体的な関わり」が生ずると読者はなぜ「豊かさ」を感じるのかという問いを禁じておかないと成り立たないからだ。「豊かさ」という感性は、かならず「説明」に先立ってある。そして「説明」は個別的なものであり、そこから「客観的な」基準を導き出すことは難しい。とは言っても、「説明」することは、「豊かさ」を複数の読者に共有させるためには有効であり、そういう意味では否定すべきではない。ただ、「豊かさ」の基準は、最終的には読者の感性でしかあり得ないと言うまでの話である。

文学の読解は、作品を「より豊かに生かす」ものが求められるべきである。しかしその場合、解釈が荒唐無稽なものであってはならないことは言うまでもない。それは、整合性があり、他者と交換可能なものでなければならない。たとえば、ある読者の固有の体験に基づいた、かなり恣意的とも思える読みであっても、その読者にとってそう読むことが必然であり、作品と読者の間にある動かしがたい豊かな関係が認定できれば、それは整合性を持った読みと言っていい。そして複数の異なる読みが出てきた場合、それらが整合性を損なわずに止揚できれば、テクストから生み出された読みは豊穣さを増す。また、複数の整合性を持った読みが背反事象（一方を取ると他方は否定される）であった場合は、「どちらがより豊かな読みか」

という観点で「作品」を豊かに生かす道を選択することができる。残る問題は、複数の整合性を持った読みが、どちらも「豊かさ」の点で甲乙つけがたく、背反事象のかたちで両立するような場合にどう考えたらいいのかということだが、こういう場合はめったにないと言っていいだろう。そう思える場合の大半は、おそらく読解が不徹底な場合なのではないだろうか。あるいは、ほんとうは背反事象ではなく、あれもこれもという風に複数の読みを共存させて、「作品」を多義的なものとして解釈することで止揚させる道があるはずである。原則が「作品をより豊かに生かす」ということであり、「正しい、ただ一つの読み」があり得ないとするならば、文学作品の読解は、もっと節操のないものであっても良いのではあるまいか。

［注］

1　生徒の鑑賞文の中で、「かうかうと」を「買う買うと」にひっかけてことば遊び的な要素を読み取っていた者が二名ほどいた。やや、無理があるが、着眼としてはおもしろいと思う。わたしの考えでは、「買う買うと」とは読めなくとも、「かうかうと」という音の響きが読み手の意識の底で「請う」「乞う」「恋う」などのことばと連合関係に置かれることは見落とせないと思われる。

2　蓮實重彦『夏目漱石論』（一九七八年十月・青土社）。

初出一覧

横光利一と敗戦後文学――序にかえて

二〇〇四年（平成16）十二月『現代文学史研究』第3集　横光利一と敗戦後文学

第一部　横光利一「機械」論

一九八八年（昭和63）六月「文学と教育」第15集「機械」論序説―語り手の身体とミクロ・コスモス

一九八九年（平成元）十二月「文学と教育」第18集「機械」論ノート―再び語り手の身体とミクロ・コスモスをめぐって

一九九三年（平成5）六月「文学と教育」第25集〈作品論〉の臨界点―横光利一「機械」論の周辺

一九九五年（平成7）十二月「文学と教育」第30集　探偵小説としての「機械」―谷崎・乱歩・横光利一

二〇〇四年（平成16）三月『日本私学教育研究所紀要』No.39　文化研究的観点を生かした文学研究の試み
―横光利一「機械」をめぐって

※右の五つの論文をもとに、全面的に加筆し、改稿した。

第二部　横光利一文学の世界

Ⅰ「日輪」の世界認識と「長羅」的なもの（未発表）

Ⅱ「時間」論

一九九〇年（平成2）六月『文学と教育』第19集

原題・イメージとシンボルの射程―横光利一「時間」論の試み

第三部　敗戦後文学論

Ⅰ　〈死者〉といかに向きあうか――敗戦後文学論序説

二〇〇〇年（平成12）八月『文学のこゝろとことば』第2集

Ⅱ　神の沈黙と英霊の聲――遠藤周作と三島由紀夫

二〇〇二年（平成14）六月『文学と教育』第43集

Ⅲ　敗戦後文学としての「こころ」――教科書と漱石

二〇〇四年（平成16）六月『現代文学史研究』第2集

Ⅳ　敗戦後文学の時空――野間宏「崩解感覚」論

二〇〇三年（平成15）十二月『現代文学史研究』第一集

原題・野間宏「崩解感覚」論―九段界隈の彷徨シーンを中心に

Ⅴ　大学入試問題のなかの敗戦後文学――野間宏「顔の中の赤い月」

二〇〇一年（平成13）十二月『文学と教育』第42集

原題・大学入試問題のなかの文学―野間宏「顔の中の赤い月」

Ⅵ　教科書のなかの敗戦後文学――原民喜「夏の花」を読む

一九九二年（平成4）六月『文学と教育』第23集

原題・教科書のなかの文学―原民喜「夏の花」を読む

Ⅶ　小説集のなかの小説――原民喜「夏の花」と《軍都廣嶋》

一九九二年（平成4）三月『学芸国語国文学』第24号

原題・小説集の中の小説―原民喜「夏の花」論のための覚書

第四部　文学の研究／文学の教育

Ⅰ　固有名をめぐる物語――作家の復権をめぐって　一九九六年（平成8）六月『文学と教育』第31集
原題・〈作家の復権〉をめぐって

Ⅱ　テクスト論批判――文学研究と国語教育　一九九六年（平成8）十二月『文学と教育』第32集
原題・国語教育と文学研究

Ⅲ　〈文学を読む〉ということ　一九九〇年（平成2）十二月『文学と教育』第20集
原題・文学作品の読解とは

※いずれの論文も、本書収録にあたって、適宜加筆修正を行っている。

あとがき

一九八八年（昭和63）の春、近代文学研究者として一人前になりたいという志を持ちながら中学校の教壇に初めて立った頃、最初に本を出すなら横光利一の「機械」論にしようと心に決めていました。十本以上の論文を書き継いで、「機械」だけで単行本を出すつもりだったのです。ところが、中高一貫の進学校での勤務と研究の両立は思った以上に困難で、十本以上の「機械」論を書くという当初の目論見は未だ果たせずにいます。したがって本書は、わたしにとって中間報告とも言うべき著作になります。

とは言え、本書の「第1部　横光利一『機械』論」に展開された考察が、これまで論じられることのなかったいくつかの問題に「初手をつける」ものになっているのではないかという自負はあります。また「第3部　敗戦後文学論」に収められたような研究の進展と合わせ、横光利一の「旅愁」を論じるというもう一つの目標に、一歩近づくことができたのではないかと感じています。

さらに言えば、「敗戦後文学としての『こころ』―漱石と教科書」をはじめ、国語教師として教壇に立っていたからこそ書けた論考も多く、文学と教育の二律背反の中で仕事をしてきたことが、むしろ本書の文学研究としての独自性につながっているかもしれません。

本書の収められた論文の大半は、二〇〇二年（平成14）六月に第43集で終刊した『文学と教育』誌上に発表されたものです。雑誌を主宰していたのは、恩師の大久保典夫先生です。一九八一年（昭和56）の四月に先生と出会うことがなかったら、本書を出すことはできなかったに違いありません。特に記して、感謝の意を表したいと思います。ありがとうございました。

今後は、大久保典夫先生、郡継夫氏らとともに同志を募って設立した現代文学史研究所を拠り所として研究活動を続けていくつもりですが、そこで出会った安藤聡氏に装幀をしてもらうことになったのも何かの因縁でしょう。そういう因縁の中で書物を世に出せることは、わたしにとってよろこびです。

終わりに、笠間書院の池田つや子社長と橋本孝氏に謝意を表します。

二〇〇四年（平成16）十二月三十日

現代文学史研究所事務局にて

野　中　潤

横光利一と敗戦後文学

2005年3月17日
初版第1刷発行

【著者】

野中《のなか》 潤《じゅん》
1962年（昭和37）、神奈川県茅ヶ崎市に生まれる。

神奈川県立湘南高等学校を経て、1985年（昭和60）、東京学芸大学卒業。88年（昭和63）、同大学院修士課程修了。聖光学院中学高等学校教諭。

2003年（平成15）4月に大久保典夫、郡継夫らによって設立された現代文学史研究所で、事務局長を務めている。神奈川県私学協会国語科専門委員。日本私学教育研究所委託研究員。昭和文学会会務委員。日本近代文学会会員。

【装幀】
安藤 聡

【発行者】

池田つや子

【発行所】
笠間書院
www.kasamashoin.co.jp
〒101-0064
東京都千代田区猿楽町2-2-5　興新ビル
Tel.03-3295-1331　Fax.03-3294-0996

落丁・乱丁本はお取り替えいたします
ISBN4-305-70290-8 C3093

【印刷・製本】モリモト印刷